GUNTER DUECK

ANKHABA

VERLAG MARKUS KAMINSKI

Über dieses Buch: Die skrupellose Bio-Industrie hat den menschlichen Körper als ultimative Verdienstquelle entdeckt. Body-Modding ist in! Der letzte Schrei in Clubs und Lounges aber ist der Biss zum Vampir. Untote haben mehr Spaß am Leben! Jetzt kostenlos! Plötzlich werden die Menschen knapp. Frischblut ist nun der dominierende Wirtschaftsfaktor! Der frühreife Leon steigt zum mächtigen Beherrscher eines Zuchtkonzerns auf, der die Welt mit langhälsigen Gebrauchsmenschen versorgt. Inmitten dieser Apokalypse machen sich Leons Schwester Anke und der Wissenschaftler Brain auf die Suche nach dem Ursprung allen Unglücks. Ihr Weg führt zu den letzten Geheimnissen der Menschheit. In Ägypten finden sie Tod & Teufel, die Antwort auf fast alle Fragen und den Urgrund der menschlichen Seele. Anke greift sich den Schlüssel zu einer neuen besseren Welt der Liebe: das Ankhaba. Duecks Werk besticht auch diesmal wieder durch seine gewaltige Sprache und einen ganz ungeheuren Erfindungsreichtum bis in die Details.

Über den Autor: Prof. Dr. Gunter Dueck ist vielseitiger Wissenschaftler, Philosoph, Management-Stratege und Autor. Er studierte ursprünglich Mathematik und Wirtschaft und war einige Jahre Professor für Mathematik an der Universität Bielefeld, bevor er zum Wissenschaftlichen Zentrum der IBM wechselte. Für seine Forschungen auf dem Gebiet der Nachrichtentechnik wurde er weltweit ausgezeichnet, Dueck ist Fellow des amerikanischen Ingenieurverbandes IEEE und Präsidiumsmitglied der Deutschen Mathematiker-Vereinigung und der Gesellschaft für Informatik.

Gunter Dueck

Aufbruch

Aufstieg und Zerfall
der Untoten
und ein menschliches Ende

Verlag Markus Kaminski

Gunter Dueck
Ankhaba
Aufstieg und Zerfall der Untoten und ein menschliches Ende
Deutsche Erstausgabe 2006
Verlag Markus Kaminski, Berlin
ISBN 3-938204-99-0

Einband: Verlag
Cethubala: Patricia Carvalho
Seria Regular: Martin Majoor
Illustration: Herbert Druschke
Lektorat: Ariane Vinkelau

Prof. Dr. Gunter Dueck
IBM Deutschland
Gottlieb-Daimler-Straße 12
D-68165 Mannheim,
+49 (0)621 469-278 /-275, Fax –200
dueck@de.ibm.com
omnisophie.com
ankhaba.com

ankhaba.de
markuskaminski.de

wenn ich zurückdenke, so viele Zeitalter zurückdenke,
ich mich noch heute, wie alles begann. Wir kannten die
Ordnung des Himmels nicht. Und so stürzte alles auf uns ein
verstörend und unerklärlich. Je klarer aber alles wurde,
erstaunter mussten wir sein, und allmählich erahnten wir
den Sinn des Menschen. In dem blutigen Ende erkannten wir
jedoch, dass wir eigentlich keinen Sinn brauchen. Was sollen
wir anderes tun als leben?

Jetzt schreibe ich den Anfang vom Ende nieder, damit ich
nicht ins Stocken komme, wenn ich anderen Wesen davon
erzähle. Alles war so verwirrend und bestürzend und vielschichtig
von Anfang an! Denn wir sahen damals allmählich, was
Menschen nicht sehen sollten. Alles begann auf einem Friedhof
und dieser verflixten Katze, aber das wussten wir damals natürlich
noch nicht. Wir wurden in vieles gleichzeitig hineingezogen und
ruderten ratlos im Strudel, weil wir lange Zeit dachten, es wäre
nur eine Geschichte. Doch es waren in Wahrheit viele Geschichten.
Irgendwann aber, ja, irgendwann entspann sich aus dem vielen
dann eine Geschichte. Unsere Geschichte! Es könnte sein, dass
vielleicht nur wir selbst sie nicht wirklich begreifen. Denn ich
bin immer noch da! Es lebt der Mensch, solange er nicht stirbt.
Und das kann ich nicht über mich bringen

PROLOG AUF DEM FRIEDHOF

Der Teufel und der Engel saßen auf dem Friedhof zusammen. Sie stritten, weil die Teufel nach der Ansicht des Himmels zu wenige Seelen lieferten. Der Teufel wühlte unwillig in einem Haufen schwarzer Seelen.
Sie lagen vor ihm wie verkohlte Kartoffeln herum.
»Schau doch, die Seelen sind viel zu schwarz! Sieh diese hier!«
Der Teufel nahm eine in die Hand und haderte mit dem Engel.
»Sie hat einen dicken dunklen Belag, sieh, das rötliche Innere leuchtet kaum noch heraus. Solch eine Seele wird in vielen Leben nicht sauber geleckt! Wir haben seit langer Zeit immer mehr und mehr zu tun! Unsere Arbeit wird von Jahrhundert zu Jahrhundert schwieriger! Es liegt an der gewaltigen Sündenschwemme! Kaum ein Mensch benimmt sich noch züchtig und lieb. Wir Teufel warnen schon so lange! Ihr im Himmel seid zu weit von der Erde weg. Ihr schaut nicht hin. Ihr haltet die Augen geschlossen. Wir holen mehr und mehr Teufel hierher, nur um die versündigten Seelen zu reinigen. Wir schaffen es nicht. Niemand hört uns zu! Verdammt! Niemand hört uns jemals zu!«

Der Engel sagte sarkastisch: »Niemand hört zu? Ich sitze gerade vor dir. Siehst du mich? Meine Augen sind geöffnet. Ich habe offene Ohren.« Der Teufel schien plötzlich einen spitzbübischen Gedankenblitz zu haben. Er nahm eine der dunklen Seelen in die Hand. Sie sah aus wie ein mit schwarzem Zucker glasierter Jahrmarktapfel. Er streckte seine pelzige Noppenzunge heraus und leckte am schwarzen Seelenüberzug. Der Engel zuckte abwehrend erschrocken und hielt sich spontan die Ohren zu, er hatte die schiere Angst in den Augen. Er kniff die Augen zu.
Der Tote schrie unsäglich schrill ~~~~~~~~~~~~~~~~~~~.
»Lass das sein!«, befahl der Engel mit schneidender Stimme. Er hatte die Augen geschlossen und hielt sich verzweifelt die Ohren. Der Teufel leckte herzhaft an der Seele weiter, deren zugehöriger Toter immer lauter gellende Schreie ausstieß, die markerschütternd den Engel fast zum Wahnsinn trieben.
»Na, Engel? Siehst du? Hörst du?«
»Ich schwöre dir beliebigen Ärger, wenn du nicht sofort aufhörst!«, schrie nun der Engel völlig außer sich.
»Lass das sein!«
»Gut, gut,« entgegnete der Teufel und legte die schwarze klebrige Seele beiseite.
»Ihr da oben habt schöne Ansichten. Ganz diamantblank geleckt sollen wir die Seelen liefern! Die schmutzige Arbeit aber wollt ihr nicht mit ansehen! Kann sich *einmal* ein Engel anhören, wie wirkliche Arbeit aussieht? Hat je einer von euch Mitleid mit uns armen Teufeln? Seid ihr wirklich sicher, dass es keine bessere Methode gibt, die Seelen zu reinigen? Gibt es nichts anderes als das Ablecken der Seelen? Schadet tausend Jahre Schreien der Toten nicht ihren Seelen? Vermindert es nicht die Güte des roten Seelenkerns? Fürchten sich nicht die Menschen im Leben schon vor diesem Feuer der Hölle? Ritzt es nicht schon die lebenden Seelen?« Der

Teufel sah nun, dass sich der Engel noch immer die Ohren zuhielt. Er wartete, bis der Engel sich beruhigt hatte. »Ich meine, dieses absurd grässliche Schreien deutet doch auf tiefes Leiden hin und müsste nach normalem Verstand schaden. Willst du es noch einmal hören? Nein?«

Der Teufel lächelte und der Engel verfinsterte sich. Der Teufel argumentierte nun zuckersüß: »Weißt du, im Grunde loben die Toten doch Gott, wenn sie während der Reinigung der Seele so schrill kreischen. Das müsste doch Balsam in euren Ohren sein. Sie tun Buße. Bestimmt! Wenn ich so irre schreien würde, würde ich mir doch bestimmt überlegen, dass ich alles bereue. Ich würde mein Leben zum Brüllen finden, in mich gehen und versuchen, ein besserer Toter zu werden. Na, Engel? Vielleicht sollte ich dir zur Abschreckung sogar einmal das Ablecken einer Frauenseele vorführen?«

»Wenn du das tust …!«, drohte der Engel in Kampfhaltung.

»Frauenschreie sind reines Lob Gottes! In höchsten Tönen!«, grinste der Teufel.

»Lass dieses offizielle Gewäsch. Ich kann höchste Töne nicht leiden. Komm zur Sache: Wie können wir es schaffen, doch noch das gesamte geforderte Seelenkontingent rein zu waschen? Euch Teufeln bleibt doch sonst nicht gleich die Spucke weg. Ihr Teufel seid jetzt gefordert, produktiver zu lecken oder euch etwas Neues einfallen zu lassen. Seit wann sind Teufel nicht kreativ, wenn sie in Schwierigkeiten stecken?«

Der Teufel ereiferte sich: »Wir sind ausschließlich für die Seelenverarbeitung da. Nicht für das Verhindern der Sünden. Warum seht ihr schon so lange zu, wie die Erde zum Sündenpfuhl wird? Ich kann dir sofort sagen, wie wir vorgehen könnten. Ich trete vor eine große Menge von Menschen und lecke an einer frisch gestorbenen Seele, am besten an derjenigen eines soeben gestorbenen

oder hingerichteten sehr bekannten Menschen. Bei solchen können die Menschen noch ungefähr die Stimme erkennen, obwohl der Schrei sie sehr verzerrt. Sie erkennen bestimmt sofort, was ihre Stunde geschlagen hat. Wir lecken dann nur an dieser ausgewählten berühmten Demonstrationsseele ein paar Jahre vor ihren Augen herum und sie werden alle verstehen, dass es sehr viel länger als ein paar lumpige Jahrzehnte braucht, eine sündige Seele ganz blank zu lecken. Oder? Ihr Engel müsstet nur noch die Schreie für Menschen hörbar machen und schon sind sie fromm wie Schafe.«
»Lämmer.«
»Ist doch egal. Euer Anspruch, Seelen ganz ohne Einflussnahme von oben in absoluter Wildbahn zu erzeugen, ist völlig überzogen. Öko-Seelen, was? Sprüht doch ein bisschen Sündenbekämpfungsmittel und schon ist alles prall und glänzend.«
»Wir wollen ausschließlich natürliche, biologisch reine Seelen.«
»Was heißt schon biologisch rein? Die Menschen haben doch Erziehungssysteme! Waffen! Gehaltsabrechnungen! Arbeitspsychologie! Was kommt schon dabei heraus? Blanke Seelen etwa? Nein! Wir brauchen bessere Bedingungen. Erlaubt mir am besten, einmal ein wenig Einfluss auf der Erde zu nehmen. Ihr im Himmel kommt nur alle Jubeljahre vorbei. Ich aber sitze hier ohnmächtig unter den Menschen und sehe die Zunahme ihrer Sünden, ohne ihnen helfen zu dürfen. Früher mussten wir unschuldige und wilde Menschen zu schwersten Sünden verführen, damit wir überhaupt etwas zu lecken hatten! Wir Teufel leben ja schließlich vom schwarzsüßen Seelensündenzucker. Und heute? Zu viel davon! Viel zu viel! Wir schaffen es nicht. Keine Hoffnung! Verbietet uns am besten nicht weiter, unter die Menschen zu gehen. Ja, früher hatten wir einen starken Mangel an schwarzen Seelen. Wir mussten sehen, wo wir blieben. Wir mussten ja leben und haben das Schwarze der Seelen gerne wachsen sehen und dabei nachgehol-

fen. Ja, es stimmt: Wir haben viele Menschen zu Sünden verführt und ein Durcheinander erzeugt. Heute aber begehen sie die Sünden von allein! Ohne Sünde überleben die Menschen in ihrer jetzigen Organisation gar nicht mehr! Deshalb müssen wir Teufel helfend eingreifen und die Menschen zurückpfeifen, das ist doch völlig klar! Wir Teufel müssen für Ordnung und Liebe unter den Menschen sorgen. Hebt das Verbot auf!
Ein paar erlaubte Spaziergänge von Teufeln wie früher mit dem Pferdefuß— und wir biegen die Sache für euch hin. Gott wird über uns staunen, wenn es ihn geben sollte! Wenn man Engel erlebt wie dich, glaube ich es allerdings nicht!«
»Er hat gar nichts damit zu tun. Sie erwarten oben einfach Erledigung.«
»Da bist du als Engel selbst in der Klemme. Wenn ich versage, bekommst du die Schuld. Ich arbeite, du hast die Verantwortung. Wie kommst du aus dieser misslichen Lage heraus?«
»Ich quäle euch Teufel und mache mächtig Druck.«
»Und du schadest unserer hohen Motivation!«
»Ich werde mich an euren teuflischen Qualen weiden, was sonst! Wenn ich schon selbst in Schwierigkeiten stecken muss, dann geht es euch noch schlechter als mir, dafür sorge ich.«
»Darf das ein Engel sagen? Sind Engel nicht stets und immer herzensgut?«
»Unser Gespräch hört ja jetzt keiner.«
»Bist du sicher?«, schielte der Teufel.
»Irgendwann erwischen sie dich. Aus und vorbei! Weißt du nicht, wie sich gefallene Engel auflösen und zum Ammit werden, wenn der Himmel oder das himmlische Licht Fehlbarkeiten in ihren Seelen entdeckt?«
»Oh, kennst du dich da aus?«, fragte der Engel unsicher und beugte sich vor, als höre er schlecht.

»Haben denn Engel eine Seele?«
»Ich bin nicht sicher. Bei dir sowieso nicht. In Menschen fühle ich sie. Immer.«
Sie schwiegen.
»Erlaub mir, wieder unter die Menschen zu gehen. Bitte, oh Engel.«
»Ich darf es nicht gestatten, das weißt du genau.«
»Lass mich nur einmal als Untoter oder als Bestie erscheinen.«
»Nein.«
»Einmal! Als Werwolf wenigstens!«
»Nein!«
»Als Fledermaus!«
»Nein! Nein! Nein!«
»Als Fliege!«
»Mach die Fliege, sage ich!«
Da fiel der Teufel mit gefalteten Händen auf die Knie und dankte inbrünstig. Der Engel lächelte grimmig und wurde gnädiger.
»Gut. Du darfst *einmal* als Fliege auftreten. Ich wüsste nicht, was es helfen sollte. Ich bin gespannt.«
»Im Märchen darf man immer drei Mal, ich bitte dich!«
»Oh, einmal ist genug. Du kannst danach ja wieder kniend kommen!« Der Engel flatterte aufbruchbereit mit den Flügeln.
»Und ich will deutlich mehr blitzblanke Seelen haben. Ist das klar?«
Der Teufel verneigte sich. Als der Engel schon langsam vom Boden abhob, nahm der Teufel seelenruhig eine schwarze Knolle in die Hand. Der Engel blickte sehr ernst und strafend.
Der Teufel drehte die Seele lächelnd und andächtig wie eine Erdkugel in der Hand ...
Gleich aber, als der Engel entschwunden war, verdüsterte sich seine Miene. Ach, könnte er doch mit einem Pferdefuß unter die Menschen gehen und ihnen etwas weismachen oder vorgaukeln,

damit sie mit dem Sündigen aufhörten! Er verfluchte den Engel, der selbstherrlich mehr blanke Seelen forderte, aber selbst nicht helfen wollte. Eine Fliege! Das war ein Witz! Und der Engel wusste es. Er hatte ihn sicher nur ärgern wollen. Und wie es ihn ärgerte! Plötzlich schlug sich der Teufel vor den Kopf.
»Ich hätte mir wünschen sollen, ein Bakterium zu werden, das alle Kinder tot umfallen lässt! Das wäre es! Nur sündenfreie Seelen kämen zu mir! Klein, aber fein! Ja, man müsste sie früh sterben lassen, so wie früher, in der Steinzeit. Damals waren die Engel noch zufrieden mit den nur kurz lebenden Menschen! Kurzes Leben - schöne Seele! Langes Leben - viele Sünden! Aber die Menschen von heute merken rein gar nichts und bezahlen noch die Ärzte dafür. Aber vielleicht— ja ...«
Er dachte angestrengt nach. Er hatte vor Jahrhunderten einmal für kurze Zeit auf Vampire gesetzt. Die hätten ja massenweise Kinder aussaugen können. Aber die Seelen der damals Gebissenen und Ausgebluteten waren ganz und gar unbrauchbar gewesen, richtig vermasselt. Der Teufel fluchte. An die Kinder kam er so einfach nicht heran. Und der Gottesglauben verschwand zunehmend unter den Menschen, die dafür auf Medizin vertrauten. Ja, vielleicht! Noch ein Versuch mit Vampiren? Hey, was täten die Mediziner denn dann?
Der Teufel sah im Tagtraum die Besserwisser und Philosophen vor sich, die einen Vampir untersuchten. Sie würden unfehlbar rufen: »Wenn es Vampire gibt, muss auch Gott existieren!« Ja, das würden die Menschen denken. Dann würden sie wieder an Gott glauben und das Sündigen eindämmen. Dabei war ihm selbst, dem Teufel, überhaupt nicht klar, ob es wirklich einen Gott gäbe. Es gab Engel, das stand fest. Aber was sollte das schon beweisen? Und wenn Gott nur wie ein Engel wäre, was hülfe es den Seelen?
Der Teufel beschloss, wieder etwas Göttliches in die Welt zu brin-

gen. Das könnte ihn retten. Der Teufel nickte vor sich hin. »Es ist kein guter Plan, aber wenigstens einer, auf den ich hoffen kann. Hoffnung! Hoffnung ist der Rausch des Pöbels. Hoffnung ist das Opium des Verlorenen! Hoffnung ist die Sünde der armen Teufel! Ich hoffe, ich bekomme einen der so genannten *besser Verstehenden* dazu, sich mit Vampiren zu befassen. Aber wie? Drück ich ihm ein Bätzchen Fliegendreck ins Auge? Können Klugschwätzer überhaupt Blut sehen oder sind sie nur mit Wissen voll gesogen?«

BLUTIGE ANFÄNGER

KAFFEE UND UNSICHTBARKEIT

Alle nannten ihn Brain, weil er so viel wusste. Nur selten konnte er nicht Antwort geben. Das freute seine Mitmenschen. Denn es machte ihn menschlicher für die anderen. Er interessierte sich gar nicht so sehr für etwas Bestimmtes. Es ging ihm mehr darum, eben alles zu wissen. Er hatte kein spezielles Hobby, kein zentrales Kenntnisgebiet. Er war stets wach und dachte mit. Er wirkte oft abwesend. Dann wandelte er innerlich in Tagträumen. Er wirkte dabei steif und verstockt, beinahe stoffelig.
»Er denkt schon wieder nach!«, mutmaßten die Leute.
»Er schwebt in anderen Spharen!«
Er hasste Unvernunft, weil sie für sein Gehirn wie Unberechenbarkeit wirkte. Unvernunft, dachte er sich, macht die Welt unnötig komplex und unverständlich. Eine vernünftige Welt kann durch zehn Gebote oder zehn Zeilen Bergpredigt geregelt werden. Mehr ist nicht nötig, fühlte er oft in stiller Verzweiflung.

Brain verdiente sich etwas Geld mit dem Programmieren von Computern. Er galt auf diesem Gebiet als Genie und hätte eine große Laufbahn einschlagen können. Aber ein wenig Geld reichte für eine kleine Wohnung mit unscheinbaren Möbeln. Er lebte dort leise die eine Hälfte seines Lebens. Während der anderen saß er in der Ferne mit defekten Computern zusammen und päppelte sie auf.
Brain war auf der Durchreise zum nächsten kranken Computer. Er hatte kaum Zeit. Aber er ließ es sich nicht nehmen, Martha immer wieder zu sehen. Brain hatte sich mit Martha zum Frühstück in einem kleinen Hotel verabredet, in dem er übernachtete. Würde sie die Kinder mitbringen?
Martha war Brains Jugendliebe. Er hatte sie alle Zeit still angehimmelt. Der Anblick von Martha war das einzige, was in ihm etwas zum Schwingen brachte, ein Steigen des Blutes in die Wangen, ein glückliches Heben des Atems, ein Kribbeln im Bauch. Er hatte immer geglaubt, Martha würde es ganz deutlich sehen, wie er wieder und wieder errötete oder wie es in ihm kribbelte. Er schämte sich und versuchte sich zu beherrschen. Jedes Mal, wenn er Martha sah, hatte er in dieser Weise sein Inneres zu beschwichtigen, diesen unbekannten Rest, der außerhalb seines Kopfes wohnte. Und so hatte er es nie fertig gebracht, ihr näher zu kommen.
Eines Tages verliebte sich Otto in sie. Er arbeitete als Hausmeister in einem Studentenwohnheim. Otto bemühte sich bis zur Selbstaufgabe um Martha. Er diente ihr, besorgte alles für sie, opferte alles. Brain konnte kaum mit ansehen, wie ein pummeliger, gutmütiger großer Junge ihm Martha vor seinen Augen fortnahm. Otto war doch gar nicht klug! Er war eher unbeholfen und beinahe täppisch oder unbedarft. Brain konnte es kaum fassen, mit wie wenig Verstand eine Frau herumzubekom-men war. Nach einiger Zeit heirateten die beiden und Martha wurde fast sofort schwan-

Und Brain fragte schelmisch: »Magst du meine Frau werden?«

ger. Sie bekam Zwillinge, ein Junge und ein Mädchen. Heute waren Leon und Anke elf oder zwölf Jahre alt. Leon war ein stiller Junge, der immer etwas misstrauisch wirkte, als wäre er mit einer angespannten Stirnfalte geboren. Anke war ein unbekümmerter Wirbelwind. Anke löste in Brain immer reine Freude aus. Sie waren dicke Freunde. Brain war in gewisser Weise der gute, etwas merkwürdige Onkel der Familie. Er kam einige Male im Jahr zu Besuch und spielte dann die meiste Zeit mit den Kindern. Kinder wuchsen ja noch und wurden klüger. Das freute Brain, während er bei Erwachsenen immer vor dem Endergebnis stand. Erwachsene waren meist nicht klug und wurden nicht klüger.
»Nur wer einen Schaden hat, wird klüger!«, hatte Otto einmal gesagt und Brain musste sich schrecklich schütteln. Brain verstand Frauen nicht. Otto verstand Frauen auch nicht. Das war der Unterschied.
Brain war schon beim Frühstück und wartete auf Martha. Sie hatten ausgemacht, dass sie ihm beim Essen Gesellschaft leisten würde. Sie würden bestimmt wieder über die Zuchterlaubnis sprechen, die Martha so sehr aufregte. Brain hätte lieber mit den Kindern geredet. Martha kam immer zu spät, das wusste Brain, er hatte es schon vorher berechnet und sich entsprechend früher verabredet. Nun wartete er. Er wagte nicht, um die berechnete Zeitspanne selbst zu spät zu kommen.
Brain übernachtete von Berufs wegen oft in Hotels. Er liebte dort ein reichhaltig fettiges Frühstück mit Speck, Wurst und Rührei. Dazu Ströme ganz heißen Kaffees. Er hatte sich schon bedient und einen großen Teller mit Bratkartoffeln und Zwiebeln und allem anderen überladen. Das würde für den ganzen Tag reichen und er müsste sich nicht schon wieder um Essen kümmern. Er wartete nur noch auf den Kaffee. Er liebte heißen Kaffee. Er musste ihn wirklich brühheiß trinken. Er brachte es nie so weit, Kaffee nur in

der Vorstellung so wirklichkeitsecht zu trinken, dass die Realität übertroffen würde. Nein, nur dieses feine Brennen im Hals ließ ihm heißen Kaffee einfach über jede Vorstellung köstlich schmecken.

Er wurde unruhig, weil ihn die Kellner glatt übersahen. Er kannte das und wohnte deshalb möglichst nur noch in Hotels, die vorbereitete Thermoskannen auf den Frühstückstischen stehen hatten. Die Kellner sahen ihn nie, wenn er Kaffee wünschte. Dabei dachte er wirklich sehr angestrengt an heißen Kaffee, um die Kellner zum Einschenken zu zwingen. Merkten sie das nicht? Er ließ absichtlich einen Löffel fallen und schaute schamhaft weg. Eine junge Kellnerin sprang herbei, hob den Löffel auf, brachte sofort einen frischen— und sprang weiter!

»Ich wollte nur Kaffee ...« stammelte er wohl viel zu leise und wusste gleichzeitig, dass man ihn nicht sah. Er wollte ja eigentlich nie gesehen werden, damit er nämlich in Ruhe nachdenken konnte. Nur, bitte, wenn er Kaffee wollte, sollten sie herbeiströmen! Er fand, er bezahle den Kaffee schließlich mit seinem Geld, da könne er guten Service erwarten.

Er schaute pünktlich später zur Uhr.

Martha eilte an seinen Tisch heran, etwas errötet.

»Hallo, Brain! Geht es dir gut?« Brain schaute missmutig.

»Ich warte auf Kaffee! Das Rührei ist kalt!« Aber in diesem Moment fragten fast gleichzeitig zwei Kellner Martha stereotyp: »Tee oder Kaffee?« Sie bestellte lachend für Brain, der sich jetzt beruhigte. Der Kaffee kam sofort. Er sog ihn begierig schlürfend ein. Schön heiß! Er spürte befriedigt das Brennen in der Kehle. Genau so musste es sein. Perfekt! Er begann zu erwachen. Er sah Martha an. Er fand sie so schön, wenn sie sich aufregte! Er wusste, sie würde sich sofort über das geplante Züchten von besseren Menschen aufregen. Das waren doch nur Pläne! Jemand in der Regie-

rung hatte die Meinung vertreten, das Züchten sei nicht verboten. Mehr war nicht passiert. Da heulten die Menschenrechtler auf. Da wurde Martha fast verrückt und verschwendete ihre meiste Zeit für Demonstrationen. Sie arbeitete sonst in der Verwaltung eines heruntergekommenen Konzerns.
»Und dir? Wie geht es dir?«, fragte er Martha, als er die Tasse absetzte.
»Es war fast niemand da! Wir hatten eine riesige Demonstration gegen das Züchten geplant. Ich habe so sehr lange an der Vorbereitung gearbeitet. Aber das Wetter war gestern nicht gut und wir standen mit unserer Demo im Regen. Ich rege mich so auf! Die Menschen sind so widerlich gleichgültig! Es gibt Gerüchte, dass die Konzerne jetzt sehr schnell aufwachsende Menschen züchten könnten. Sie sollen schon nach etwa sieben Jahren vollwertig in der Armee kämpfen können! Sie töten die weiblichen Embryos ab, stell dir das vor! Sie töten die *Mädchen*!«
Sie war von den Gerüchten ganz durcheinander. Brain wunderte sich, aber er liebte es, über theoretischen Unsinn zu debattieren. Er entgegnete deshalb: »Bei den Hühnern werden auch die meisten weiblichen getötet, weil Hähnchen beim Braten besser schmecken und zum Legen nicht so viele gebraucht werden.«
»Brain, mach bitte keine blöden Witze darüber. Sie wollen den Einsatz gezüchteter Soldaten genehmigen, weil das humaner ist, als wenn dann unnötig sorgfältig aufgezogene Menschen im Krieg sterben müssen!«
»Martha, sie züchten doch auch welche mit größeren Hirnen und mehr Muskeln. Die Frauen sparen heutzutage nur noch für Ganzkörperoperationen. Sie beginnen schon bei den Kleinkindern mit ersten Begradigungen. Peniskernknochenimplantate!«
»Und sie spritzen Schamlippen auf, Brain!«
»Zierhodenaufblähungen! Designer-Vaginae!«

»Ganzkörperhauteinfärbungen in allen Farben! Brain, das ist eine andere Welt! Wir sollten natürliche Kinder austragen, nicht Kriege um das Aussehen!«
»Ach Martha, der Trend zum Fantasy-Menschen wird nicht aufzuhalten sein.«
»Aber ich will etwas dagegen tun! Wir müssen uns entgegenstemmen! Es darf nicht sein, dass eine Mutter finanziell ruiniert ist, wenn sie ein hässliches Kind bekommt.« »Sie wäre verpflichtet gewesen, in den Spiegel zu schauen. Vorsorge ist stets besser. Ein hässliches Kind wäre nur bei Vampiren verzeihlich, Martha. Haha, die haben nämlich kein Spiegelbild!«
Martha blickte ihn wütend an. Seine Witzeleien waren nicht zu ertragen. Brain verstand, dass er jetzt besser ernst werden sollte.
»Was willst du tun?«
Sie weinte leise. Ihre Tochter Anke hatte am Vortag in einem Skin-Katalog andere Hautfarben bewundert.
»Blau metallic, schau mal, Mama! Würde mir das stehen?«, hatte sie gefragt. Martha nahm Brains Hand und schluchzte.
»Bei der Arbeit machen sie mir schon unterschwellige Vorwürfe, dass ich zwei schwach schiefe Zähne habe. Am liebsten wäre ich manchmal unsichtbar.«
»Wie ich, wenigstens für Kellner. Bestellst du mir bitte noch mehr Kaffee?«
Sie winkte nur kurz.
Brain schlürfte wenig später. Der Kaffee war extrem heiß. Wunderbar. Er dachte nach.
»Ach, Martha. Sei friedlich. Ich glaube nicht, dass die Sache so schlimm ausgehen wird. Wenn wir uns schöne Kinder züchten, sind wir doch selbst erledigt, oder? Wäre das klug? Damals haben sie sich über Atomkriege aufgeregt. Nichts! Sie haben gefürchtet, dass nun alle fundamental religiös würden! Nichts. Sieh, es regelt

sich alles wieder. Die Menschen werden doch nicht einfach verschwinden. Verstehst du?«
Martha aber war voller Ingrimm.
»Ich will Terroristin werden. Bomben legen. Was weiß ich.«
Brain überhörte es beunruhigt und plapperte weiter.
»Vielleicht wäre es besser, man entstellt Gesichter. Wir haben früher immer mit spitzen Steinen den Lack von Luxusautos geritzt. Kleine Aktion - Riesenwirkung. Du könntest in der Nacht Leute einfangen und ihnen eine Harry-Potter-Wunde oder ein Zorro-Zeichen an den Kopf kratzen, aber wahrscheinlich kommt das dann in Mode und sie schneiden sich Hieroglyphen in die Stirn.«
»Ich will Konzernzentralen in Asche legen. Sie verstehen nur diese eine Sprache. Ich will mehr Feuer in meinen Aktionen sehen.«
»Überleg dir alles noch einmal in Ruhe, ja? Du brauchst Sprengstoff, Experten, Pläne, Geld, Mut. Und vielleicht bist du heute nur unendlich wütend. Lösen Bomben die Hautprobleme der Menschheit? Sprechen wir bei meinem nächsten Besuch darüber? Wie geht es den Kindern? Sind die auch Feuer und Flamme für deinen Plan?«
Martha winkte böse ab. Brain stand unruhig auf. Er musste weiterreisen. Martha blieb noch eine Weile empört sitzen. Brain nahm nichts ernst! Er hatte keine Ahnung, was in der Welt geschah. Er verstand Computer und las zu Hause Bücher.
Nein, er hatte keine Ahnung.

ES WIRD ERNST

Martha rief Brain nun öfter an. Sie erregte sich über immer neue Ungeheuerlichkeiten, wie sie es nannte. Eine Nachbarin von Martha leistete sich nun Wechselzahnimplantate und konnte die Zahnfarbe mit dem Kleid wechseln. Einfach umschrauben, fertig! Martha flippte am Telefon fast aus, als sie Brain die neuen Halloween-Zähne beschrieb. In allen Zähnen waren Radio-Chips eingebaut. Dadurch konnte man verlorene Zähne anpiepen und wieder finden.
»Das gefällt mir!«, applaudierte Brain.
»Solche Funkchips müsste ich in meinen Schachfiguren haben. Die sind immer durcheinander. Ich habe eine zu große Sammlung. Bestimmt habe ich schon ein paar Bauern mit dem Staubsauger erwischt.«
»Saugst du denn Staub?«
»Nein, eigentlich nicht. Ich habe Angst, dass durch das Saubermachen Unordnung unter den Büchern entsteht.«
Ein anderes Mal erregte sich Martha, weil ein Forscher Kunststoffe erfunden hatte, die mit dem Körperfleisch von Menschen ver-

wachsen und deshalb ohne Nähte oder Kanten eingebaut werden konnten. Die Erfindung war patentiert worden und wurde als sensationeller Durchbruch in der Materialwissenschaft gefeiert. Der Nobelpreis galt als sicher. Der Professor erklärte an menschlichen Körpern im Fernsehen, wie man nun ganze Maschinenaggregate in solchen Hautkunststoffbeuteln in den Körper einlassen könnte. »Wir können in wenigen Jahren die Verdauung auf Wunsch einstellen und den Sexualapparat je nach Tageszeit stimulieren oder deaktivieren, wie es analog schon bei Ölheizungen praktiziert wird. Es könnte Alarm per E-Mail ausgelöst werden, wenn der Körper raucht oder Alkohol trinkt. Damit wird bald der Hauptteil der Kindererziehung automatisch erledigt werden. Die Industrie des Body-Enhancements steht vor einer goldenen Zukunft. Unsere patentierten Produkte werden wie eine Bombe im Markt einschlagen. Es wird keine Menschen mehr geben, die im Leben versagen. Alle haben Erfolg, wenn wir sie bei der Auswahl der geeigneten Produkte beraten. Kommen Sie zu uns! Sie werden sich nicht mehr wieder erkennen!«
Diese neue Erfindungswelle ließ bei Martha alle Dämme brechen. Sie wollte nun definitiv den aktiven Kampf gegen die weitere Sinnentleerung des menschlichen Lebens aufnehmen.
Brain aber fand, dass die profane Dummheit das Grundübel der Menschheit wäre. Die Dummheit würde selbstverständlich mit jeder Erfindung weiter verstärkt, aber er sah nicht, wie die Dummheit durch Terror oder durch Bomben verschwinden könnte.
»Dumme Menschen neigen zu sinnlosen Geldausgaben. Das macht sie vom Nutzen her gesehen genial! Deshalb kann die Dummheit vielleicht nur in der Abwesenheit von Geld kuriert werden, aber wollen wir das?« Martha wollte nicht mehr diskutieren. Sie wollte Taten sehen. Sie kaufte Sprengstoff und Zünder. Brain bekniete sie, keine unüberlegten Schritte zu unternehmen.

Aber Martha begann zu basteln. Da konnte er es nicht mehr ertragen und bot seinerseits an, eine kleine Probebombe zu bauen, um erst einmal Erfahrungen zu sammeln. Er dachte bei sich, dass das Bombenbauen ein interessantes neues Wissensgebiet wäre. Er hätte etwas Aufregendes zu tun. Irgendwie würde er Martha das Töten wohl noch ausreden können. Töten ist dumm. Das wusste er sicher.

So vereinbarten sie nach längerem Hin und Her, zur Probe in einer einsamen Gegend eine Autobombe zu zünden, um herauszubekommen, wie viel Sprengstoff sie für den Ernstfall benötigen würden. Brain schlug vor, dabei die Kinder mitzunehmen. Er hoffte, das würde einem Ernstfall den Riegel vorschieben. Zu seiner Überraschung ging Martha darauf ein. Sie wiederum hoffte darauf, die Kinder frühzeitig zu Verbündeten und Mitkämpfern zu erziehen.

»Dumm!«, dachte Brain.

»Anke findet doch Metallic-Haut schön. Aber Leon, ja, Leon könnte eine Neigung haben ...« Leon wirkte meist so verschlossen! Brain fühlte, dass sich Leon lieber nicht mit Bomben befassen sollte.

»Manche Menschen können nicht mit Geld umgehen, andere nicht mit Alkohol. Leon wird später nicht mit Gewalt umgehen können. Oder irre ich mich?« Er traute sich nicht, darüber mit Martha zu sprechen. Martha liebte ihren Sohn viel zu sehr.

»Mutter und Sohn! Da war noch nie ein Raum für Verstand«, dachte Brain und hatte wieder eine Quelle der allgegenwärtigen Dummheit entdeckt.

Brain baute einen erstklassigen Sprengsatz aus dem Material, das Martha besorgt hatte. Danach war er ganz stolz auf sich selbst. Das war viel mehr für ihn als nur zufrieden mit sich zu sein. In Gedanken freute er sich schon über die kolossale Wirkung der Bombe, die er genau vorausberechnet hatte. In seinen Tagträumen konnte er den künftigen Feuerball sehen. Er hatte ihn schon mehrfach begeistert Otto und den Kindern beschrieben, aber die mussten ihn offenbar erst wirklich sehen. »Ihnen fehlt das Vorstellungsvermögen. Sie brauchen noch zu viel Realität. Wozu müssen sie noch sehen, was sie sich schon *vorstellen* könnten?«, so wunderte er sich über Menschen, die sehen müssen, um zu glauben.

Martha hatte eine idyllische Stelle in der Natur für den Versuch mit dem Sprengsatz ausgesucht. Sie wollte ein Auto auf eine kleine Brücke stellen und es mit der Bombe hochjagen. Martha hatte tatsächlich mit Ottos Hilfe ein kleines desolates Auto von einem Autofriedhof ›gemopst‹, wie sie sagte. Das Auto würde noch bis zu seinem baldigen Tod halbwegs fahren können. Martha stellte sich vor, wie der Feuerball emporschießen würde. Und wie es sein würde, wenn bei größeren Bomben die Konzernmanager im Fernsehen über die Opfer der Anschläge jammern würden, weil dadurch die Aktienkurse so stark fielen. Martha wollte Brain überreden, jeweils vorher am Aktienmarkt auf fallende Kurse zu setzen, um Geld mit dem Terror zu verdienen. Das gewonnene Geld würden sie zu immer größeren Aktionen einsetzen. Martha freute sich, dass sich auch Leon mit diesen finanziellen Möglichkeiten auseinanderzusetzen begann.

»Er spürt das Mögliche!«, freute sie sich und glaubte, das Mögliche in ihrem Sohn zu spüren.

Mütter spüren immer alles Mögliche in ihren Söhnen

Brain war wieder in sein Stammhotel angereist Er hatte den Sprengsatz dabei. Die Zwillinge warteten an der Rezeption im Hotel auf ihn. Sobald Anke Brain kommen sah, stürmte sie los. »Brain!« Sie sprang ihm voller Freude in den Arm. Er hob sie hoch und drehte sich im Schwung mit ihr. »Jetzt geht es los, Brain! Ich bin so gespannt! Bumm! Bumm!« Sie breitete begeistert die Arme aus und deutete mit einer Geste einen Atompilz an.

»Pssst!«, mahnte Brain und sofort fiel ihr ein, dass sie belauscht werden könnten. Sie schaute sich um, spielte anmutig ein bisschen Scham und lachte gleich wieder.

»Du bist bald eine junge Dame!«, staunte Brain über Anke, die er einige Zeit nicht gesehen hatte.

»Woran merkst du das?«

Anke drehte sich wie ein Model einmal herum.

»Du bist schwerer beim Herumschwenken.«

Anke verzog schelmisch die Miene. »Das ist alles?«

»Vielleicht werde ich selbst ja älter und schwächer?«

»Nein, du bist wie immer!«

Nun kam Leon herangeschlendert. Er war angespannt und konzentriert, was bei ihm wie Missmut wirkte.

Leon nickte knapp zum Gruss.

»Alles bereit?«, fragte Brain.

»Mama und Papa sitzen unten im Auto und warten auf uns. Wir haben das Parkhaus des Hotels genommen. Es ist sehr dunkel. Mama hat Angst, weil wir unser eigenes Autoschild kurz an den gemopsten Schrotthaufen gehängt haben.«

»Also los! Leon, willst du den Rollenkoffer mit der Bombe nehmen? Aber vorsichtig. Stell dir vor, sie explodiert, dann ist mein schöner Koffer hin.«

Anke lachte und Leon zog ein müdes Haha-Gesicht.

Sie gingen ins Parkhaus hinunter, wo Martha und Otto im Auto saßen und nach Brain und den Kindern Ausschau hielten. Leon zog den Koffer mit der Bombe vorsichtig hinter sich her. Er schien besorgt, weil die Kofferrollen immer die Plattennähte des Betonbodens überqueren mussten. Sie erreichten das Auto, Leon nervös, Anke und Brain gut gelaunt. Brain winkte Martha und Otto ein

fröhliches Hallo und ging um den Kofferraum herum. Otto öffnete die Vordertür des Autos. »Warte, Brain, ich steige aus!«
Da blieb Brain wie angewurzelt stehen und sagte sehr ernst: »Otto, jetzt steigt *niemand* mehr aus. Heute legen wir die Bombe und damit basta!«
»Um Gottes Willen, Brain, ich meinte das nicht so! Ich wollte nur sagen, ich will aus dem Auto aussteigen und dir helfen.«
»Otto, mach uns nicht misstrauisch! Du drehst alles sofort ins Positive. Ich habe soeben persönlich von dir höchstselbst gehört, dass du *aussteigen* willst!«
Anke lachte hell.
»Papa, du wirst verarscht! Haha!«
Martha stöhnte. »Könnt ihr beide vielleicht irgendetwas in dieser Welt ernst nehmen? Versteht ihr diesen Probeanschlag als Witz? Er stellt den Beginn unseres Kampfes gegen die ganze Gesellschaft dar. Das ist bestimmt kein lustiger Pfadfinderstreich! Ich werde gleich sauer. Das ist *ernst*! Bitter ernst! Wenn ich diese verdammte Bombe selbst bauen könnte, täte ich es schon deshalb, damit ich nicht dieses blödelnde Gelaber hören muss. Zieh nicht alles ins Lächerliche, Brain! Jetzt ist die Zeit des beginnenden Kampfes.«
»Hey, du bist in Bombenstimmung. Ich mach ja mit, aber bitte, zwing mich nicht, den finsteren Kämpfer zu spielen. Den Hauptkampf verlieren wir ohnehin, das sage ich dir ja immer. Du verhinderst durch die Bomben nichts, nur fühlst du dich ehrenhafter, wenn du kein Mittäter in der Gesellschaft bist.«
»Warum hast du dann die Bombe gebaut?«
»Weil das großen Spaß gemacht hat, weil ich dich nach diesem ersten Versuch noch umstimmen will und weil ich dich liebe, Martha,« sagte Brain mit gekonnt schelmischer Miene. Leon brummelte etwas Finsteres und wurde ganz grau. Aber Anke um-

armte Brain fröhlich und fragte: »Liebst du mich auch?« Und sie holte sich einen scheuen, rituellen Ja-Kuss ab. Anke hüpfte auf dem Autositz und rief Otto zu: »Papa, mich liebt ein erwachsener Mann! Dabei bin ich erst elf Jahre alt! In Indien heiraten sie dann schon. Stimmt das?«
»Hör auf, verdammt!«, zischte Leon.
»Wir dürfen jetzt nichts falsch machen. Konzentrier dich doch. Schau Mutter an. Verdammt!« Die saß abfahrbereit auf dem Beifahrersitz— mit zusammengekniffenen Lippen.
Einige Zeit später ächzte das uralte Schrottauto eine gewundene Straße hinauf. Brain stritt absichtlich mit Martha, ob nun wirklich die Kinder beim Anschlag zuschauen müssten. Es war ihm ja heimlich recht. Martha erklärte nochmals, sie wolle die Kinder zu Kriegern der Menschlichkeit erziehen. Brain forderte Otto auf, etwas Eigenständiges zu dieser Frage beizutragen.
»Ach Brain, ich fahre schon das Auto und helfe, wo ich kann. Martha meint es gut mit den Kindern. Was sollte ich dagegen haben?« Brain mochte es gern, wenn Otto so daherredete. So dumm! Warum hatte ihn Martha bloß geheiratet? Er spielte insgeheim mit Otto. Er führte ihn intellektuell vor und genoss dabei den aufbegehrenden Unmut von Martha und besonders von Leon.
Er fragte ernst: »Habt ihr denn wenigstens ein Bekennerschreiben mit den Zielen eures edlen Kampfes angefertigt? Damit die Polizei etwas in die Zeitung zu setzen hat?«
Martha stöhnte. Sie schwiegen.
Da sagte Otto zur Überraschung aller: »Seht ihr wohl? Ich habe daran gedacht. Ich habe mich hingesetzt und kurz etwas aufgeschrieben.«
Martha wurde tiefrot. Otto lobte sich selbst: »Es ist richtig gut geworden. Wollt ihr es lesen?« Martha zitterte vor innerem Widerwillen. Otto hatte etwas geschrieben! Wenn das nun Brain läse,

würde es das reine Spießrutenlaufen. »Wieso schreibst du etwas, Otto?«, schnaubte sie.
»Weil ihr an so etwas nicht denkt! Ich sehe oft Berichte von Terrorakten im Fernsehen. Mit denen kann die Polizei überhaupt nichts anfangen, wenn sie kein Bekennerschreiben vorliegen hat. Das ist das Wichtigste, denke ich. Und ihr habt es vergessen, obwohl ihr alle so schlau seid.«
Brain freute sich auf den Text. »Lies vor! Wo ist das Schreiben?«
Otto griff in die Hemdtasche und reichte einen verwelkten Zettel nach hinten.
Martha fühlte, wie Brain sie quälte. Warum war er so gleichgültig kühl? So unernst? Neulich hatte sie schaudernd vor sich hin gesagt: »Er ist so eiskalt!«
Und Anke hatte ahnungslos gefragt: »Wer?«
Gab es doch etwas anderes in ihm? Konnte Anke das spüren?
Otto riss sie aus ihren Gedanken. »Ich finde den Text gut. Lies ihn bitte vor, Leon!« Martha blickte ihn giftig an. »Muss das jetzt sein?«
»Reg dich nicht auf Martha, alles ist gut, sehr gut sogar.«
Leon las vor: »Dies ist unser erster Protest. Weitere werden folgen. Gegen das gezielte Züchten von Kindsoldaten, Leistungssportlern, Zwergen, Opernsängerinnen und Organspendern! Menschen dürfen nie zu einem Zweck vom Menschen erschaffen werden! Gegen genmanipulierte Intelligenz, Muskelzucht und Manneskraftpotenzierung! So etwas darf uns nie in den Kopf kommen oder in den Schoß gelegt werden. Nieder mit der Hautfärbungsindustrie! Für ein Verbot von Early-Design-Operationen an Elite-Kindern! Ächtet Silikonwaden und Zier-Fußpilze!«
»Bravo! Bravo!«, klatschte Anke ihrem Zwillingsbruder zu.
»Nur das mit dem Hautfärben finde ich nicht so schlimm. Ich habe letzte Woche im Fernsehen einen Hellblauen gesehen. Sehr

edel, finde ich. Ich bin ziemlich braun vom Draußenspielen. Der Hellblaue hat gesagt, er muss sich allerdings alle paar Jahre nachfärben, wie bei einem Haus außen. Er hätte es deshalb lieber pergament.« Die anderen schwiegen. Martha bebte permanent. Otto aber lächelte zufrieden. Er war stolz, dass ihm die Formulierung ›in den Kopf kommen‹ eingefallen war, weil er darin eine Anspielung zu Intelligenz versteckt hatte. »Erkennt ihr die beiden Witze darin? Manchmal kann ich das auch,« erklärte er den anderen. Und er saß schließlich am Steuer. Er blickte auf den Kilometerzähler. Sie würden bald da sein.
»Es wird ernst,« dachte Brain und lächelte immer noch über Otto den Großen. Er schaute nach draußen. Wald zog am Frühabend vorbei. Es herrschte schönstes Ausflugswetter.
Eine Melodie kam ihm in den Sinn.

> Fünf kleine Negerlein,
> die sprengten eine Brück'
> da platzte eins in der Luft zu Brei,
> da waren's nur noch drei.

Otto fuhr mit Schwung auf eine einsame, idyllisch gelegene Brücke. Eine ganz scharfe Kurve führte auf sie herauf. Er bremste hart, ratschte an das Brückengeländer und bekam den Wagen zum Stehen.
»Bist du verrückt geworden? So etwas hat uns noch gefehlt. Siehst du denn nicht hin?«, fauchte Martha und zeigte auf ein Warnschild mit einem grellorangefarbigen Totenkopf darauf. Etwas blass stiegen sie aus. Brain dehnte sich wohlig. Er genoss den Blick in die abendliche Natur und bedauerte, dass sie keinen Picknickkorb mitgenommen hatten. Da triumphierte wiederum Otto. Er zog eine große Tüte aus dem Kofferraum. Darin waren Cola-Vorräte, Snack-Salamis und Gummibären. »Hey, das sind alles

Beweismittel für die Polizei, da müssen wir wohl bis zum Erbrechen alles essen, sonst suchen sie einen fülligen Mittdreißiger, der für sein ganzes Geld ...«

»Brain, hör auf! Hör auf! Und du, Otto, tust bitte nur das, was ich dir sage!« Otto war kleinlaut und murmelte etwas von besten Absichten und von den Kindern. Sie blickten sich um. Die Sonne ging langsam unter. Das Grün des Waldes vergoldete sich. Unter der Brücke plätscherte ein kleiner Bach im Kiesbett. Die Vögel sangen ihr Nachtlied. Gerade da, wo das Auto stand, hatte jemand das Wort »Seufzerbrücke« gekritzelt. Es passte so gar nicht zu der freundlichen Abendstimmung. Otto packte das Werkzeug aus. Brain fand nun auch, »endlich diesen wahnsinnig gefährlichen Anschlag auf die ganze Welt zu beginnen,« wie er sagte. Martha winkelte die Arme an und kontrollierte dadurch die Arbeiten der Männer. Otto mochte diese Körperhaltung nicht, weil sie das Gemütliche aus der Arbeit verbannte. Brain kannte Martha so schon immer und dichtete ihr eine Denkmalhaltung an.

»Wenn Manager bei der Arbeit stören, kann man sie ärgern und bitten: ›Denk mal mit!‹ Dann winkeln sie sofort als Ersatz die Arme an und stellen die Füße sachte auseinander. Mit ihrem Blick scheinen sie zu sagen, dass den anderen nicht zu helfen wäre. Das können sie mit abgewinkelten Armen auch nicht.« Brain liebte es, beim Arbeiten wenigstens kleine Vorlesungen zu halten. Leon half und fürchtete sich vor Brains Worten. Er schaute verstohlen zu Martha.

Anke stromerte derweil um die Brücke herum. Sie war ein Stück den Abhang hinuntergeschlittert und hatte sich eine erste Schramme am Bein zugezogen. »Schaut mal, was ich gefunden habe! Sensationell! Totenkreuze! Überall kleine Grabkreuze! ... sieben, acht, neun ... zwölf Kreuze!« Anke bestand darauf, dass die anderen die Arbeit kurz unterbrachen und sich die Holzkreuze

anschauten. An etlichen von ihnen lagen frische Blumen. Eine seltsame Stimmung lag über ihnen im Abendrot: Frieden, Nachdenklichkeit und stille Trauer. Dazu etwas Unheimliches, das durch ihre schiere Anzahl erzeugt wurde? Sie standen wie auf einem kleinen Friedhof. »Es ist schöner hier als auf einem Friedhof, findet ihr nicht?«, murmelte Anke.
»Ob es zwölf Tote sind oder zwölf volle Autos, die die Brücke hinuntergefallen sind?« Fünf angehende Terroristen standen gerührt davor. Sie mussten sich einen Ruck geben und wieder die Gummihandschuhe überziehen. Sie setzten die Atemmasken auf und besprühten das Auto noch einmal sorgfältig von innen und außen mit Salzsäurelösung, damit niemand mehr irgendwelche Fingerabdrücke an ihm finden würde. Brain legte danach die Bombe hinein und verdämmte sie ganz penibel von innen. Anke sprach am Hang mit den unbekannten Toten. Sie suchte mit den Augen das Kiesbett unten ab, ob dort noch mehr Kreuze zu finden wären. Es wurde langsam dunkler.
Leon mühte sich, wie ein Großer mitzuhelfen. Als alles bereit war, stolzierte er zu Anke. »Wir sind fertig. Ich habe tüchtig mitgesprüht. Ich selbst werde auch auf den Funkauslöser drücken. Ich werde die Explosion auslösen. Ich bin entscheidend. Ich habe schließlich stark geholfen. Du sitzt hier rum. Wie ein Kind.«
»Und du redest wie ein Erwachsener.«
»Ich bin erwachsen.«
»Dann denk schon einmal über den Tod nach.«
»Der Tod! Das bin ich! Ich habe die Macht!«
»Huhu ... Macht über die armen Grabwürmer, die in deinem Dienst stehen«, bemerkte Brain von hinten.
»Wir sind soweit, Kinder. Kommt ihr?«
Sie standen auf und liefen zum Auto. Es sah nun sehr krank aus. Wie ein einziges Blechekzem. Anke war ganz gerührt, sie war in

sonderbarer Stimmung, seit sie zwischen den Holzkreuzen gesessen hatte. »Tschüss, liebes Auto. Du gehst jetzt tot. Gott schütze dich, Auto. Du musst jetzt dran glauben!«

Sie wollten nun die Probeexplosion auslösen. Danach war geplant, den Bach entlang im Dunklen bis zum nächsten Dorf zu laufen. Dort hatten Otto und Martha ihr eigenes Auto abgestellt. Sie würden die Nummernschilder wieder ummontieren und dann die Reaktion der Presse abwarten.

»Denkt an unseren Plan. Wir werden leise hinuntergehen. Wir werden uns zu keinem kindlichen Unsinn hinreißen lassen, Brain. Wir werden möglichst nichts reden. Wir werden die ganze Zeit über an die große Sache denken, in deren Namen wir diesen ersten Protest veranstalten. Wir haben gestern lange darüber gesprochen. Ihr Kinder seid unsere schon fast erwachsenen Mitkämpfer. Denkt immer an die Sache!«

Sie hatten es oft geübt: Sie stellten sich im Kreis, gaben sich beide Hände und sagten: »*Für den natürlichen Menschen!*«

Der Wind wehte ruhig. Die Sonne war untergegangen, der Bach plätscherte. Tiefer Frieden herrschte in der Natur. Otto blieb oben an der Brücke zurück. Er sollte im beginnenden Dunkel das Auto zur Sicherheit im Auge behalten. Er sollte das Zeichen nach unten geben, damit Leon die Zündung per Funk auslösen würde. Brain fürchtete, dass vielleicht genau zum Zeitpunkt der Explosion ein vollbesetztes Auto die Brücke passieren könnte.

»Heute wollen wir den Tod noch ausschließen,« sagte Brain bedeutungsvoll feierlich und blickte heimlich zu Martha.

»Kein neues Kreuz«, schauderte Anke. Und ihr fiel plötzlich ein, dass das ganze Unternehmen irgendwie unsinnig war. Brain hatte Recht. Eine Bombe würde nichts ändern. Sie verstand ihn jetzt. Der schweigende Wald würde einen trockenen Knall einfach überhören. Sie blieb erst nachdenklich sitzen und hörte dann die

Stimmen der Exekutive am Funkzünder. Brain erklärte Leon nochmals die Funktion. Leon schüttelte sich unwirsch, weil er sich zum Kind degradiert fühlte. Er konnte alles allein! Er hatte ja nur auf den Knopf zu drücken, nicht mehr und nicht weniger.

»Otto, ist oben alles in Ordnung?«, rief Brain.

»Einen Moment, ich schaue noch einmal!«, rief Otto von oben.

»Otto, mach schnell, sonst kommt womöglich ein Bus mit Touristen, die am besten alle aussteigen und unser Auto besichtigen! Sag gleich Bescheid, wenn oben alles frei ist!«

Otto sah, dass alles in Ordnung war und wollte schon rufen.

Da plötzlich stolzierte eine große, wundervolle schwarze Katze auf die Brücke.

Sie wirkte größer als eine normale Katze.

Sie erschien wie königlich.

Sie schaute Otto durchdringend in die Augen.

Sie besiegte ihn mit ihrem Blick.

Otto zuckte zusammen, er musste fast die Augen zukneifen.

Die Katze hatte etwas Zorniges, Missbilligendes in ihrer Miene.

Sie wendete sich um. Sie schritt langsam auf das abgestellte Auto zu und setzte zum Sprung an.

»Nicht! Nicht, Katze, es ist Salzsäure drauf! Du wirst dich verletzen! Du kannst sterben! Nicht! Weg, weg!«, rief Otto besorgt und machte hektisch wegscheuchende Bewegungen.

»Weg mit dir, weg, du dumme Katze!« Die Katze setzte sich bedächtig langsam auf das Dach des Autos hin und schlängelte den Schwanz um sich. Gelbgrün starrte sie Otto genau in die Augen.

Brain rief laut von unten herauf: »Otto, was ist? Ist etwas nicht in Ordnung?«

»Gleich! Es ist gleich alles okay!«, schrie Otto aufgeregt und versuchte, die Katze mit seinem ausgestreckten Arm vom Auto zu wedeln. »Katze, dieses Auto wird gleich in die Luft gesprengt. Je-

der in der Nähe des Autos wird von der Bombe zerfetzt. Wir beide müssen uns in Sicherheit bringen. Verstehst du, Katze?« Die Katze neigte leicht den Kopf zur Seite. Kurze Zeit schien es, als würde sie Otto verstehen.
Brain rief nun sehr ungeduldig von unten: »Ist verdammt noch mal alles in Ordnung?«
Leon schrie fast gleichzeitig mit dünnerer Stimme: »Sag endlich etwas! Mensch, Papa! Was ist denn? Sag endlich ›Alles in Ordnung! Drück ab!‹« Er schämte sich für seinen Vater und biss sich auf die Lippen.
Martha horchte hinauf: »Otto—? Otto?« Und zu den anderen gewandt: »Fragt lieber zweimal, ob alles mit ihm stimmt. Fragt lieber zweimal, es ist Otto. Ganz sicher zweimal!«
Otto konnte die Katze irgendwie nicht fassen. Er hörte von unten die Rufe von Brain und Leon. Er war sehr böse mit sich und der Katze. »Du, Katze, es muss augenblicklich etwas geschehen. Das wird es sogar! Das schwöre ich dir. Ich werde dich wegbekommen, du Biest. Ich werde mir nicht wieder sagen lassen, ich habe etwas falsch gemacht. Ich bin sonst immer schuld. Ich bin schusselig. Angeblich kommt bei mir immer Stückwerk heraus. Diesmal nicht!«
Da reckte sich die Katze majestätisch empor und verkündete klar und laut mit Ottos Stimme: »Alles in Ordnung! Drück ab!«
Anke, die fast unbeteiligt am Ende der Brücke kauerte und noch über die Kreuze nachdachte, erkannte urplötzlich, was nun geschehen würde. Sie schrie gellend und durchdringend »Neeeeiiiin!« und lief los, auf Otto und das Auto zu. In diesem Augenblick aber drückte Leon ab.
Ein Feuerpilz schoss aus dem Auto heraus. Brain hatte alles genauestens berechnet. Ein roter Blitz riss alles mit sich. Otto zerstob. Im hellen Feuer aber saß die Katze. Sie glitt langsam vom

Auto herunter und schnappte nach etwas, was auf dem Boden lag. Anke aber schlug mitten im Lauf etwas splittrig Peitschendes entgegen, was sie wie unsichtbar anhielt und zu Boden zwang. Sie stolperte und fiel halb hintenüber. »Oh Vater im Himmel,« dachte sie noch und verlor die Besinnung.

VON TOD ZU TEUFEL

Brain und Martha waren in Sekunden oben auf der Brücke. Sie fanden Anke zwischen brennenden und schwelenden Teilen. Anke wirkte leblos, sie blutete offenbar an mehreren Stellen.
Fieberhaft untersuchten sie sie.
»Schau nach Otto!«, keuchte Brain. Martha schaute, wie er Anke befühlte. Brain riss ihr die Kleidung herunter.
»Schau nach Otto, los!« Martha stand im Dunkel. Wie schlafwandelnd drehte sie sich um und näherte sich dem Autowrack.
Leon saß unten am Funkzünder und war in Verzweiflung erstarrt. Unbeweglich versuchte er, nicht zu hören, nicht zu sehen, nicht zu verstehen. Unwillkürlich drückte er ein zweites Mal auf den Zünder, zuckte aber sofort angstverkrampft zusammen. Sein Zeigefinger schmelzte, als wäre er auf ewig verflucht.
»Ich bin Leon. Ich bin der, der alles auslöst,« hatte er beim Abdrücken gedacht. Leon begann, sich unter Frost zu schütteln.
»Ich bin der, der alles auflöst.« Er fühlte wieder und wieder, wie Brains Blick in ihn stach, als er die Bombe gezündet hatte. Leon sah alles vor sich: Otto rief, dass alles in Ordnung wäre. Da hatte

Leon sofort gezündet aber noch im Drücken hatte er sich glasklar erinnert, dass seine Mutter dringlich ein zweites Mal fragen wollte, ob mit Otto alles in Ordnung war. Und noch im Drücken hatte ihm Brain diesen Blick zugeworfen. Dieser Blick erstach ihn! »Warum?«, fragte der Blick.
»Warum?«, stach der Blick. Und Leon wusste, er hatte sich in ihren Augen wie ein dummes Kind benommen.
»Anke lebt!«, schrie Brain erleichtert. »Sie lebt!« Brain schüttelte sie überglücklich und bat weinend, sie möge doch ihre Augen öffnen.
Sie lebte! Wellen der Verzweiflung schüttelten ihn. Und er empfand unbeschreiblichen Ekel vor Bomben und brennenden Autos, vor Terror und sich selbst. Die Bombe war sein eigenes Werk. Er war sehr stolz auf sich gewesen. Stolz! Nun konnte er wirklich stolz sein. So viel Wirkung aus so wenig Sprengstoff! Er hatte alles genau vorausberechnet. Er hatte berechnet, wie gut es wäre, wenn die Kinder mitmachten. Ach, er hatte alles vorausberechnet.
Martha war nur ein paar Schritte weiter zum schwelenden Autorumpf gegangen. Kleinere Fleischstücke lagen verstreut umher. Wie Braten, aber noch roh. Nicht viele Teilchen, aber zu viele, um Hoffnung um ihn zu haben. Da—! Ein rechter Arm, der sie bisher geleitet hatte. Sie konnte sich nicht durchringen, noch nach Ottos Kopf zu suchen. Sie fühlte sich grau und stumpf, sank zusammen und schluchzte. Rhythmisch, unter Schmerzen, stieß sie hervor:
»Fragt lieber zweimal, ob alles stimmt.«
»Fragt lieber zweimal, ob alles stimmt.«
»Fragt *zweimal*.« Sie fühlte, dass die anderen ihren ganzen schönen Terror verdorben hatten.
Brain umarmte Anke zärtlich. »Wach doch auf! Öffne deine Augen! Deine kecken, fröhlichen Augen«, fügte er bemüht scherzend hinzu und war verwirrt von seinen sich überschlagenden Emotio-

nen. Er dachte kaum an Anke selbst und ihre Verletzungen. Sein Körper bäumte sich in einem alles überwältigenden Wunsch auf, es möchte durch Zauber alles wieder in Ordnung sein. Sein Inneres wollte unbedingt das Trostvolle im Unglück genießen können, wie wenn eine Mutter sagt: »Das ist viel Leid, mein Kind, aber das tragen wir gerne, denn es hätte schlimmer kommen können. Hauptsache, wir sind noch alle am Leben!«

»Otto ist tot!« Und Brain weinte um ihn. Anke blieb still an seiner Schulter. Sie wusste ja alles.

Da glaubte Brain, ferne Autogeräusche hören zu können. Das riss ihn in die Wirklichkeit zurück. Er fuhr zusammen. Was wäre, wenn jetzt die Polizei käme? Was fände sie an Beweismitteln? Sie würden mindestens Ankes Blut auf der Straße finden!

Er stand mit Anke im Arm auf, ging zum Auto und Martha hinüber und verstand, dass nichts zu machen war. Er begann aufzuräumen. Er sprühte Säure auf Ankes Blutflecken auf der Straße, sammelte Kleidungsreste auf. Er bemühte sich gegen seinen würgenden Ekel anzukämpfen. Er sah nicht genau hin, wo es nicht sein musste. Er zog Martha an der Hand.

»Wir richten alles so ein, als wenn nur Otto im Auto gewesen wäre. Mehr ist zur Verdunkelung der Tat nicht zu schaffen. Du wirst Otto ja morgen bei der Polizei identifizieren müssen. Da siehst du ihn wieder. Komm, lass das jetzt, es ist dunkel. Vielleicht ist Anke schwer verletzt. Wir müssen gehen. Sofort.«

Anke stöhnte auf seiner Schulter. »Es geht so,« sagte sie leise.

»Martha, komm!« Martha schaute ihn von unten an und sagte: »Frag lieber zweimal, ob alles mit ihm stimmt.«

Es zuckte bitterböse in ihm auf, er bückte sich, packte ihre Hand und riss sie brutal auf die Füße. »Da liegt dein Mann in Stücken verteilt und du verteilst noch Schuld dazu! Wohl dem, der genug zum Verteilen hat!« Er ging rauchend vor Zorn nach unten zum

Bach voraus. Etwas Unbekanntes in ihm wollte sie grausam schlagen und verletzen. Er fühlte sich platzen. Sie rutschten den Abhang hinunter. Unten saß Leon immer noch ganz regungslos. Brain packte neben ihm alle Geräte in seinen Rucksack.
Da fiel ihm ein, dass er alle leeren Sprühflaschen bei Ottos Überresten lassen sollte. Er brachte alles auf die Brücke. Als er wiederkam, standen sich Martha und Leon immer noch schweigend gegenüber. Bisher war kein Wort zwischen beiden gefallen. Sie bissen sich auf die Lippen. Sie stierten sich an. Sie standen gegenüber wie zum Duell. Sie rührten sich nicht. Sie schienen Brain und Anke nicht zu bemerken. Sie waren in einer anderen Welt. In dieser Welt existierten nur diese zwei Menschen, die sich auf Leben und Tod anstarrten.
Brain herrschte sie an: »Kommt! Kommt! Wir müssen noch lange gehen, durch die Nacht! Anke ist schwer verletzt!«
Martha öffnete langsam die Lippen.
Brain brüllte so laut er konnte: »Sagt nichts! Sagt beide nichts!« Seine Stimme überschlug sich.
Martha aber sagte ruhig: »Fragt lieber zweimal, ob alles mit ihm stimmt.«
Leon zuckte zusammen, aber so, als sei ihm alles schon hundert Mal gesagt worden. Aber die kalte Ohnmacht, die ihm bis zum Halse stand, glättete sich. Brain war außer sich: »Ist denn nun endlich jeder hier hinreichend tödlich verletzt? Blutet jede Herzfaser von uns allen stark genug? Habt ihr extra auf mich gewartet, damit ich Duellzeuge werde?«
Martha sagte ruhig: »Fragt zweimal, sagte ich. Wir wissen alle, dass bei Otto immer Stückw—.« Sie verstummte schreckensbleich. Ihr war, als hätte sie etwas im Hals. Grauen würgte sie. Leon wandte sich schon zum Gehen. Er erwiderte knapp: »Bei mir kommt nur Stückwerk heraus. Ich weiß.«

Sie stapften in das Dunkel hinein. Zwei, drei leere Coladosen klapperten gegeneinander, mitten zwischen den Snack-Salamis. Anke stöhnte im Schrittrhythmus. Brain fluchte vor sich hin. Irgendwann sagte Anke leise: »Lass es, Brain. Die beiden sind so. Alle beide. Immer. Ich habe sie trotzdem sehr lieb. Du doch auch.«
Da kehrte finstere Ruhe ein in die schwarze Nacht, und es klapperten nur sacht die Dosen.

Die Polizei kam erst nach vielen Stunden. Sie nahm den Unfall routiniert und anscheinend ohne jedes wirkliche Interesse auf und räumte ungerührt alle Unfallfolgen weg. Die Polizei fegte das meiste die Brücke hinunter. Sie war die vielen tödlichen Fälle an der Brücke gewöhnt. Ein voll getanktes Auto war offenbar in der scharfen Kurve an die Brücke gerammt, explodiert und ausgebrannt. »Das war's wieder einmal!«

Martha und Brain identifizierten am Morgen Ottos Kopf, der unten im Kiesbett gefunden worden war. Ottos Kopf schien im Tode ganz erstaunt. Ja, er sah geradezu atemberaubend erstaunt aus. Brain spürte, dass Otto im Augenblick des Todes eine Art Wunder gesehen haben musste. Dieses Gefühl des Mysteriums brannte sich tief in Brain hinein.

Die Polizei fragte sie nach einem Zettel aus, der fast unleserlich verkohlt unter den Trümmern gefunden worden war. Er schien der Polizei eine Art Protesterklärung zu enthalten.

Martha erklärte diesen ›eigenartigen Protest‹ ganz glaubwürdig für eine Schwärmerei ihres Mannes für die Ziele ihrer eigenen Initiativen. Man erkenne es ja an dem dilettierenden Ton des kurzen Traktates.

Die Lokalzeitung wollte Zeugen gefunden haben, denen Otto am Vorabend seines Todes beim Bier erzählt haben sollte, es gebe Leute, ›denen Intelligenz niemals in den Kopf komme.‹ Otto hätte mit anderen Stammtischgästen über Early-Design-Operationen gelacht und den anderen vorgemacht, wie sehr sich Martha über solche Beschneidungen frühkindlicher Rechte aufzuregen pflegte. Er sollte dramatisch und kichernd vorhergesagt haben, dass es sicher einmal zum großen Knall kommen werde. Die befragten Stammgäste hatten über Ottos großen Knall nur gelacht und ätzend gefrotzelt, dass Otto sich plötzlich ernsthaft mit Intelligenz befasste. Nun äußerten sie sich sehr betroffen über das Prophetische seiner Bierlaune. Damit legte die Polizei den Fall offenbar sofort zu den Akten. Martha und Brain wurden gar nicht mit dem Unfall in Beziehung gesetzt. Die Polizei war ganz offensichtlich desinteressiert. Als sie heimgingen, wunderte sich Brain über den maßlos erstaunten Ausdruck auf Ottos Gesicht.

Martha aber reagierte wütend. »Ach, hör auf, mich damit zu ärgern. Leon rief nach oben, er solle endlich ›Alles in Ordnung! Drück ab!‹ rufen. Ich wette, er hat einfach aus Versehen das gemacht, was Leon ihm gesagt hat. Er hat es brav wiederholt und war dann über die augenblicklichen Folgen seines Tuns furchtbar erstaunt. Was sonst? So ein unnötig dummer Tod!«

Brain schwieg entsetzt. Er hatte nochmals den geheimen Wunsch, sie glatt umhauen zu müssen. Er war erschrocken, wie viel Gewalt es in ihm zu geben schien.

Martha und Brain lasen alles mit durchhängendem Herzen in der Presse. Sie hatten große Sorgen um Anke, die nach dem Nachtmarsch zwar nicht schwer verwundet war, aber seitdem einigermaßen verwirrt schien. Sie hatte durch Splitter einige Schnittwunden abbekommen, die Martha und Brain mit allen zur Verfügung stehenden Mitteln versorgt hatten. Im Grunde schienen die Wunden nicht so schlimm zu sein. Sie hofften es wenigstens. Sie wollten auf keinen Fall einen Arzt bemühen und dadurch nochmalige Kontakte mit der Polizei vermeiden.

Anke plapperte dauernd von einer monströsen Katze, die mitten im Feuerball der Explosion ruhig auf dem berstenden Auto gesessen hatte. Die Katze habe feurige Augen gehabt. Sie sei dann auf Ottos Reste hinuntergeglitten und habe sich etwas davon geschnappt. Sie habe dabei befriedigt laut gegrunzt, fast wie ein Mensch, der sein Lieblingsessen bekommt.

»Warum habt ihr die Bombe gezündet? Warum? Es war nicht Papa. Es war nicht Papa. Die Katze hat gerufen, nicht Papa! ›Alles in Ordnung, drück ab!‹ hat die Katze gesagt!« Martha und Brain konnten trotz vieler ›Verhöre‹ nichts Vernünftiges aus ihr herausbekommen. Anscheinend hatte sie sich in einem Augenblick, in dem alle anderen sich auf die Explosion vorbereiteten, noch einmal kurz die Gräber angeschaut und dann neben der Brücke hingekauert, um von weitem (dachte sie) den Feuerball zu beobachten. Sie erzählte wieder und wieder, wie Otto die Katze verscheuchen wollte.

»Die Katze war bestimmt der Teufel! Ganz sicher der Teufel! Ich schwöre es! Mama! Die Kreuze sind bestimmt von den Geholten. Papa ist vom Teufel geholt worden! Ich beinahe auch! Die Katze hat mich bestimmt gesehen. Meint ihr, sie holt mich jetzt? Brain, ich hab solche Angst. Ich habe Angst! Habt ihr denn keine Angst? Leon! Hast du keine Angst?«

»Kein Stück,« sagte Leon tonlos zu sich selbst. Anke redete ununterbrochen, wenn sie nicht gerade schlief. Leon aber wurde extrem wortkarg.

Otto wurde in aller Stille beigesetzt. Viele Nachbarn und Bekannte erschienen zur Beerdigung, um Abschied vom ›guten Otto‹ zu nehmen. Nach seiner Beisetzung saßen sie alle noch lange zusammen und erinnerten sich in ihren Herzen an ihn. »Nirgendwo hatte er Stellenwert, überall wärmte er,« dachte Brain und verstand plötzlich, warum Frauen solche Menschen heiraten mochten. Als die Beerdigungsgäste schließlich aufbrachen, fiel auf, dass Leon schon länger nicht mehr gesehen worden war. Sie suchten ihn

überall und fanden ihn starr am Grabe stehend. Er rührte sich nicht. Als er bemerkte, wie sich ihm Brain, Anke und Martha von hinten näherten, sprach er feierlich laut: »Ich werde einst eine Bombe zünden, damit endlich wirklich alles in Ordnung ist. Es wird kein Stück in der Welt auf dem anderen bleiben und kein Stück übrig. Das schwöre ich bei meines Vaters rollendem Kopf.« Martha wollte ihn anschreien. Brain hielt sie zurück. Sie blieben hilflos betroffen stehen und ließen die Worte kommentarlos verebben. Anke aber dachte an die große schwarze Katze und flüsterte für sich: »Dann baue ich die Welt wieder auf. Ich besorg mir Adam und Eva. Den Teufel besiege ich. Am besten werde ich selbst der Teufel. Dann passiert nichts Schlimmes mehr auf der Welt.«
Brain fühlte tiefen Schmerz um diese beginnende Tragödie zwischen Mutter und Sohn. Martha hatte ihren Mann verloren, ihren Sohn wohl auch. Anke schien verwirrt. Martha aber war leider nur glühend zornig über alles Vorgefallene. War das ein endgültiger Bruch in ihrer kleinen Welt? War es nur Marthas Art, mit Katastrophen umzugehen? Brains Kopf beschloss fürs erste, Martha weiterhin zu lieben.
»Ach Martha,« dachte Brain. Er hatte selbst für sich kein Gefühl der Reue oder Schuld. Niemand konnte etwas dafür, wenn sich offenbar der Teufel selbst einmischte. Und, Leon, ein Kind, hatte mit Sicherheit keine Schuld. Martha hatte in ihrer Verblendung ihren Sohn zutiefst gekränkt.
Hatte sie ihn gar innerlich verstossen? »Shit happens,« brummelte Brain in diesen Tagen ganz oft auf Englisch vor sich hin. »Auf Englisch klingt es weicher,« fand er.
Die Aussagen von Anke hielten ihn nun fast ganz gefangen. Ankes Bericht von der Katze klang verrückt oder wundervoll blödsinnig, aber er erklärte vollständig den ganzen Vorfall ohne jede weitere Widersprüchlichkeit. Ankes Aussage erklärte die Zeitverzögerung,

das unwillige Brummeln von Otto, das sie unten ja undeutlich gehört hatten. Sie erklärte auch, dass Anke schon ganz kurz vor dem Zünden der Bombe losgelaufen war. Sie erklärte das schrille ›Neeeiiin!‹ von Anke, das ihm noch immer in den Ohren klang. Anke ist wahrscheinlich der einzige normale Mensch unter uns allen, dachte er. Wenn er das so akzeptierte, blieb nur noch das Geheimnis der schwarzen Katze zu klären. Diese unerklärliche schwarze Katze. Was konnte es mit der auf sich haben? Er hatte vor der Beerdigung nochmals ohne Marthas Beisein Ottos Teile im Leichenschauhaus inspiziert. Manche Stückchen erschienen ihm in der Tat angefressen zu sein. Nicht wirklich stark, nur ein kleines bisschen. »Sie *scheinen* angeknabbert,« hatte er beim Betrachten gemurmelt. Der Aufsichtsbeamte zuckte mit den Achseln.
»Das ist ein typischer Toter der Brücke. Dort wartet der Teufel auf Opfer und frisst immer ein wenig von ihnen ab.«
»Der Teufel?«
»Ist nur ein Gefühl. Wenn es ein Tier wäre, würde es doch über Nacht eine gehörige Portion von der Leiche fressen, so dass es ganz satt wäre und man zweifelsfrei sehen könnte, dass viel Fleisch an der Leiche fehlt. Oder? Es sterben viele dort oben. Immer *scheinen* sie angefressen. Einmal gab es einen Überlebenden, der danach noch einen ganzen Monat im Koma lag. Er ist schließlich verrückt geworden. Er erzählte dauernd von einem schwarzen Wolf, der in der Kurve vor das Auto gesprungen sein soll. Es gibt natürlich keine schwarzen Wölfe, da hat er sich schnell in Widersprüche verwickelt.«
»Wo ist dieser Verrückte jetzt?«
»Er kam nur wenig später liegend hier vorbei.«
»Mit Bisswunden?«
»Abgesoffen.«
Seitdem spekulierte Brain über Teufelsgeschöpfe. Martha verab-

scheute das. Sie war immer noch voller Zorn, aber Otto begann ihr zu fehlen. Bald träumte sie unentwegt von Otto. Sie hatte sogar schon am Abend, lange vor dem Schlafengehen, das Gefühl, er fliege unsichtbar um sie herum. Immer, wenn sie nach Hause kam, fühlte sie seine Nähe. Im Schlaf hörte sie seinen Kopf rollen. Sie sah, wie er mit den Armen fuchtelte, als wolle er etwas abwehren. Eine Katze aber erschien ihr *niemals* im Traum. Sie hoffte fast, sie würde von der Katze träumen und etwas über sie erfahren. Sie trug schwer daran, dass Anke so standhaft bei ihrer dummen Geschichte blieb. Nein, sie wollte nichts mehr von der Katze hören und am liebsten auch nicht ganz so intensiv von Otto träumen. Sie bat Brain mehrere Male: »Gib jetzt endlich Ruhe. Ich muss Frieden finden.«
Brain entgegnete: »Nur du?«
Brain verbrachte viele Abende und Nächte an der Brücke. Er übte das scharfe Auffahren auf die Brücke, bis er es souverän beherrschte. Öfter fuhr er absichtlich unsicher auf die Brücke, rammte sogar einmal vorsichtig einen Pfeiler.
»Ich bin der Lockvogel! Schwarze Tiere, zeigt euch massenhaft!« Er wollte unbedingt herausfinden, was hier geschah. Abschnitt für Abschnitt durchstreifte er die ganze Gegend, wissenschaftlich systematisch. Er wendete möglichst jeden Stein um. Er fand aber nichts: keinen Knochen, keinen Schädel, überhaupt nichts Schwarzes. Er stellte für Otto ein mit Anke ausgesuchtes Holzkreuz auf und legte Blumen nieder. Anke und Otto! Diese beiden hatten ganz sicher etwas Übernatürliches gesehen. Und er, Brain, sah sich überhaupt alles an und er sah rein gar nichts. Einmal, mitten im Wald, fiel ihm ein, dass sachliche Menschen wie er womöglich das Übernatürliche nie sehen könnten, weil es vielleicht nur mit dem Herzen zu sehen wäre. Anke hatte definitiv ein Herz und Otto sowieso. Ach, wenn das wahr wäre, könnte die Wissen-

schaft niemals das Übernatürliche entdecken, weil sie es für verboten hielt, mit dem reinen Herzen die Welt zu erforschen. Brain wusste also mit halbem Herzen, dass er auf einem ganz falschen Weg sein konnte oder musste. Er traute sich nicht, das zu verstehen. Er schauderte gar, als ihm dies in den Sinn kam: »Die wenigen Wissenschaftler, die vorgeblich das Übernatürliche suchen, sind gerade nur die, die gemerkt haben, dass sie kein Herz haben und es nun suchen sollten.«

Mit diesem bohrenden Gedanken erkundete er unermüdlich die ganze Gegend um die Brücke herum. Er gab dafür seine Arbeit für einige Zeit auf, nahm sich sozusagen einige Monate unbezahlten Urlaub und mietete sich eine sehr karge, billige Wohnung in der Stadt, in der »seine« Familie wohnte. Anke lag immer noch wegen der Verletzungen im Bett. Ihre Wunden verheilten langsam, aber gut. Sie waren leider am Anfang in der Eile nicht gut versorgt worden. Brain kam oft nach seinen erfolglosen Ausflügen an der Brücke vorbei und zeigte ihr neue Fotos von Ottos ›eigentlichem Grab‹ an der Brücke, wie sie es beide nannten. »Diese Blumen sehen besonders schön aus! Danke, Brain!«, freute sich Anke.

»Papi hat so ein großes Pech gehabt. Er musste schließlich mit einem Gespenst kämpfen und musste verlieren, weil er so ein guter Mensch ist, weißt du? Er konnte nicht zusehen, wie eine Katze explodiert. Er hat sie schützen wollen. Er wusste ja nicht, dass die Katze Bomben aushalten kann. Wer kann das wissen? Ich jedenfalls hätte die Katze ebenfalls errettet. Ganz bestimmt hätte ich das getan! Und weißt du, was? Mama glaubt immer noch nicht an meine Geschichte mit der Katze. Sie überlegt sich andauernd, wie alles in Wirklichkeit gewesen sein könnte. Sie fragt mich immer wieder, ob ich nicht endlich mit der Wahrheit herausrücken will. Sie wird langsam böse, wenn ich immer wieder auf der Katze bestehe.«

»Wie könnte es sonst gewesen sein?«

»Sie scheint eine Vermutung zu haben, aber sie sagt sie mir nicht, damit ich sie damit nicht austricksen kann, sagt sie. Mama sagt, es muss eine Wahrheit *ganz ohne* eine Katze geben. Sie verspricht, sie werde mit mir bestimmt nicht böse sein, wenn ich ihr endlich die reine Wahrheit sage.«

Brain schüttelte den Kopf. »Entweder gibt es eine Wahrheit ganz ohne die Katze oder eine Wahrheit ganz ohne Ankes Verrücktheit. Wir beide suchen die zweite, was meinst du?«

Sie nickte dankbar. »Hoffentlich gibt es bald auch ein Leben ohne Mamas Verrücktheit. Was hat sie nur? Kann sie denn nicht einfach glauben, dass es eine Katze war? Oder damit aufhören, weil es letztlich egal ist?« Brain machte eine hoffnungsvolle Handbewegung.

»Leon ist auch verrückt wegen Papa. Er glaubt genau so wenig an die Katze. Jedenfalls tut er so. Das ist dumm von ihm, was? Er selbst wäre doch vollständig entschuldigt! Ich glaube, er will unbedingt Mama böse sein. Er möchte, dass sie sich bei ihm entschuldigt.«

»Vertragen sich Martha und Leon also nicht wieder?«

»Es geht ja nicht, weil Mama andersherum will, dass sich Leon bei ihr entschuldigt.«

»Wird sich je einer der beiden entschuldigen?«

»Das glaube ich nie. Ich hoffe, sie vergessen es vielleicht. Bestimmt hat Leon später auch einmal eine Frau und merkt, wie schwer das für einen Mann ist. Er hat später sicher auch kleine Kinder und sieht vielleicht als Vater das Problem.« Anke schien noch ein anderes Problem zu haben. Sie druckste herum. Schließlich rückte sie damit heraus. »Es ist schon wieder verrückt von mir, aber sag mir das nicht, ich bitte dich! Siehst du die Mücke dort an der Wand? Da?«

Martha wollte nicht mehr diskutieren. Sie wollte Taten sehen.

Brain schaute hin: »Ja, die sehe ich. Und?« Anke beugte sich geheimnisvoll zu ihm: »Sie ist schon ein paar Tage hier. Sie sitzt immer dort am selben Fleck. Wenn aber Mama kommt, dann fliegt sie nur um Mama herum. In der Nacht ist sie mit Mama im Schlafzimmer. Wenn Mama zur Arbeit fort ist, sitzt sie dort, wo du sie siehst. So. Jetzt sag mir mal, was das bedeutet.«
Brain kniff die Stirnfalte zusammen.
»Hmmh. Und du bist sicher? Na, dann bleibe ich noch eine Weile hier, bis Martha kommt. Ich möchte es sehen, bevor ich es glaube.«
Zwischendurch kam Leon zwei oder dreimal hereingeplatzt, betont laut, und suchte etwas in einem Spielzeugstapel.
Gegen die Wand sagte er: »Eine Mücke? Quatsch. Erst siehst du unverwundbare Katzen, dann Mücken. Du spinnst.«
Er schien ihrem Gespräch zu folgen und ärgerlich zu sein.
Endlich kam Martha nach Hause. Sie schien sichtlich genervt. Sie hatte kaum ein Wort für die beiden am Bett. »Hallo.« Sie ging in die Küche und stellte ihre Einkäufe hin. Anke stieß Brain sofort mit Verschwörerblick in die Seite.
»Da! Schau!«
Die Mücke flog von der Wand fort. Anke und Brain konnten ihr mit den Augen nicht ganz folgen, aber sie schien wirklich auf dem Flug in die Küche zu sein. Kurz darauf kam Martha herein.
»Brain, isst du mit?«, fragte sie und schien zu erwarten, dass er dankte und am besten nach Hause ging. Martha fand ihn närrisch, wegen der schwarzen Katze umgezogen zu sein, um in den Hügeln herumzukraxeln. Und dann schien er sich in ihrer Familie einzunisten, ohne das je mit ihr besprochen zu haben. »Brain, isst du mit?«, fragte sie ungeduldig, aber der schien sie gar nicht zu hören. Er verfolgte mit großen Augen die Flugbahn der Mücke.
»Brain?« Die Mücke drehte in sicherem Abstand um Martha die Runde. »Brain! Isst du was mit uns zusammen? Eine Antwort bitte!«

Er verneinte kurz und beobachtete weiter. Martha war ungeduldig. »Was ist denn jetzt mit euch los? Spinnt ihr schon wieder?«
Sie kehrte in die Küche zurück. Die Mücke folgte ihr treu nach. Anke und Brain steckten die Köpfe zusammen und berieten, die Mücke weiter zu beobachten. Brain war ganz aufgeregt vor Entdeckungsfieber. Er konnte aber im Augenblick nichts tun und verabschiedete sich. Er wollte Martha besser nicht zu sehr mit seiner ständigen Gegenwart reizen. Er verstand gut, was in ihr gärte. Eine Mücke, die immer um Martha herumfliegt? Was sollte nun das? Sein Verstand ermahnte ihn dringlich, nicht zu viel aus kleinen Dingen zu schließen. Er müsste viel mehr Evidenz haben. Aber seine Phantasie brodelte weiter. Verstand hin und her. Die Mücke umrundete Martha, wie es Otto zu Lebzeiten immer tat.
Martha hatte so oft gesagt: »Kleb nicht ständig an mir herum!« Ganz ohne Erfolg! Sie musste ihm erst immer kleine Aufgaben geben, dann hatte sie Ruhe. Die Mücke erinnerte Brain an Otto, ja, an Otto. Sie saß ja auch in der Nacht im Schlafzimmer. Und deshalb träumte Martha immer von Otto, aber niemals von der Katze! Da stockte Brain der Atem, er blieb festgenagelt auf der Straße stehen, ein Auto hupte. Brain entschuldigte sich, setzte sich unter ein scheußliches Denkmal und dachte nach. Ja, Martha träumte von Otto, immer von Otto, und nie von der Katze.
»Aha,« dachte Brain.
»Jetzt wird die Sache spannend. Oh, ich werde wohl keine Minute schlafen können!«
Am nächsten Tag besuchte er wieder Anke und Leon. Wie erwartet saß die Mücke am angestammten Platz.
Als Brain sie musterte, nickte Anke nur. »Alles wie immer.« Sie redeten hin und her. Es war gar nicht klar, was sie nun tun könnten. Brain überlegte, die Mücke zu fangen und vor dem Hause freizulassen. Würde sie in die Wohnung zurückfinden? Plötzlich

kam Leon wieder zur Tür herein. Er hatte eine Fliegenklatsche in der Hand. Anke schrie auf. Brain sprang hoch und stolperte. Leon schlug sichtlich genüsslich hart zu. Patsch. Dann verschwand er triumphierend in seinem Zimmer und schloss sich ein. Gleich darauf ertönte laute Musik. Anke war außer sich. Brain schimpfte und rüttelte an der Tür. Leon aber rief: »Die Mücke ist unverwundbar! Wie die Katze!« Aber die Mücke klebte an der Wand. Brain ging traurig heim. Wieder schien eine Spur versandet.

Am nächsten Morgen klingelte das Telefon. Brain nahm ab. Er hörte nichts als ein tiefes Atmen. Es schien Anke zu sein.
»Anke?«
Nichts.
»Anke? Anke, sag etwas! Ist etwas passiert? Oder wer sonst ist dran? Anke!«
Anke aber stand stumm in ihrem Zimmer, mit dem langen Nachthemd auf dem Bett. In der einen Hand hielt sie den Hörer, mit dem anderen Arm zeigte sie wie ein mahnender Prophet würdevoll auf die ominöse Stelle an der Wand. Dort saß eine neue Mücke. Irgendwann merkte Anke, dass Brain durch das Telefon nichts sehen konnte. Sie lachten darüber erst viel später. Aber jetzt waren sie sehr betroffen.
»Anke, ich komme sofort vorbei!« Und er sauste los. Unterwegs fiel ihm ein, dass eigentlich wieder nichts zu unternehmen wäre. Es war eben eine neue Mücke da. Die alte klebte noch an der Wand.
Als Brain ankam, starrte er nur die neue Mücke an und konnte sich wieder nichts zusammenreimen. Sie beschlossen, die neue Mücke ebenfalls einen Tag lang mit Martha zu beobachten und dann zu töten. Wenn es vier, fünf oder zehn Mücken wären, ja, dann wäre damit eine Antwort auf eine Frage gegeben, die sie

noch nicht kannten. »Stell dir vor, die Mücke ist ein Geist. Warum zeigt sie sich nicht ganz offen? Warum kommt sie nicht als Mensch und redet mit uns? Warum sind Geister so scheu? Wenn sie sich offener zeigen würden, könnten wir an sie glauben. Warum antwortet zum Beispiel der liebe Gott nicht? Weißt du das, Brain?«
»Ich glaube schon.«
»Warum nicht?«
»Gott hat die Allmacht und er kann nicht für etwas Bestimmtes da sein und zu dessen Gunsten eingreifen, ohne dass seine Allmacht alles chaotisch durcheinander bringt. Die Allmacht darf nicht zu nahe an die Menschen gelangen. Deshalb kommt Gott immer still, unscheinbar oder im Kleinen wie in einer Mücke. Richtige Wunder stören die Welt viel zu sehr.«
»Weißt du, was Mama sagen würde?«
Anke ahmte Martha nach: »Typisch Brain.«
»Was willst du damit sagen?«
»Ich verstehe das nicht.«
»Schade, Anke, genau das ist der Kern aller Geschichten.«
Leon kam neugierig herein. Er trug wieder sein »Ihr spinnt«-Gesicht« zur Schau. Anke zeigte auf die neue Mücke an der Wand. Leon blieb ruckartig stehen. Er rang nach Worten oder um andere Gesten. »Zufall!«, befand er tapfer, noch ganz unter seinem Überraschungsschock. Brain bat Leon herzlich, die jeweils neue Mücke am Abend zu beobachten und am jedem folgenden Morgen zu töten und nummeriert in einer Schachtel aufzuheben.
Anke stichelte noch ein wenig: »Na? Was sagst du, Leon? Die Katze hat sich in eine Mücke verwandelt und besucht mich jetzt. Schlag sie nur immer tot. Irgendwann rächt sie sich und saugt dich aus, bis nur noch eine Haut von dir da ist!«
Er erstarrte und grübelte unsicher. »Oh, siehst du? Jetzt hast du

Angst, Herr aller Fliegen! Überleg es dir gut! Traust du dich noch, sie ein paar Mal zu töten? Dann explodiert sie bestimmt und faucht dich an, haha!«

Die Nächte vergingen und die Tage kamen. Nummer 2, 3, 4, 5 starben. Die Mücken kamen neu und flogen um Martha herum. Endlich fassten sich die drei ein Herz und beichteten unruhig Martha von den Beobachtungen. Sie zeigten ihr Nummer 7. Sie glaubte es nicht. Leon schaute sie beschwörend an. Es war das erste Mal, dass er sie wieder ansah. Sie konnte es trotzdem nicht glauben. Sie brauchte Zeit. Da töteten Leon und Brain gemeinschaftlich Nummer Sieben, Acht und Neun. Martha und Leon fürchteten sich eher. Brain war begeistert, wie sich Tag für Tag eine neue Theorie festigte. Es würde etwas zu entdecken geben! Anke war jeden Tag mehr gespannt, was ›das Geheimnis‹ sein könnte. An den Teufel oder die Katze dachte sie nicht mehr. Würde sich denn ein Teufel gefallen lassen, alltäglich getötet zu werden? Nummer Zehn umschwirrte nun Martha, ohne zu stechen.

Brain äußerte beim Abendessen seine Schnapsidee, dass die Mücke der Geist von Otto wäre. Er sagte das leichthin und nebenbei, ohne auf eine Akzeptanz der anderen zu bestehen.

»Anke, die Mücke ist der Geist von Otto, der nur bei Martha leben kann. Es macht ihm nichts aus, jeden Abend einen Klaps zu bekommen. Das steckt der gute Otto weg!«

Da klatschte Anke im selben Moment in die Hände und wusste plötzlich ganz gewiss, dass es der Geist von ihrem Papa war, der als Mücke immer um Martha flog.

»Und Mama hat immer zu Papa gesagt: Schwirr nicht dauernd um mich rum, weißt du noch? Und Papa hat immer gemeint: Ich will sehen, ob ich dir was helfen kann. Und sie hat gesagt: Mach die Mücke! Du nervst mich, Otto! Weißt du noch? Dann hat der Teufel Papa doch nicht geholt. Er hat Papa nur zur Mücke gemacht!«

Und dann fiel ihr ein: »Mama klagt doch immer, dass ihr Papa überall erscheint, in ihrer Nähe und im Traum! Es ist die Mücke! Die Mücke ist Papa!«

Nun waren sie sich alle sehr sicher. Es musste wohl Otto sein. Vernünftig besehen war dieser Gedanke zwar trotz allem ganz unglaublich, aber er gab ihrem Leben eine gewisse Ruhe wieder, die sie in aufreibenden Nächten verloren hatten.

Die Frage aber war, woher die Otto-Mücken kamen. Würden sie auch im Winter bleiben oder kommen? Jeden Tag neue? Könnte das gehen? Brain führte ein Experiment aus. Er fing Nummer Zehn ein und setzte sie unter eine Tortenhaube aus durchsichtigem Plastik. Damit ging er in der Stadt umher und prüfte mit einem Kompass und einem Stadtplan, auf welcher Seite die Mücke zu sitzen kam.

Richtig! Sie setzte sich immer an denjenigen Rand der Tortenhaube, der zu Marthas Wohnung zeigte. Dann fuhr er mit dem Auto weiter weg. Es zeigte sich, dass die Mücke mit größerer Entfernung langsam die Orientierung verlor. Er kehrte wieder zurück und öffnete die Haube. Nummer Zehn setzte sich wieder wie gewohnt an die Wand.

Sie ließen nun Nummer Zehn leben, solange ihnen nichts Neues einfallen wollte. Brain schlug vor, die Mücke weit weg von der Stadt auszusetzen. Vielleicht fände sie nie mehr zurück? Dann wäre der ganze Spuk vorbei. Aber das wollte keiner von ihnen. Der Gedanke an Otto war ihnen nun tröstlich geworden. Sie wollten diesen Gedanken nicht mehr aufgeben. Sie nannten die Mücke Otto. Anke sagte Papi zu ihr. Martha mochte die Mücke nicht mehr missen. Ihre fortdauernden Träume von Otto hatten nun eine sichtbare Entsprechung. Alle vier wurden mit der Zeit heiterer, denn sie hatten ja einen guten Geist um sich herum.

Brain aber grübelte, wie er die Wahrheit hinter der ganzen Ge-

schichte an einem auch nur winzigen Zipfel packen könnte. Ihm fiel absolut nichts mehr ein. Er war manchmal nahe daran, das Denken, Suchen und Kraxeln aufzugeben und wieder seine Arbeit aufzunehmen. Anke nannte seine frustrierenden Bemühungen ›schwarzen Katzenjammer.‹
Brain jammerte wirklich so viel, so dass er allen Leid tat.
Einmal, als er sich sehr frustriert fühlte, hob er die Arme und fuchtelte herum und schrie plötzlich ganz schrecklich laut, ganz schrecklich laut, so dass alle zusammenfuhren: »Teufel! Zeig dich! *Lass mich nicht so lange braten!*«
Genau in diesem Augenblick erschien eine pechschwarze große Fliege im Raum wie aus der bloßen Luft. Sie flog mit lautem Summen einige Runden um Brains Kopf. Sie setzte sich wie drohend auf seine Stirn. Er wagte nicht, sie fortzuscheuchen. Es schüttelte ihn innerlich vollkommen durch: Ekel, Hoffnung, Furcht, Erkenntnisdrang. Die drei anderen sprangen entsetzt auf. Niemand rührte sich. Sie warteten auf ein neuerliches Wunder und fürchteten sich sehr.
Da flog die große schwarze Fliege von Brains Kopf auf und setzte sich neben Nummer Zehn an die Wand. Dort rührte sie sich nicht mehr.
Die vier saßen lange da und warteten. Dann löste sich ihre Anspannung und sie begannen zu spekulieren. Brain war tief im Innern sicher, dass er es mit dem Teufel zu tun hatte, denn die Fliege war ganz genau mit seinem Schrei aus dem Nichts aufgetaucht. Natürlich wandten die anderen ein, dass sich ein Teufel ja auch intelligenter zeigen könnte, als Mensch mit Pferdefuß oder als Mephistopheles.
»Wer aus dem Nichts entstehen kann, könnte sich doch auch an unseren Tisch setzen«, fand Anke.
Brain aber sprach nur denkend vor sich hin. »Man sagt allgemein,

Gott selbst setzt sich oft an unseren Tisch, aber wir sehen ihn nicht. Die Fliege aber sehe ich. Damit hat der Teufel Einsehen, nicht wahr? Das ist vielleicht gnädiger für mich, wer weiß?«
Sie redeten lange durcheinander. Brain sprang abrupt auf, so dass sein Stuhl nach hinten umfiel und lief in die Küche. Er kam mit der Tortenhaube zurück. Die Fliege ließ sich gutartig einfangen, Nummer Zehn ebenfalls. Brain drehte die Tortenhaube in viele Richtungen. Die schwarze Fliege aber setzte sich unter der Haube immer in einer bestimmten Richtung hin!
»Sie will uns etwas sagen!«, freute sich Brain. Er notierte sich diese Richtung, lief wie verrückt nach einem Stadtplan, zeichnete auf ihn einen Pfeil in diese Richtung, der von Marthas Wohnung ausging. »So. Jetzt schauen wir nur noch auf der Karte, was alles in dieser Richtung liegt. Wer errät es?«
Sie schauten sich an. Sie wussten es nach einigen Sekunden alle. Sie nickten einander zu und sagten gleichzeitig: »Die Brücke.«
Brain nickte. »Es ist das einzige, was wir sinnvollerweise von einem Teufel in unserer Lage erwarten können. Entweder die Brücke oder Unsinn stand zur Auswahl. Ihr habt alle richtig geraten. Es war die einzige Möglichkeit, die es sein konnte. Gratulation!«
Fieberhaft packte Brain seine Sachen. Er schien wie im Wahnsinn zu handeln. Er war ganz hektisch und überaus nervös.
»Ich muss es wissen! Ich muss es wissen!« Er packte die Tortenhaube mit den beiden Insekten und rannte hinaus. Die anderen wussten kaum, wie ihnen geschah. Sie verfolgten Brains Lauf unten durch das Fenster. Er schwang sich gerade in sein Auto und brauste los. Besonders Anke war traurig und enttäuscht. Sie wäre gerne mitgefahren. Sie fühlte sich elend verlassen. »Setzt plötzlich sein Denken aus?«, fragte sie sich ganz verstört. »Reitet ihn jetzt der Teufel?«

HÖHLENGLAUBE

Brain war sich jetzt felsenfest sicher. Er raste mit dem Auto direkt zur Brücke, ohne zwischendurch irgendwelche Messungen anzustellen. Erst in der Nähe der Brücke überprüfte er seine Hypothese erneut: Sie bestätigte sich! Dann fuhr er über die Brücke hinüber auf die andere Seite des Berges und prüfte wieder, ob die Fliege nun in der anderen Richtung Platz nähme! Test positiv! Hier, in der Nähe der Brücke, saßen sogar die Fliege und Nummer Zehn in der Richtung der Brücke.

Nun wusste Brain noch sicherer, dass ihn die Fliege zu einem Geheimnis führen würde. Und Nummer Zehn? Bestimmt wusste Otto doch, wie und wo er den Tod gefunden hatte?

An der Brücke legte er den Kompass und die Karte zur Seite und ging mit der vorgestreckten Tortenhaube der Richtung der schwarzen Fliege nach. Der Weg führte ihn mitten auf den Hang. Er stolperte über die Felsen bergan.

»Wie eine Witzfigur! Wie ein Konditor in der Wildnis«, sagte er sich. Einige Male stand er direkt vor einem Steilhang und musste ihn mühsam umgehen. Endlich stand er vor einer kleinen Höh-

lenöffnung. Er schaute sich verwundert um. Eine Höhle! Er war sich ganz sicher, jeden Stein dieses Hangs bereits einmal in der Hand gehabt zu haben. Er erkannte sogar diese ganz bestimmte Stelle wieder. Aber es war damals keine Öffnung erkennbar gewesen. Er ging mehrmals rechts und links herum und war sprachlos vor Erstaunen. Eine wirkliche Höhle! Aber dann lachte er sich selbst aus. Wenn die Höhle immer sichtbar wäre, hätte es ja nicht der Mithilfe des Teufels selbst bedurft, ihn hierher zu lotsen. Hier war also die Wurzel des großen Geheimnisses zu finden.
Er blickte auf die schwarze Fliege unter der Haube. Sie flog nun unter der Haube hastig im Kreise herum.
»Sind wir jetzt angekommen?«, fragte Brain die Fliege. Diese stieß nun gegen die Haube und forderte offensichtlich ihre Freiheit zurück. Brain hob sachte die Haube an und fing die Fliege mit der Hand.
Sie schlug aber in seiner Faust eingeschlossen heftig und mit solcher Kraft mit den Flügeln, dass er sich zu fürchten und zu grausen begann. Unwillkürlich drückte er zu. Zerquetscht!
Er erinnerte sich in diesem Moment an seine Mutter, die manchmal während der Mittagsmahlzeit energisch Fliegen mit der Hand zerklatscht hatte. Dann wischte sie sie mit Daumen und Zeigefinger zusammen und legte sie auf einen leer gegessenen Teller. Ihm war oft zum Erbrechen gewesen. Jetzt schüttelte es ihn wieder, als diese Erinnerung hochstieg. Er drückte fest zu. Ganz fest.
Er spürte im Voraus den blutklumpigen Ekel, aber die Fliege fühlte sich grässlich weich wie ein Gummiball an. Als er seinen Schraubgriff lockerte, schlug sie wieder heftig mit den Flügeln. Er drückte nochmals zu. Noch einmal und noch viel fester. Sobald er den Griff mäßigte, surrte es. Brain bekam Angst. Er öffnete seine Faust. Die schwarze Fliege saß ruhig auf seiner Handfläche. Sie schien sich ihm zuzuwenden. Sie schaute ihn bitterböse an. Sie

sah aus, als fasse sie einen Plan. Brain wartete auf das, was sie vorhatte. Plötzlich flog sie blitzschnell auf und stürzte sich mit voller Wucht auf Brains Stirn— genau zwischen seine Augen.
Er brüllte laut auf, von wilder Panik gepackt. Die Wucht des Aufpralls warf ihn nach hinten um. Er schrie und schrie, er wälzte sich am Boden vor Entsetzen. Er schlug sinnlos um sich. Schließlich blieb er keuchend liegen und zuckte nur noch. Dann stellte er sich eine Weile tot und wartete. Erst als es lange ruhig blieb, richtete er sich vorsichtig auf. Er schaute ängstlich um sich. Die Fliege war offenbar fort, es war nichts zu sehen oder zu hören. Er brauchte einige Zeit, um wieder einen klaren Gedanken zu fassen. Er ging im Geiste durch, was passiert war. Er schimpfte sich selbst einen Esel. Warum hatte er bloß die Fliege in der Faust gedrückt? Er hätte sich beim Teufel bedanken sollen. Ja! Bedanken! Er kannte sich selbst kaum wieder. Er war wohl in Verwirrung oder Panik geraten.
»Brain! Fass dich an den Kopf. Bleibe ruhig! Sei gefasst für das, was dich jetzt erwartet!« Er baute sich seelisch wieder auf. Er schaute sich um. Er saß direkt vor der Höhle. Er schaute vorsichtig hinein. Links im Eingang entdeckte er eine undeutliche Inschrift. Sie lautete:

> Du siehst, woran du glaubst.
> Wer nicht glaubt, sieht noch nicht.

Er drehte sich erschöpft auf den Rücken. Er starrte in den Himmel und murmelte: »Ich glaube aber sonst nur, was ich sehe. Oder sehe ich jetzt etwas, woran ich nur glaube?«
Er schloss kurz die Augen. Es drehte sich alles um ihn herum. Er fühlte sich ungeheuer erschöpft. Als er die Augen wieder öffnete, war die Höhlenöffnung im Felsen verschwunden. Er sah einen soliden Felsen, wo vorher ein großes Loch im Gestein zu sehen

gewesen war. Er erkannte den Felsen genau so wieder, wie er ihn Tage auf seiner Suche ohne weitere Beachtung passiert hatte. Er erschrak fürchterlich und dachte an den Ritter Lancelot, der so lange nach dem Gral gesucht hatte und gerade in dem Augenblick schlief, als er ihn endlich hätte sehen können. Brain befühlte sorgfältig den Felsen an der Stelle, an der die Höhlenöffnung gewesen war. Da! Er konnte hineinfassen! Der Felsen war an einer Stelle wie Luft!
»Das glaube ich echt nicht, und ich sehe es nicht, aber was ich sehe, ist nicht da. Sehr merkwürdig! Ein Naturwunder! Ist das Wunder in den Felsen, in meinen Augen oder in meinen Händen?« Er konzentrierte sich darauf, nun in die Höhle einzudringen. Er musste beträchtliche Angst überwinden. Da fiel ihm ein, dass er vorher die Stelle der Höhle markieren sollte. »Eins nach dem anderen«, sagte er sich und wollte nicht wieder nervös werden. »Ich will nie wieder kopflos werden!«, rief er laut in den Wald hinein. Dann nahm er einen Stein und ritzte auf dem Felsen etliche Kreuze ein. »Das tue ich zu meinem Gedächtnis.« Dann rief er laut in den Himmel: »Wer immer du bist! Ich danke dir! Wer immer du bist! Ich bitte dich um Verzeihung!«
Er wartete wie auf einen Blitz aus heiterem Himmel.
»Hörst du, Teufel? Vergiss es und Danke!«
Er wandte sich dem Felsen zu. Er verwunderte sich über die optische Täuschung. Im beginnenden Dunkel war sie ganz vollkommen. Er überlegte kurz, ob er nicht heimkehren sollte, um anderntags bei mehr Tageslicht wiederzukehren. Von seiner Stirn tropfte Blut. Die Fliege hatte ihn offenbar hart getroffen. Er schien eine schlimme Wunde abbekommen zu haben. Sollte er heimkehren? Natürlich siegte seine Neugier. Brain wollte alles wissen, alles, selbst im Dunkeln! Brain robbte mitten in den Felsen hinein.
Er entzifferte mühsam die ganze Inschrift auf der linken Seite:

> Du siehst, woran du glaubst.
> Wer nicht glaubt, sieht noch nicht.
> Gewissheit, Vertrauen und Zuversicht sind felsenfest.
> Sie sind der Glaube. (GD)

Nach einer kurzen Strecke im Kriechgang konnte er aufstehen. In der Höhle war es nicht ganz dunkel. Er konnte schwach in ihr sehen. Sie weitete sich zu einer kleineren Halle. Die Wände waren braun und kahl und in der Mitte stand ein schwarzer Sarg. Sonst schien die Höhle vollkommen leer. Es war totenstill.
»Hallo?«, fragte Brain.
Es hallte ein bisschen. Woher kam das schwache Licht? Sollte er den Sarg öffnen? In der Stille summte etwas. Es könnte eine Mücke sein? Er blieb mit angehaltenem Atem stehen. Er horchte. Ja, eine Mücke. Es war bestimmt Nummer Zehn. Er hatte sie ganz vergessen.
Brain ging furchtsam auf den Sarg zu. Er ging zögernd einmal um ihn herum. Ihm fielen die düsteren Geschichten rund um schwarze Särge ein. In alten Sagen öffneten ahnungslose, unschuldige Menschen staubige Särge—. Und dann sprangen Ungeheuer oder Vampire heraus und würgten und bissen die Eindringlinge zu Tode. Wenn es unsterbliche Fliegen und unsichtbare Höhlen gab, warum nicht auch Vampire? Wollte ihm der Teufel zeigen, dass es über das Leben hinaus mehr und anderes gab? Waren die Holzkreuze an der Brücke alle für Opfer von Vampiren nötig geworden? Was war mit Otto geschehen? Was würde nun aus ihm selbst? Er hörte, wie etwas tropfte. Er erstarrte. Wieder tropfte es.
Plötzlich wusste er mit einem furchtbaren Schreck in seinem Innern, dass Blut von seiner Nasenspitze floss. Blut! Wenn nun im Sarg ein Vampir wäre? Dann müsste er jetzt nach allem, was er wusste, in Todesgefahr schweben. Vampire riechen ja jedes

menschliche Blut! Sie erwachen und stürzen sich auf ihre Opfer!
Brain starrte voller Angst auf den Sarg. Er ging langsam rückwärts.
Für heute hatte er genug. Als die Höhle zum Ausgang hin enger
wurde, kroch er rückwärts hinaus. Er hielt wie gebannt den Sarg
im Auge. Er wusste jetzt, was Todesangst war. Er war in vollkommener
Panik, dass sich nun gleich eine schwarze Katze auf ihn
stürzen würde. Sie würde sich in ihn verbeißen und kleine Stückchen
abfressen. Er konnte kaum kriechen. Die Angst zog sich wie
eine Lähmung durch den Körper. Er begann, ganz steif zu werden.
Wie im Traum konnte er kaum rückwärts kommen. Die Zeit zog
sich hin wie eine Ewigkeit. Endlich kam er draußen an. Wie besinnungslos
stolperte er die Felsen herunter. Der Anblick seines
Autos unten erweckte seine Kraft von neuem. Er rannte wie um
sein Leben. Er schloss das Auto auf und warf sich hinein. Er verschloss
es von innen und ließ den Motor an. Tief atmend nahm er
nun an, davongekommen zu sein. Ihm fiel ein, die Tortenhaube
und Nummer Zehn zurückgelassen zu haben.
»Sei's drum! Ich komme wieder«, sagte er sich. »Vampire? Dann
gäbe es etwas Übernatürliches? Und dann auch Teufel und Gott?
Wird man Gott sehen können, wenn man an ihn glaubt? Du
siehst, woran du glaubst, stand im Eingang der Höhle.«
Brain fuhr los. »Wenn es Vampire sind, werden sie ganz schön
fluchen, weil ich an den Eingang Kreuze geritzt habe. Ausgerechnet
Kreuze! Welche Ironie! Oh Gott! Oh Gott! Du bist bei mir, ob
ich auch wandere im finsteren Gang ...«
Er hörte hinter dem Auto einen gequälten Schrei. Brain gab Vollgas
und raste davon, so schnell er konnte. Er sah in den Rückspiegel.
Aber er erschrak über sich selbst. Seine Stirnhaut war bis auf
den Knochen gespalten, er sah die fahle Platte seiner Schädeldecke
durch das Blut hindurch. Es tropfte. Unter dem Blut waren Linien
zu sehen. Er wusste später nie zu sagen, wie er ins Krankenhaus

gekommen war. Er musste sofort genäht werden. Sie riefen vorher die Polizei. Sie fotografierten seine Wunde. Ihm stand in der Stirnplatte ein Zeichen eingemeißelt. Es war dieses:

Als er im Krankenhaus erwachte, saß Leon am Fenster und wartete. »Leon ... du ...«, murmelte Brain überrascht.
»Du bist aufgewacht? Das ist schön, es wird die anderen freuen. Ich habe gerade Dienst. Wir wechseln uns ab, es war die ganze Zeit jemand von unserer Familie hier. Du murmelst die ganze Zeit vor dich hin. Ich habe leider nichts verstanden. Hast du noch Angst?«
»Ich weiß nicht, ja, kann sein.« Brain tastete vorsichtig nach seiner Stirn, die er dick verbunden fand.
»Oh! Bin ich deshalb hier? War es eine böse Verletzung?«
»Ich glaube schon. Sie sind vor allem erstaunt, dass du das Zeichen einer Schlange im den Schädel eingebrannt hast. Die Polizei will dich gleich nach dem Aufwachen danach fragen. Was ist es denn passiert?«
»Mir ist die schwarze Fliege mitten ins Gesicht gesaust, es fühlte sich aber an wie ein Hammerschlag, was ja bei einer Fliege nicht sein kann. Ich habe nur kurz danach im Rückspiegel eine Schlangenlinie in der Wunde gesehen. Dann weiß ich nichts mehr. Was bedeutet denn das Zeichen? Wie sieht es genau aus?«
Leon zeigte ihm ein Foto.
»Ah ...!«, stöhnte Brain und fiel für Momente in Gedanken. »Das war zu erwarten. Ja, das sieht ihm ähnlich. Gut. Ich habe es verdient.«
Leon flüsterte erregt: »Sagt es dir etwas?«
»Ja, nein, ich muss nachdenken.«
Brain grübelte. »Hat die Polizei etwas an der Brücke gefunden?«

»Sie haben deine Blutspuren gefunden. Sie führten von der Brücke bis hin zu einem Felsen hinauf, in den einige Kreuze hineingeritzt waren. Martha und Anke sind hingefahren, um herauszufinden, was passiert sein könnte. Brain, was bedeutet die Schlange?«
»Sagst du es nicht gleich der Polizei?«
»Nein. Ich verspreche es.«
»Leon, es ist der Apophis. Ein Zeichen für das Böse schlechthin, das Zeichen des Teufels. Leon? Sag der Polizei Bescheid, ich würde am liebsten jetzt gleich aussagen. Lass es mich jetzt hinter mich bringen. Ich brauche dann noch viel Zeit für mich, um alles in mir selbst zu ordnen.«
»Man nennt Sie Brain?«, fragte gleich darauf ein überlegener Inspektor lächelnd.
»Man traut ihnen viel Verstand zu, das soll es doch heißen? Können Sie dann erklären, wie Ihnen die Schlange in den Kopf gekommen ist?« Brain sah dem Inspektor an, dass dieser ihn für verrückt hielt. Das gefiel Brain sehr, denn die Polizei interessiert sich nie für Verrückte. Sie wimmelt sie nur ab und ist froh, wenn sie keine weiteren Schereien machen. Brain beschloss also, den Verrückten mitzuspielen. Er sagte stark nachdenklich: »Ja, wie ist sie mir in den Kopf ... es war eine blöde Idee, ich gebe es zu. Mehr ein Gekrakel.«
»Sie haben also die vielen Kreuze in den Felsen gekratzt und sich anschließend symbolisch selbst gezeichnet?«
»Oh, kennen Sie sich da aus?« Brain schaute ihn treuherzig an, mit einer Mischung von gespielter Hochachtung und Furcht.
Der Inspektor erwiderte gönnerhaft: »Es sind immer wieder solche Leute wie Sie, die irgendwelche seltsamen Riten ausüben. Besonders dort oben müssen sie alle etwas anstellen! Verstehen Sie? Oben an der Brücke. Darf ich höflich fragen, welche Religion denn nun Sie mit diesem Ritual begründen oder ausüben?«

Brain zuckte sichtlich zusammen: »Sie heißt ... tja ... kann das unter uns bleiben?« Der Inspektor grinste über den nun klar erkannten Verrückten, wie er glaubte. »Aber natürlich. Wissen Sie, ich werde oft in so etwas eingeweiht. Verstehen Sie? Die Polizei nimmt eine wichtige Vertrauensposition ein.«

»Ich verstehe. Und Sie persönlich, Herr Inspektor, sind sehr verständig, so schätze ich Sie ein.« Brain räusperte sich, schaute mit leerem Blick an die Decke und forderte sich selbst auf: »Also heraus damit für den Inspektor! Es ist gar nicht so einfach mit Freimut zu gestehen. Ich meine ...«

Er wusste in Wirklichkeit immer noch nicht, was er sagen sollte. Er suchte krampfhaft im Gehirn nach einer Ausrede, da plötzlich erschien kurz etwas Sonniges in seinem Blick.

»Die neue Leere heißt Aporia, Herr Inspektor. Ich fürchte, das haben Sie noch nie gehört, oder? Sagen Sie es ruhig ganz offen heraus. Sie können nicht alles wissen. Ich verstehe Sie da voll und ganz. Dabei stehen sehr viele Menschen, viel mehr als Sie glauben, unter dem Bann des Aporematischen. In einem weiten Sinne könnten sich sogar alle Polizisten zu den Aporetikern zählen. Ich selbst bin einer der ganz, ganz wenigen, die sich besonders tief in die Sache einzulassen wagen.«

»Aha. Können Sie bitte sehr kurz - nur einen Satz, mehr nicht - zu Protokoll geben, worum es praktisch gesehen dabei geht?«

»Um das Unerklärliche hinter den sichtbaren Zeichen.«

»Hinter dem sichtbaren Zeichen ist unsichtbar Ihr Gehirn, Herr Brain.«

»Das sehe ich auch so. Manchmal ist das Unsichtbare gar nicht da.«

»Ich verstehe.«

»Ich eben nicht. Hinter fast allen Zeichen ist Aporia.«

»Und in Ihrem Hirn, Herr Brain?«

»Dort todsicher.«

»A-p-o-r-i-a? Ich frage es nur für das Protokoll!«
»Völlig richtig.«
Der Inspektor verabschiedete sich äußerst zufrieden. Das war gut und einfach gegangen! Der Inspektor hasste langatmige Verrückte, die dankbar für jeden Polizisten waren, dem sie ihre ganze Lebens-Liturgie herunterspulen konnten. Verrückte sehen in Polizisten und Ärzten nämlich durchweg Zuhöreropfer. Dieser hier war aber so irre verrückt, nur kurz und bündig zu sein. Ein ganz seltener Fall von Verrücktheit, dachte der Inspektor bei sich. Normalerweise fassen sich nur die Täter bei der Polizei ganz kurz. Verrückte niemals! Das war für ihn normalerweise ein sicheres Zeichen. »Ich habe heute meinen verrückten Tag,« sagte er sich, als er wieder an seine normale Arbeit ging.
Leon hatte Momente der Bewunderung für Brain. Er mochte ihn nicht, weil dieser Martha liebte wie er selbst. Er verabscheute es, wie Brain seinen Vater oft intellektuell aufgespießt hatte, was Leon nur sich selbst zubilligte. Er fand Brain so kalt, so kalt wie sich selbst eben. Und am wenigsten konnte er leiden, dass sich Brain mit Anke bestens verstand. Anke nahm all das Kalte an Brain gar nicht wahr! Das konnte er ihr natürlich nicht vorwerfen, wohl aber, dass Anke das Kalte an ihm, Leon, sehr wohl wahrnahm und oft unwillig damit umging.
Leon wusste nicht, was Aporia war, doch er kannte Brain. Es musste etwas Wundervolles sein. Er nahm sich vor, im Lexikon nachzuschauen und sich vor Brain keine Blöße zu geben.
»Leon?«, fragte Brain. »Läßt du mich ein bisschen schlafen?«
Leon nickte, aber da kamen gerade Martha und Anke zur Tür herein. Brain stöhnte. Er musste schnell nochmals erzählen, wie ihm die schwarze Fliege ins Gesicht gesprungen war. Über den Rest schwieg er zunächst, aber er merkte, dass Anke ganz unruhig war. Er sah in ihren Augen, dass sie etwas im Zusammenhang mit der

Höhle erfasst haben musste. Martha berichtete, wie zwei Polizisten die Kreuze und die Blutspuren fotografiert hätten. »Hoffentlich erklären sie dich nicht für verrückt!«

»Was ja ein bisschen stimmen mag …«, wich Brain aus. Sie redeten einige Zeit Belangloses, da richtete sich Martha bedeutsam auf und fragte: »Und das stimmt alles wirklich? Die Schlange war plötzlich auf deiner Stirn? Von der unzerstörbaren Fliege? Du, ich weiß langsam nicht mehr, was ich denken soll. Anke saß am Felsen die ganze Zeit stumm da und hat den Polizisten zugeschaut. Ich wette, sie glaubt dir jedes Wort und hoffte die ganze Zeit, dir wäre noch dazu eine schwarze Katze erschienen. Sieh mal: Außer dass wirklich und wahrhaftig Mücken um mich herumfliegen, ist alles Seltsame nur in euren Aussagen vorhanden. Ich weiß gar nicht, was ich denken soll. Ehrlich!«

Anke saß stumm da und wollte verzweifelt etwas sagen. Nach einer weiteren halben Stunde brachen sie nach Hause auf. Am Parkplatz vor dem Krankenhaus bemerkte Anke ärgerlich, dass sie ihr Täschchen bei Brain vergessen hatte. Wie der Wind lief sie nochmals hin. Darüber musste Martha lächeln. »Eine Frau«, sagte sie sich, als Anke fortstürmte. Anke rannte hektisch zu Brain hinein und fragte bang: »Hast du die Höhle gesehen?«

Brain nickte und bedeutete mit dem Zeigefinger Schweigen.

»Die Polizisten und Mama sind davor auf und ab gegangen. Die Höhlenöffnung aber sehen sie nicht. Sie haben sich mitten auf den Felsen hingesetzt und etwas gegessen! Für manche Menschen ist es eine Höhle, für andere ein Felsen! Ist das so? Und du, Brain? Du siehst sie auch?«

»Ich habe sie nur ganz kurz sehen können, in dem Moment, in dem die Fliege angriff. Danach konnte ich nur den Eingang mit den Händen fühlen. Ich konnte ihn spüren, ihn aber nicht mehr sehen.«

»Warst du drin?«
»Nicht wirklich. Ich blutete. Und du, Anke?«
»Ich sah eine Schrift im Eingang. Dort stand:

> Vertraue und glaube. Sieh nicht hin.
> Du wirst sehen. Du wirst gewiss sein.
> Glaube. Nichts anderes ist zu sehen. (GD)«

»War die Schrift rechts oder links am Eingang?«
»Rechts. Links stand nichts. Oder vielleicht habe ich nicht hingeschaut. Du, hör mal, Brain?«
»Ja?«
»Es führte eine Blutspur hinein und heraus. Du warst drin und du lügst jetzt?«
»Ich war kurz drin.«
»Am Eingang steht: Sieh nicht hin! Deshalb bin ich nicht weitergegangen. Warum überlegtest du das nicht? Es steht dort: Sieh nicht hin! Was war denn da drin, Brain?«
»Ein Sarg, sonst nichts.«
»Hast du ihn geöffnet?«
»Nicht mit meinem vielen Blut. Ich hatte Angst, irgendwie, es könnte ein Vampir drin liegen. Ja, das dachte ich, ehrlich gesagt.«
»Wirst du endgültig nachschauen, wenn du wieder gesund bist?«
»Anke, das muss ich wohl. Der Teufel oder jemand Wunderbares hat mir die Höhle gezeigt. Ich soll also nachschauen. Was sonst sollte das Wunder der schwarzen Fliege bedeuten? Ich soll und ich will es auch. Ich muss! Anke, ich muss. Das gefällt dir nicht, oder?«
Anke schüttelte traurig den Kopf, aber sie wusste, dass Brain nachschauen musste. Sie hatte große Angst um ihn.
»Warum können wir beide etwas sehen, wofür andere blind sind?«
»Ach Anke, das frage ich mich auch. Ich kann es sehen, weil es mir gezeigt wurde. Und du? Vielleicht glaubst du, weil du nicht hin-

siehst? Es ist rätselhaft. Ich erkläre es mir so: Wenn ich Gott wäre oder ein Teufel, dann würde ich dir ebenfalls erlauben, alles zu sehen. Ja, ich glaube, das würde ich.«
Anke nahm ihn in den Arm, sie küßte ihn zärtlich auf den Verband, als wollte sie die Schlange verbannen. Dann drehte sie sich ganz berührt um und lief hinaus.
Martha lächelte im Auto. Leon war voller Zorn, dass Anke sich noch ein Privatissime erlaubt hatte. Er fragte während der Fahrt gespielt beiläufig, was wohl ein Aporetiker sein könnte. Niemand wusste es. Das freute ihn heimlich. Und Apophis? Das wussten sie ebenfalls nicht. Das freute ihn unheimlich. Brain verriet ihnen offenbar nicht alles, so wie sie ihm.
Zu Hause stürzte sich Leon in Lexika. ›Aporía‹ stand dort als das griechische Wort für Ratlosigkeit. Leon fand nach längerer Suche auch den Apophis in einem Mythologiebuch.
»Universelle Feindfigur. Inbegriff des Bösen. Kraft der Zerstörung. Riesenschlange, die die Tiefen der Finsternis bewohnt. Der Apophis, der ›Ausgespuckte‹, wird im Tempel von Esna in Oberägypten beschrieben. Und das ist eine Aporie: Die Unmöglichkeit, eine wichtige Frage zu beantworten, da Widersprüche in der Sache selbst oder in ihren beschreibenden Begriffen liegen.« Leon schrieb sich die beiden Wörter auf ein Blatt und ging im Geiste das Gespräch von Brain mit dem Inspektor durch. Ja! Polizisten mussten wohl Aporetiker sein! Und Brain für Sekunden genial. Ein Aporetiker, ganz sicher! Oder ein Apophist? Nein, das war Brain nicht. Er bestand nur aus Wissen. »Ein orakler Charakter,« hatte Martha gesagt. Ein Apophist! Wie das wäre, Apophist zu sein… Leon versuchte, ein Bild daraus zu machen.
Brain war bald ausgeheilt. Im Krankenhaus hatte er viel Zeit zum Denken gehabt. Er hatte sich alle Bücher über Vampirismus beschafft und sein Wissen aufgefrischt. Das meiste war offenbarer

Unsinn. Vampire hatten keinen Schatten und kein Spiegelbild, einen hypnotischen Blick und sie fürchteten sich vor Kreuzen und vor Knoblauch. Im Sonnenlicht zerfielen sie zu Staub. Zur Erlösung mussten sie erst durch das Herz gepfählt werden, dann schlug man ihnen schnell den Kopf ab. Beides schien wichtig. Brain erschauerte, als ihm wieder und wieder der klagende Ton körperlich ins Ohr stieg, der ertönte, als er beim Wegfahren »Oh Gott! Oh Gott!« auf den Lippen gehabt hatte. Damit war es also logisch, dass die Bücher nicht ganz abzutun waren und die Erfahrungsregeln mit Vampiren zum Teil einen realen Bezug haben mussten.
Brain bereitete sich sorgsam auf einen neuerlichen Höhlenbesuch vor. Er beschaffte sich einen Höhlenanzug aus Gummi, in dem er wie ein Taucher mit Augenarztlampe aussah. Er kaufte große Mengen von frischem Knoblauch auf, der stark duftete. Er schleppte einige Kisten mit Bibeln und mit Kruzifixen ins Auto. Irgendwann machte er sich auf den Weg.
Er fand den Felsen sofort. Die eingeritzten Kreuze waren deutlich zu erkennen. Er sah die Höhle nicht. Er griff in den Felsen hinein. Der war diesmal nicht wie Luft, sondern wie dicker Brei. Er dachte unwillkürlich an das Schlaraffenland, dass durch eine Breimauer abgetrennt war, durch die sich Neuankömmlinge durchfressen mussten. Er steckte den Kopf mit etwas Mühe in den Felsen hinein, er musste dabei den Atem anhalten. Schwupp! Hindurch. Er schaute nach den Schriften. Die Leuchte an seinem Kopf gab gutes Licht. Nichts zu sehen! Er inspizierte den ganzen Eingang. Über ihm aber stand geschrieben:

Du willst nicht glauben.
Du wirst schon sehen. (K)

Das war eine Warnung! Aber sie war abgeschmackt deutlich und ästhetisch ganz und gar nicht mit der philosophischen Tiefe der Seitentexte zu vergleichen, die er heute links und rechts nicht sehen konnte. Diese beiden waren ja Warnung genug gewesen und hatten wirklich sein Gehirn berührt. Er hatte die Schönheit der Aussagen genossen. Dieser neue Spruch war dagegen lächerlich grob. Normalerweise sind echte Drohungen von Verbrechern immer grob und lächerlich, dachte er. Deshalb konnte er sich nicht vorstellen, dass dies hier eine normale Drohung sein konnte. Denn hier war ja alles unnormal! Alles!
So penibel genau wie ein Inspektor musterte er die Höhle. Er wollte jedes Detail bis zum Sarg hin vorbereitend speichern. Sein Herz war kalt. Sein Verstand war scharf. Seine Lippen lächelten frostig entschieden, als er im Fernen so etwas wie Ankes Stimme hörte: »Sieh nicht hin. Glaube mir.«
Er tastete sich bis zum Sarg vor. Er umlegte den Sarg mit Bibeln, Knoblauch und Kreuzen. Er musste mehrere Male zum Auto und zurück. Mehrere CD-Player brabbelten bald unablässig das Vaterunser und das Glaubensbekenntnis in vielen verschiedenen Sprachen. Brain stellte etliche Scheinwerfer mit Pflanzenwachstumsglühbirnen um den Sarg herum auf, die laut Produktbeschreibung den gesunden Teil des Sonnenlichtes für die gehobene Zimmerflora simulierten. Schließlich setzte er eine Sonnenbrille auf, zu der ihm ein um Rat gefragter Hypnotiseur geraten hatte. Erst am Ende befühlte er den Sarg selbst. Er machte sich mit den Scharnieren vertraut und prüfte genau, wie er zu öffnen wäre. Er sah, dass man den Sargdeckel längsseits wie eine Haustür öffnen und aufklappen müsste.
Gut! Los! Er hob den Deckel sachte ein ganz klein wenig an und ließ ihn gleich wieder zufallen. Jetzt war es endgültig soweit. Er wollte noch ein wenig warten und sich auf den großen Augenblick

konzentrieren. Er wusste jetzt, dass er kurz vor einer Entdeckung stehen würde. Nur noch ein Ruck und der Schleier des Geheimnisses wäre gelüftet. Brain atmete tief durch. Er prüfte nochmals sorgfältig die Bibeln und Kreuze, den Knoblauch und die Stimmen, die Gebetslitaneien von sich gaben. Er stellte die Lautstärken höher. Brain machte einige Kniebeugen, nahm ein paar Kreuze in die Hand, murmelte »Gott! Gott!« und stellte sich mühsam entschlossen vor den Sarg. Würgende Angst stieg in ihm auf. Er hatte sie schon erwartet. Er schluckte sie tapfer hinunter. Sein Magen zog sich hinauf, das Herz pochte. Er fürchtete eine Schwäche. Da fasste er sich ein Herz und hob den Sargdeckel längsseits bis zum rechten Winkel an.
Der Deckel stand etwas wackelig in der Luft.
Vorsichtig!
Brain blickte hinein.
Drinnen lag ein hagerer Mann in einem schwarzen Anzug, der wie ein Buchhalter wirkte. Er war sehr blass, was aber bei einem Buchhalter nicht weiter auffiel. Er lag dort zwanghaft ordentlich und mit sauberer Frisur. Er wirkte etwas angespannt. Neben ihm lag ein schwarzer Hut bereit. Im Mund hielt er eine größere Geldmünze zwischen den Lippen, so dass das halbe Goldstück etwas schlaff zwischen den beiden herausstehenden Eckzähnen aus dem Mund schaute. Brain schaute den Toten respektvoll an, wobei er ihm einige Kreuze aus verschiedenen Materialien und Jesusfiguren vor das Gesicht hielt, die mit einem Knäuel Rosenkränzen verbunden waren. Brain konnte sich kaum satt sehen. Er überlegte, ob der den Leichnam versuchsweise mit einem Kreuz berühren könnte. Es war totenstill.
Da hörte er etwas im Hintergrund. Er spitzte die Ohren und hielt sie vorahnend in das Dunkel. War es eine Mücke! Eine Mücke? Brain schoss noch mehr Erregung ins Blut. Jetzt würde etwas Un-

vorhergesehenes geschehen. Nummer Zehn flog vom Fußende über den Sarg und setzte sich auf die Nasenspitze des Leichnams.
»Nichts mehr zu saugen,« flüsterte Brain sarkastisch.
Da schlug der Untote die Augen auf.
Er stierte Brain voller Angst an.
Seine Augen weiteten sich in namenlosem Grauen.
Die Hände des Untoten begannen nun schrecklich zu beben, er presste beide Arme nach unten auf den Sargboden und schob sie unter den Körper, so, als sollten sie verschwinden.
Mit ungeheurer Energie biss der Untote auf die Münze und blickte Brain unentwegt entsetzt ins Gesicht. Lange blieben sie so starr.
Da flackerte der Blick des Untoten.
Er nahm die Mücke auf seiner Nasenspitze wahr.
Er erschrak noch mehr und ganz ungeheuerlich und zitterte merklich. Er schien sich in sich zusammenziehen zu wollen.
Zwischen der Münze und den Zähnen zischte er aufgewühlt so etwas wie ›weg, weg‹ und zuckte nun abwehrend heftig mit seinem ganzen weißen Körper.
Nummer Zehn flog auf. Brain schlug erregt mit dem Kreuzbündel nach der Mücke. Patsch! »Otto!« Da fiel der Sargdeckel zu. Er krachte Brain auf den flachen Handrücken, die Finger steckten noch im Sarg. Brain schrie in höchster Seelenpein. Der Schmerz war unvorstellbar heftig. Er zog seine Hand heraus und brüllte auf. Wieder rannte er in Panik zum Höhlenausgang, schneller noch als beim ersten Mal. Er musste sich bange Sekundenbruchteile wie durch Graberde aus der Höhle zwängen. Der Felsen war zäh wie in einem Alptraum, wenn der Träumende die Möglichkeit zu fühlen beginnt, nie mehr zu entrinnen oder zu ersticken.
Brain rannte zum Auto und brüllte ununterbrochen: »Ich glaube. Gott! Jesus! Himmelheilig. Ich glaube! Ich schwöre, dass ich glaube!« Das Auto ging auf Rekordjagd.

»Ich glaube ich glaube ich glaube! Alles stimmt, was ich sage! Ich glaube!«, rief er und schaute ein erstes Mal in den Rückspiegel. Die Wunde auf seiner Stirn war wieder aufgebrochen.
Apophis!
Er sah auf die immer noch stechend schmerzende Hand am Steuer. Sie blutete schwach. Hatte der Vampir in sie hineingebissen, als der Sargdeckel zuschlug? Nur nicht das!
Er fuhr durch die Nacht. Er dachte an Sonnenlicht. Er fürchtete die Wahrheit. Er wusste instinktiv, dass er war gebissen worden war. Er hatte nichts im Schmerz spüren können. Biss oder Sargdeckel. Biss oder nur der Sargdeckel? Er wusste in seinem tiefen Grunde: Er würde nun ein Vampir. Er schimpfte und haderte mit sich. Es half ja nichts.
»Otto happens.«
Wenn er je Otto in der Hölle wieder sähe, würde dieser ihm todsicher versichern, er habe ihn nur zu seinem Besten warnen wollen. »Ja, Otto, gut Otto, stimmt, Otto, mir gefiel seine Nase *auch* nicht, Otto.« Und er würde in der Hölle fragen: »Otto, hast du dich an mir rächen wollen?« Und Otto würde antworten: »Wofür?«

LEBEN IM UNTOD

ERSTE SCHRITTE

Zu Hause warf er sich schmutzig aufs Bett. Er starrte an die Decke. Er hätte bis vor wenigen Wochen nie geglaubt, wie viele chemische Rauschzustände ein ruhiger Wissenschaftler haben könnte. Als Vampir würde er nun zwischendurch viele Jahre schlafen können. Was sollte er dazu anziehen? Müsste er nicht als Blutleerer große Kälte spüren und lieber im Mantel im Sarg liegen? Seine Handbücher sagten dazu nichts. Sie waren allesamt von bloßen Theoretikern geschrieben worden, die das Objekt ihres Nachdenkens offenbar nicht kannten. Deshalb klangen Vampirbücher wie Bibeln oder sonstige theologische Abhandlungen. Wenn zum Beispiel Gott plötzlich auf die Erde käme, wüsste kein einziger Theologe zu sagen, was Gott denn gerne essen würde und ob er Vegetarier wäre. Das kümmert Theoretiker nicht, die nur nachdenken, ob Gott prinzipiell isst oder nicht. Wie aber ist man Vampir?
Brain wollte seine vermutliche Entwicklung zum Vampir aktiv

miterleben und gestalten. Er begann mit dem Fieberthermometer. Er wollte alles aufzeichnen und damit den vielen anderen später Erkaltenden helfen, damit sie nicht immer wieder das Blut neu erfinden müssten. Das Thermometer zeigte 34,3 Grad.

»Es beginnt bereits,« murmelte er. Er ging in das Badezimmer und sah in den Spiegel. Mit ein bisschen gutem Willen konnte man das Spiegelbild als heller empfinden als sonst.

Brain beleuchtete sich.

»Habe ich einen Schatten?« Der schien ebenfalls nicht mehr superscharf zu sein. Sollte er am nächsten Morgen nach draußen gehen? Oder zur Probe einen Finger zwischen den Rollläden durchstecken? Richtig! Das Sonnenlichtproblem!

Er musste zuerst alles verdunkeln und abdichten. Damit begann er.

Er fluchte bald vor Anstrengung. Seine Hand schmerzte sehr.

»Wenn ich jetzt nicht Vampir werden sollte, dann habe ich diese ganze Arbeit für die schwarze Katz gemacht.« Er stutzte. Er müsste wohl auch noch üben, sich in Tiere zu verwandeln. Otto hatte es nur zur Mücke gebracht, das war klar. Er wollte es unbedingt bis zu einer Katze bringen! Verwandeln! Am besten in einen Werwolf oder in eine Schnapsdrossel. Diese Theoretiker! Kein Buch verriet, wie man sich in Tiere verwandelte und *warum* überhaupt!

Nichts war beantwortet! Nichts!

Er ging in den Flur und nahm die Kreuze in die Hand, roch am Knoblauch. »Der Unwille ist normal ausgeprägt,« schrieb er in eine Kladde für die Nachwelt auf. Ach, er hatte vergessen, etwas über Angst zu schreiben: »Ich habe eigentlich gar keine große Angst. Ich habe noch Probleme, mir den Umgang mit Blut vorzustellen. Schmeckt es? Muss es gekühlt werden? Wahrscheinlich muss Salz und Pfeffer daran wie bei Tomatensaft. Ich denke, Martha spendet mir das Blut. Dann trinke ich Bloody Martha. Was tue

tue ich in hundert Jahren, wenn Martha tot ist? Alle sind dann tot, ich muss also immer Blutspender haben. Ich werde wohl dafür bezahlen müssen.« Und er schrieb: »Vampire brauchen ganz neue Kochbücher. Es gibt zwar welche im Internet, aber es sind nur Speisen ausgedacht worden, von denen sich Theoretiker vorstellen, dass sie ausgerechnet Vampiren schmecken. Zum Beispiel glauben alle Autoren, dass das Essen rot aussehen sollte. Es gibt in derselben Weise auch Bücher von arbeitslosen Managern und Eunuchen, die über die Arbeit in vielen Stellungen referieren. Auch sie fragen nicht, wie etwa Arbeit schmeckt, und sie denken, dass man in jeder Stellung rot sehen müsste.«
So schrieb er die halbe Nacht.
Er verband nochmals seine Hand. Die Blutung versiegte langsam und er konnte keinerlei Bisswunde erkennen. Ab ins Bett!
Dort betete er inständig. Es schien ihm einen Versuch wert, ihm war so zumute danach. In seinem Leben hatte er nie gebetet, erst jetzt, im Tode, erschien im Gott möglich. »Lieber Gott, mach, dass die Umgewöhnung nicht so schlimm wird. Lass mich nur böse Menschen beißen. Mach, dass sie sich nicht zu stark wehren. Ich habe noch nie jemanden geschlagen oder an jemandem gesaugt. Hilf mir ein Buch zu schreiben, das andere Leute davon überzeugt, dass es besser für sie ist, sich ganz freiwillig von mir beißen zu lassen. Zum Beispiel Todkranke oder Arbeitslose, die keiner mehr will, oder Frauen über 27 Jahre, die immer hässlicher werden.« Er fühlte sich richtig gut danach. Er spürte deutlich in sich selbst: »Beten befreit von der Bürde des Lebens.«
Und er entschlief alsbald in tiefem Frieden.

Am nächsten Morgen, als er nun schon fast einen Tag tot war, fühlte er sich ein bisschen steif. Jede Bewegung kostete mehr Mühe als sonst. Er fand heraus, dass es am einfachsten war, wenn er

die Hände über der Brust faltete. Er konnte fast mühelos die Augen auf und zu machen. Sonst aber war er ganz seltsam schwerfällig, ohne sich allerdings dabei schlecht zu fühlen. Er beschloss, über seine Lage nachzudenken. Er setzte sich also vor seinen Schreibtisch, merkte aber schnell, dass er sich in der Haltung eines liegend Aufgebahrten am wohlsten zu fühlen schien. Er legte sich also wie ein Toter hin.
»Das ist gut«, befand Brain. »Das muss die so genannte Totenruhe sein. Ich muss das alles erst kennen lernen. Es ist gut, so untätig zu liegen. Anders geht es auch nicht. Sonst könnten es die Vampire oder die Heiligen bestimmt niemals so lange ohne Verwesung im Grab aushalten.«
Er schob sich ein Fieberthermometer unter die Achsel. »Früher war ich ganz ungeduldig! Ich konnte es nicht abwarten! Jetzt kann ich ruhig ein paar Jahre warten, bis etwas gemessen ist! Ich habe so viel Zeit!« Das Thermometer zeigte 21,6 Grad an. »Das dachte ich mir. Es ist die Zimmertemperatur. Die muss ich ja als Toter annehmen, wie ein Schweineschnitzel, das ich am Abend aus dem Kühlschrank nahm. Ich werde kälter und das Schnitzel wird wärmer.« Es war ihm allerdings nicht klar, warum er Zimmertemperatur hatte. War er überhaupt als Vampir aus regulärer Materie? Warum hatte er gar kein Bedauern in sich, ein Toter oder ein Vampir zu sein? Warum hatte er keine Angst? Kein Lebensweh? Er hatte früher gedacht, dass Gebissene furchtbare hysterische Szenen machen wie manche Leute bei der Hinrichtung.
Plötzlich fiel ihm das Blut ein.
Blut! Blut!
Er horchte in seine Leiche hinein. Hatte er Lust auf Blut? Eindeutig nein! Er ekelte sich sogar bei der Vorstellung, Blut zu trinken. Er hatte aber auch keinen Hunger, wenn er sich Lammcarrée oder Saftgulasch vorstellte. Es ging ihm einfach normal gut.

Ach, die Zähne! Er wunderte sich über die Langsamkeit seines Denkens. Die Zähne! Er schleppte sich ins Badezimmer und schaute, ob er nun große Eckzähne über Nacht bekommen hätte. Er fühlte sie schon. Er schaute befriedigt in den Spiegel: Es war nichts zu sehen. Er hatte kein Spiegelbild mehr. Er würde sich jetzt wohl jeden Morgen fotografieren müssen? Oder er würde sich nie wieder sehen, dachte er etwas gespielt traurig. Er drückte auf seine Eckzähne.
Ach! Die Eckzähne waren sehr spitz und scharf.
»Ich habe mich geschnitten! Mist, *wieder* eine Wunde!«
Aber er blutete ja nicht mehr.
Dafür wusste er jetzt, dass er schöne, kräftige Eckzähne hatte.
»Wenn mein Opa doch nur Vampir geworden wäre! Er hatte keinen einzigen Zahn und klagte stets darüber. Da hätte er wenigstens vier neue bekommen.« Brain lag den ganzen ersten Tag seines neuen Daseins untätig auf dem Rücken und sprach laut mit sich selbst. »Für den Moment ist tot sein ganz okay. Es kommt darauf an, ob ein Toter Langeweile verspüren kann. Ich muss es erst herausfinden. Das wäre fatal. Jedenfalls auf die Dauer. Es könnte dann ja sein, dass ich andere Leute am Ende nur deshalb beiße, damit ich überhaupt einmal etwas erlebe. Wahrscheinlich ist das Bedürfnis, etwas Wichtiges zu bewirken, auch noch im Toten vorhanden. Der Tote will ja nützlich sein und mit anderen Menschen sprechen und Teil einer Unternehmung sein. Wenn das nicht geht, muss er eben das tun, was er noch gut oder am besten kann. Ich habe mich früher immer gefragt, warum Tote alle zusammen auf dem Friedhof liegen müssen, obwohl dafür die aufwendige Grabpflege anfällt. Es wäre logisch gesehen einfacher, die Toten würden im Garten der Kinder begraben, wo die Wege viel kürzer sind. Aber wenn keiner der Lebenden mit den Toten redet, dann ist es sicher besser, sie sind alle gemeinsam auf Friedhöfen.«

Er versuchte zu schlafen. Kurz bevor er eindämmerte, erschrak er über der Möglichkeit, nun zum Beispiel tausend Jahre nicht mehr aufzuwachen. Da würde er Martha nie mehr wieder sehen!
Irgendwann fielen ihm die Augen zu.
Er entschlief abermals.
Als es draußen dunkel geworden war, schlug er die Augen auf. Etwas Weiches bewegte sich in ihm. Er versuchte, es zu lokalisieren. Es war um den Hals herum, mehr im Kopf als im Brustkorb. Es fühlte sich seltsam gespalten an. Er versuchte es zu ertasten.
Es war aber nichts Äußeres. Innen war es— ganz weich!
Er setzte sich auf, schaute sich selbst verwundert an.
Es war stockdunkel! Er begriff. Ein Vampir konnte im Dunkeln herumgehen und sehen wie ein Mensch. Musste er etwas essen oder trinken? Wohl nicht. Er hatte auch überhaupt keinen Appetit.
Er trank etwas Wasser, um zu schauen, was mit ihm passierte.
Er zwang sich, ein trockenes Brötchen hinunterzuwürgen, wonach ihm überhaupt nicht war. In seinem Bauch waberte es kurz, sonst geschah nichts. Der Magen schien es zu verdauen, aber nicht wirklich zum Leben zu brauchen.
Aber das Weiche in ihm waberte hin und her.
Es fühlte sich an wie das Bedürfnis, etwas Gutes zu tun.
Er setzte sich verdattert auf die Bettkante.
Ja, er spürte, dass etwas in ihm Gutes tun wollte. Und wenn er weiter in sich hineinhorchte, konnte es sein, dass dieses Weiche um Erlösung bat. War es das Gefühl, für alle Zeit verflucht zu sein? Wollte er jetzt, nach dem Tode, das Richtige tun? Warum? Er wusste nicht, was es war, das in ihm Forderungen stellte. Er wusste nicht, was das Weiche von ihm wollte. War es seine Seele, die sich nun noch im Körper befand und sich noch nicht verabschiedet hatte?
»Sprich doch!«, bat er sich selbst und er nahm aber hin, dass er sehr geduldig sein müsste. Er hatte jetzt unendlich viel Zeit. So

In diesem Moment hörten sie, wie draußen ein Lastwagen anhielt.

nahm er wenigstens an. Als es spät wurde, drückte ihn die gefühlte Pflicht, etwas Gutes zu tun, ziemlich nieder. Dieses Bedürfnis wütete nun fast in ihm wie Fieber. Er wurde seltsam aufgeregt. Er lief unruhig in der Wohnung hin und her.

Er wäre gerne auf die Straße gerannt, aber er versagte es sich für diesen ersten Tag des Unlebens. Vielleicht würde er gegen andere wütend werden? Er spürte, dass vielleicht das Aussaugen von Menschen eine Erleichterung gegen diese Aufgeregtheit sein könnte.

Wollte er vielleicht jemanden aussaugen? Blut? Nein, das wollte er nicht. Pfui, Blut! Rastlos ging er in der Wohnung umher.

Er wusste nicht, was er wollte.

Die Toilette rief ihn mit Macht. Er setzte sich über den Flachspüler und erhoffte sich neue Aufschlüsse. Er schied klares Wasser aus, danach bröselte das Brötchen relativ wenig verdaut hervor. Der Magen schien nur noch unlustig zu funktionieren. Brains Unruhe stieg. Er trank am Kühlschrank Apfelsaft, der ihm ganz gut schmeckte. Würde er sich je wieder betrinken können? Würde Alkohol auf Leichen wirken? Er konnte sich kaum richtig konzentrieren. Er wünschte sich die Nacht zum Teufel.

Da schlug es Mitternacht.

Die Unruhe wurde stärker und wirbelte in ihm hoch. Sie saß im Brustkorb, aber hauptsächlich im Kopf. Eine entfesselte Energie trieb heraus. Er rannte in der Wohnung verzweifelt umher. Er stöhnte und wollte nicht schreien.

Es würgte aus ihm heraus, wie das Heulen eines Tieres.

»Huuuuhhhuuuh!«

Er hatte fürchterliche Angst. Eine Art übernatürliches Wesen tobte zwischen Hirn und Herz. Es fühlte sich wie ein zappelndes Lebewesen an, das herauswollte. Hinaus! Hinaus! Er röchelte, zappelte, rannte gegen die Wand, biss auf die Bettkante, dann in einen Teller, der zerbrach. Er biss auf seine ›Jugend-Forscht‹-Medaille, da

fiel ihm der Buchhalter im Sarg mit der Münze ein. Er hasste nun das Weiche und Gute in ihm, das ihn schüttelte. »Zum Teufel mit dem Guten! Zum Teufel mit dem Weichen! Teufel, zum Teufel mit dir! Hilfe, ich zerspringe, es zerfetzt mich, ich sterbe, ach Quatsch, doch ich sterbe, nein ich halte es nicht aus, ich kann nicht mehr, ich will nicht!«
Nach einiger Zeit war er völlig erschöpft, biss auf seine Medaille, umarmte fest einen Bettpfosten und heulte auf. Es schlug ein Uhr. Er hörte es mit Erleichterung. Puh, das war eine lange Stunde gewesen! Das Weiche schien sich zu beruhigen. Es kämpfte wohl noch zwei Stunden in seinem Inneren gegen einen unbekannten unheimlichen Feind. Es wurde schwächer und schwächer, bis zum Morgen.
Als es draußen hell wurde, überkam ihn eine große Müdigkeit.
Er legte sich schlafen.
»Das ist kein Leben.« waren seine letzten Worte.
Ruhe … Ruhe … Er schlief schnell ein, es war wie ein erneuter Tod. Er träumte von dunklen Welten. Da wimmelte es von schwarzen Wesen. Es stank. Schmutz überall. Sie sahen zu den Göttern. Sie sehnten sich nach dem Guten. Das Weiche waberte. Immer wieder schrie einzelnes Schwarzes unsäglich schrill. Erschütterungen. Die wenigen Schreie übertönten all die fernen seligen Klänge, die nie jemand hören würde.

TROPFEN DES LEBENS

Der nächste Tag-Nacht-Rundlauf vollzog sich in gleicher Weise. Am Tage schlief er mehr oder weniger gut, in der Nacht begann es in seinem Leib, zwischen Brust und Kopf zu toben, als habe er ein fremdes Wesen in sich, das die Freiheit begehre und ihm aus dem Kopf springe wolle. Um die Mitternachtsstunde herum war das alles wirklich anstrengend lästig.
Am Tage träumte er immer wieder von unterirdischen Gängen. Alles war sandig. Entsetzliche Todesschreie von Gepeinigten. Und mitten in diesem grauenvollen Elend spürte er den schwachen Wunsch, irgendwie etwas zu helfen oder jemanden zu retten.
So war es niemals in Büchern beschrieben!
Das Vampirdasein als lästige Qual! Er beschloss, einmal etwas Blut zu trinken. Das würde er wohl probieren müssen.
Pfui! Blut! Er ekelte sich im Voraus.
Am dritten Tage, als die Sonne unterging und er die Augen aufschlug, waren sie endlich da! Er sah beim Aufwachen in Marthas erschreckte Augen. Anke saß am Bett und blickte zutiefst bekümmert. Leon starrte ihn an wie ein Chirurg, der zwischendurch

prüft, wie die Operation verläuft. Alle drei hielten Kreuze und Rosenkränze in der Hand. Sie hatten vorher sein Spiegelbild geprüft und wussten schon Bescheid. Brain schüttelte sich und löste sich aus seiner Beerdigungshaltung.
»Ja. Ihr seht, es hat mich erwischt. Ja, ich weiß, Martha, es hätte nicht passieren dürfen. Ach Anke, ich weiß nun, was du immer wusstest. Und bevor ihr herummeckert und bevor ich alles erzähle, möchte ich euch vorab verraten, dass es mir nicht so arg gut geht. Ich dachte schon, ich müsste einmal versuchen, Blut zu trinken. Das habe ich noch nicht versucht. Es schüttelt mich schon, wenn ich nur daran denke. Könntet ihr mir also etwas Blut spenden?«
Anke hielt ihm still eine kleine Phiole hin. »Es ist von mir.«
Sie hielt ihren verbundenen Arm hoch.
»Du tust mir nichts, ich weiß es.« Brain nahm den Glasbehälter in die Hand und weinte vor Rührung, ohne Tränen.
Er öffnete und roch daran— wie süß! Über die Maßen lieblich!
Brain wurde von einem orgiastischen Schwindel erfasst.
Gierig setzte er an und schlürfte ein paar Tropfen.
Er spürte eine unbeschreibliche Erleichterung des Ziehens und inneren Rumorens, das sich schon wieder für die Nacht ankündigte. Er leckte mit der Zunge in das Glas, um jeden Tropfen einzusaugen. Das Blut war schon kalt und fast geronnen.
Voller Gier zerbrach er plötzlich mit Gewalt in den Augen das Glas und leckte wie von Sinnen an den Scherben. Er schnitt sich tief in die Zunge, eine Wunde klaffte, ohne Blut. In ihm zuckten die Eingeweide. Sie führten einen Freudentanz auf.
Er spürte das Himmelreich.
»Mehr! Mehr!«, schrie Brain und sprang mit abstoßend wilden Augen auf.
Anke hatte ihn von hinten mit ihren dünnen Ärmchen umfasst.
»Brain! Brain! Brain! Lass es seeeiiiin!«

Martha hatte schreckliche Angst, er könnte Anke in den Arm beißen. Sie riss an seinen Haaren, riss den Kopf brutal nach hinten. Zu dritt kämpften sie ihn nieder.
Brain beruhigte sich und weinte tränenlos.
Als er sah, dass es kein Blut mehr gäbe, verlegte er sich aufs Betteln. Er schaute zuckersüß bittend Martha an. Sie hatte ihn noch nie so widerwärtig gesehen, aber sie wusste aus den alten Erzählungen, dass Vampire eine furchtbare Macht der Verführung entfalten könnten. Bei Brain, der sich im Leben nun gar nicht auf so *etwas* verstand, wirkte die Aufführung wie eine schlechte Parodie. Martha schlug ihm donnernd ins Gesicht. Sie war zornig. Und zuckte gleich wieder zurück, als ihr die Möglichkeit einfiel, sich anstecken zu können.
Brain wurde mit einem Schlag nüchtern.
Sie schwiegen.
»Geht es dir besser?«, fragte Martha.
»Ich meine: Kannst du damit einen Tag normal auskommen und dann in der Nacht ohne Unruhe oder Beschwerden leben? Was sagt dir dein vorhandenes Restgefühl?«
Er kehrte in sich.
»Ich denke, es wird gehen. Keinen Vergleich zur Existenz ohne Blut. Bitte bleibt bei mir diese Nacht, damit wir es bestätigt finden. Bitte. Bitte!«
Es wurde spät.
Brain erzählte in allen Einzelheiten, wie es ihm in der Höhle ergangen war. Vom Buchhalter, von Nummer Zehn. Brains Hand war nicht verheilt. Die Wunden waren unverändert. Ein oder zwei Finger schienen gebrochen.
Brain erging sich in Mutmaßungen.
»Ich denke, Vampire bleiben so wie im Zeitpunkt ihrer Konversion. Also wird es nie verheilen, denke ich. Es tut ja nicht weh.

Schmerz fühle ich nicht, sondern nur eine starke Unruhe durch dieses unbekannte Etwas in mir drin.«
»Meldet es sich jetzt wieder, dein inneres Wesen?«, wollte Leon wissen, der ihn die ganze Zeit streng musterte.
»Nein. Nichts. Mir geht es normal gut, als wäre ich ein neuer Mensch. Habe ich Farbe bekommen? Oder bin ich ganz weiß?«
»Du *musst* weiß sein, weil ein einziger Schluck Blut nicht das ganze Körpergewebe in der Farbe verändern kann,« argumentierte Leon.
»Streckst du die Zunge heraus, bitte?«, bat Leon weiter.
Brain zeigte die Zunge.
»Wieder heil! Heil!«, staunte auch Anke sofort.
»Man soll also vor dem Beißen keine Wunde haben, die bleibt dann. Hinterher macht eine Wunde nichts, die verschwindet! Toll. Du, Mama, wenn du dich jetzt beißen läßt, bleibst du immer so schön wie jetzt!«
»Anke!« Martha war oft traurig über Anke. Sie musste immer *eigene* Gedanken haben. Brain war anders.
Brain hatte immer *andere* Gedanken.
Es schlug zwölf Uhr.
Sie saßen immer noch schockiert da und bedachten die Folgen des Unglückes. Sie müssten nun beständig Blut besorgen.
Brain bat sie, ihn vor dem Füttern ganz sicher zu fesseln, damit er nicht zur Furie würde. Sie beschlossen, ihn auf einer Art elektrischem Stuhl festzuschnallen, wenn er seine Ration bekäme.
So vertieften sie sich ganz in nützliche Überlegungen.
Es schlug ein Uhr.
Brain ging es überraschend gut.
Er war ganz aufgekratzt und überhaupt nicht müde. Die anderen drei begannen aber ihrerseits unruhig zu werden und zu gähnen.
Um drei Uhr fand Martha, es sei an der Zeit zu gehen, auch wegen

der Kinder und der Schule. Brain blieb allein zurück und las in seinen Büchern. Am Morgen legte er sich wieder zur Totenruhe.
»Der Tag soll schnell vergehen! Wozu brauchen wir Tage?«
Er fand diesmal keine rechte Ruhe. Er drehte sich unruhig hin und her. Er fürchtete sich, es könnte jemand hereinkommen und seine Ruhe stören. Er versuchte, diese Angst zu verscheuchen. Plötzlich wusste er, dass ihm diese Angst nur genommen würde, wenn er tagsüber in einem geschlossenen Sarg läge. »So erklärt sich alles! Alles bekommt seinen Sinn!« Er wollte einen wirklich schönen Sarg, einen so schön wie für die Ewigkeit, wie ihn richtige Tote ja nicht brauchen. Aber er fürchtete sich schon vor Marthas Gesicht, wenn er sich das wünschte.
»So wie das Blut mir hilft, wird auch der Sarg seinen tiefen Sinn haben. Und nach diesem Tag kann ich glücklich sein. Es gibt eine Perspektive, solange es Blut gibt.«
Er fühlte ein schmerzhaftes Stechen, als er dies dachte.
Es kam vom Herzen.
Es zog sich zum Hirn hoch.
Es blieb im Halse stecken.

DER BEISSVATER

In den nächsten Tagen senkten sie die verabreichte Blutmenge an Brain jeweils um ein gutes Stück ab. Er überlebte es auf seinem eilig gebastelten Fixierungsmöbel, wie er es nannte. Sie fesselten ihn einfach an einen Sessel, so ähnlich wie beim Hinrichten. »Anschnallen!« hieß es streng, bevor er seinen kleinen Blutschnaps bekam. Er zappelte wie ein gieriges Baby, das eine Brust zu sehen bekommt. Seine Reaktionen rasteten ins Kindische aus. Wie ein junger Hund, der gierig schnappt! Bald ungeduldig böse, bald freudig erregt!
Anke scherzte mit ihm, aber er nahm es ihr eher übel.
»Du, wir stellen dich aus und nehmen Eintrittsgeld! Seht Brains Fütterung zu! Sensation! Erwachsener gierig nach Blut! Kommt alle um Punkt Mitternacht! Blitzlicht ist streng untersagt!«
Sie sahen recht schnell, dass ein normales Schnapsglas für einen Tag vollständig ausreiche und Brain richtig gut tat. Bei dieser niedrigen Dosierung kam es überraschenderweise nicht mehr zu ausgesprochenen Gieranfällen in seinen Augen.
Wenn Martha ihm nun das Glas reichte, blieb er äußerlich ruhig.

Sie waren erleichtert, denn es war jetzt einfacher als gedacht, die nötigen Blutmengen zu spenden.

Brain machte selbst den Vorschlag, einmal die minimale Wohlfühlmenge zu bestimmen. Sie verdünnten also in den Folgetagen die Blutmenge mit Wasser. Eins zu eins, zwei zu eins, drei zu eins. Brain ging es immer noch gut. Er blieb von Anfällen seines Inneren verschont. Er empfand aber auf der anderen Seite keinen lustvollen Genuss mehr, wenn er seine Ration schluckte. Das bedauerte er heimlich, ohne sich zu beklagen. Martha war mit ihm zufrieden, wenn er so Maß hielt. Er wirkte fast wie ein normaler Mensch. Er grübelte Stunden und Tage, was von ihm gewollt sein könnte. Martha konnte es spüren. Sie verbarg ihre Furcht vor Brain. Sie sorgte sich, er könnte die Kinder beißen. Langsam aber, weil die ganze Zeit nichts geschah, gewann sie Vertrauen in die neue Situation. Sie konnte sehen, dass sich Brain über kurz oder lang auch selbst würde helfen können. Im Grunde müsste er so weit in seinem neuen Wesen gehärtet werden, dass er sich selbst aus einer Flasche jeden Abend seinen Cocktail mischen könnte. Martha nahm sich vor, einmal ein Fläschchen voll Scheinblut stehen zu lassen, wenn er schon angeschnallt war und zu beobachten, wie er damit umging.

Zwei Nächte später geschah dies unfreiwillig. Martha hatte aus der Blutflasche etwas roten Saft abgemessen, was durch das neue Blutverdünnungsmittel darin viel flüssiger ging. Da klingelte es an der Haustür. Sie setzte Glas und Flasche ab und ging, um zu öffnen. Die Kinder stürmten schon voraus. Besuch!

So blieb Brain ganz kurz allein.

Martha öffnete die Tür.

Es war niemand da. Es war nur ein seltsames, klagendes Heulen zu vernehmen. Es hörte sich an wie ein brechendes Herz.

Die Kinder schauderten. Anke flüsterte: »Jemand verhungert.«

Leon setzte hinzu: »Wer noch klagen kann, hat noch Zeit.«
Das hatte Otto oft scherzend gesagt.
Da rumpelte etwas hinter ihnen. Erschrocken eilten sie zurück. Sie fanden Brain, wie er versuchte, sich trotz seines angeschnallten Zustandes an das Blut heranzumachen. Er hatte gerade die Flasche erreicht, die umzukippen drohte. Gier und Verzweiflung nebeneinander! Brain spannte seinen Körper, um das Blutgefäß mit dem Mund zu schnappen. Er schüttelte sich wie ein nasses Tier. Er schrie teuflisch. Sein Körper fiel zusammen und wurde ganz schwarz. Er schrumpfte unter schwächer werdendem Gebrüll zusammen.
Plötzlich saß unter dem hingefallenen Knebelstuhl ein schwarzer Hamster. Martha packte die Blutflasche, verschloss sie und hielt dem Hamster ein Kreuz vor die Augen.
Der Hamster zitterte und bewegte sich sonst nicht.
Auge in Auge standen sie da.
Nach einer Ewigkeit ging Anke zum Hamster. Sie streichelte ihn und redete ihm zu: »Brain, ein Hamster ist doof. Aber auch gut! Jetzt können wir zusammen überlegen, wie das mit der Katze an der Brücke war. Meinst du nicht? Wir finden es heraus. Merke dir, wie du dich jetzt fühlst. Dann erzähl es gleich.«
Der Hamster ruckte und zuckte. Er sprang hoch, rollte sich über den Boden. Er schlug mit dem Kopf am Stuhl an. Er fiepte wie in Not. Er wurde hektischer. Sprang im Zimmer herum und wälzte sich wieder und wieder. Der Hamster schrie mit Brains Stimme: »Ich weiß verdammt nicht, wie ich mich zurückverwandele!« Anke wurde bleich. Leon schaute mit zusammengekniffenen Augen.
Anke geriet in Panik und wollte den Hamster einfangen.
Martha hielt das Kreuz vor sich.
Anke schrie: »Du musst glauben!«
Der Hamster schwoll gräßlich an. Er wand sich wie unter Schmer-

zen. Kurz darauf schlug Brain mit Armen und Beinen um sich. Er brüllte. Er sah die Blutflasche in Marthas Hand. Da heulte er auf. Es war das seltsame klagende Heulen, wie wenn ein Herz zerbricht. Es war dasselbe, das sie draußen im Dunkel gehört hatten. Sie gaben Brain seinen kleinen Tagesschluck verdünntes Blut.
Er blieb leblos liegen.
Nach einer Weile schüttelte er kaum merklich seinen Kopf, wieder und wieder. Anke beugte sich über ihn. »Du erinnerst mich an die schwarze Katze!«
Er sah sie an.
»Und warum bist du ein schwarzer Hamster geworden?«
»War ich ein Hamster? Ich fühlte mich wie ein schwarzer Panther. Als ich mit dem Blut allein war, dachte ich, ich müsste ein Panther sein. Und ich *war* ein Panther, oder?«
»Oh nein, nur ein kleiner Hamster.«
»Wirklich?«, fragte Brain. Martha und Leon nickten. Martha war ganz blass vor Schrecken. Sie hatte finstere Ahnungen. Ihr Vertrauen in die Zukunft sank ins Nichts.
Anke aber lachte Brain fröhlich an: »Da musst du noch ganz schön üben! Haha! Man muss als Vampir erst klein anfangen. Klein! Schwarz! Stark! Brain als Hamster-Espresso! Wenn Leon ein Vampir wäre, würde er sich sicher in den Löwen, den Leon, verwandeln!« Leon zuckte zusammen, er fühlte sich bei einem Gedanken erwischt.
»Und du, Anke?«
»Ich würde gerne der Gegner des Apophis sein, nämlich eine Uräusschlange, die ich in einem Buch der Sagen gefunden habe. Sie ist ein Vertreter der Sonne. Der Uräus ist eine Kobra!«

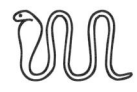

»Wisst ihr was? Wir malen den Uräus auf Brains Stirn einfach über den Apophis, dann sieht er netter aus. So wird aus dem Bösen von Brain das Gute!«
Leon aber dachte sich aus, wie er sich selbst in große gefährliche Tiere verwandelte. Seine Mutter würde staunen! Ja, er wäre gerne ein schwarzer Löwe! Aber er war böse, weil Anke seinen eigenen Urgedanken als Idee geäußert hatte. Gab es noch Schöneres als einen Löwen? Ja! Ja! Ja! Er wollte eine Sphinx werden.
Eine schwarzer Sphinx.
Und Anke wusste, dass Brain sehr bald die Sucht packen würde, den toten Buchhalter zu besuchen. »Tu es nicht«, flüsterte sie später, als sie miteinander sprachen. »Tu es nicht!«
»Ich bin jetzt schon tot. Schon passiert! Es ist jetzt nicht mehr gefährlich.«
»Wir haben eine Bombe gelegt. Dafür hat uns Gott bestraft. Papa ist tot. Aber dann kam die schwarze Fliege, die der Apophis ist. Und alles, was der Apophis will, ist böse.«
»Wir malen den Uräus auf, wenn ich in die Höhle gehe. Anke, ich muss es tun!«
»Es gibt nichts zu sehen. Vertraue, glaube, sei gewiss!«
Brain seufzte. »Amen. Das sind die heiligen Worte eines Felsens. Die beschäftigen dich aber sehr.«
Anke ging zum Schreibtisch und holte ein Blatt. Es war von Brain in der Nacht beschrieben worden. Sie hatte es zufällig gelesen. Sie las es nun Brain vor: »Siehst du denn nicht zwei Schritte weit?« *Es war im Zorn geschrieen, aber gleichzeitig wie von einem, der jemanden fallen sieht und, weil er selbst erschrocken ist, unvorsichtig, ohne Willen schreit.*
»Brain, ich verstehe das nicht. Ist es über uns?«
»Nein, es ist von Kafka. Über die Person K im Prozess. Ein Buch von der Angst. Ich träume von solchen Dingen, wenn mich jemand aus der Welt ganz unten beschwörend anruft.«

»Du, Brain?«
»Was denn, Anke?«
»Siehst du denn mehr als einen Schritt voraus?«

Martha merkte und wusste, was in Brain vorging. Sie machte Brain bittere Vorwürfe. Sie hielt ihm vor, dass er jetzt schließlich auch an ihrem Lebensfaden hänge. Sie besorge ihm Blut. Sie besuche ihn sehr oft und helfe ihm! Sie sehe unermüdlich nach ihm! Er müsse jetzt im Gegenzug auch auf sie Rücksicht nehmen! Jawohl!
Sie verlangte unter Drohungen, er solle seinen Forschungstrieb mindestens solange ruhen lassen, bis er sich selbst mit Blut versorgen könne. Das würde sie ihm erst wirklich glauben, wenn er aus einer vollen Flasche Blut einen einzigen Schluck zu trinken vermöge.
»Wenn du ohne mich leben kannst, magst du ohne mich sterben! Eher nicht! Und hüte dich, die Kinder in Gefahr zu bringen. Sie sind ohnehin ziemlich schlimm dran durch diese Geschichte. Ich weiß, ich hätte sie niemals zur Brücke mitnehmen dürfen. Stimmt. Aber ich werde dafür sorgen, dass sie nicht weiter in einen Strudel von Unglück hineingeraten! Es reicht! Anke ist noch ganz in Ordnung wegen ihrer naiven Unbekümmertheit, aber wegen Leon wachsen mir noch graue Haare. Er phantasiert sinnloses Zeug, macht Pläne, tut nichts mehr für die Schule. Wenn du die Kinder in Gefahr bringst, Brain, dann ist es aus mit uns! Werde erst selbst wieder Mensch, Brain! Was machst du denn, wenn in der Höhle eine volle Flasche Blut steht, na? Verwandelst du dich dann in ein schwarzes Meerschweinchen? Werden sie dich gleich in einen Käfig setzen?
Brain, wie dumm kann man sein, wenn man zu viel Verstand hat!«
Er gab schließlich nach.
Er sah es ein. Er wusste aber, dass ihn die Frage nach der Wahrheit

hinter dem Ganzen nie ruhen ließe. Niemals. Das wusste Martha auch. Sie bat nur um eine längere Reifezeit. Sie selbst hätte auch gerne gewusst, was das alles bedeuten sollte. Aber es schien ihr unvernünftig, sich gegen die Aussicht auf Wissensdurstbefriedigung in Gefahr zu bringen. Sicherheit und Ordnung zuerst!
»Was sind schon Sicherheit und Ordnung«, seufzte Brain innerlich und sagte nichts.
Leon geriet wirklich in gewisser Weise aus den Fugen. Das sah auch Brain mit Sorge. Leon war fasziniert von Vampiren und allem, was mit ihnen zusammenhing. Er sah Vampire als sehr mächtige Wesen an. Er staunte andächtig über die ungeheuerliche Lust, mit der Vampire offenbar das Blut zu genießen verstanden. Martha war sehr betroffen, als Leon fast beiläufig und ganz selbstverständlich äußerte: »Brain will nur *wissen*, wie alles zugeht. Wozu? Er denkt aber keinen Augenblick darüber nach, was ein Vampir *kann*! Er müsste doch üben, viel Blut zu trinken und sich dann in sehr große verschiedene Tiere zu verwandeln! Das täte ich! Ich würde trainieren, mich in alle Tiere umzuwandeln. Ich würde mich in Tiere hineinversetzen, die es noch gar nicht gibt. Wie würdest du über einen Zentaur denken? Oder ich würde eine Hydra sein. Vielleicht hat es Vampire gegeben, die es geschafft haben, sich in solche Ungeheuer zu verwandeln. Dann hat es vielleicht alle bekannten Ungeheuer wirklich gegeben. Aber die normalen Vampire sind zu dumm und haben Angst um das bisschen Blut, was sie in einer Flasche als Vorrat haben.«
»Leon, Leon, es ist gefährlich, solche Gedanken zu haben. Als Mutter schaudert es mich, dich so zu hören! Musst du darüber nachdenken?«
Martha wurde von düsteren Ahnungen geplagt.
»Ja, das muss ich«, entgegnete Leon.
»Mein Vater ist von ihnen gefressen worden. Am liebsten würde

ich den Vampir in der Höhle töten gehen. Warum tun wir das nicht? Warum sehe ich den Eingang nicht? Belügen mich die beiden, Anke und Brain? Ich hasse ihr Getue, dass sie etwas sehen, was wir nicht sehen.«

»Ich finde es sehr beunruhigend, dass es etwas geben soll, was Menschen jeweils anders sehen. Das müssen wir verstehen lernen.«

»Willst du es denn wirklich verstehen, Mama?«

»Nein. Es ist zu gefährlich. Ich bin aber sicher, Brain versteht es bald. Er wird es uns dann in endlosen Monologen verraten. Stundenlang. Er redet entsetzlich viel, wenn er etwas neu verstanden hat.«

»Ich denke, er hat dir versprochen, nie wieder in die Höhle zu gehen?«

»Das hat er mir hoch und heilig geschworen.«

Es kam aber anders, als alle dachten. Eines Nachts klingelte es wieder an der Tür. Martha ging allein, um zu öffnen. Wieder war niemand zu sehen. Sie horchte auf ein klagendes Geräusch.

»Hallo?« Es roch muffig. Da wusste sie auf einmal, wer es war.

»Sind Sie der Vampir aus der Höhle an der Brücke?«, fragte sie ziemlich laut. Da schoss eine kleine schwarze Maus, die sie vor sich im Dunkeln nicht gesehen hatte, lebensgroß auf. Sie entfaltete sich ganz schnell vor ihren Augen. Wenige Sekundenbruchteile später stand ein ordentlich aussehender Mann in einem schwarzen Anzug vor ihr. Er stellte sich vor. »Mein Name ist K. Mehr ist nicht zu sagen. Nennen Sie mich bitte K!«

Er reichte ihr die Hand. Sie hatte normale Außentemperatur. Ungefähr 18 Grad. Sie bat ihn herein und führte ihn zu Brain.

»Brain? Kennst du den Herrn?«

Brain nickte überrascht. »Das ist der Herr, der als Katze an Otto fraß.«

Da wurde der Buchhalter sehr verlegen. Er stotterte etwas herum. Es war ungewohnt für ihn, viel zu reden. Es war ihm gar nicht so bewusst, dass er ein Unglück über eine Familie gebracht hatte. »Verstehen Sie bitte, es ist reines Überleben in der Natur. Ich kannte ihn nicht. Er kam wie gerufen. Ich existiere von den Unfällen auf der Brücke, bei denen ich nachhelfe, so gut ich kann. Ich muss viele Monate mit einer Leiche auskommen und Ihr Mann war dann zum Aussaugen leider schon zu sehr zerlegt. Ich habe es also nicht leicht, wollte ich sagen. Ich kann natürlich nicht entschuldigen, was ich getan habe. Sie sehen es sicher aus einer anderen Sicht.« Bei seiner gesetzten Rede schielte K andauernd auf das Schlangenzeichen auf Brains Stirn.

Brain unterbrach: »Was führt sie zu uns? Kommen Sie zum Punkt!« Diesen Satz hasste Martha an Brain, diese Ungeduld, dieses taktlose Zur-Sache-Kommen von Brain, der so gar nicht einmal zwei Minuten höflich über das Wetter reden konnte. Das fand sie bei neuen Bekanntschaften unerläßlich.

K. wehrte mit der Hand ab. »Ich weiß, dass Sie mir keine Träne nachweinen werden und ich darf sicher auch kein weiteres Blut von Ihnen erwarten. Aber ich möchte doch zu meiner Entlastung vorbringen, dass alles, was bald geschieht, auf diesen Herrn dort zurückzuführen sein wird. Er konnte als normaler Mensch aus mir nicht bekannten Gründen die Höhlenöffnung sehen oder wenigstens in sie eindringen. Deshalb ist nun alles Unglück entstanden. Wir müssen nun beraten, wie weitere Katastrophen verhindert werden können. Ich weiß aber noch gar nicht, welche Katastrophen überhaupt drohen. Sie müssen mir helfen. Ich verstehe das alles nicht!«

Martha fragte: »Was verstehen Sie nicht? Weshalb sollten wir verstehen? Sie sind doch Vampir und wir müssen es erst lernen!«

»Ich verstehe nicht, wie Sie in die Höhle gelangen konnten. Darf ich einmal sehen?« K näherte sich Brain und musterte ganz scharf das Zeichen der Schlange. Er wunderte sich. »Ich hätte geschworen, es war ein Apophis auf Ihrer Stirn. Nun ist es aber ein Uräus oder wenigstens eine Kobra. Verändert sich das? Das ist rätselhaft.«

Anke kicherte hinter vorgehaltener Hand. Leon, Martha und Brain sahen sich an und kommentierten es nicht.

K schrie nun laut.

»Wie schaffen Sie es, in die Höhle zu kommen, verdammt?«

Anke musste fast lachen.

»Durch den Eingang! Das wissen Sie doch!«

Brain räusperte sich, weil niemand zum Punkt kam.

Zu *seinem* Punkt.

»Können Sie, Herr K, kurz erklären, was Sie dort in der Höhle tun? Dann erklären wir, was wir erlebt haben.«

K war ganz unruhig. »Ich bin schon lange Vampir. Das haben sie aus mir gemacht, als ich gerade eine Familie gründen wollte. Sie bissen mich, weil sie mich brauchten. Ich habe vor langer Zeit ein kleines Schiffsunternehmen geleitet. Sie stifteten mich gegen viel Geld an, mein Unternehmen sehr viel stärker florieren zu lassen. Seit ich das tat, hatte ich gute Bilanzen, die sich sehen lassen konnten. Meine Angestellten, also Matrosen, begannen, mit unseren Schiffen im Meer Flüchtlinge aus armen Ländern aufzufischen. Wissen Sie, unsere Auftraggeber brauchen viele Flüchtlinge. Flüchtlinge sind am besten, weil sie keiner vermisst. Alle anderen Menschen werden auch nicht wirklich vermisst, aber sie müssen begraben und abgemeldet werden. Das braucht man im Falle der Schiffbrüchigen nicht zu tun. Ich bekam als Beuteteil ein bisschen Blut ab. Frisches! Sie haben wahrscheinlich noch keine Vorstellung, was das ist: Frisches Blut von Lebenden. So weit ich sehe, haben Sie, Herr Brain, noch niemanden gebissen. Wenn Sie es einmal tun, werden Sie *verloren* sein. Ich bin verloren. Sie haben mein Unternehmen mit einem anderen zusammengefasst. Die Schiffbrüchigen kommen heute allgemein in größeren Booten als früher, da brauchen wir größere Schiffe für sie. In der Höhle dort oben wurden sie oft bis zum Beißen geparkt, die Flüchtlinge. Wir haben große Verpflegungsreserven in der Höhle, so dass es den Menschen gut geht, bis sie verwendet werden. Nur Er Selbst kann Flüchtlinge den Eingang der Höhle passieren lassen. Er selbst steht am Eingang der Höhle, wenn die Flüchtlinge in der Nacht der Reihe nach die Höhle betreten. Niemand aber kann je wieder hinaus. Nur ich, weil ich Vampir bin. Ich komme als Katze oder Maus durch kleine Regenritzen in den Felsen seitlich aus der Höhle wieder heraus. Ich bin der Wächter der Höhlengefangenen. Zurzeit haben wir keine Flüchtlinge. Er selbst ist längere Zeit nicht gekommen. Er selbst hat mehrere Höhlen. Ich muss vom Ertrag der Brücke leben. Ich habe zwar Blutkonserven da, aber ich bin *verloren*. Und jetzt bin ich wirklich verloren, wenn Sie mir nicht helfen.«

Brain fragte: »Wer ist das, ›Er Selbst‹?«

K flüsterte: »Der Meister.«

»Ist es Dracula?«

»Dracula? Ich weiß es nicht, wir nennen ihn Meister. Ich hatte gedacht, der Name Dracula sei bloß aus der Dichtung?«

Brain hakte nach: »Wer ist GD?«

Da erschrak K heftig und hob beschwichtigend die Hände.

»Der Meister redet oft von GD. GD muss ein Dichter sein. Er verzaubert mit seinen Versen, sagt der Meister. Der Meister schwärmt von diesen Versen. Er sagt, wir wären auch von GDs Dichtungen verzaubert, ob wir sie lesen oder nicht. Der Meister scherzt darüber. Der Meister sagt, es stehen Verse im Höhleneingang, die nur Berufene sehen und verstehen. Der Meister tut sehr geheimnisvoll. Er weidet sich an uns, wenn wir rein gar nichts sehen. Selbst wenn ich einmal etwas lesen könnte, würde ich heute glatt lügen und behaupten, ich sähe nichts. Ich glaube, er würde mich töten, wenn ich je etwas sähe.«

Anke schaute Brain an. Sollten sie ihm etwas verraten?

Brain erwähnte, er habe eine wahrhaft große Dichtung von einem gewissen K im Eingang gesehen. K richtete sich wichtigtuerisch auf: »Diesen Spruch schrieb ich selbst dorthin. Ich habe ihn so ähnlich vom Meister gehört. Ich habe ihn einmal gemurmelt, da lachte er und befahl mir, ihn dort niederzuschreiben. ›Dann siehst du wenigstens *etwas!*‹, hat der Meister gesagt. Aber bitte, Herr Brain, woher wissen Sie von GD?«

»Ich denke, es heißt Graf Dracula, was sonst?«

»Ach! Das ist eine ganz eigenartige Idee!«

»Aber einfach! Sie fragen ihn am besten beim nächsten Mal danach.«

»Oh nein, wir sind wie seine Diener. Er spielt mit uns und wir spielen mit.«

Brain vermutete, dass der Meister eventuell Dracula selbst sein könnte. »Der Meister ist GD und dichtet selbst!«

Das erstaunte K sehr. »Das halte ich für nicht gut möglich. Allerdings ... ja ... auf der anderen Seite ... jetzt setzen Sie mir da etwas in den Kopf, ja in den Kopf, das will ich da nicht haben! Nein, das geht mich nichts an. Ich will so etwas lieber nicht wissen. Das bringt nichts Gutes. Die Frage ist doch - ich meine, deswegen bin ich gekommen - die Frage ist, wie Sie in die Höhle eindringen konnten.«

»Ein Vorschlag: Sie geben mir ein paar Tipps für das bessere Leben von Vampiren. Dann versprechen wir, nie wieder zu Ihnen zu kommen. Wir vergessen die ganze Sache. Was meinen Sie?«

»Oh, das geht nicht! Es sind Spuren von frisch vergossenem Blut

auf dem Höhlenboden. Die Spuren führen bis zum Sarg. Wie soll ich das meinem Meister klarmachen, wenn er einmal kommt? Er hat eine feine Nase für frisch vergossenes Blut.«
Leon fragte: »Was ist so wichtig daran, dass es frisch vergossenes Blut ist?«
K sah irritiert drein: »Na, es gibt abtropfendes Blut von gerade gestorbenen, schon toten Menschen und frisch tropfendes von lebenden Menschen. Das ist ein kolossaler Unterschied. Deshalb bin ich doch da! Ganz frisches Blut, das weniger als - sagen wir - zwei Minuten alt ist, gibt phantastisch stärkere Lebenskraft, das ist ein Unterschied wie Himmel und Hölle! Ganz frisches Blut ist praktisch nur durch Aussaugen von Lebenden zu genießen. Ich durfte das einmal ganz kurz. Der Meister hat es erlaubt. Es hat mir aber nur eine unstillbare Sehnsucht eingepflanzt. Irgendwann bekomme ich einen Lebenden für mich allein, versprach der Meister. Dafür muss ich noch lange arbeiten, sagt der Meister.«
K redete jetzt wirr durcheinander.
»Es regt mich auf, wenn ich nur daran denke! Es macht mich irre!«
Er verwandelte sich in ein undefiniertes schwarzes Tier, kehrte aber gleich wieder in seine Gestalt zurück. Es wurde unheimlich.
K weinte. »Als der Deckel des Sarges zufiel und Ihre Hand zerquetschte, da habe ich blitzschnell reagiert und nur ein bisschen geleckt, kaum zugebissen, eigentlich nur geleckt! Es war so wundervoll. Ich habe vergessen, Ihnen auf der Flucht nachzuspringen. Ich war so erschrocken über die Schlange auf Ihrer Stirn. Ich sah sofort den Apophis. Der Meister sagt, das bedeutet den Tod. Der Apophis sammelt die Seelen, sagt der Meister. Genau weiß er es selbst nicht. Er hat Angst vor der Schlange. Er hat auch Angst vor dem Uräus. Aber der ist die Schlange des Guten. Das fürchtet der Meister längst nicht so sehr. Das Böse will siegen, das macht Angst. Das Gute will gut machen, das schafft es aber nie. Sagt der

Meister. Es ist verboten, frisches Blut zu trinken! Es ist verboten, Lebende zu beißen! Ich darf nur schon ganz, ganz Tote aussaugen. Tote werden nicht zu Vampiren! Ausgesaugte Tote verwesen! Es darf keine *neuen* Vampire geben! Keine *neuen!* Der Meister will alles frische Blut für sich allein! Nur treue Diener bekommen viel später, sehr viel später frisches Blut! Alle Macht hat der Meister! Tod den Verrätern! Tod denen, die frisches Blut nahmen! Tod denen, die neue Vampire machten! Tod denen, die Flüchtlinge für sich selbst verstecken!« K brach zusammen. Er heulte, verwandelte sich dabei mehrfach in urige schwarze Tiere, jedes Mal nur für kurze Zeit.

»Ich habe schon einmal beim Zählen der Schiffbrüchigen einen Fehler gemacht. Ich hatte einen übrig. Es war ein Baby. Ich habe dran gesaugt, ja. Aber ich habe es danach ganz schnell gepfählt und zerfallen lassen, genau wie sie es immer machen. Es gab überhaupt keine Spuren. Keine! Ich hatte Glück, dass sie mich lange nicht sahen. Ich war einige Tage ganz rot und frisch, sie hätten sicher bemerkt, was ich getan habe. Ich hatte solche Angst mit dem jungen, frischen Blut in mir drin, solche Angst! Aber es war wunderschön! Deshalb muss ich Sie eigentlich jetzt auch sofort pfählen und zerfallen lassen, Herr Brain. Das hätte ich längst getan. Ich weiß nur nicht, wie ich die Spur frischen Blutes in der Höhle erklären soll. Die bringt mir noch den Tod, ich ahne das. Sie müssen mir helfen und für mich zeugen. Sonst sind auch Sie in Gefahr! Es darf keine neuen Vampire geben! Der Meister will es nicht! Er will das Blut für sich allein!« K sah Brain ohne Hoffnung an.

»Wir legen Kreuze und Knoblauch um Ihren Sarg,« schlug Anke vor. »Da kann Graf Dracula nicht an Sie heran.«

»Ach, Kind, das wirkt nicht mehr. Nur das authentisch Heilige hindert uns Vampire. Kreuze, an die nicht geglaubt wird, schrecken nicht ab. Das Heilige ist nur heilig durch den Glauben. Ohne

Glauben ist nichts heilig. Und weil niemand glaubt, wäre die Welt heute den Vampiren schutzlos ausgeliefert! Ganz und gar! Der Meister sagt, wir warten noch einige Jahrzehnte. Nicht mehr lange. Bald ist die Zeit! Bald gibt es absolut frisches Blut für alle Getreuen! Die Auserwählten des Meisters werden trinken und trinken!«
K horchte. Er wurde ängstlich.
»Was tun wir jetzt, Brain? Und wie heißen denn Sie?«, wandte er sich an Martha.
Anke fragte unvermittelt: »Was bedeutet K?«
K seufzte: »Ich nenne mich so, weil ich immer von einem Buch träume, in dem K vorkommt.«
Da verstand Anke. »Ist es von Kafka?«
K sah sie mit großen Augen an. In diesem Moment hörten sie, wie draußen ein Lastwagen anhielt. Blitzartig verwandelte sich K in ein schwarzes Wildschwein. Er schoss aus dem Zimmer, durch den Flur zur Haustür und flog scheppernd durch die Verglasung hinaus in die tiefe Nacht.
Anke und Leon liefen bis zur Haustür hinterher.
Draußen stand ein schwarzer Lastwagen mit schwarzer Rundumverglasung. Er war mittelgroß und hatte die Form eines Kastens. Er trug die Aufschrift: *Überführungen von Welt zu Welt.*
Zwei Männer erwarteten das Wildschwein. Der eine hielt es mit gewaltiger Kraft auf. Er hielt es an der Gurgel gepackt und kommandierte: »Lanzenvorstich!«
Da stieß der andere Mann dem Wildschwein eine Lanze durch das Herz. Das Wildschwein verwandelte sich in K zurück. K zappelte hilflos aufgespießt. Er war nun still und wehrte sich nicht. Der erste Mann hielt nun schon einen Pfahl bereit. Die Lanze wurde schnell herausgezogen, der Pfahl auf die blutspritzende Öffnung gesetzt. »Schnell!« Der Lanzenmann schwang nun einen Hammer und trieb den Pfahl durch den mit der Lanze vorgebahnten Weg

durch Ks Körper. Blitzgewandt ließen sie ihr Werkzeug fallen. Der eine hielt Ks Rumpf umfasst, der andere hieb K mit einem gewaltigen Streich den Kopf ab. Sie warfen alle Teile, das Werkzeug und die von K, hinten in den Lastwagen. Sie sprangen selbst hinauf und schlossen den Lastwagen von innen.
Die vier im Haus sahen sprachlos auf den Lastwagen.
Der bewegte sich nicht. Innen drin schien ein Radio zu laufen.
Nichts geschah.
Sie warteten lange.
Die Blutpfütze hinter dem Lastwagen verschwand langsam. Sie löste sich in Nichts auf. Als die Sonne aufgehen wollte, musste Brain ins Haus zurück und konnte den Rest nicht mehr anschauen. Sie starrten immer noch gebannt.
Nummer Zehn flog hinüber.
Da öffnete sich vom Boden des Lastwagens her eine kleine Falltür. Plopp! Boppbopp! Der Buchhalter fiel in zwei Teilen heraus. Es dauerte zwei oder drei Sekunden, da war er in der Sonne zu Sand zerfallen. Die Klappe wurde nach innen eingezogen.
Die Musik wurde wieder schwächer.
Der schwarze Lastwagen fuhr ab.

UNTOT UNTOT

Sie fanden von K auf der Straße keine Spur. Die Angst schnürte sie ein. Die folgende Woche verbrachten sie ganz gelähmt. Waren sie selbst in Gefahr? Mindestens Brain! Die anderen auch?
»Zum Schluss bleibt nur Nummer Zehn übrig«, lachte Anke.
»Du schützt uns doch, Papa? Ja? Zuerst, als K erzählte, dachte ich noch, wir müssten dich ausgraben, Papa, weil du vielleicht auch Vampir bist. Dann hätten wir dich wieder zurück, Papa. Schade, dass dich die Katze erst nach der Explosion gebissen hat. Echt gemein. Es ist so: Wer als Toter gebissen ist, wird zur Mücke. Das ist klar. Aber jammerschade.«
Martha begann, vorzusorgen. Sie sammelte mit Hilfe eines Arztes Blut ein. Sie und die Kinder spendeten, so viel es ging. Bald stand die Speisekammer voller kleiner Fläschchen.
»Einer großen Flasche bist du noch nicht gewachsen«, meinte Anke zu Brain und freute sich über die wachsenden Vorräte. Sie beschilderte die Fläschchen mit Liebe und versteckte auch ein paar größere Portionen in schönen Amphoren, die mit ›Ankes

Edelblut‹ und ›Marthas Prime Time‹ beschriftet wurden. Sie hängten über Brains Bett oder eben an die Stelle, wo später sein Sarg stehen sollte, eine Menge Kreuze und Knoblauchzöpfe. Heiligenbilder pflasterten die Wände. Rosenkränze und Jesusfiguren hingen von oben in den Raum hinunter.
»Und niemand glaubt so richtig daran,« sagte Brain staunend über sein prächtiges Zimmer.
»Soll ich mich einmal da hineinsteigern?«, fragte Anke und setzte sich zum Meditieren hin. Da schlug Brain mit den Armen und Beinen um sich und zappelte hilflos am Boden.
»Siehst du wohl? Der Glaube fließt in die Kreuze, wenn ich an Gott denke.«
»Komisch, nur dann …«
»Sonst bin ich ja mit dem Einwecken von Blut beschäftigt. Das ist doch eher eine gottlose Arbeit, nicht wahr?«, erwiderte Anke.
»Ich bin nur heilig, wenn ich Zeit habe. Und wenn ich will.«
Nach einiger Zeit besuchten sie Brain nur noch zur Fütterung. Dieser Name für seine Nachtmahlzeit wurde beibehalten. Raubtierfütterung! Eines Abends, Martha und die beiden Kinder waren zu Hause, saß neben Nummer Zehn eine kleinere Mücke. Die drei beobachteten sie. Sie flog mehr um Anke herum, während Nummer Zehn sich an Martha hielt.
»Sie ist so klein!«, rief Anke.
»Wir nennen sie Mini Eins!«
Da sagte Leon trocken: »Mini Zwei.«
Die beiden Frauen schauten ihn an. »Ach, Leon! Du hast sie kaum bemerkt und bringst sie schon um! Pfui, Leon!«
Und sie überlegten, wer es sein könnte. K? Sie nahmen Mini Zwei mit, als sie anderntags Brain füttern gingen. Und da geschah etwas Wunderbares: Brain lebte sichtlich auf. Er scherzte, war guter Dinge und fühlte sich fast normal gut wie als Mensch.

»Nein, besser!«, rief er, aber das war natürlich übertrieben. Sie blieben über Nacht bei Brain und gaben ihm kein Blut. Nichts. Brain aber ging es gut. Das Wunder hieß Mini Zwei.
Wer war das? Mini Zwei?
Diese Frage ließ sie in den folgenden Tagen nicht los. Warum flog Nummer Zehn nur um Martha und Mini Zwei nur um Anke herum? Warum bewirkte Nummer Zehn überhaupt nichts in Brain, warum vollbrachte aber Mini Zwei Wunder? Wenn Mini Zwei anwesend war, fühlte Brain nur noch den Wunsch, ein guter Mensch zu sein. Er wollte sein Leben zum Guten ändern, das nahm er sich vor. Leider flog Mini Zwei immer nur um Anke herum.
Es bedeutete fast, dass sie immer bei ihm bleiben müsste.
»Wir müssen heiraten, Brain«, lachte Anke.
Und Brain fragte schelmisch: »Magst du meine Frau werden?«
»Ach Brain, Quatsch, aber du kannst ja Martha heiraten, nicht wahr?« Da wäre Brain als Mensch sehr rot geworden. Er liebte Martha noch immer. Aber er war sich nicht sicher, ob es Liebe war, die er empfand. Er fragte sich das oft. Oder er hatte eben doch eine andere Auffassung als alle anderen Menschen. So, wie niemand im Hotel merkte, dass er Kaffee wollte, so spürte wohl auch niemand, wenn er liebte.
Das musste es sein.
Er hatte kein hörbares Herz.
Alles hatte er im Kopf.
Das machte ihn beim Nachdenken traurig.

Sie verlebten einige glückliche Tage. Martha willigte ein, dass Brain bald zu Martha ziehen sollte, damit das Problem mit Mini Zwei in einfacher Weise gelöst würde. Die Firma, bei der sie einen schönen Sarg für Brain bestellt hatten, rief an, sie wolle nun ausliefern. Brain war unsicher, ob er den Sarg überhaupt noch wollte.

»Bestellt ist bestellt«, beharrte die Firma. Er bat um Lieferung am Abend. Es klingelte bald an der Tür. Zwei Männer trugen den Sarg wortlos herein. Sie zeigten ihn stolz dem neuen Besitzer. Brain war zufrieden. Von außen war es ein prächtiger Sarg. Sie öffneten ihn routiniert, als hätten sie etwas vor. Im Sarg lag Werkzeug: Eine Stange, ein Pfahl, ein Hammer und ein Schwert.
Plötzlich erkannte Brain die Männer. Und zeitgleich kreischte Anke im Flur: »Ein schwarzer Lastwagen vor der Tür!«
Da rief Leon Martha um Hilfe. Er hatte Todesangst. Einer der Männer packte Brain an der Gurgel und gab das Kommando: »Lanzenvorstich!«
Da stieß der andere Mann die Lanze mit voller Kraft durch Brains Herz. Anke sprang wütend auf den Mann, der nun die Lanze herausziehen wollte. Er biss um sich. Anke klammerte sich schreiend an ihn und schloss die Augen. Sie schloss die Augen und betete zu Gott. »Herr, Gott, lass' Liebe walten …« und sie betete inbrünstig, der Himmel möge sich öffnen und helfen.
Da begannen die Rosenkränze zu rauschen.
Da klangen die Kreuze wie Glocken.
Da duftete der Knoblauch wie bei der Ernte.
Die Männer fielen zu Boden, wanden sich qualvoll und erstarrten.
Martha tat es. Sie weinte dabei vor Ekel. Sie hämmerte den Männern, dem einem, dem anderen, den Pfahl durch die Brust.
Leon schlug den Kopf ab. Dem einen. Er musste einige Male zuschlagen, er hatte nicht viel Kraft. Aber er wollte. Als Martha das Schwert nehmen wollte, schlug er erbarmungslos zu. »Ich!« Dem anderen. Als alles vorbei war, besahen sie sich die Wunden.
Brain wand sich noch lebend mit der Lanze in der Brust.
Anke war eindeutig gebissen worden.
Und Leon schien ein klein wenig geritzt, wie er fast ohne Schrecken in seiner Stimme bekannt gab. Weltende für eine Familie.

Brain wand sich, zitterte und glotzte mit entsetzten Augen wie ein gefangener Fisch. Martha war ein einziges Elend. Leon überlegte, wie es weitergehen würde. Anke war dankbar, wie gut ihr Gott geholfen hatte, nachdem sie gebissen worden war. Sie hätte von Anfang an beten sollen, nicht schreien, nicht warnen! Nicht gleich kämpfen!
»Ich werde nun immer erst glauben, dann tun.«
Sie betete und dankte. Auf dem Schreibtisch lagen Papiere, Gedanken von Brain. Seine letzten Gedanken?! Anke schluckte. Auf einem Blatt waren viele Kreuze gemalt. Eingerahmt hieß es:

Ich bin die Wahrheit und Anke das Leben.
Martha hütet den Himmel, Leon wartet davor.

Das warf Anke fort. Geschwind fort! Auf einem anderen Blatt waren Pfeile. Von Otto + Nummer Zehn hin zu Martha. Von Brain + Mini Zwei hin zu Anke. Und darunter stand: In den Mücken sitzen die Lebensgeister der Vampire. Sie helfen ihren verlorenen Seelen. Und über alles hinweg war gekritzelt: *Ich muss jetzt nach Ägypten!* Anke grübelte, sie zeigte dieses Blatt den andern. Leon schnaubte unwillig. Martha war noch ganz betäubt und sah nicht hin. Als die Sonne aufging, zog Martha die Rümpfe der fremden Männer auf die Gartenterraße. Sie zerfielen zu Sand, der sich schnell auflöste. Sie brachte die Köpfe hinaus, die ebenfalls zerfielen.
Anke schaute zu.
»Geh rein, um Gottes Willen!« schimpfte Martha grob.
»Brain ist nach dem Biss auch noch nach Hause gefahren. Ich habe noch einen Tag. Ja, einen Tag vielleicht darf ich die Sonne sehen.«
»Geh rein. Ich meine die Grausamkeit, nicht die Sonne! Ich will die Schweinerei wegputzen! So viel Blut!«
»Du musst nur die Vorhänge öffnen, dann zerfällt alles, Mama!

Verstehst du?« Sie schien schon wieder gefasst. Martha verstand Anke nicht. Sie war so voller Leichtigkeit!
Aber Anke hatte hauptsächlich Kummer mit Brain. Was tun mit der Lanze in seinem Herzen? »Wenn wir die Lanze herausziehen, dann stirbt er. Glaubst du das auch?« Martha nickte.
Sie dachten dies, dann das. Verzweifelten über Leon, dann über Brain. Haderten mit Ankes Pech, überlegten das weitere missliche Leben. Trauten sich nicht, die Lanze herauszuziehen.
Hofften, sie würde herauseitern. Irgendwie. Irgendwann.
Sie lebten wie im Tode. Waren immer an ihn erinnert.
Der Lastwagen vor der Haustür wurde nicht abgeholt.
Und eines änderte sich noch: Nummer Zehn und Mini Zwei umschwirrten jetzt Martha. *Beide.*
»Komm, Mini Zwei, komm doch«, flüsterte Anke voller Kummer.
Aber Mini Zwei umflog nur noch Martha, nie mehr Anke.
»Die Lebensgeister umfliegen nur lebende Menschen? Ist das so?«
Anke dachte darüber: »Jeder hat einen Lebensgeist. Er sitzt in Mücken. Er sucht Wärme und Liebe. Wenn der Mensch, dem der Lebensgeist eigentlich gehört, vom Lebensgeist nicht gefunden werden kann, dann fliegt er ersatzweise zu demjenigen Menschen, den der Mensch am meisten liebt oder geliebt hat. So wird es sein. Ja! Otto liebt Martha und Brain liebt ... Anke? Aber er sagt, er liebt *Mama!* Das hat er gesagt! Er hätte sie geheiratet, wenn sie nicht Otto genommen hätte. Das hat uns Mama einmal verraten. Er wollte sie, aber Mama wollte nur Otto. So ist es also nicht. Es geht darum, wer wen am meisten liebt.«
Und sie grübelte weiter
»Vielleicht aber - ja! - vielleicht fliegt der Lebensgeist dorthin, wo er am meisten Liebe bekommt. Ja, bekommt! Otto von Martha, Brain von Anke. Nun aber ist die liebe kleine Anke tot. Da bekommt die Mücke keine Liebe von der lebenden Anke. Daher fliegt Mini Zwei

ab sofort zu Mama. Mama lebt ja noch. Genau. Bald kommen also die Lebensgeister von Anke und Leon. Sie werden hinfliegen, wo sie am meisten Liebe bekommen! Ja. Dann fliegt meine Lebensmücke bestimmt zu Mama. Und Leons Lebensmücke? Auch zu Mama– ja, wenn sie sich im Herzen wieder vertragen haben! Haben sie das? Ja, haben sie das?« So sprach Anke vor sich hin. Und sie sagte etwas lauter: »*Fragt lieber zweimal, ob alles mit ihm stimmt.*« Da fühlte sie unbestimmt, dass Leon mithörte und wurde stumm.
Sie ließen die Lanze im Herzen von Brain stecken. Sie sägten die beiden herausstehenden Enden dicht über dem Körper weg und warteten ab. Brain zuckte Sekunde für Sekunde, starb aber nicht. Seine Augen rollten, er kam nie mehr zur Ruhe. In ihm bäumte sich sicher das Weiche. Wenn sie die Lanze herauszögen, würde es herauskommen. Bestimmt. Das fürchteten sie. Anke war sicher, dass das Weiche Brains Seele war. Die würde in den Himmel fortfliegen und Brain würde sterben.
Nach zwei Wochen kam ein kleiner grünlicher Vogel ins Zimmer geflogen. Er schaute Martha an. Er war zierlich und niedlich. Eine Grasmücke. Der kleine Vogel blieb bei ihnen und Anke lebte auf. »Du musst einen großen Lebensgeist haben«, sagte Martha, und sie achtete darauf, dass Leon diesen Satz nicht hörte. Sehnlich warteten die drei, dass Leons Lebensgeist käme. Leon aber wusste schon immer: Er würde nur von Blut leben wollen.
Nur Blut!
Sphinx!
Einmal hörte Martha, wie Leon vor Brains Sarg stand, in dem dieser sich wie gewöhnlich in seinen Dauerqualen wand. Leon sagte: »Ich werde einst eine Bombe zünden, damit endlich wirklich alles in Ordnung ist. Es wird kein Stück auf dem anderen bleiben und kein Stück übrig. Das habe ich geschworen. Und deshalb habe ich mit Absicht meinen Arm an die Zähne des einen Mannes gehalten,

um Vampir zu werden. Ich werde üben. Ich will Hydra sein oder Medusa. Ich brauche keine Mücke, keine Mutter, keinen Menschen, der mit mir Erbarmen hat. Ich selbst werde auch kein Erbarmen haben.«

Eines Abends fing Leon alle drei ein: Nummer Zehn, Mini Zwei und die Grasmücke. Er steckte sie in eine Schachtel, in die er altes Blut von Anke und frischeres von Martha auf Schwämmchen verteilte. Sie sollten glauben, Martha und Anke seien ihnen in der Schachtel nahe. Dann gab er das Päckchen in der Nacht in den Postkasten. Er wollte es weit, weit fort schicken, weil ja Brain festgestellt hatte, dass die Lebensmücken in der Entfernung die Orientierung verlieren und nicht mehr zurückfinden.

Daher schickte er die drei kleinen Wesen nach Ägypten an die Adresse eines berühmten Nobelhotels, das neben den Pyramiden von Kairo lag.

»An Herrn Apophis.« Da wollte Brain ja hin: nach Ägypten.

So wäre ein Teil von ihm schon da.

»Wenn ich kein Leben haben darf, so soll es keiner haben.«

ROTE NEUE WELT

EPOCHE DER HOFFNUNG

Martha musste wieder mehr Blut besorgen. Die Zeit des relativen Glücks mit den Mücken war vorbei. Sie bekamen den Grund nicht heraus. Sie ahnten, dass Leon etwas damit zu tun haben mochte. Leon aber war kaum noch zu Hause. Er übte im Wald verbissen das Verwandeln in immer größere Tiere. Er wollte das größte Tier werden. Jahr für Jahr verging. Jahr für Jahr übte Leon. Jahr für Jahr saß Anke bei Brain und versuchte, sie selbst zu sein. Die Zeit verging. 25 Jahre später saß Anke am Sarg von Brain, der sich unter Schmerzen wand. Die Lanze begann, etwas morsch zu werden.
»Du! Brain! Nehmen wir an, du hast jetzt 25 Jahre Schmerzen gehabt und dich um nichts weiter gekümmert als um die Schmerzen! Dann ist deine geistige Entwicklung nun schon 25 Jahre angehalten. Ist das so? Hey, das ist lustig. Dann bin ich heute im Gehirn so alt wie du.« Sie war traurig. »Brain, jetzt werde ich älter sein als du. Verstehst du? Du bist immer wie mein Vater gewesen. Ich hab dich lieb gehabt. Jetzt könnten wir schon Mann und Frau

»Auf der Erde hört bei Zahlen die Freundschaft auf.«

sein. Aber das wird nichts mit uns, denn wenn du aufwachst, dereinst, bin ich deine Oma. Das ist nicht gut, Brain. Ich habe die ganze Zeit versucht, ein Kind zu bleiben. Ich seh' ja für immer so aus. Ich will es auch weiterhin bleiben, Brain, *dein* Kind. Für dich. Sonst - ja, sonst - sonst wäre ich gerne Mutter geworden. Mutter, das muss schön sein. Seelen gebären. Gutes tun. Nachts, wenn ich daliege und wie einst du von Sand und Gängen träume, wenn das Gute etwas in mir will, dann weiß ich, ich müsste Mutter sein. Heute, da ich älter bin als du, will ich dich hiermit einfach adoptieren. Brain! Du musst jetzt tun, was ich sage! Du musst gehorchen. Ich sorge den ganzen Tag für dich! Wir müssen die Welt retten, Brain. Da draußen ist nur die Nacht. Da tobt der Terror und sie beißen sich, als gäbe es nichts Besseres, als Vampir zu sein. Ich brauche dich, Brain. Ich kann nichts Großes tun ohne Rat von dir. Ich will als dein Kind tun, was du sagst, aber du musst mir gehorchen, weil ich deine Mutter bin.

Ja, so machen wir es. Ich bleibe dein Kind, aber ich werde ab jetzt deine Mama. Ich sorge für dich für tausend und tausend Jahre. In den Gängen und im dunklen Sand, das weiß ich, wollen sie das von mir. Sie wollen, was ich selbst will. Brain? Baby Brain? Tu was ich sage! Vernimm nun feierlich den allerersten donnerhallenden Befehl deiner Mutter!«

Sie schaute ihn lange an und bat ihn inständig: »Wach auf, Brain.«
Er zuckte wie immer, aber ein ganz klein wenig so, als verstehe er sie. Sie wollte es so sehen. Es gab ihr die Hoffnung zu warten. Sie verdünnte das abendliche Blut für sich selbst immer weiter. Sie begann wie Menschen zu essen. Es war nicht notwendig und schmeckte nicht so sehr, aber ihr Leben wurde wie früher. Sie beschloss, wieder ganz Anke zu werden. Sie hatte ja Zeit. Die beiden Kinder entwickelten sich als Vampire. Äußerlich blieben sie Kinder. Innerlich entwickelten sie sich. Anke wurde im Vampirherzen

die kleine Anke. Leon wurde im Vampirherzen der große Leon. Martha blieb ein voller Mensch und wurde uralt. Da begann sie zu sterben.

Brain schien das zu fühlen. Die Lanze in seiner Brust löste sich seit vielen Jahren ganz langsam auf. Sie bewegte sich wie glitschig, wenn Anke sie mit den Fingern antippte. Brain stöhnte urgewaltig, wenn sie daran ›herumspielte‹. Wie ein Kind mit dem Feuer, dachte sie und traute sich nicht, beherzt an der Lanze zu ziehen. Sie faulte ja ab, und es würde mit den Jahren und Jahren eine Entscheidung geben.

Martha wollte würdig als Mensch sterben, sie war nun deutlich über 100 Jahre alt, ganz weiß, eine hagere Greisin, die oft noch für Momente weise war. Sie wollte sich wie ein Bauer zum Sterben legen und willentlich zu Gott hinübergehen.

Da verabschiedete sie sich von Anke und Leon.

Sie streichelte Brain ein letztes Mal.

Da brach Brain irgendwie das Herz.

Anke sah ihn verlöschen.

Und sie fühlte, wie auch sie selbst, innerlich wie sterbend, in etwas Unbekanntes hinüber ging. Nichts würde mehr sein wie einst.

Anke fiel jämmerlich an Brains Sarg zusammen. »Du musst mit mir die Welt retten, Brain. Was Leon tut, darf nicht das Ende der Geschichte sein. Leon darf nicht Recht behalten! Wir müssen ihm die Herrschaft nehmen! Nicht wahr, Mama?« Martha war schon in Gedanken in ihrer neuen Welt. Sie schaute verklärt.

Leon lächelte mit beißendem Hohn. »75 Jahre ohne Blut gehofft und gebetet? Na? Was gibt's du mir, wenn ich dir helfe, Brain zu retten?«

Anke schrie: »Du kannst helfen? Wie? Warum willst du etwas dafür? Was?«

»Weißt du, Anke, es soll so etwas geben wie die Hybris der Macht.

Und im Banne der Macht steht ein kleines altes Mädchen, das Mädchen sein will, neben einer sterbenden Frau und einem aufgespießten Körper, der eigentlich nie benutzt wurde. Ein Kopf allein hätte bei Brain gereicht. Die kleine Anke aber weiß, sie könnte noch immer die Welt retten! Haha! Weißt du, Anke, ich würde zu gerne sehen, wie das geschehen soll. Zu gerne! Und wenn ich dabei selbst draufgehe, ich würde es gerne sehen!«
Anke sah ihn zweifelnd an.
»Alle schlechten Sagen des Altertums und alle billigen Geschichten wie diese hier ernähren sich von dieser Lust der Macht, ohnmächtig wütende Kämpfe gegen sich selbst zu genießen. Was ist die Macht ohne den Kitzel? Ach, lange hatte ich keinen Kitzel mehr! Ich trank Blut in Strömen, frische Bäche. Aber ein Kampf, das wäre etwas, ein Kampf!« Leon dachte kurz nach. »Darf ich zwei oder drei Stunden mit ihnen tun, was ich will?«
Anke überlegte, zögerte, flüsterte: »Ja.«
»Sicher?«
»Ja!«
»Gut. Dann sei's. Es ist so gesprochen. Es wird so geschehn.«
»Wieso mit *ihnen*, meinst du, mit *beiden*? Was soll mit Martha sein?«
»Ach, Anke. Martha wird niemals sterben, das war von Anfang an diamantenklar und von mir höchstpersönlich beschlossen. Sie ist für mich der trauernde Zeuge meiner ewig dunklen Zeit. Martha ist mein eigentlicher Kitzel, du weißt das besser als Brain.«
Leon rief die Garde herbei. »Diesen Sarg mit allem Inhalt und meine Mutter zur Höhle des Löwen!« Sogleich erschienen einige eilfertige Original-Patchworker, nahmen den Sarg auf und trugen Martha auf einer Sänfte hinaus. Leon ging mit. Anke schloss sich entschieden an. Leon lächelte grimmig in Vorfreude.
»Sieh hin«, murmelte er. »Und du wirst nicht glauben!«

Die Gruppe verließ die uralte Wohnung von Martha. Sie schritten in eine dunkle, neblige Nacht. Schweigend betraten sie nach kurzem Weg den Palast Leons, des Herrschers. Sie fuhren mit einem Fahrstuhl weit nach unten. Anke war schrecklich zumute. Leons Augen blitzten.

Unten war ein langer kahler Gang, der in seiner nüchternen Schlichtheit erschreckte. Sie erreichten das Ende des Ganges und blieben stehen. Der Gang endete ganz unvermittelt.

»Sieh hin«, sagte Leon zu Anke und Martha, die nicht hörte.

»Du wirst nicht glauben!«

»Ich sehe nichts«, entgegnete Anke.

Gespreizt hochmütig verriet ihr Leon, dass an diesem Höhleneingang eine Schrift angebracht sei. »Siehst du etwas?«

Anke verneinte abermals. Da las ihr Leon die Inschrift triumphierend, aber mit getragenen, würdigen Worten vor:

> *Wer nichts mehr glaubt*
> *Wer nichts mehr wissen will*
> *Wer böse ist und frei*
> *Tritt ein, wo alles fließt* (LS)

Leon lächelte und ging den Gang weiter, ging wie durch die Felsen hindurch, seine Eskorte von Patchworkern folgte ihm mit Martha und Brain. Anke blieb ausgeschlossen, sie stieß sich wieder und wieder an der Wand, sank wiederum wie am Sarg zuvor zusammen und weinte lange. Weinte und weinte, wie Vampire ohne Tränen. Sie sah hin und sah doch nichts.

»Die Guten sehen das Gute. Die Liebenden sehen das Heilige. Die Bösen sehen das Böse und das Böse allein. Blut ist nicht Blut, Licht ist nicht Licht. Tod ist nicht Tod. Jeder sieht sich in allem selbst. Jeder geht nur durch Türen zu sich selbst.«

FRISCHES BLUT FÜR DIE WELT

Nach einigen Stunden kamen sie wieder heraus. Martha war zum Vampir gebissen worden. Sie sprach nun bestimmt für alle Ewigkeiten kaum noch ein Wort. Nie würde sie einen Tropfen Blut annehmen. Sie hatte gesehen. Sie glaubte nichts mehr. Sie wollte nichts mehr wissen.
Anke erfuhr kein Wort von ihr, der Verstummten.
Brain war hochrot angelaufen. Polyämie! Er war voll gepumpt mit erlesen frischem Blut. Seine Augen rollten im Wahnsinn.
»Wer einen ganzen lebenden Menschen aussaugt, der ist verloren!«, so erinnerte sich Anke an die Worte des Buchhalters. Die Lanze wackelte in seinem Leib hin und her wie ein Halm im Wind. Sie erinnerte an einen Milchzahn, der nur noch an einem Hautfetzen baumelt und heute noch ausfallen wird. Sie wirkte wie eine Möhre oder eine Baumwurzel, die von der Erde mit einem knackenden Geräusch freigegeben war. Es schien, als wollte etwas in Brains Körper die Lanze ab heute nicht mehr haben.
Anke zog ein wenig an ihr. Wie von selbst löste sie sich mit einem leise schmatzenden Geräusch heraus. Im Grunde der Wunde

blubberte es ein wenig, dann zog sich die Brust etwas zusammen und verkrampfte. Das viele Blut erdrückte das Herz. Die Seele von Brain konnte nicht entfliehen. Er blieb nun doch unter den Vampiren. Brain japste. Ihm schien sterbensübel. Dabei blickte er irr, halb verzweifelt und halb satt von Lust.

»Da hast du sie wieder, deine liebe Familie«, zeigte Leon mit einer großen Handbewegung und wartete auf Ankes Frage: »Was hast du mit ihnen gemacht?«

Anke aber schwieg, sie dachte damals noch, sie würde es recht bald von Martha oder Brain erfahren.

»Er ist *verloren*«, sagte Leon im pathetischen Tone des Buchhalters und er lachte, als Anke hervorpresste: »Ich vertraue, ich glaube, ich bin gewiss!«

Die Patchworker brachten Martha und Brain sorgsam heim.

Brain heulte nach Blut. Das waren seine ersten neuen Laute.

Martha schwieg voller Grauen. Ihr schien die Seele abhanden.

Viele Wochen vergingen.

Viele Stunden am Tag lang hielt Anke Brain im Arm.

»Nichts ist verloren. Nichts ist verloren. Du wirst wieder von kleinen, stark verdünnten Blutstropfen leben! Ich existiere schon lange ohne Blut! Niemand ist ohne Blut verloren! Sieh mich an! Vertraue! Glaube daran! Sei siegesgewiss! Vampire brauchen kein Blut! Es ist Lüge! Alles ist Lüge! Lüge, Lüge, und nochmals Lüge! Und Brain ist die Wahrheit und ich bin sein Leben,« sagte sie so, wie es ungefähr auf Brains vernichtetem Blatt gestanden hatte …

Da schien er das erste Mal wieder zu hören. Er zog ein wenig die Brauen hoch, wie wenn ihn etwas interessierte. Sogar Martha hatte eine schattenhafte Bewegung in ihren Augen. Für Anke begann eine neue Zeitrechnung. Brain würde Rat wissen. Brain würde Martha erwecken. Sie würden zusammen die Welt retten: Die uralte Martha, die alte Anke und der junge Mann Brain von einst.

»Und wenn es mit dem Teufel zugehen müsste!«, rief Anke und erinnerte sich etwas wehmütig amüsiert, vor vielen Jahrzehnten einmal beschlossen zu haben, notfalls selbst Teufel zu werden. Die Zeit verstrich. Brain heilte. Martha schwieg verbittert und hoffte auf Tod. Irgendwann hatte Brain am Morgen einen fragenden Blick. Er wollte wieder wissen. Er hatte es überstanden.
»Genau zur richtigen Zeit!«, rief Anke, denn gerade wurde als Dokumentation ein Rückblick auf Leons Leben im Fernsehen gezeigt. Sie schaltete ein. Sie setzte Brain im Sarg auf und stopfte ihm einige Kissen hinter den Rücken. »Brain, es wird über die erste Zeit berichtet, als Leon Vampir wurde!«
Brain zog eine stark nachdenkliche Stirnfalte und blickte Anke ernst an. »Ach, das weißt du ja nicht. Er hatte sich damals absichtlich beißen lassen. Absichtlich! Ich hatte großes Pech, dass mich einer der beiden Auslöscher biss, aber Leon wollte es selbst so haben. Er wollte allmächtig werden. Er wollte wie GD werden. So ein Unsinn. Wie kann man das? Brain, ich erzähle dir alles aus vielen Jahren, und du sagst mir dafür, was Leon mit Martha und dir in der Höhle gemacht hat?«
Sie schaute ihn fragend an, er wich ihrem Blick aus.
Leon sprach im Fernsehen.

LEON Ich wollte selbst immer Vampir werden. Ich wusste immer, ich würde eine vollkommenere Welt erschaffen können. Für alle. Wir stehen auch heute erst ganz am Anfang. Ich glaube, wir Vampire sind zu Großem fähig. Vampire können sich in Tiere verwandeln. Vielleicht auch in Geister, Zauberer oder gar Götter. Das muss unser Ziel sein. Ich denke, das können Vampire. Sie sind eine höhere Entwicklungsstufe des Menschen. Sie sind unsterblich. Sie können sich beliebig weiterentwickeln. Ich habe selbst viele Jahre geübt, mich in alle möglichen Tiere zu verwandeln, als ich noch ein Kind war. Ich habe es erst nur zu Ratten und Fledermäusen gebracht. Das Umwandeln in Insekten ist mir erst später geglückt, als ich mich plötzlich in solche fremden Konstrukte hineinversetzen konnte. Ich habe am Anfang meiner Karriere von kleinen Blutspenden meiner Freunde gelebt.

EIN FREUND VON LEON Ich bin ein dicker Freund von Leon. Er hat uns damals im Wald heimlich vorgeführt, wie er sich in immer neue Tiere verwandelte. Er hat das sehr geheimnisvoll gemacht und immer behauptet, er müsse vorher Blut trinken. Das hielten wir für einen Gag, aber gut, wir haben ihm Blut gespendet. Er hat uns dann seine Kunst vorgeführt. Das war total gruselig in der Nacht, aber besser als Horrorvideos. Ich habe mich viel später beißen lassen. Ich war dumm. Hallo Leon, Gruss zu dir ins Studio! Meine Mama ist bei einem Unfall umgekommen, sie hat das nicht mehr erlebt. Du kennst sie noch, Leon? Ich ... ich, Entschuldigung, ich muss daran denken, dass Mama noch unter uns sein könnte, wenn sie sich hätte beißen lassen. Sie liegt nun schnöde begraben. Oh, Mama. Das kann sich keiner vorstellen— heute. Aber damals gab es noch viele originale Menschen. Die sterben ja zum Glück gerade aus. Ich weiß noch, wie damals Indianer in Amerika mit Federn gegen Geld von Touristen ein bisschen tanzten und Friedenspfeife rauchten. Heute lassen sich in derselben Weise originale Menschen nur noch gegen Geld besichtigen. Ich war neulich wieder einmal zur Nostalgie in einem Humanish Village, wo noch willentlich ›life-capped people‹ leben, wie man so sagt. Man kann kaum glauben, um wie viel weiter wir heute in unserer Entwicklung sind. Da leben Menschen noch ganz wie früher. Sie sind oft krank. Ich habe schon ganz vergessen, wie das ist. Krank! Ich habe ihnen Geld gespendet. Mit Blut können sie nichts anfangen. Sie verbinden mit Blut nicht ein extremes Lustgefühl wie wir, sondern sie ekeln sich davor, weil es etwas mit Leiden zu tun hat. Ganz schrecklich.

MODERATOR Es wird oft behauptet, Sie hätten in der ersten Zeit bei Terrorattentaten Bomben gezündet und als Vampir Ihre Unverletzlichkeit zum Vorteil ausgespielt. Es gibt noch heute berühmte Fotoaufnahmen mit Spiegelreflexkameras, auf denen absolut nichts zu sehen ist, obwohl die Fotografen einen schwarzen Löwen sahen, der die Bomben gelegt hat. Wegen der Spiegel in den Kameras ist natürlich auf den Fotos nichts drauf. Aber genau diese Tatsache beweist, dass es ein Vampir gewesen sein muss, sagen Experten. Ich denke, es ist vielleicht nicht fair, Ihnen ausgerechnet zu Ihrem Jubiläum diese Frage zu stellen, aber Sie haben sich bereit erklärt, nichts unter dem Teppich zu lassen und rückhaltlos zu antworten.

LEON Das wird nun schon fast hundert Jahre behauptet. Es ist nichts auf den Bildern zu sehen. Das soll beweisen, dass ich drauf bin. Außer dieser wahnsinnigen Behauptung, die es schon all die Jahre gibt, ist nichts Neues über mich herausgekommen. Ich fordere meine Gegner auf, sich zu zeigen, damit ich ihnen zeigen kann, was ich davon halte. Irgendwann muss Schluss sein mit leeren Bildern und Behauptungen. Es ist einfach keine Substanz da. Ich halte alles andere für Spekulation. Es ist bezeichnend für meine feigen geheimen Gegner, sich gerade jetzt zu meinem Ehrentag zu melden, um diesen Anlass zu beschmutzen. Ich bin sicher, es steckt die vampirverdummende und vernichtende Kunstblutmafia dahinter. Es ist einfach unter meinem Niveau. Ich soll wohl alle Menschen dieser Welt persönlich gebissen haben! Die Menschen *wollen* doch Vampir sein! Sie *wollen* von meinem Konzern Blut kaufen und sich zu Festtagen auch einmal Design-Menschen leis-

ten. Ich zwinge niemanden. Der Vampirismus ist in den Slums und den Armenvierteln entstanden und hat sich wie AIDS oder Syphilis rasant unter den Schwächsten unseres Planeten verbreitet. Sie haben sich als erste von der Unterdrückung der Kirchen und Regierungen befreien können.
Einzelne Pfiffe im Studio.

MODERATOR Können Sie sich wirklich in einen Zentaur verwandeln?
Leon verwandelt sich nacheinander in einen Zentaur, in eine zweiköpfige Schlange und in ein Alien aus einem alten Film.
LEON Ich bin besonders stolz, hier zu zeigen, dass wir Vampire uns auch in Tiere verwandeln können, die sich Menschen nur blank im Gehirn ausgedacht haben, wie etwa das Alien. Wenn das so ist, müssen wir auch herausfinden können, wie man sich in einen Gott verwandelt. Ich bin da ganz zuversichtlich.

»Anke, heißt das, es gibt fast keine Menschen mehr?«
»Ja, Brain.«
»Und woher kommt das Blut?«
»Sie halten sich Menschen in Life Care Farms zum Zapfen.«
»Und das kommt alles von Leon?«
»Ja.«
»Ihr hättet ihn pfählen müssen, oder?«
»Ach, Brain. Dieser Gedanken von dir! Bist du so herzlos?«
»Nein, ich bin nur in Leons Höhle gewesen.«
»Und was war in der Höhle?«
»Lass das noch eine Weile ruhen. Es war zu grauenhaft. Bitte. Und warum will Leon das alles?«
»Sein Plan ist uns erst sehr viel später klar geworden. Wir haben uns sogar eine lange Zeit gewundert, wie viele Bücher über Biologie und Gentechnik er gelesen hat. Es schien uns, als wollte er

erforschen, wie Vampire wissenschaftlich genau funktionieren oder entstehen, aber das war ein Irrtum. Er hat sich für absolut andere Dinge interessiert. Es war auch absurd zu glauben, er wäre hinter letzten Wahrheiten her. Es ging ihm immer nur um das Böse. Nicht um das Böse an sich, sondern um die Erregungszustände, die ihm Flügel zu Machtträuschen verliehen.«

DIE IMPLANTEUSE

Es klingelte an der Haustür. Anke ging öffnen. Brain hörte einen lauten Streit, der vom Flur ins Zimmer kam.
»Ich bin von Amts wegen da. Ist er ansprechbar oder nicht?«
»Er ist nicht gesund, ansprechbar ist er schon.«
»Das reicht. Auch Kranke müssen implantiert werden. Es gibt nur wirklich letzte Ausnahmen.«
»Es ist zu früh.«
»Das bestimme ich.«
Anke kam mit einer weiß gekleideten Dame und zwei Assistenten herein. Die Dame stellte sich vor: »Mein Team ist in diesem Wohnbezirk für Compliance-Implantationen zuständig. Ich bin die Chef-Implanteuse. Verstehen Sie mich, Brain?«
Er schaute verwirrt.
»Ach ja, sie haben laut Akte viele Jahre Bewusstlosigkeit hinter sich. So einen Fall hatten wir noch nie. Wissen Sie, was operiert werden muss?«
Brain verneinte.
»Zum Schutz der gleichberechtigten Gemeinschaft der Menschen

und Vampire ist es verordnet, dass jeder an der Gemeinschaft Beteiligte, also auch Sie, im Körper verchipped wird. Dieses Chipping nehmen wir nun an Ihnen vor. Es ist unumgängliche Vorschrift. Der Vorgang ist überhaupt nicht gefährlich. Sie bekommen zur Erholung danach eine Flasche Sanguine Extra Vergine. Na, ist das was, junges Alterchen?«

Anke hatte Angst in den Augen.

»Es ist zu früh, er ist gerade einigermaßen verheilt, da reißen Sie die Brust wieder auf. Laut dem letzten Bescheid ist es noch Zeit.«

Die Dame wandte sich überlegen zu Anke.

»Wollen Sie Probleme machen?«

Anke stieß hervor:

»Allerdings. Ich werde meinen Bruder benachrichtigen.«

»Er hat uns selbst benachrichtigt.«

Die Implanteuse lächelte süffisant und kommandierte:

»Assistenz, stellen Sie diese Dame still.«

Der Assistent hatte ein kleines Gerät in der Hand, das mit dem Chip in Anke Kontakt aufnahm. Er stellte Anke auf Stillstand.

»Bitte freigeben!« Die Implanteuse sprach zum Gerät: »Frei!«

Das Gerät erkannte die Stimme der Implanteuse.

»So,« sagte der Assistent zu Anke.

»Ich muss nur noch `ENTER` drücken, dann sind Sie still. Bitte seien Sie kooperativ und legen Sie sich auf den Boden oder wo immer hin. Am besten in Ihren Sarg. Wir frieren Ihren Zustand sofort wieder aus, wenn wir fertig sind.«

Anke blieb stehen.

Der Assistent drückte `ENTER`.

Anke schüttelte sich durch und durch und wurde dann leichenstarr wie ein Vampir im Tagesmodus. Sie versuchte verzweifelt sich aufzubäumen. Sie brachte es nicht mehr fertig, stehen zu bleiben und fiel der Länge nach um. Die Implanteuse zuckte mit den Ach-

seln. »Jeder fällt so tief, wie er mag.« Die Assistenten hielten Brain für die Operation fest. Die Implanteuse öffnete routiniert mit dem Skalpell Brains Brust und setzte einen Chip ein. Sie verschloss die Wunde und goss zur Schnellheilung menschenkörperwarmes Blut darüber. Brain war viel zu entsetzt, um sich stark zu wehren. Er sah, nun schon fast ohnmächtig, zu Anke auf dem Boden.
Die schaute ihn an.
Die Implanteuse notierte den Schwierigkeitsgrad der Operation auf der Rechnung und füllte elektronische Papiere aus.
»Die Stilllegung der Dame geht mit auf Ihre Kosten.« Sie packten die Werkzeuge ein. Sie übergaben Brain die versprochene Flasche mit Gratisblut und verabschiedeten sich.
»Willkommen in der Gemeinschaft der Verchippten. Erholen Sie sich gut. Wir wünschen Ihnen sichere Funktion. Wenn Sie Beschwerden haben, treten Sie einfach über Ihren Chip per Notruf mit uns in Verbindung. Die Dame, die dort liegt, weiß ja Bescheid. Wahrscheinlich sind sie bei ihr in guten Händen, nicht wahr?«
Und im Kommandoton: »Assistent! Beide frei schalten.«
Anke ruckte und konnte sich wieder bewegen.
Brain ruckte und fühlte sich etwas anders als sonst.
»Ich bin nicht mehr frei,« fühlte er.
»Ich bin freigeschaltet.«
Ohne weitere Worte verließen sie das Haus. Brain schaute auf die erhaltene Flasche und begann zu verstehen. Er zitterte und heulte auf. Anke war wie der Wind bei ihm und entwand ihm das Blut. Sie kämpften kurz um die Flasche, aber Brain stöhnte wegen der Wunde.
Er blickte fragend.
»Sie haben dadurch Macht über jeden. Sie behaupten, der Chip sei dafür da, ungerechtfertigte Übergriffe auf nicht freigeschaltete Menschen zu verhindern. Aber das ist eine lange Geschichte.«

»Erzähle, ich werde nicht ruhig sein, bis ich alles weiß! Was bedeutet es, wenn ich verchipped bin?«
»Aber du musst erst einmal ruhen, um zu heilen. Komm, leg dich hin. Es ist noch so viel zu erzählen.«
Brain protestierte. »Ich will wissen, was sie jetzt mit mir anstellen können!«
»Das ist nicht bekannt. Es ist natürlich schon bekannt, will ich sagen, aber ich glaube das nicht, was bekannt ist. Sie implantieren alle paar Jahre eine neue Serie, die uns wieder besser schützt als die davor. Wenn du zum Beispiel einen Menschen nachts auf der Straße anfällst und beißt, dann wirst du automatisch vom Chip stillgelegt. Du kannst nur von der Behörde wieder freigeschaltet werden. Sie sehen ja dann, was du angestellt hast. Auf Beißversuche bei Menschen kann die angeordnete Auslöschung erfolgen. Du musst auch Blutflaschen vor dem Trinken für dich autorisieren lassen. Die da, die sie mitgebracht haben, ist für dich frei. Für mich nicht. Du müsstest mir ein Glas einschenken. Es ist ein Chipverschluss an der Flasche.«
»Und wenn ich das Glas zerbreche?«
»Das merkt der Chip und weiß, welche Chips von Vampiren oder Menschen in der Nähe waren. Er funkt es an die Behörde. Es geht dabei immer um die automatische Blutsicherung.«
»Aha. Dann müssten wir also zur Rettung der Welt die Chips umprogrammieren und alle Vampire stilllegen? Aber das scheitert daran, dass Leon selbst bestimmt nicht verchipped ist? Ist er denn der Herr der Welt?«
»So etwas Ähnliches. Das ist eine lange Geschichte, Brain.«
»Na, dann erzähle. Und ich brauche eine Menge Bücher, wie heute programmiert wird.«
»Bücher?«
»Gibt es nicht mehr? Oh. Oh. Benutzt man noch Buchstaben?«

»Ja. Immer noch ›bits and bytes‹, auch bei Vampiren. Du, Brain, ich glaube ja nicht, dass du noch programmieren lernen kannst, aber immerhin bist du vielleicht doch klüger als die neue Generation. Ich besorge was zum Lernen, ja? Und du machst keinen Unsinn!«

»Grüß die Menschen von mir, wenn du welche auf der Straße siehst!«

»Brain, da sind nicht mehr ... äh ... viele Menschen ...«

»Was? Ach ja, alle in den Farmen.«

»Ja. Lies solange die Zeitungsausschnitte, die ich aufgehoben habe.«

»Mach ich. Und was passiert, wenn mein Chip was mit mir anstellt?«

»Tut er selten. Sie prüfen öfter nur die Anwesenheit. Wie bei einer Inventur. Das spüre ich schwach. Versuche doch einmal, *nicht* zu gehorchen, wenn der Chip was will. Das versuche ich immer. Immer! Mir gelingt es schon einigermaßen, es abzuschütteln. Leider sind die neuen Chips immer stärker. Hast du gesehen, wie ich vorhin am Boden lag und dich angeschaut habe? Ich war nicht wirklich ganz stillgelegt. Irgendwann schaffe ich es doch, den Chip zu ignorieren. Ich habe es geschafft, ohne Blut auszukommen. Ich werde es schaffen, nicht zu gehorchen! Ich *will*. Ich selbst, Anke— ich *will!* Und ich schaffe es! Ich will! Martha reagiert auf den Chip seit der Sache damals gar nicht mehr. Sie bleibt also nach deiner Chip-Weltbombe als einzige mit Sicherheit am Leben. Dann sitzt sie allein auf der Welt, mit Leon.«

Anke ging. Da blätterte Brain in den herumliegenden Zeitungsausschnitten oder Computerausdrucken, oder was immer das war, wenn es keine Bücher gab.

Gabi Babi: Vor dem Poulet Rouge

Von Galan de Saignant

Die bekannte Schauspielerin Gabi Babi wurde von mehreren Vampiren vor einem Saughaus angefallen. Sie berichtete lachend: »Sie waren ganz ausgehungert, die Jungs, und wollten alles von mir. Da merkten sie, dass bei mir nichts mehr läuft. Da sagte einer von ihnen: ›Stimmt ja, du bist sehr schön. Da müsstest du doof sein und Gabi heißen, wenn du nicht Vampir wärst.‹ Ich musste so lachen, da sind wir einen trinken gegangen. Als Menschen wären die Jungs echt süß gewesen.«

Galan de Saignant hat sich für Sie umgehört und auch weniger prominente Stimmen gesammelt über das Leben im Untod.

»Als Vampir stottere ich nun über hundert Jahre meine Hyper-Operation zum Vamp ab. Ich bin jetzt für alle Zeiten wunderschön! Ich habe nur reines Naturfleisch ansetzen lassen, kein Silikon. Zum Zeitpunkt des Bisses war alles echt. Ich ärgere mich, dass die Ärzte nun neue Moden kreieren. Komme ich aus der Mode? Werde ich bald eine personifizierte Fehlinvestition sein?«

Der Gesetzgeber muss handeln. Die Würde des Bisses ist unantastbar. Es geht nicht an, wenn sich uralte und kranke Menschen erst kurz vor dem Tod in einem indiskutablen Zustand aus Angst beißen lassen. Es muss verlangt werden können, dass sich Menschen in Würde beißen lassen. Sonst bleiben sie möglicherweise auf Ewigkeit Schmarotzer. Bei unwürdig gebissenen Menschen wird der Biss als juristisch unwirksam und als nicht erfolgt angesehen. Sie werden so behandelt, als wären sie nicht gebissen worden. Sie kommen vor den Ausschuss. Der legt fest, wie lange sie durchschnittlich noch gelebt hätten und ordnet zu diesem Datum eine Zwangserlösung ihrer Seele an.

Hochverschuldete Menschen dagegen sollten sterben. Wenn sie sich beißen lassen, haben sie eine Ewigkeit zum Rückzahlen der Schulden. Keine schöne Aussicht!!

Wir können nun auch genmanipuliertes Tierfleisch so implantieren, dass es bei Menschen anwächst. Die Humanmedizin gewinnt dadurch ungeheuer viele neue Optionen zur ästhetischen Grunderneuerung der Ganzkörper vor dem Biss. Der klassischen Medizin schwimmen die Felle weg. Sie sperrt sich aus ästhetischen Gründen gegen Animalica jeder Form. Warum sollen wir das Erbe unserer Vorfahren missachten? Wir bekommen immer wieder Fragen, ob vor dem Biss eine Geschlechtsumwandlung empfohlen werden kann. Angesichts der zunehmend diversifizierenden Operationsmethoden halten wir diese Frage für nachrangig. Es entstehen gerade viel modernere Identitäten als nur Mann und Frau.

Die Geschlechtsfrage ist fast kleingeistig geworden. Viele Mitbürgerinnen und Mitbürger fiebern derzeit vielmehr, wie rasant die technische Entwicklung fortschreitet. Schöne Frauen verzweifeln, wenn sie in die Schere zwischen Alterung und Technologie geraten. Wir vertrauen auf die Technologie. Wir sehen, dass der geburtlich erworbene Körper sehr bald schon keine Einschränkung mehr für das Wunschziel einer Operation darstellen wird. Dann werden Menschen erstmals in der Geschichte der Welt absolut frei sein, sich eine völlig beliebige Identität kaufen zu können.

»Vor dem Biss wurden in mir Tierschläuche verlegt, von allen bis oben zum Hals. Ich kann jetzt rektal Frischblut in das System pumpen«, erzählt Babi. »Dieses Blut kann anschließend durch echten Halsbiss wieder entnommen werden, worauf ich in einigen Stunden wieder zuhelfe. Ich habe jetzt jede Menge Männer am Hals. Das Schlauchsystem hat sich in kurzester Zeit amortisiert. Von diesem neuen Berufsbild der Suckuba erfuhr

ich im Arbeitsamt, wo sie sehr viel Erfahrung mit Aussaugern haben.«

Es gibt neuerdings auch Frauen-Inlay-Kombi-Systeme, bei denen das Blut aus der Brust saugbar ist. Für Männer soll es auch bald ein spezifisch berufsbildendes Spendersystem geben, das Roter Bulle heißt und Energy gibt.

»Wir lesen Oma täglich aus der Bibel vor. Wir wünschen ihr so sehr ein ewiges Leben. Im Himmel natürlich, sie hat nämlich viel zu vererben. Sie vergisst langsam alles. Da sind wir bald über den Berg.«

»Wir werden wohl sterben müssen. Unsere Tochter ist nach zwei Jahren Operation mitten im OP gestorben. Normalerweise ist bei allen Operationen ein Geistlicher dabei, der bei Unglücksfällen den Notbiss vornehmen kann. Danach wird dann der aufgeschnittene Vampir gefragt, wie mit ihm weiter verfahren werden soll. Meine Tochter aber meinte, sie könnte sich alle Geistlichen sparen! Schrecklich! Nun ist sie im Himmel und wir sind so stark überschuldet, dass an ein Beißen von uns aus gar nicht zu denken ist. Niemand gibt uns Kredit, um uns selbst auf das Vampirsein vorzubereiten.«

Blut unterliegt einer strengen Kennzeichnungspflicht. Alle Zusatzstoffe, Geschmacksverstärker und Konservierungsmittel müssen explizit angegeben werden. Besonders Mädchen verfallen derzeit so genannten Bluto-Pops, die oft nur verdünntes Blut mit billigen Aromastoffen enthalten.

»Wenn man akzeptiert, dass natürliche Menschen frei auf der Straße herumlaufen dürfen, ist ein Fahrverbot beim hohen Frischblutkonsum absolut sinnvoll, weil es zu Todesfällen bei jeder Art von Verkehr kommen kann. Es stellt sich aber die Frage, ob jetzt immer und überall auf Menschen Rücksicht genommen werden muss. Der Mensch darf einem sinnvollen Leben nicht im Wege stehen. Wir bleiben dennoch bei unserem grundsätzlichen Ja zum freien natürlichen Menschen.«

»Sie haben mich mit sechzehn Monaten als Baby gebissen. Ich bin heute zehn Jahre alt. Zum Glück kann ich laufen, es hat ja auch Säuglinge erwischt. Ich trete in Shows als behinderter Vampir auf, der sich durchgebissen hat. Die Konkurrenz wird allerdings hart, weil wegen meines Erfolges doch jetzt öfter von ehrgeizigen Eltern das eine oder andere Baby nachts auf der Straße als Köder gelegt wird. Ich finde es unverantwortlich, in dieser Weise der Pädohämie Vorschub zu leisten.«

Die Zahl der Konkurse nimmt dramatisch ab, weil Vampire nun unbegrenzt lange ihre aufgehäuften Schulden abarbeiten können.

BÜRGERRECHTE FÜR VAMPIRE

»Anke, hat sich denn niemand gewehrt?« »Es gab einen berühmten Terrorakt, bei dem die Dämme brachen. Am Anfang haben die Amerikaner überall in der Welt alle Vampire ausgelöscht, die sie finden konnten. Sie wollten die Welt von allem Terror befreien. Sie hatten es eigentlich auf biologische Massenwaffen abgesehen, konnten aber keine finden und erklärten dann die Vampire zur biologischen Bedrohung, damit die Arbeitsplätze in der Armee erhalten blieben. Jeder von ihnen eingefangene Vampir sah sofort die Sonne und zerfiel. Es war brutal. Stell dir vor, dein Kind ist gebissen. Dann kommen Soldaten und nehmen es mit raus an die frische Luft. Da rieselt es dir zwischen den Fingern weg.«

»Und was passierte bei dem Terrorakt?«

»Das war sehr delikat. Durch mehrere dumme Zufälle ist eine Präsidententochter in die Hände von V-Terroristen gefallen, also Vampiren. Man nannte die Vampire V-Irgendwas. Zum Beispiel V-Man oder V-Woman. Im Deutschen heißt V-Mann Informant im Untergrund. Passte gut. Die V-Terroristen forderten die Freilassung einer Tochter ihres Anführers, die Vampirin war. Die USA wollten diese Vampirin gerade nach längeren Verhören im Gefängnishof zerfallen lassen. Die USA weigerten sich, auf die Forderungen einzugehen und erzwangen eine entsprechende Resolution der UN. Die Präsidententochter erschien im Internet und sollte um ihr Leben bitten. Sie sagte aber vor der Kamera nur: »God bless America.« Die Amerikaner jubelten über ihre Standhaftigkeit. Da schickten die V-Terroristen die Präsidententochter als gebissene V-Frau zurück. Sie trug ein T-Shirt mit der Aufschrift: »Blessed V.« Durch diese Aufschrift geriet alles in Aufruhr. Es hätte nämlich auch Heilige Jungfrau wie Blessed Virgin bedeuten können! Nun wurden auch die Kirchen wütend. Vampirexperten traten im Fernsehen auf. Der Präsident und seine Frau erklärten unter Tränen im Fernsehen, sie hätten soeben den Behörden die Anweisung gegeben, gemäß den geltenden Gesetzen des Landes ihre Tochter zerfallen zu lassen. Das Zerfallen sollte live im Fernsehen gezeigt werden. Nur Minuten später gingen die Amerikaner auf die Straße und demonstrierten. Sie forderten die Gleichstellung der Präsidententochter zum Menschen. Passanten spendeten überall Blut. Eine riesige Sympathiewelle überrollte das Land. Die ersten Vampire outeten sich im Fernsehen, waren noch anonym und baten um amerikanische Freiheit für amerikanische Staatsuntote.

Es kam recht bald zu einem Gesetz, das unschuldig gebissene Amerikaner mit Kriegsgefallenen in eine Linie stellte und für ehrenhaft erklärte. Es war aber die Frage, ob man Gesetze zum Status von Toten überhaupt beschließen dürfe. Behielten Untote ihren Besitz oder trat die Erbfolge ein? Durften Untote in der Nacht Auto fahren? Sie hatten ja keinen Führerschein. Man schuf schnell Übergangsbedingungen. Die USA stellten provisorisch die Untoten in etwa mit Menschen gleich. Das wurde als Versuch begonnen und den Untoten wurde geraten, sich später die gleichen Rechte

zu erkämpfen, wie es ja traditionell alle Minderheiten früher versucht hatten, wie etwa Frauen oder abweichende Intellektuelle. Untote durften zum Beispiel damals noch nicht heiraten oder wählen. Der Staat bestrafte aber auf der anderen Seiten das aktive Beißen von Menschen mit dem Zerfallenlassen bei Sonnenlicht. Sie tauften es Disintegration. Die Vampire zogen in eigene Stadtteile, in V-Towns. Irgendwann gewöhnten wir uns überall dran. Es wurde bald klar, dass Vampire länger arbeiten können, wenn man ihnen wenig Blut gibt. Dann schuften sie aus Gier nach Blut mehr als Menschen für Geld. Und das wusste Leon von Anfang an. Vampire wurden ein Reservoir billiger Arbeitskraft. Man nannte diese Arbeitskräfte insgesamt den Off-Life Bereich, so wie man kurz zuvor von Off-Shore gesprochen hatte. Da nun die Arbeitgeber auf der einen Seite mit ihnen Geld machten, erzwangen sich die Vampire einen gewissen Mindestrespekt, der schon so hoch wie der von Niedriglöhnern lag. Viele Vampire der ersten Stunde brachten es in den Nischen der amerikanischen Gesellschaft schnell zu Reichtum. Sie legten unglaublich viel Geld in Särge an. Mit Mini-Blutbar und goldgefärbter Heimaterde drin. Eine Zeitlang waren Knoblauchknollen aus purem Gold in Mode. Die Modevampire lasen in Vampirbüchern der alten Zeit und übernahmen alle Bräuche, die sich früher ein paar Dichter für Vampirbücher ersponnen hatten. Manche beteten Graf Dracula an und erfanden alte Riten neu. Sie feierten Rote Messen, konfirmierten V-Jungen und V-Mädchen mit dem Blut Christi und begingen jede erdenkliche Geschmacklosigkeit. Kurz - es bildete sich eine Kultur aus.«
»Ist es denn richtig, Vampire zu disintegrieren? Soll man sie nicht vorher pfählen und köpfen, wie wir es gelernt haben?«
»Das wurde lange diskutiert. Das Pfählen galt als sicherer oder überhaupt als alleinig adäquat, die Seele des vorherigen Menschen

zu retten. Es gab Hinweise, dass das Disintegrieren im Sonnenlicht zum Verlust der ewigen Seele führt. Es wurden Musterprozesse geführt. Das war vielleicht ein Theater, Brain! Die Diskussionen waren göttlich. Schließlich durften Verurteilte wählen. So oder so? Wie möchten Sie es?«
»Über die Frage der Seele habe ich lange nachgedacht, sogar, als die Lanze in mir steckte, aber nicht sehr viel, das gebe ich zu. Ich war die ganze Zeit wie vernagelt.«
»Ich weiß, wo die Antwort ist, Brain.«
»Wo?«
»In Ägypten.«
»Ja. Weißt du das auch?«
»Das weiß ich von dir. Es stand vor bald einem Jahrhundert auf einem Blatt Papier, als du durchbohrt wurdest. Es war für mich zu wenig, um zu verstehen, was du meinst. Was wollen wir denn in Ägypten?«
»Wenn ich das nur wüsste! Ich habe nur eine vage Ahnung, aber mir ist überhaupt nicht klar, was ich dann mit dieser Ahnung in Ägypten tue.«
»Welche Ahnung, Brain! Verrate schon!«
»Es ist leider nur eine Ahnung. Nichts weiter. Es ist so: Die alte ägyptische Religion kennt im Menschen den sterblichen Körper, den Lebensgeist und die Seele. Stell dir also vor, jeder Mensch hat einen Körper, einen Lebensgeist und eine Seele. Der Geist und die Seele heißen bei den Ägyptern Ka und Ba und kommen beim Tod aus dem Körper des Toten heraus. Für den Körper, für das Ka und für den Ba gibt es Hieroglyphen. Schau mal.«
Brain zeichnete. »Das ist der Lebensgeist. Ka.

Es sind wie schützend oder abwehrend gehaltene Hände. Das Schriftzeichen für den Ba ist ein Schwarzstorch. Ich habe damals in Büchern Darstellungen der Seele gefunden, die einen Vogel darstellten, dessen Kopf der des Toten war.

Dann las ich noch etwas von dem Akh, das ist die Vereinigung von Ka und Ba nach dem Tode. Das geht nicht einfach und nicht immer. Eigentlich nur bei guten Menschen, die angeblich leider selten sein sollen. Wenn sich das Ka und der Ba vereinigen, also die Seele und der Lebensgeist des Toten, entsteht das Akh als eine Art Lichtwesen, das sich mit der Sonne vereint und ein Teil der Welt wird, indem es mit ihr verschmilzt. Als Hieroglyphe ist es ein Haubenibis oder Schopfibis.

Der Körper des Menschen ist Kha, er verfällt. Er wird durch das Symbol eines Fisches dargestellt. In etwa so, schau:

Die Ägypter sehen die Menschen so: Kha, der Körper, stirbt. Er verwest.« Anke warf ein: »Und stinkt wie ein Fisch.«
»Anke! Wie ein Kind! Hör doch zu. Ka und Ba kommen beim Tode heraus und sind in seiner Nähe. Irgendwann vereinigen sie sich zum Akh und werden göttliches Licht. Das hat mich so fasziniert, verstehst du? Bei Vampiren ist es *nicht* so. Sie verwesen nicht. Etwas wie eine Mücke ist später zusätzlich da. Und wieder etwas tobt in uns. Ein Teil geht also aus dem Vampir raus, eines bleibt drin. Was ist was? Wenn wir das alles zusammenbringen, was da nicht in

Ordnung ist, dann ...« Brain stockte. »Wo sind eigentlich die Mücken hin? Erschien denn je eine für Leon?«

»Nein, wir haben gesucht und gesucht. Es kam auch keine unbekannte. Ich habe dir ja alles erzählt, von der Grasmücke und so. Ich weiß es nicht, was mir noch einfallen sollte. Aber bei mir ist das Weiche ausschließlich im Herzen, wenn etwas in der Nacht in mir rumort. Es ist nicht wie bei dir. Ich habe nie etwas im Hals oder am Kopf.«

Brain überlegte. »Leon hat die Mücken irgendwie weggeschafft, das denke ich. Wenn ihn Martha lieben würde, wäre nach unserer Theorie seine Mücke nämlich zu Martha geflogen. Ist sie aber nicht. Also liebt Martha ihn nicht. Und er sie nicht. Also haben fast alle Menschen eine Mücke, aber nur die paar ganz ungeliebten nicht. Das wollen beide nicht hören. Leon nicht und Martha nicht. Was geschieht? Jemand kommt und tötet alle Mücken. Ist das so, Anke?«

»Martha!«, rief Anke. »Hast du das gehört, was wir gesagt haben? Ist da etwas dran?« Sie wechselten das Thema. Martha saß starr da wie immer, versuchte, nicht zu leben - versuchte flach zu atmen - versuchte nicht da zu sein. Etwas Letztes, was sie nicht kannte, entmutigte sie, sich nicht sofort disintegrieren zu lassen. Anke und Brain sahen, wie sie innerlich wehklagte. Oder sie bildeten es sich ein, damit sie ihr Problem lösten.

»Haben denn nun die anderen Vampire Mücken, Anke?«

»Du, Brain, das hat noch nie jemand angesprochen. Noch nie. Entweder spinnen wir oder alle anderen sind doof oder es soll nicht ans Licht kommen, was denkst du?«

»Doof.«

»Ich dachte mir, das du das sagst.«

INTERMEZZO AUF DEM FRIEDHOF

Der Teufel und der Engel saßen auf dem Friedhof zusammen. Sie stritten, weil die Teufel zu wenige Seelen lieferten.
»Wie weit seid ihr? Ich sehe keinen Fortschritt. Ich habe mir die Zahlen angeschaut. In den letzten 100 Jahren sind praktisch genau so viele Seelen angeliefert worden wie vorher. Es musste mehr als vorher zurückgewiesen werden, weil sie noch nicht strahlend blank waren. Petrus hat schon aus Prinzip diesmal mehr Seelen zurückgewiesen als sonst. Das ist unsere neue Politik. Wir wollen nicht erlauben, dass ihr unter der großen Eile so schludrig arbeitet. Wir wollen außerdem, dass ihr schneller arbeitet. Ich weiß, du fragst, wie das gehen soll. Die richtige Strategie, das weiß ich, heißt High Performance Team. Solche Teams arbeiten gut und schnell gleichzeitig. Ich habe gehört, dass es die gibt. Erkundigt euch, wo. Macht es wie sie. Fix und fix und fertig.«
»Herr Engel, es war nicht unsere Strategie, die Zahl der Seelen so kurzfristig zu optimieren. Wir wollen es mit einem langfristigen Vorgehen versuchen. Wir haben die Anzahl der Menschen dramatisch ansteigen lassen. Wir haben es so angestellt, dass die Seelen zunehmend sauberer sterben. Das ist aus den Ihnen vorliegenden

Zahlen nicht ersichtlich, weil wir noch im Augenblick dabei sind, die Altbestände abzulecken, die schon damals auf der Halde lagen, als Sie—.«

»Seit wann sagen wir Sie?«

»Oh, ich kann dich auch duzen. Entschuldigung. Auf der Erde hört bei Zahlen die Freundschaft auf, da sagt man Sie. Weißt du, wir haben einen genialen Trick gefunden. Wir haben eine größere Kulturveränderung eingeleitet, nach der viele Menschen schon als unschuldige Kinder sterben. So fällt für uns eine Menge Arbeit aus. Wir liefern erste Qualität von Seelen, sehr viele, allerdings etwas klein. Wir denken aber, die Qualität und die Reinheit der Seelen sollten weit im Vordergrund stehen. Wir liefern jetzt Seelen, die nicht nur rein sind, sondern gar nicht abgeleckt werden mussten. Es waren wenige Sünden abzuwaschen.«

»Wie geht das? Sind alle Tugendbolde oder Krankgeburten geworden?«

»Ja.«

»Wie denn?«

»Wir haben nur das Durchschnittsalter gesenkt.«

»Aha, Teufel, ich verstehe. Wenn man das Alter senkt, können nicht so viele Sünden begangen werden. Langes Leben - viele Sünden.«

»Genau. Alte Ziege - viele Böcke.«

»Und wie habt ihr das angestellt?«

»Hmmh. Da muss ich erst die Fachleute rufen. Weißt du, ich manage das nur. Und Management geht nach Kennzahlen, wie zum Beispiel nach Reinheitsgrad und Anzahl. Die Umsetzung wird weiter unten vorgenommen. Wir haben das von den Menschen. Es heißt Controlling.«

»Und was ist das, Controlling?«

»Man nimmt dabei an, dass die Zahlen durch fortlaufendes Zählen von selbst entstehen. Ich weiß, es klingt komisch, es muss auch im

Grunde geglaubt werden, weil man außer Zählen absolut nichts tun soll. Sonst funktioniert es nicht.«
»Und wie weiß man, dass es klappt?«
»Ich habe es getestet. Einmal habe ich nur herumgeschrieen, ich will zählen. Da kamen sie alle mit Zahlen. Irgendwer zahlt dann wohl. Das ging gut. Da habe ich ein anderes Mal echt mitgearbeitet. Das ging schief. Deshalb glaube ich jetzt, dass man beim Controlling außer Zählen nichts tun darf. Wenn du sonst Fragen hast, machen wir ein Meeting. Wir stellen fest, ob wir entscheiden können, ob der, der zu deiner Frage etwas sagen kann, dabei ist.«
»Aha. Und jetzt ist keiner da, der etwas beantworten kann?«
»Nein.«
»Wie kann man das Lebensalter senken?«
»Krankheiten.«
»Ah, Teufel, das kannst du. Verstehe. Was ist zum Beispiel eine gute Krankheit?«
»Viel fragen.«
»Oh Teufel, du bist viel selbstsicherer als beim letzten Mal. Damals bist du fast auf den Knien gerutscht. Hast du deine Ausnahme mit der Fliege gemacht?«
»Ja.«
»Und wie ging das?«
»Das entwickelt sich noch. Ich habe jemandem in die Stirn gestochen. Man sieht noch heute die Schlangenlinie. Ich wollte ihm gar nicht wehtun, aber er mir. Da bin ich böse geworden. Wer weiß, wozu es gut war.«
»Und welche Lehren zieht er daraus?«
»Er wird nach Ägypten gehen. Sie werden mir irgendwie helfen, eine Lösung zu finden. Und dann geschieht etwas.«
»Was?« »Es sind Chaoten. Ich lasse sie tun. Dracula hat an einen Höhleneingang geschrieben: ›Sieh nicht hin. Glaube! Vertraue! Sei

gewiss! Sieh nicht hin und du wirst sehen!‹ Das haben sie gelesen und sie denken, dass sie es verstehen. Ich dachte, der Alte ist nur verrückt und nun verstehen sie es angeblich, wenigstens das Mädel. Verstehst du das? ›Sieh nicht und du siehst?‹ Das ist doch verkünstelte Lyrik von dem Alten, der keine Lust mehr hat. Ich meine, verstehst du solche Sprüche?«

»Keine Ahnung, nein. Ich verstehe es auch nicht, weil du sagst, du verstehst es nicht. Sonst sage ich lieber nichts. Ich kenne einige Buddhisten, die reden in dieser Weise. Ich frage mich oft, was es bedeutet. Ich glaube, es bedeutet Nichts. Nirwana. Nichts. Dann lachen sie und sagen, ich hätte verstanden. Dabei sagte ich nichts, nur Nirwana.«

»Buddhisten sind nicht konkret. Wenn die wüssten, wie konkret das Seelenreinigen ist, würden sie nicht so unverständliche Andeutungen darüber machen müssen. Wenn die Seele sauber ist, sieht man das Nichts. Das ist klar. Aber um dieses Nichts zu sehen, musst du echt arbeiten. Da gibt es nichts zu verstehen.«

»Oh, Teufel, ich fürchte, ich verstehe auch nichts von dem, was du heute sagst. Da gehe ich wohl besser?«

»Schade, ich hätte gerne noch länger geredet.«

»Du, es hat keinen Sinn, hier mit dir rum zu sitzen und nichts zu verstehen. Ich muss weiter, sei nicht böse. Ich sehe und nehme mit, dass die Zahlen besser werden. Wir sehen uns?«

Und als er schon oben in der Luft war, rief er noch: »Mich wundert nur, dass auf dem Friedhof keine frischen Gräber waren! Das passt nicht zusammen!«

Der Engel flog davon.

Dem Teufel war nicht wohl zumute.

Hatte der Engel etwas gerochen?

Er murmelte: »Sieh nicht hin. Sei gewiss! Vertraue!«

Er fand das zu viel verlangt.

Sollte er Dracula wieder einmal besuchen? Na, der würde sich im Sarg kurz zur Seite drehen, ihn kurz anschauen und ihn zum Teufel wünschen.

COLD ECONOMY

BLUTSBANDE

Leon hoffte auf Brain. Brain würde jetzt alles genau untersuchen und Mücken für alle herbeischaffen und die Bildung neuer V-Wissen-schaften anstossen. Leon hatte das stets verhindern können, weil es sein Handelsimperium für Design-Menschen und Konsumressourcen gefährdet haben könnte. Leon hatte hart daran gearbeitet, der reichste und mächtigste Mensch der Welt zu werden. Es langweilte ihn fast, immer wieder mit aufkommenden neuen Feinden seines Reiches Gefechte an den Grenzen zu führen. Im Augenblick versuchten weltverbesserische Vampire zu predigen, dass es sinnvoller sei, geweihtes Kunstblut zu trinken, das angeblich nicht süchtig machen sollte und die Zucht von Menschen zum Aussaugen überflüssig erscheinen ließ. Leon fühlte sich an die alten Kriege zwischen der Margarineindustrie mit den Butterfabrikanten erinnert. Damals ging es ja auch um den Tod von Millionen gezüchteter Kühe, die für Milch und Steaks leben und sterben mussten. Leon machte es wütend.

»Ohne Milchtrinken sterben die Kühe doch aus! Ohne Blutrausch wird es keine Menschen mehr geben! Die Gier garantiert die Fortpflanzung der Menschheit, nichts sonst! Nur Blut ist das Triebmittel der roten Ökonomie!« Das sagte er aber nur, wenn andere ihm zuhörten. Im Grunde ging es um Macht. Macht hat, wer die entscheidenden Ressourcen der Welt kontrolliert. Ob es sich dabei um Landbesitz, um Geld oder um Blut handelt, war ganz gleich, das wusste er.

»Wenn sie wieder an Gott glauben wollen, bitte sehr«, dachte er bei sich und war sich sicher, dann eben Herr der Priester zu werden und den Glauben zu kontrollieren.

»Macht ist Macht. Sie hängt nicht von dem ab, auf dem sie beruht.«

Leon dachte oft, er hätte gerne Kinder gehabt, um eine Dynastie zu gründen. Er hätte dann viel härtere Konflikte mit nahen Angehörigen zu bestehen, das wäre die schiere Lust! Hass auf die Nächsten! Endlich wäre das Leben nicht so langweilig wie mit einer eisern schweigenden Mutter und einer dauerkindhaften Schwester, die im Grunde immer nur gut war. Pfui Teufel! Ja, das wusste Leon, Brain würde wieder Wind in die Welt bringen. Deshalb hatte er beschlossen, Brain mit Denkanstößen zu versorgen und ihm am besten ein paar restliche Geheimnisse zu zeigen. Brain sollte sich über das Böse aufregen! Leon wollte ihn aufpeitschen, empören, entsetzen und kränken. Dann müsste Brain etwas tun. Nur Brain könnte etwas ersinnen, was einen Kampf ergäbe. Leon litt darunter, dass alle von ihm grausam unterdrückten Wesen an Aporia, an Ahnungslosigkeit litten. Brain war wieder da - in einem Meer von Aporetikern. Niemand hatte den Schneid oder das Format zu einem Apophisten gegen ihn, den großen Leon in der ewigen Kindsgestalt.

Leon rief nach Upperhalf. Sofort summte dieser heran. Upperhalf bestand, wie der Name besagte, nur aus seiner einst oberen Hälfte. Er war als Vampir das absolute Minimum! In einer Versuchsserie hatte Leon viele Menschen in zwei Teile getrennt und sofort noch lebend beißen lassen. Erst hatte man ihnen die Beine abgeschlagen, dann Teile des Unterleibes, immer mehr von unten angefangen. Es hatte sich gezeigt, dass nur Menschenoberteile mit einem Herzen drin als Vampir überleben konnten. Alle Unterteile starben ohnehin. Upperhalf, der Leon stets als Kammerdiener zur der Seite fuhr, war so ein Mindestvampir.

»Du gehörst zur oberen Hälfte der Menschheit.« So hatte ihn Leon beim Dienstantritt beglückwünscht. Upperhalf war auf ein kleines Brennstoffzellenfahrzeug montiert und versah damit einen fast geräuschlosen Dienst.

»Upperhalf, wo zum Teufel ist die lausige Wanze! Ich will endlich hören, ob sich bei mir zu Hause etwas Neues tut. Wenn sich dort etwas zuträgt, soll er gefälligst dort die Augen aufmachen. Wenn ich etwas wissen will, soll er sich gefälligst hier bei mir aufhalten! Ist das so schwer zu verstehen? Kannst du ihm das nicht beibringen? Oder soll ich dir Beine machen? Haha, am besten schenke ich dir einen Solarzellenmotor.«

»Meister, nur einen Augenblick. Ich denke, er ist da.«

»Dann rufe ihn!«

Upperhalf wollte gerade nach Cimex rufen, da zog Leon unwillig die Augenbrauen empor. »Rufen heißt herholen, verdammt! Du musst doch nicht hier herumschreien! Das wolltest du doch?«

Upperhalf antwortete nicht und summte auf seiner flinken Torsalette eilig davon. Am hohen Portal des Saales stieß er vor Aufregung mit dem Professor zusammen. Der zeterte wie ein echter Gelehrter.

»Sie sind zu allem im Stande, Upperhalf! Mein Gehrock! Oh, er wird Öl abbekommen haben!«

Leon ging drohend einige Schritte auf die beiden zu. »Ah. Prof. Iciat! Wie ich mich freue, dass Sie mir wieder die Zeit stehlen wollen! Haben Sie Ergebnisse? Echte herausragende Forschungsergebnisse? Wollen Sie nicht auch einmal auf einem Denkmal stehen wie Upperhalf? Wenigstens als Büste?«
Der Professor rappelte sich auf und schimpfte noch ein bisschen.
»Prof. Iciat, ich werde in einer Minute Cimex Lecticularis sprechen und bis dahin sind Sie draußen, so oder so. Was gibt es, erfolgloser weißer Ratgeber blutleeren Rates?«
»Cimex? Höre ich Cimex? Oh, das kann nicht warten. Wenn ein Gebäude verwanzt ist, gibt es Infektionen. Und dann *Bettwanzen*! Pfui Teufel, fallen die jetzt auch Vampire an?«
»Professoren verstehen von Wanzen nichts, weil sie niemals zuhören wollen. Kennen Sie den Cephalocereus Senilis, Professor?«
»Es handelt sich um einen etwas traurig ausschauenden Kaktus mit langen, weißen Haaren, der wie ein Greisenhaupt aussieht.«
»100 Punkte! Haben Sie schon einmal in den Spiegel geschaut, Prof. Iciat?«
»Noch vorhin. Ich habe nichts gesehen, nur den Motor.«
»Welchen Motor?«
»Vom Rumpsteak, nein Rumpfstück—. Von diesem fahrenden Gesellen, meine ich. Ich behalte Namen so schlecht.«
»Also, Prof. Iciat. Zum Punkt! Was sagen Ihnen die Götter? Etwas Neues?«
»Oh Meister, ich habe alle Bücher über Götter studiert, aber sie sagen alle etwas anderes. Die Wahrheit ist irgendwo in Ägypten verloren gegangen. Es gibt zu viele Versionen von ihr, und Gott weiß, was nun wirklich stimmt.«
»Was ist am wahrscheinlichsten?«
»Meister, niemand kann es sagen. Es geht ja nicht um die Wahrheit, sondern um verschiedene historische Phasen ägyptisch-

»Ich wusste immer, ich würde eine vollkommenere Welt erschaffen können.«

altgriechischen Glaubens. Im Kern bleibt immer dasselbe kleine Gerüst, das wir schon einige Male besprachen, Meister. Die Göttin Isis war Gattin ihres Bruders Osiris, der König in Ägypten war und im Land voller Weisheit herrschte. Der Bruder Seth von Isis und Osiris aber war erfüllt von Neid und ging daran, Osiris zu verderben. Er bat eine Königin der Nubier, heimlich die Körpermaße von Osiris zu nehmen und sie bauten einen goldenen Sarkophag für eben diese Körpermaße. Auf einem öffentlichen Fest sollte der Sarg demjenigen als Preis gespendet werden, der am besten hineinpasse. Niemand aber passte hinein. Da versuchte es der lachende, betrunkene König Osiris und passte ganz genau hinein. Da schlugen die Verschwörer den Sarg zu, begossen ihn mit heißem Blei und trugen ihn fort, um ihn im Nil zu versenken. Isis aber trug schwere Trauer und zog mit dem Kind Anubis aus, den Sarg zu suchen. Nach langer Zeit fanden sie ihn wieder und brachten ihn zum Palast zurück und verbargen ihn.
Seth aber fand den Leichnam von Osiris im Sarg und wurde rasend böse. Er riss den Leichnam in 14 Stücke und verstreute sie über das ganze Erdreich. Isis aber zog abermals durch die Welt und sammelte ihren Gatten zusammen. An jedem Fundort ließ sie Grabmäler und Tempel erbauen. Sie setzten die Stücke zusammen. Sie legten sie in den goldenen Sarg zurück. Isis setzte sich bei der Zeremonie auf den Sarg und schlug mit ihren Falkenflügeln. Dadurch kam für kurze Zeit wieder Zeugungskraft in Osiris, und er wohnte im Tod der Isis bei, die dem Osiris später den Gott Horus den Jüngeren als Sohn gebar.«
»Verdammt, das hast du mir schon mehrere Male erzählt, du Hund ... Prof. Iciat, was soll das? Sie babbeln so sehr viel über das wenige, was Sie wissen, da kennt diese Version doch sicher schon die ganze Welt, oder?«
»Tja, Meister, das weiß jeder. Aber ich habe nichts Weiteres gefun-

den, was Ihr wissen wolltet, Meister:«»Wie dringt das Sperma ein, wenn sie bloß auf dem Sarg sitzt?«
»Ich weiß es nicht, Meister. Es ist symbolisch. Wahrscheinlich waren explizite Darstellungen verboten. Es gibt in den Gräbern nur Bildnisse mit einem aufrechten Penis und dem darüber flatternden Falken, der irgendwie schwanger wird. Der Falke ist ja Isis.«
»Professor, flattert der Falke auf den Penis oder sitzt er auf dem Sarg und ist es ein Falke oder die symbolische Isis? Oder sind es Symbole der ägyptischen Seele? Ein Ba? Eine Seele als Vogel? Wessen Ba?«
»Meister, es gibt so viele Bilder, alle sagen etwas anderes! Sie sagen nicht mehr als alle bereits wissen, Meister.«
»Hast du nichts über Blut in diesem Zusammenhang gefunden?«
»Blut und Sperma ist die Mahlzeit des Tyrannen.«
»Ich weiß. Und Blut und Asche scheidet er aus. Professor, Tatsache ist, wir haben einen Sarg mit Osiris darin. Er ist offenbar schon lange tot, aber noch immer nicht verwest. Meinetwegen liegt es daran, dass der Sarg genau passt. Was weiß ich. Er könnte aber auch Vampir sein, oder? Wieso kann man ihn bloß wieder zusammensetzen? Aus 14 Stücken? Upperhalf, glaubst du, dass das geht?«
»Nein, Meister.«
»Prof. Iciat, ich will wissen, ob und wann Vampire noch zeugungsfähig sein können. Die alten Legenden lassen mich wittern, dass das irgendwie funktionieren muss. Donnerwetter, Professor! Ich will das Rezept dafür in meinen Händen halten. Ich habe so etwas noch nie gemacht. Der Kitzel, Professor! Der Kitzel! Legen sie sich ins Zeug, Professor. Sonst ...«
»Meister, ich kann nur wissen, nicht *können*. Ich bin Professor!«
»Aber ihr Name?«
»Meister, ich gestehe, ich bin unwürdig.«

»Professor, noch einmal, bevor ich ungeduldig werde: Suchen Sie den Schlüssel zu dieser Sache.«
»Ja, Meister.«
»Tyrannen ernähren sich von Menstruationsblut und Sperma, da können Sie nichts bieten, Professor, nicht mal, als Sie noch lebten. Ich denke mir etwas extra für Sie aus, Professor?«
»Vergebung, Meister!«
»Suchen Sie die Fakten, sonst erschaffe ich welche.«
Prof. Iciat floh.
»Cimex!« Zehn oder zwölf Wanzen flogen im Raum auf.
»Lecticularis!« Eine Bettwanze schwirrte heran.
»Bericht von der Family!«
Lecticularis verwandelte sich aus einer Bettwanze in einen Vampir zurück.
»Hallo Underbrain.«
»Zu Diensten, Meister.«
Underbrain war die erste vampirfähige Form, die bei den Experimenten entstand, wenn man sukzessive immer weniger vom Kopf von oben absägte und den Rest lebend biss. Underbrain war von den Augenbrauen bis zum Fuß ganz der alte und konnte nur noch zuhören. Immerhin. Von Geburt waren ihm tief sitzende Ohren geschenkt.
»Was tut sich bei meiner Familie?«
»Ihre alte Mutter sagt nichts. Ich fühle, dass sie meine Gegenwart spürt. Die Schwester und Herr Brain wollen nach Ägypten. Sie grübeln über die verschiedenen Seelen des Menschen und wollen sich vor Ort inspirieren lassen. Sie suchen auch nach dem Schlüssel, genau wie der Professor.«
»Ich denke, ich kenne den Schlüssel. Ihr seid Deppen. Es ist das Ankh, der Nilschlüssel. Kennst du den?« »Nein, Meister.«
»Er ist Symbol des Lebens. Alle Götter halten es immer in Hän-

den. Seht auf die Zeichnungen in allen ägyptischen Gräbern. Alle Götter tragen dieses Zeichen des ewigen Lebens. Ich will Gott sein. Ich will dieses Zeichen besitzen, ja, das will ich. Ich, Leon, will! Und dann ...«

☥

»Dann?«, fragte Underbrain.
»Glaubst du, du würdest es verstehen, Underbrain?«
»Nein, sicher nein. Es war nur eine Routinefrage.«
»Hat dein Namensvetter Brain schon etwas dazu gesagt?«
»Nein, aber es könnte sein, dass er darüber nachdenkt. Ich kann mich da schwer hineinversetzen.«
»Verstehe. Halt die Ohren auf. Ich habe einen Plan. Kannst du dich in einen Skarabäus verwandeln?«
»Nein. Wie sieht der aus?«
»Ach ja. Also, du Dummkopf. Skarabäus ist das Wort für Mistkäfer! Verstehst du das? M-i-s-t-k-ä-f-e-r. Der dreht immer Kotkugeln! Verstehst du?
»Aber klar. Ich bin der Mistkäfer. Das ist gut.« Underbrain verwandelte sich.

🪲

»Gut, Underbrain, dann üb noch einmal das Pillendrehen, ja? Und das führst du mir dann vor!«
»Wozu?«
»Ich gebe dir dann statt einer Kugel ein Mikrofon, da höre ich selbst mit, auch wenn sie sich in Tiere verwandeln. Sie behalten dich in Ägypten bestimmt mit der Kugel bei sich.«
»In Ägypten?«

»Das ist mein Plan. Du, aber üb' erst, ja? Es geht sicher schnell, oder liege ich falsch im Sarg?«
»Ja, Meister, ich drehe sofort meine Runden. Noch etwas, Meister?«
»Kann Brain schon wieder aufstehen und umhergehen?«
»Geht ihm soweit gut. Er sagt, er denkt, er kann nach Ägypten.«
»Gute Wanze! Und jetzt verschwinde! Du nervst! Bei dir sieht man wenigstens die Hirnlosigkeit, während andere Menschen sich mit dicken Schädeldecken vor meiner Erkenntnis schützen. Upperhalf? Upperhalf, wo bleibst du denn!
Ich möchte Brain hier in meiner Zentrale sprechen. Mach einen Termin, bitte mit ganz offiziellem Gehabe. Nicht familiär.«

MANSH

Leon ging unwillig zur Besprechung des Geschäftes. Patchworker geleiteten die Topmanager seines Weltkonzerns herein. Die Patchworker wurden wegen ihres Aussehens so genannt. Sie sahen aus wie zusammengestückelt. Und man dachte bei sich, dass der Designer ›keinen Plan‹ oder keine Ahnung gehabt haben konnte, oder er war Pfuscher oder hatte eine ganz neue, publikumssadistische Perversion. Die Patchworker waren alle individuell zusammengeschnitzelt und strahlten ein Grauen aus, das jedoch weniger ihnen selbst und ihrer Erscheinung galt, als vielmehr ihrem Meister: Leon. Sie waren seine Getreuen. Die Manager waren deshalb meist gehörig eingeschüchtert, wenn sie von Patchworkern empfangen wurden.
Auf der Tischmitte standen einige Bloody Cracker und Zuckerstangen mit einem roten Zopfteil. Das Ritual des Managementmeetings begann mit den Einstimmungsgesängen, die man Lageberichte nennt. Ein sehr hoher Manager begann protzend zu reden wie einer, der nur seine Erfolge sieht und sich deshalb schon fast langweilt. Wenn jemand nichts zu tun hat, kann er beginnen,

noch etwas aufzuräumen oder zu putzen, eine neue Tapete aufzuhängen und vielleicht auch zu träumen: »Das Geschäft ist auf dem Höhepunkt des Erfolgs und ein Ende des Segens ist nicht abzusehen. Die Umsätze steigen so rasant, dass ich Mühe habe, ihnen auf meiner Karriereleiter hinterher zu steigen. Ich gebe mir alle Mühe, seien Sie versichert. Die Mansh-Produktion ist auf Monate ausgebucht. Ich weiß gar nicht, was ich noch tun soll. Deshalb habe ich beschlossen, ein Viertel der Mitarbeiter damit zu beschäftigen, ein neues Logo für mein Teilunternehmen zu erfinden. Das Wort Mansh assoziiert zu viele Begriffe, die inzwischen negativ besetzt sind. Mansh war ursprünglich nur eine treffende Bezeichnung für die Zuchtmenschen. Das Wort Mansh assoziierte besonders in der englischen Aussprache ›Mensch‹, aber auch Man, Mash wie Kartoffelbrei, Flesh wie lebendes Fleisch. Damit denken wir bei Mansh vorrangig an Grundnahrung. Wenn wir aber mit unseren Produkten in die Premiumklasse aufsteigen wollen, müssen wir mit einer neuen Bezeichnung den Aufstieg einleiten. Alle weniger erfolgreichen Unternehmensteile sollten mir Namensvorschläge schicken, damit auch sie einen sinnvollen Beitrag zum Gesamtunternehmen leisten. Ich fordere Sie alle deshalb auf, Ihre Beiträge zu leisten, damit unser Geschäft neue Dimensionen erklimmen kann. Ich bin bereit, mitzuklettern. Sie haben mein volles Commitment.«

Leon stöhnte, weil die Manager in der Produktion nie sahen, wie sich die Kundenwünsche in der Ferne umzustellen begannen. Er wollte bei der Versammlung eine Diskussion vorantreiben, um die Kunstblutmafia einzudämmen. Deshalb fehlte ihm besonders heute die Geduld, die gewohnte Selbstbeweihräucherungsphase einzuhalten, die die Manager für die Dauer eines Meetings etwas angstfreier sein ließ.

Leon griff etwas sarkastisch ein: »Ich möchte Ihnen meine höchste

Anerkennung aussprechen, mein Lieber. Für Ihren Erfolg fällt mir gar kein Wort mehr ein. Toll, Mänsch. Ich fordere deshalb alle auf, die Logo-Suche zu unterstützen. Ich erinnere mich, einmal Heidelberg besichtigt zu haben. Dort, unweit von den bekannteren Orten Leimen und Walldorf, liegt das idyllische Städtchen Sankt Leon-Rot. Früher haben wir oft Nahrungsmittel nach Städten benannt, wie etwa Hamburger, Frankfurter oder Wiener. Und Sie essen vielleicht heute jede Woche etwa ein bis zwei Spießburger. Wie wäre ein Ortsname? Ich denke an einen mit einem heiligen Touch. So wie Sankt. Damit können wir vielleicht die Kunstblutmafia zurückschlagen!«

Sofort sprangen in der Sache Überbegeisterte auf, also die, die am meisten Angst vor Leon hatten. Sie tanzten vor Freude und riefen und jauchzten möglichst laut und mit Blickkontakt zu ihrem Meister: »Bravo, bravo, Sankt Leon der Rote! Oh Meister, wie schön!« Und andere buhten voller Pflichtschuldigkeit gegen das Unwort Kunstblut, das sie ja alle so hassten.

»Das Kunstblut ist nichts! Gar nichts! Alles nur Scharlatanerie! Das Volk soll mit Pipifax abgespeist werden statt mit brauner Top Quality! Meister, wir haben keinen Anlass, uns damit überhaupt zu befassen! Nieder mit Kunstblut! Wer daran nur denkt bei uns, sollte disintegriert werden.«

Leon musste sich sehr beherrschen. Ihm kamen diese begeisterten Kindsköpfe ganz blind vor. Sie schnatterten und schlugen sich selbstgefällig auf die Schenkel, ohne die neuen Anforderungen des Blutmarktes zu verstehen. Leon hätte gerne fähige Unternehmer um sich geschart, aber alle seine Berater stimmten überein, dass Manager nun einmal so sein müssten, vorausgesetzt, sie hätten Angst vor Leon. Leon fand, man könnte trotzdem gut arbeiten und gleichzeitig Angst vor ihm haben. Das gaben alle zu, aber es gab noch kein einziges Beispiel eines solchen Managers. Leon versuchte, seine Angsthasentruppe durch einen Blick von außen zu beeinflussen: »Ich stimme Ihnen nicht zu. (*Sie zuckten, weil er nicht zustimmte. Leon sah es frustriert.*) Ich habe einen auswärtigen Redner gebeten, seine ganz persönliche Sicht des Kunstblutes hier im Meeting abzugeben, um uns aufzurütteln und von Betriebsblindheit zu befreien. Wir können nach der Präsentation entscheiden, ob wir Kunstblut ernst nehmen wollen oder nicht.«

Sogleich trat ein übergewichtiger Redner in einem rosa Anzug mit einer burgunderfarbenen Krawatte an das Pult. Sein Luxusdesignkörper war genau passend zum Anzug gefärbt. Der Redner galt als einflussreicher Vordenker seiner Zeit, also als Mensch, der denken darf, während andere arbeiten müssen. Das Denken ist zu allen Zeiten offiziell nur den Marionetten der Macht erlaubt. Nur so bekommt das Denken überhaupt einen Wirkungskreis. Der Redner hub an. Er begann mit einer Lobhudelei, die gewöhnlich allem normalem Denken vorhergehen muss, damit es nicht zu anstößig wirkt.

»Der Mansh-Konzern ist das größte Unternehmen aller Zeiten. Er hat damals die Zeichen der Zeit erkannt. Er erkannte, dass dann, wenn alle Menschen zu Vampiren werden, nicht mehr das Kapital die Welt regieren wird, sondern der Blutvorrat. Wenn es keine Menschen mehr gibt, müssen sie gezüchtet oder produziert werden. Wir nannten die Zuchtmasse auf amerikanische Weise: Mansh wie Mensch. Der Mansh-Konzern diskutierte nicht lange herum wie andere, als die große Blutnot nach der allgemeinen Vampirisierung ausbrach! Nein! Er handelte. Er produzierte von Anfang an menschliches Frischblut für die Gesellschaft. Er rettete die Welt, denn im Zentrum unseres Denkens trinkt der Vampir. Diese heldenhafte Pioniertat verdanken wir Leon.«

Er wies mit den Händen huldigend auf Leon. Alle klatschten frenetisch Beifall. Er fuhr wie ein Einpeitscher fort.

»Leon ist heute der unumstrittene Herrscher des Blutes!«
Alle klatschten stärker und jubelten vereinzelt.
»Die Kultur der Vampire beruht auf der Knappheit des Blutes. Diesen Umbau der Welt zum Blute hin hat Leon mit dem Mansh-Konzern vollzogen. Die Macht bleibt bei Sankt Leon alle Tage!«
Die Jubelnden erhoben sich.
»Trotzdem aber darf sich niemand ganz sicher fühlen, denn Feinde entstehen immer in der Nähe des Großen. Heute lachen wir natürlich lauthals über die armseligen Versuche der Kunstblutmafia. Leon hat mich lediglich zur allgemeinen Erheiterung und Auflockerung in diesem Meeting gebeten, Ihnen die jämmerliche Lage der so genannten Kunstblutmafia zu schildern, die durch diesen Namen unangemessen aufgewertet wird. Hören Sie also einen lustigen Bericht und freuen Sie sich über die Dummheit außerhalb unseres lieben, lieben Konzerns. Bitte, bitte! Setzen Sie sich wieder! Hören Sie zu!«
Langsam kehrte wieder Ruhe ein. Der Redner fuhr fort: »Die Idee des Kunstblutes stammt aus einer Beobachtung von damals, als es noch Menschen gab und als wir noch nicht verchipped waren. Damals konnten Vampire niemals solche Menschen beißen, die inbrünstig an etwas so genanntes Heiliges glaubten, was es also nicht gab, zum Beispiel an Gott, an Ehre, an den Sieg des Guten, an Knoblauch ...«
»Den immerhin gab es wirklich!«, rief jemand keck dazwischen und erntete Lacher.
»Die Blutgegner schließen daraus, dass das Heilige eine Kraft haben kann, die der des Blutes in nichts nachsteht und derer sich ein Vampir gleichfalls zum Leben bemächtigen kann. Die Blutgegner behaupten, dass man im Grunde gar kein Blut braucht. Sie verweisen auf Philosophen und Professoren, die immer behauptet haben, man könne ganz ohne Lust, also ohne Geld, ohne Geschlechtsver-

kehr und ohne Blut auskommen. Mit dem öden Spruch ›Der Vampir lebt nicht vom Blut allein‹ haben sie sich niemals durchgesetzt. Das wird der Kunstblutmafia deshalb ebenfalls nicht gelingen. Sie bringt immer vehementer die Idee in Umlauf, man müsse nur eine dickliche rote Flüssigkeit trinken und dabei fest an Gott glauben, dann brauche man kein Blut mehr und keine Lust. Wir haben uns heimlich diese sämige Flüssigkeit beschafft und sorgfältig im Labor untersucht.

Es handelt sich um eine stark eingekochte Mischung von Hagebuttentee, wie er in Urzeiten immer auf christlichen Freizeiten ausschließlich getrunken werden durfte, um den allgemeinen Glauben zu reinigen. Damals wurden kleine unschuldige Kinder für einige Tage in Landschulheimen isoliert und mussten dort in so genannten ökumenischen Kirchenfreizeiten Hagebuttentee trinken, um damit langsam an das Heilige gewöhnt zu werden. Es kam damals zu einer großen Konfrontation der Kirchen, die fast zu einer Spaltung des Glaubens geführt hätte, weil einflussreiche Kreise den Hagebuttentee durch Malventee ersetzen wollten. Nach einer Zeit der zähneknirschenden Koexistenz setzte sich aber schließlich der Hagebuttentee alleinig durch. Dieser Sieg hinterließ tiefe Spuren in der Kultur, wovon noch heute viele Kunstobjekte zeugen.

Die heutige Hagebuttenteeversion der Kunstblutmafia ist aber nicht teeartig, sondern dicklicher: Wie Blut. Sie bildet die Grundbasis für das Kunstblut. Dieses Kunstblut wirkt nur im Verein mit geistiger Konzentration auf heilige Symbole. Bevorzugt werden auf den Trödelmärkten nun etwa Rosenkränze, Kreuze, Nilschlüssel oder Isisblut angeboten. Die selbsternannten Kunstblutheiligen beten, segnen und weihen den Hagebuttentee. Sie nennen dieses geweihte Kunstblut ConSec. Ausgeschrieben heißt es Con-Secretion, glaube ich, wie Secretion oder Ausscheidung oder Sekret,

was wieder wie *Secret* oder Geheimnis klingt. Ich persönlich denke, es ist eine Form des Wortes Konsekration. Dieses alte Wort bezeichnete früher die Weihe von Brot und Wein. Es sieht so aus, als wolle die Kunstblutmafia, die wir nun im Endeffekt als lächerlichen Teeladen entlarven konnten, christlichen Irrglauben wieder aufleben lassen und damit Geschäft machen. Das Faszinosum an dieser Idee liegt in den äußerst geringen Produktionskosten des Hagebuttentees. Die zusätzliche Erzeugung von Glauben wird erheblich teurer sein, kann aber von einer Handvoll Marketingexperten und Fernsehsendern geleistet werden. Ich denke, sie werden im Prinzip ohne Priester auskommen. In ihrer letzten Phase kamen ja auch damals die Christenkirchen ohne Priester aus, bis man sich den Glauben auch sparen konnte. Ich will nicht sagen, dass wir uns vor der Kunstblutmafia fürchten müssten. Es ist ja lustig, dass die Rosenblüten die Welt verändern sollten, wenn man stark dran glaubt. Aber der Mansh-Konzern könnte sich überlegen, unter das Frischblut ein bisschen Hagebuttentee zu mischen. Das könnte ein von Ihnen angestrebtes Premiumprodukt darstellen. Wir verdünnen das gute teuere Blut mit Tee und lassen die Leute dran glauben. Wir könnten den Anbau von Rosen unter unsere Kontrolle bringen.«
Bei dieser Bemerkung lächelte Leon.
Das hatte er alles schon erledigt!
»Je knapper die roten Rosen werden, umso mehr Glaube und Liebe hängt an ihnen ...«
Und er redete und redete, wie es von Leon verlangt worden war. Am Ende verneigte er sich und sie applaudierten lange im Stehen. Mehr Leon als ihm selbst. Er fühlte sich nicht verstanden. Er wollte eigentlich sagen, dass er selbst Kunstblut probiert hatte und dass es ihm geholfen hatte zu vergessen, wie er vor Jahrzehnten seine Enkel gebissen hatte. Aber als Redner musste er seine Ideen

verkaufen. Und nur manshe nahm man ihm ab. Leon dankte ihm herzlich für die erstaunlichen neuen Einsichten, die er im begeisterten Auditorium so reich verströmt hatte. Leon kündigte kurz an: »Ich plane eine Meinungskampagne, die verbreitet, dass unkontrollierter Glauben an ConSec langfristig den Vampir schädigt und ihn vermutlich aus dem unsterblichen Status in einen sehr langlebigen zurückverwandeln kann. ›ConSec bringt euch den wahrhaft *endgültigen* Segen!‹ So oder ähnlich werden wir uns gegen den neuen Irrglauben aufstellen. Der Mansh-Konzern bleibt Herrscherin alles Roten! Wir behalten uns in jeder Angelegenheit den sprichwörtlichen *jux primi morsus*, die Lust des ersten Bisses, vor.«

Nach dieser Hirnwäschesitzung, die seine Manager so langsam an die Realität des Kunstblutes gewöhnen sollte, blieb Leon lange nachdenklich sitzen. Er war auf dem Zenit seiner Macht. Nun schien etwas zu bröckeln. ConSec war lächerlich. Ja! Aber Blut war erst auch lächerlich gegen Geld gewesen! Leons Gedanken schweiften ab. Sie zogen immer wieder nach Ägypten. Falkenflügel schlugen über Särgen. Jemand hatte dort Macht über das Leben an sich. Leon würde Brain hinschicken. Brain würde die Wahrheit suchen und finden. Aber er selbst würde nur finden, nichts damit tun, dieser Tropf, dieser Brain!

»Danke, Brain!«, frohlockte Leon.

EXTRA VERGINE UND KUNSTBLUT

Brain wurde in die Zentrale geladen. Er ging die überdachten Straßen entlang. Die Welt war wie ein einziger Tunnel. Als er in die Nähe des Palastes kam, pulsierte sein Chip schwach klopfend in seiner Brust. Dieses Feature hatte Leon in alle Chips einprogrammieren lassen. Kunstherzklopfen in Leons Gegenwart! Brain empfand daher den Empfang durch Leon fast herzlich.
»Brain, schön, dich zu sehen. Ich möchte dir unsere Anlagen zeigen und deine Meinung einholen. Du hast einen unverbrauchten, frischen Blick auf eine ganz neue Welt, weil du zwar die Wurzel ihrer Entstehung darstellst, aber nicht an ihrer Entwicklung aus der Wurzel heraus teilgenommen hast. Kennst du - das fällt mir gerade ein – Prof. Iciat?«
»Nur seinem wunderschönen Namen nach. Er musste dafür wohl Professor werden, der Arme.«
»Wieso?«
»Man ruft altsprachlich doch ›Proficiat!‹ oder ›Wohl bekomm's! Es möge nützen!‹ Da musste er sicher extra Professor werden, um seinen Namen zu vervollständigen, dachte ich bei mir. Schrecklich!

Nützen! Für einen Professor! Nützen!«»Brain, der Professor sagt, ›Iciat‹ ist allein auch ein Wort. ›Es möge treffen!‹ Von *icere*.«
»Na ja, na ja. Hast du Latein gelernt? Aus icere kannst du das i in Iciat nicht durch Konjugieren bekommen. Es gibt die Form iciat mit dem i zuviel allerdings, sie ist aber ein grammatikalischer Fehler oder Bauernlatein, wenn du so willst. Interessiert dich neuerdings Latein?«
»Oh nein, du weißt ja, meine Handschrift sieht saumäßig aus. Mein Lehrer sprach immer höflich von Hieroglyphen.«
Brain schaute ihn bei diesem Wort wachsam an.
Leon wich auf ein anderes Thema aus. »Brain, ich habe eine Menge Gutes für die Welt getan und versorge sie im Wesentlichen mit dem frischen Blut, das nun einmal jede zivilisierte Gesellschaft benötigt. In der letzten Zeit kommen immer mehr Hinweise auf, dass es mit Kunstblut ebenfalls zu schaffen wäre. Ich würde dir gerne unsere Anlagen zeigen und deinen Rat dazu wissen.«
Brain wunderte sich sehr über dieses Ansinnen, ging aber darauf ein. Sie besichtigten die Produktionsstätten. Hinter dem Palast erstreckte sich eine Industrieanlage, so groß wie ein Stadtteil. Fast alle Arbeit wurde von Robotern erledigt. In verschiedenen riesigen Hallen züchtete man Menschen zur Blutproduktion.
»Hier sind die Langhälse. Sie sind auch ausgewachsen nicht sehr groß. Hier sind nur junge. Die erwachsenen Langhälse messen knapp mehr als einen Meter ohne Hals, aber aufgerichtet sind sie eher größer als damalige Menschen. Junge Langhälse werden gerne für Vampirfeste gekauft, weil sie Hälse wie Maiskolben haben, an denen mehrere Vampire gleichzeitig saugen können. Auf diese Weise können mehrere Personen gleichzeitig den Jux Primi Morsus genießen, der den einzelnen Vampir zu teuer kommen mag. So ein Gruppenerstbiss hat heute den Charakter des Champagnertrinkens der frühen Zeit—. Erkläre ich zuviel?«

»Nein, nein, ich bin ehrlich erschrocken. Weißt du, Anke, Martha und ich nehmen praktisch kein Blut mehr, auch kein Kunstblut. Du willst ja meine Meinung am Ende. Darin liegt sie schon. Um Himmels Willen!«
Brain schaute über ein unabsehbares Heer von Langhälsen, die auf einer großen freien Fläche nebeneinander kauerten. Er hatte diesen Anblick schon einmal gesehen ...
Ja. Gänsezucht in Ungarn! Lange weiße Hälse zum Futter gereckt! Es ging in Ungarn um die Gänselebern. Diesmal um Blut. »Werden sie nur gezüchtet? Sie werden also nicht als Menschen betrachtet? In die Schule geschickt?«
»Nein, dies ist doch nur die gewöhnliche, reine Verbrauchssorte für Gruppenfeiern. Sie lassen sie zwei Jahre alt werden, dann haben sie vom Zuchtaufwand her optimal viel Blut. Danach müssten wir zuviel und zulange füttern, ohne dass sich der Blutgehalt stark vergrößerte.«
»Und sie sind alle zum Beißen? Als Babies sozusagen? Was ist denn in den verchippten Flaschen drin?«
»Pressblut. Eine andere Halle. Warte, ich gehe vor.«
Und so besichtigten sie die Produktion aller Lust: die Babyzucht, die Kleinkinderverwendung, die automatische Blutgewinnungsanlage, welche hängende Körper in verschiedenen Räumen abtropfen ließ, wo die verschiedenen Qualitäten gesammelt wurden. Extra Vergine (freies Ablaufen ohne Pressen), Vergine (mittels Pressen gewonnen) und Top Quality, die schlechteste Sorte.
Brain schüttelte sich vor Ekel. »Wie entsteht Top Quality?«
»Äh, wie soll ich es beschreiben? Wie wenn du beim Kochen Soße machst. Durch ein Sieb passieren. So ähnlich. Ist etwas bräunlicher als Frischblut. Wir sagen es in Gedichtform:
Wenn's das tut, ist es Blut.«
»Und dann?«

»Auf den Friedhof in große Tanks.«
»Beißt ihr sie vorher?«
»Das ist zu teuer. Das Beißen von Menschen zu Vampiren kostet zu viel Zeit. Die Anlage schafft zwanzig pro *Sekunde*, wer will sich mit Beißen aufhalten? Die Mitarbeiter hier beißen natürlich Menschen bei der Anlieferung, das können wir nicht verhindern. Sie arbeiten ja ganz ohne Lohn. War ja früher auch so, dass der Fleischerlehrling an die Wurst durfte. Wir drehen hier das ganz große Rad. Es gibt heute sehr viel mehr Menschen als früher. Der Teufel wird sich freuen. Massenhaft Seelen.«
»Glaubst du an Teufel, Leon?«
»Was denkst du über das Apophis-Zeichen an deiner Stirn, Brain?«
»Der Teufel. Dann gibt es aber auch Gott?«
»Vielleicht!«
»Und Glaube und Kunstblut?«
»Ja, Brain, das müssen wir bereden. Willst du noch die Originales sehen?«
»Was ist das?«
»Wir züchten für ganz reiche Vampire noch einige ungefähr echte Menschen und operieren sie auf Wunsch in gewünschte Form. Sie sind dann nicht mehr richtig Originales, also im Leben gebissene Menschen, sondern Apokryphen. Sie sind wegen der vielen Handarbeit sehr teuer in der Herstellung. Man kann sie dann nach dem Beißen eventuell als Vampire am Leben lassen. Es ist ja keine mindere Qualität, die aus Kulturhygiene gleich ans Sonnenlicht muss.«
»Und du bestellst dir hier die Patchworker?«
»Lass das Thema, Brain. Ich stehe in vielerlei Hinsicht unter Druck.«
»Gut. Ich denke an meine Errettung und an Martha. Sprechen wir darüber?«

»Keinesfalls. Sagen wir, wenn du damit anfängst, schalte ich dich über Chip ab. Sag Martha, ich würde mit ihr irgendwann drüber sprechen.«
Brain wurde ungeduldig.
Leon zeigte Brain ein kleines Gerät zur Chipsteuerung. Leon hielt den Daumen über einem Knopf.
»Es ist mir Ernst, Brain. Ich will nicht mit dir darüber reden.«
»Gut. Ich verstehe. Andere Frage: Werden die Menschen überhaupt noch über Mütter geboren oder ist schon alles Retorte?«
»Du weißt, wie viele Bücher ich damals über Gentechnik gelesen habe! Natürlich ist alles Retorte! Gebären dauert neun volle Monate, es kann eventuell auf sieben beschleunigt werden. Zu teuer.«
Sie marschierten durch Hallen und noch mehr Hallen, zunehmend verstummend. Menschen verschiedener Wunschfarbe und Halslänge, manche erinnerten schon mehr an Schlangen. Menschen für Reiche in Einzelanfertigung, Menschen in Serie in Käfigen oder Freiflächen. Lautes Hupen bei Fütterungen. Fast nur Maschinen und Roboter. Riesige Hallen mit Fässern und Paletten. Rohrleitungen zur standardisierten Top Quality Fernernährung in Ballungsgebieten. Einzelne Vampire mit lustgeweiteten Augen, die aus der Mitternachtspause kamen. Sie bissen sich am Arbeitsplatz satt. Das war erlaubt, andrerseits gab es ja fast keinen Lohn.
»Was ist in der schwarzen Halle dort hinten?«
»Willst du sie sehen?«
Sie gingen hin. Brain hoffte, etwas von Martha zu erfahren. War denn dahinten nicht die Höhle, in der Leon Martha und ihn selbst behandelt hatten? Sie traten ein.
Das Gewölbe war monströs lang gedehnt, an den Seiten standen Maschinen wie Automatiksärge.
»Es sind Pfählmaschinen, Brain. Für den Fall, dass Vampire nicht mehr gebraucht werden, können sie hier abgegeben werden. Sie

kommen dort in einen sargartigen Behälter. Ein Pfahl senkt sich von oben durch den Leichnam, gleichzeitig wird der Kopf guillotiniert. Das Ganze geht über die Förderbänder durch die kleine Öffnung dort aus der Halle hinaus.«
Tatsächlich liefen alle Förderbänder an der Öffnung zusammen, alles lief wie auf Tabletts in einer Betriebskantine nach draußen.
»Warten dort Lastwagen mit Containern?«, fragte Brain.
»Brain, denk doch nach! Da wartet nur gleißendes Sonnenlicht. Da draußen ist das Nirwana. Alles wird zu nichts.«
»Und wenn schlechtes Wetter ist?«
»Wir können das inzwischen technisch lösen. Mit entsprechenden Lampen.«
»Da könntet ihr alle Lichtquellen per Schalter auf Sonnenlicht umschalten und schwupps, alle sind weg! Zum Beispiel in den Kirchen mit dem Kunstbluttreffen! Dort könnten wir das Licht umschalten und alle vernichten, die an ConSec glauben. Was meinst du, Leon?«
Leon lächelte.
»Ja, das ginge.«
»Ihr habt also alles schon im Plan?«
»Ich würde sagen, wir haben es im Griff!«
Leon wartete mit seinem kleinen Gerät in der Hand, bis sich ein Patchworker zeigte. Leon drückte ein paar Knöpfe. Der Patchworker verwandelte sich in eine Fledermaus und flog auf das Förderband. Dort ließ er sich nieder. Das Förderband verfrachtete ihn in die Sonne.
»Toll, Brain, was? Es ist alles in den Chips programmiert.«
»Du könntest das mit mir auch tun?«
»Ja.«
Sie gingen nachdenklich nebeneinander her. Brain hakte nach:
»Und wenn du deine Feinde dort ins Freie beförderst und nur

Langhälse nachzüchtest, wird sich da die Welt nicht entvölkern? Du brauchst doch viele Kunden! Die allererste Regel der Wirtschaft ist: Der Mächtige lebt vom Kunden. Hast du Vorstellungen eines neuen Zielmenschen? Eines Ziermenschen? Eines neuen Vampirtyps? Eines neuen Zeitalters? Willst du eine Gegenreligion gründen?«
Leon lächelte im Innern. Nur mit Brain konnte er über solche genialen Ideen sprechen. Schade, dass er Brain noch immer hasste. Sie gingen diskutierend nebeneinander zurück in die Zentrale und vergaßen, was sie eigentlich wollten. Leon wurde dringend zu einer wichtigen Angelegenheit gebeten. Brain verabschiedete sich. Er ging in den Tunneln nach Hause. Nie mehr Sonne. In den Tunneln brüllten Menschen Parolen im Stakkato. Demonstranten schrieen. Sie trugen T-Shirts und Fahnen mit der Aufschrift »Rose Hippie« und verteilten rote Rosen. Sie bedrängten Brain, scheußliche Badetücher mit dem Symbol der Bewegung zu kaufen. Die Amerikaner nannten Hagebutten »rose hip.« Daraus bezogen die Hippies ihren Namen. Brain sah sich angewidert all die billigen Plastikrosen an, die sie anboten, und hatte Sehnsucht nach Rosen in der Sonne. »Plastikrosen sind schöner,« versicherten ihm alle Umstehenden, aber einer flüsterte: »Wir wollen nicht zu sehr auffallen. Wir sind in Gefahr. Alles, was mit ConSec zu tun hat, wird aufmerksam verfolgt. Bestimmt hören sie uns ab oder sie sind unter uns! Wir zeigen hier lieber nur unprofessionelle Ware!« Brain deutete auf ein besonders scheußliches Bild, auf dem eine Schützenfestrose zusammen mit einem Ankh und natürlichen, gepflückten Hagebutten zu sehen war.
»Was ist das für ein Käfer auf dem Bild?«
»Das fragen viele! Wir denken, es ist eine Wanze! Die war ganz zufällig beim Fotografieren auf dem Bild. Sie ist nicht total scharf. Schade. Trotzdem sind wir froh, denn Wanzen sind meistens ver-

steckt. Dieses Bild dürfen wir komischerweise verkaufen. Die Patchworker grinsen darüber.«

»Seltsam,« dachte Brain. »So eine Wanze war bei uns in der Wohnung, aber ganz in schwarz.« Und er fragte, ob es Wanzen auch in schwarz gäbe und ob sie sicher wären, dass dieser braune Käfer eine Wanze wäre. Sie schienen nicht sicher und schrieen wenig später schon wieder im Stakkato.

»Rose hip power! Rose hip power!«

Brain nahm wortlos eine Rose. Sie redeten auf ihn ein.

»Rosen sind hip. Werde Rose Hippie! Unterschreib, dann hast du dein Kunstblutabo auf ConSec! Unverchippte Flaschen! Beliebige Mengen! Rosenkränze! Bibeln! Nilschlüssel!«

Brain kaufte sich ein Ankh für seinen Schlüsselbund. War er jetzt schon ein Hippie? Wie schön das Wort für Hagebutte im Amerikanischen klingt! Hagebutty wäre längst nicht so schön gewesen. Hagebutty würde nie hip werden!

Als die Demonstranten laut abzogen, bot ihm der Händler, der ihm das Ankh verkauft hatte, noch Blutsteine an. Es waren Steine aus einfachem rotem Quarz, genauer gesagt, aus rotem Jaspis. Brain erinnerte noch aus dem Studium, dass der Jaspis unter Esoterikern seit Jahrtausenden als Heilstein verehrt wurde.

»Wie wirkt er denn?«, fragte er dennoch den Händler. Der flüsterte: »Bei Menschen stillt der rote Jaspis Blutungen und dämpft die sexuelle Gier. Bei Vampiren scheint er die Gier nach Blut zu senken, jedenfalls erniedrigt er deutlich die Lebenshaltungskosten. Der Stein belebt Vampire wie Blut selbst. Sie bekommen fiebrige Gefühle, wie sie beim Saugen von Blut auftreten. Der Stein muss ganz glatt poliert auf der nackten Haut getragen werden, am besten am Hals oder auf der Brust, am Herzen. Schauen Sie, er sieht ja wie ein Klumpen von Blut aus, nicht wahr?«

Brain kaufte aus Neugier einige Steine, die in Herzform, als Ring oder Stern angeboten wurden. Jaspis! Er hatte irgendwo etwas Geheimnisvolles über Jaspis gelesen. Es hatte tatsächlich etwas mit Blut zu tun, das wusste er noch ganz genau.

Der Händler zog ihn beim Weggehen noch einmal zurück.

»Wollen Sie vielleicht schöne Symbole des ConSec-Glaubens kaufen?«

»Wie sehen die denn aus?«

Der Händler tat sehr heimlich und schien Angst zu haben. Er zeigte ihm ganz verstohlen einige Bilder, so verschwörerisch, wie sie sich früher in der Schule verbotene Ganzkörperfotos angeschaut hatten. Er zeigte ihm wahrhaftig ganz banale Fotos von Hagebutten im Freien und in der Sonne. Für Fotos mit blauem Himmel nannte er absurde Kaufsummen.

Aus Unwillen darüber ließ Brain den Händler einfach stehen.

DER SKARABÄUS

Brain kam verstört nach Hause. Er hatte nun selbst zu vieles von dem gesehen, wovon Anke immer erzählte. Er war jetzt ganz sicher, dass die Welt gerettet werden müsste. Er stürzte sich in das Lernen des Programmierens.
»Schaffst du das, Brain?«, fragte Anke immer wieder.
»Wahrscheinlich. Aber in dieser Geschichte, die wir miteinander erleben, ist nichts, aber auch nichts so ausgegangen, wie ich es vorher erdacht hatte. Irgendwer leitet die Dinge anders als ich sie erwarte. Vielleicht ist es höhere Programmierung.«
»Wer kann das tun?«
»Ist es überhaupt jemand, Anke?«
»GD?«
»Immer GD! Wir fragen ihn einfach, wenn wir ihn treffen!«
»Denkst du, das werden wir?«
»Nein. Warum? Aber deshalb werden wir ihn wohl wirklich treffen!«
Anke dachte nach.
»Ich will ganz fest glauben, dass wir GD nicht treffen.«

»Anke, ich weiß nicht, wie ich an die Chips mit einem Funkmodem herankomme. Ich weiß es nicht. Wir könnten ein paar Chips kaufen und uns auf den Bauch kleben. Die würde ich programmieren können. Dann versuche ich, ob ich dich zum Tanzen bringe oder Martha zum Lachen.«
Das taten sie. Sie verchippten sich mit ganz neuen Modellen und probierten die Programme von Brain aus. Brain programmierte höhere Erregungszustände, wie wenn sie Blut getrunken hätten. Er ließ Anke stillstehen. Die einfachen Übungen klappten ganz gut. Wenn Brain nichts Neues gelingen wollte, härteten sie sich ab. Sie versuchten, den Befehlen zu widerstehen.
Anke konnte bei völliger Stilllegung bald ruckartig gehen. Bei Brain dauerte es länger, obwohl er hart übte. Er träumte, gegen das kleine Gerät von Leon gefeit zu sein. Dann wäre er nicht nur frei geschaltet, sondern frei.
Sie trainierten wie besessen.
»Freiheit tut weh.« Anke lachte.
»Und wie! Ich kann nicht mehr weiter. Puh. Acht Schritte unter Stilllegung! Rekord! Ich falle!«
Sie riss Bücher im Fallen mit.
»Bumm!« Sie lachte.
»Du musst die Bücher alle programmieren, so dass sie in mich reinkommen. Dann muss ich nichts lernen. Guck mal, was das für ein niedliches Viech ist. Ein Käfer.«
Brain erkannte ihn.
»Es scheint eine Wanze zu sein.«
Anke spielte ein bisschen mit ihr.
»Hallo Wanze, du musst immer gut zuhören und Leon alles sagen, was wir machen. Dann bist du nämlich eine Abhörwanze. Das ist sehr edel für so ein doofes Tier wie dich. Du kleines, kleines, süßes Gehirn! Ich dreh dich mal um, wie du unten aussiehst. Hallo, ich

will dich mal von unten anschauen! Er will nicht, Brain! Mistkäfer!«

Brain erwiderte ruhig: »Setz ihn doch auf einen Spiegel. Dann kannst du ihn von unten ansehen.«

Anke lief, um einen zu holen.

Aber die Wanze flog plötzlich ins Nebenzimmer.

Anke fand sie nicht mehr.

»Du Mistkäfer! Ich finde dich! Ich finde dich!«

Plötzlich rollte sich Anke auf dem Boden und lachte und lachte.

Sie schüttete sich aus und verfiel in Krämpfe.

Sie schien sich zu Tode zu lachen.

Brain fuchtelte vor dem Computer, raufte sich die Haare, schwitzte. Nach einigen bangen Minuten blieb Anke betäubt liegen.

Bald schlug sie die Augen auf.

»Was war das?« Brain bat um Verzeihung.

Es war ein ganz neuer Befehl.

»Anke, ich bin etwas mit den Nerven fertig. Ich lege mich kurz in den Sarg. Ich habe erst nicht gewusst, wie ich das abstelle. Sieh hier. So musst du klicken, dass du lachst.« Anke lachte sofort los. Er stellte ab. Ankes Mundwinkel normalisierten sich.

Er legte sich in seinen Sarg, um sich zu beruhigen.

Plötzlich stand Martha auf.

Sie verzog grimmig das Gesicht. Das zuckte unter Qualen.

Dann brüllte sie wie ein Tier.

»Ha-ha-ha!«

Mitten im Schrei hielt sie inne. Sie stand starr da.

Dann setzte sie sich wieder hin.

Brain saß aufrecht im Sarg.

Anke machte eine achselzuckende Bewegung vor dem Computer.

Sie hatte den Befehl mit Martha versucht.

»Uuuuiih uuuuuiih ...« flüsterte sie und kassierte noch einen ge-

nervten Blick von Brain. Am nächsten Tag saß statt der Wanze ein Mistkäfer auf dem Buch. Er ließ sich nicht fangen. Er flog immer in eine bestimmte Richtung zur Tür hin.
Brain war sehr erheitert.
»Das ist die Wanze von gestern. Du hast sie verflucht und Mistkäfer genannt. Nun muss sie ewig ein Mistkäfer bleiben.«
»Was will der Mistkäfer an der Tür?«
Sie wussten es nicht. Sie trainierten weiterhin ihre Widerstandskraft gegen Chipbefehle.
Plötzlich schlug sich Brain vor den Kopf.
»Ein Mistkäfer ist ein Skarabäus! Er ist das ägyptische Symbol für das Werden und Entstehen!«
Anke wusste nun sofort, was alles bedeutete.
»Er führt uns bestimmt nach Ägypten!«
Sie machten die Probe und gingen zur Tür. Der Skarabäus, wie sie ihn von nun an nannten, flog immer weiter voraus. Er führte sie in die Tunnels der Stadt hinein. Es ging munter durch laute Vampirmengen hindurch und an Blutbars mit Top Quality Cocktails vorbei, die sämig schwer auf der Zunge lagen. Er flog langsam in eine dunkle Gasse, in der es übel nach Abfällen stank. Die Ratten flohen nur unwillig vor ihnen. Ein großer Mülleimer stand offen. Der Skarabäus flog hinein. Mitten im Mist lag ein Zettel, auf dem sich der Käfer niederließ. Brain entfaltete das Papier und strich es glatt, pfui. Drauf stand eine Adresse.
Mena House, Pyramids Road, Cairo.
Anke und Brain fühlten eine ehrfürchtige Gänsehaut. Erschauernd dankten sie Gott, der ihnen ein Zeichen geschickt hatte. Ihr Ziel hatte nun einen Namen. Anke steckte den Zettel sorgfältig ein und wunderte sich, dass Brain gar nicht auf ihn Acht geben wollte.
»Es ist ein bekanntes Luxushotel, eines der ehrwürdigen alten Häuser. Es liegt direkt an den Pyramiden. Ich wollte dort schon

einmal hin, als ich noch Mensch war. Jetzt haben sie die Pyramiden vielleicht schon mit schwarzem Zelttuch überdacht?«
Und dann rief Brain mit ausgebreiteten Armen laut in die Dunkelheit: »Kairo, wir kommen!«
Da flog der Skarabäus weiter. Er flog noch weiter in die Müllkippe hinein. Bald wateten sie in einem braunen Brei. Er roch süßlich. Auf ihm schwamm eine kleine Kiste. Der Käfer blieb in ihr sitzen. Darin lag ein Datenträger für einen Computer. Ein Memorychip. Er war schmutzig und wohl nicht mehr lesbar. Brain steckte ihn sorgfältig ein. Der Skarabäus flog auf und davon.
Als sie nach Hause kamen, saß er schon wieder auf seinem Buch. Brain säuberte den Chip fieberhaft vom Top Quality Brei. Er nahm mit dem Computer Verbindung zum Chip auf. Es war eine ganze Programmgruppe gespeichert. Unübersehbar viele Dateien waren zu einer Anwendung verflochten. Die Anwendung hieß

666 - EXECUTE

Brain wusste von Anfang an, was es war: Das Programm, das Leon auf seinem kleinen Gerät bedient hatte. Das Programm, das dem Bediener Macht über Leben und Tod der Vampire oder aller Verchippten gab. 666 war der Name des größten aller Ungeheuer in der Apokalypse der Bibel. Offenbarung des Johannes 13, 18. Brain schaute noch einmal nach.

> Hier ist Weisheit! Wer Verstand hat, der ueberlege die Zahl des Tiers; denn es ist eines Menschen Zahl, und seine Zahl ist sechshundertsechsundsechzig.

Er probierte viele Stunden, das Programm zu aktivieren. Dann fand er eine Datenmaske, in die man Personen eingeben konnte. Er gab seine eigenen Daten und die von Anke ein. Damit funktionierte es. Er konnte Anke stilllegen. Sie konnte ihn stilllegen. Sie hatten furchtbare Angst, etwas falsch zu machen. Sie zitterten bis zum Hirn hinauf. Sie konnten vor Erregung kaum die Tasten am Computer drücken. Nach einiger Zeit fand Brain ein Eingabefeld mit der Überschrift:

EXECUTE ALL

Anke und Brain saßen wohl einige Stunden davor. Sie zitterten unter Gedankenstürmen. Wer diese Taste niederdrücken würde, zerstörte die Welt. So stellten sie es sich vor.

»Willst du das tun, Brain?«

»Wollen wir schon sterben?«

»Denkst du, wir können den Befehl erst an uns trainieren und Widerstand üben?«

»Anke, auch wir sind Vampire und müssen verschwinden. Auch wir. Willst du damit leben, alle anderen getötet zu haben?«

Anke setzte den Zeigefinger auf die Eingabebestätigungstaste.

Sie stellte sich vor, die Welt zu töten.

Sie sahen sich an. Sie würden es nicht vollbringen. Nicht wollen. Nicht wahrhaben wollen, dass sie es nicht könnten.

»Brain, am Ende hätte uns Leon selbst das Programm geben können! Er hätte wissen können, dass wir uns die Zerstörung am Ende verbieten müssen. Er könnte uns das Programm schenken, um uns zu quälen.«

»Wenn wir aber selbst tot sind, müssen wir keine Verantwortung tragen.«

»Willst du es tun, Brain?«

Er setzte seinerseits den Zeigefinger auf die Bestätigungstaste.

Er stellte sich vor, die Welt zu töten. Die Zeit verstrich.

Er fühlte sich erbärmlich feige und schlug vor: »Wir sollten erst nach Ägypten.«

»Ja! Ja!«, freute sich Anke erleichtert und ebenfalls so schrecklich ehrlos. »Darauf trinken wir trinken ein Glas ›Sangrita Sans‹, ja?«

Brain nickte. Sie stießen an. »Prosit! Wir haben ab heute die Allmacht über die Welt und verstehen sie nicht zu gebrauchen! Wir sind feige!«
Und Anke gab zurück: »Nein, wir sind— äh.«
Aber Brain kannte die allein richtige Ausrede aller guten Wesen und so sagten sie beide im Duett: »... ethisch!«
Sie tranken und blickten sich um.
Martha hatte den Zeigefinger über der Tastatur gespitzt. Ganz langsam setzten beide die Gläser ab und sahen in ihre Augen, die wie die der Werwölfe glühten. Sie sprangen auf Martha zu. Martha aber drückte. Sie warfen mit vereinten Kräften Martha nieder. Sie biss um sich und schäumte. Sie war lange Zeit nicht zu überwältigen. Endlich ließ ihre Kraft nach.
Auf dem Bildschirm war ein Fenster erschienen:

> Sind Sie sicher, dass Sie die Welt auslöschen wollen?
> Drücken Sie `OK`, um die Welt auszulöschen.
> Drücken Sie `CANCEL`, um etwas anderes auszulöschen.

»Wir wollen erst nach Ägypten, Martha!«
Brain nahm die Batterie heraus. Sie hatten niemals solche Angst gehabt wie in diesem Augenblick. Nach einigen Minuten freuten sie sich wie wahnsinnig auf ihre Reise.

ANKHABA

ÆGYPTEN

Brain hatte eine ägyptische Sage gefunden. Als der Sonnengott Re alt wurde, war er enttäuscht von den Menschen und müde, zu herrschen. Da beschloss er, die Menschen vernichten zu lassen. Re beauftragte Hathor, die Göttin der Liebe, des Feuers und der Freude. Hathor ging als Löwin unter die Menschen, und sie trank deren Blut. Sie hatte die halbe Menschheit verschlungen, da wurde Re nachdenklich und befahl Hathor, mit dem Blutvergießen ein Ende zu machen. Hathor aber war noch voller Durst und mordete weiter. Da ersann Re eine List. Er bereitete eine Flüssigkeit, die wie Blut aussah, und schüttete viele Krüge von Bier dazu, und er tränkte mit der roten Flüssigkeit die ganze Erde. Hathor ging daran, alles aufzutrinken, was sie fand. Schließlich sank sie so stark betrunken von der roten Flüssigkeit hin, dass ihre Gier gestillt war.
Anke rief sofort: »Du, das erinnert mich an Hagebuttentee! Die ganze Erde war voller Hagebuttentee mit Bier gemischt!«
Brain zählte sich sorgsam nochmals die Faktoren der Geschichte zusammen: Blut, Vernichtung der ganzen Menschheit, Löwe. Wie

würde sich alles erklären? Der Skarabäus rollte daneben geduldig eine Mistkugel. Anke sah wie gebannt zu.
»Meinst du, er ist vielleicht unsere Mücke, aber nur größer?«
»Das würden wir im Herzen fühlen.«
»Stimmt, Brain. Die Mücken sind ja auch nur um Menschen geflogen, uns arme Vampire haben sie nicht beachtet. Als wenn sie uns nicht sehen können.«
Sie buchten sich Nachtflüge nach Kairo und eine Woche im Mena House für Vampire ohne Pension, aber inklusive der teuren schwarzen Raumanzüge, mit denen Vampire am Tag zu den Pyramiden gehen konnten. Sie waren gewiss, dass der Skarabäus wüsste, wo das Geheimnis wäre.
Brain machte etliche mehrfach verschlüsselte Kopien des Finalen Programms, wie er es nannte. Er versteckte sie an verschiedenen Orten. Anke dachte, es wäre vielleicht gut, eine Flasche Blut mitzunehmen, eventuell als Bestechungsblut. Und Martha schaute sie an, als wollte sie wie immer sagen: »Man kann nie wissen.« Anke suchte im Vorrat.
»Brain, schau mal, das lagert hier schon bald achtzig Jahre! ›Ankes Edelblut‹ und eine Flasche ›Marthas Prime Time‹. Unser Blut, das wir damals für dich gezapft haben! Das nehmen wir mit!« Anke schüttelte die Flaschen. Nichts rührte sich.
»Oh schade! Geronnen!«
Sie schlugen gewaltsam eine Flasche Prime Time auf. Rotschwarz. Die Blutflüssigkeit hatte sich verflüchtigt. Es war ein rotschwarzer Klumpen in der Flasche. Brain roch daran, leckte ganz vorsichtig und fiel mit einem verklärten Blick glücklich in seinen Sarg. Anke nahm ihm den Klumpen sofort weg.
»Vielleicht sind Klumpen fast besser in der Not als Flüssigblut. Dieses Blut ist auch nie verchippt worden, wir können es unregistriert verbrauchen. Wir verstecken es vor dem Zoll. Hoffentlich

riechen die Bluthunde nichts.« Anke nähte in Brains Kleidung Klumpen von Marthas Blut ein, ihr eigenes in Kleider von Martha und ihr selbst. Sie verschweißte die Klumpen vorher, damit Brain zu trauen wäre.

»Du gehst da nicht dran. Es ist für Drachen oder Teufel, die uns Höhlen öffnen müssen.« Brain hielt noch lange einen Blutklumpen in der Hand. Er sah aus wie Jaspis. Könnte man ganz alte Blutklumpen wie Edelsteine schleifen? Sähen sie dann aus wie Jaspis? Er wollte seine Steine mit nach Ägypten nehmen.

Sie brachen aus ihrer Tunnelwelt auf. Sie kamen in einer anderen Welt an. Arabien! Schon der Flughafen von Kairo war ein riesiger Basar. Es wimmelte von Ankhs, Skarabäen und anderen Symbolen. Sie fuhren im Dunkelbus zum alten Hotel, das einst als Jagd- und Gästehaus des Königs von Ägypten erbaut worden war. Im Hotel bekamen sie ein dunkles Zimmer und verlangten sofort ihre schwarzen Sonnenschutzanzüge. Dann gingen sie schlafen. Der Skarabäus aber saß in einer Schachtel und überlegte, wohin er sie führen sollte.

Sie hatten ein wunderschönes Zimmer mit einer herrlichen Aussicht auf die Pyramiden. Alle Vampirzimmer hatten dieselbe tolle Aussicht, weil ja statt der Fensterscheiben Flachmonitore an der Wand angebracht waren.

Sie probierten ihre Außenanzüge. Sie setzten komplizierte Helme auf, in denen wieder über kleine Monitore eine Sicht wie aus einer Tauchermaske möglich war. Sie übten gehen und sehen. Sie beobachteten den Skarabäus. Er war kaum aktiv. Sie erwarteten nun, dass er ihnen den Weg wiese. Nichts geschah.

»Wir haben nur eine einzige Woche Ägypten gebucht«, stöhnte Anke.

»Wir haben keine Zeit! Ob er uns versteht? Dieser Mistkäfer!«

»Anke! Bitte!«

»Wir machen es ohne Betäubung. Sie sollen sich erinnern wie Du.«

Die beiden gingen in den Innenswimmingpool und schwammen und spritzten sich nass. Vampire sind leichter und schwimmen fast von selbst! Anke war ganz ausgelassen. Brain war völlig gelöst, wie noch nie. Sie liefen um die Wette, kreischten wie Kinder und versuchten, sich im Wasser unterzutauchen. Sie tummelten sich wie zu ganz alten Zeiten.
Sie sahen sich unvermittelt an. War etwas geschehen?
Sie fühlten sich seltsam glücklich.
War das natürlich?
Mitten im Glück war ihnen etwas unheimlich.
Das Gefühl wurde so stark, dass sie unbedingt wissen wollten, wie es Martha im Zimmer gehen mochte. Da stiegen sie wieder aus dem Wasser. Sie fanden Martha ruhig im Zimmer. Sie war ganz in sich gekehrt und lächelte wie zufrieden mit sich.
»Mama!« Anke umarmte sie.
Martha schüttelte ihre Haare und sagte, sie fühle sich so seltsam besser als sonst. Nicht gerade schon gut, aber viel besser als sonst. Brain hielt ihre Hand. Sie hielten sich beide, kurz, wie ein altes Liebespaar. Brain wie 30, Martha wie 110 Jahre alt.
Da saßen sie, fast ›Händchen haltend‹.
»Nachsommer - Rosengarten,« dachte Brain.
Sie beschlossen, zum Abendessen etwas Blutminimiertes zu essen. Es sollte ihnen gut gehen. Anke schlug vor: »Wollen wir Champagner bestellen? Nur so, obwohl er nicht mehr schmeckt?« Martha willigte schüchtern ein. Brain schien abwesend. Er horchte
Er horchte während des Essens immer wieder.
Er konnte auf Fragen nichts erklären
Der Skarabäus war im Zimmer verblieben.
Plötzlich flog mit einem lauten Krächzen ein wunderschöner, ganz leuchtend hellblutroter Papagei herein. Er kreiste im Essenssaal herum. Alle folgten ihm mit den Augen. Er flatterte auf und ließ

sich zwischen Anke und Martha nieder. Er ruckte den Kopf hin und her, sah sie beide bald mit dem linken, bald mit dem rechten Auge an. Er blickte froh und zutraulich. Anke streichelte ihn in voller Bewunderung seiner Schönheit. Da setzte er sich auf ihre Schulter, als wolle er dort für alle Zeit an seinem Platze bleiben. Um den Hals trug der Papagei eine Kette mit einem Ankh, genau eines von der Art, die es an der Hotelrezeption für 25 ägyptische Pfund zu kaufen gab. Er krächzte: »Ankh!«
Da hatte Anke Tränen in den Augen.
»Ank-e! Ank-e! Mit e musst du's sprechen!« Sie schloss ewige Freundschaft mit dem Papagei, der nach einer Stunde »Ankä« sagte, was Anke ganz aus dem Häuschen brachte.
»Er spricht! War es das, was du gehört hast, Brain?«
Brain schüttelte mit dem Kopf und horchte.
Mit einem Mal stand er so ruckartig auf, dass sein Stuhl hinten überfiel. Er hatte einen scharfen Blick wie immer, wenn er eine Erkenntnis hatte.
»Ich glaube, die Mücken sind hier.« Er fiel erleichtert über dieses Wissen nach hinten auf den nicht mehr vorhandenen Stuhl und purzelte rückwärts fast unter den nächsten Esstisch. Die Gäste lächelten verständnisvoll. Anke und Martha glotzten mit seltsamen Mienen.
Martha flüsterte: »Nummer Zehn!«
Anke sagte mit kaum bewegten Lippen: »Mini Zwei!«
Brain aber starrte auf die roten Federn: »Der Papagei!«
Sie wussten, dass die drei Vermissten hier sein müssten. Sie standen wie verabredet sachte auf und gingen langsam in ihr Zimmer zurück, so dass ihnen jede Mücke der Welt hätte folgen können.
Im Zimmer suchten sie alle Wände ab, Zentimeter für Zentimeter. Dann fühlten sie, wie zwei Mücken um sie herumschwirrten. Die größere um Brain, die klitzekleine um Anke. Der Papagei saß auf

dem Bettpfosten. Nummer Zehn war wieder da! Otto! Mini Zwei war wieder da! Brain! Sie fragten den Papagei, ob die Grasmücke gestorben wäre. Er schwieg. Sie fragten, zu wem er gehöre. Er antwortete: »Ankä!«

Sie schliefen glücklich ein, alle sechs.

Am nächsten Tage konnten sie sich nicht erklären, warum die Mücken und der Papagei sich zu ihnen gesellten, wo sie bisher gedacht hatten, die Tiere würde es nur zu Menschen hinziehen, nicht zu Vampiren.

Sie blieben den ganzen ersten Tag im Zimmer und überlegten. Am Abend probierten sie wieder die Raumanzüge, mit denen sie die Pyramiden besuchen wollten. Da merkten sie, dass die Mücken nicht mitflogen. Anke erkannte es als erste: »Es sind die Blutklumpen, an denen sie uns wieder erkennen!« Tatsächlich, sie experimentierten mit vertauschten Klumpen. Die Mücken erkannten das Blut. Ankes Edelblut und Marthas Prime Time.

»Wir dürfen die Klumpen nie mehr aus der Kleidung verlieren. Zum Glück sind noch mehr Flaschen zu Hause. Wo aber ist das Tier von Martha? Oder ist das der Papagei?«

»Marthas Blut habe doch ich,« sagte Brain.

»Dann müsste er mich wählen. Nummer Zehn fliegt auch um mich herum.«

Und Anke ahnte: »Leon hat die drei hierher gebracht. Und wir haben sie wieder gefunden.«

Der Papagei aber sprach: »Ankä!«

Und Anke lachte: »Das sollte Leon einmal hören! Und weißt du was? Wenn wir wieder heimkommen, binden wir Martha Klumpen ihres Eigenblutes um. Dann kommt ihre Mücke auch. Und dann sind wir eine glückliche Familie.«

Martha hörte es. Der Skarabäus hörte es. Er drehte seine Mistkugel in der Schachtel. Er überlegte krampfhaft, was denn das nächs-

te Werden und Entstehen sein könnte. Und es musste ja Werden und Entstehen bedeuten, denn der Skarabäus war das Symbol des ägyptischen Gottes Chepre, der den Sonnengott Re im Aspekt des Sonnenaufgangs darstellte. Sonnenaufgang, das bedeutete das Entstehen!
Er beschloss, sie ganz simpel zu den Pyramiden zu führen. Das konnte nicht falsch sein. Wenn sie aber am Tage zu den Pyramiden gingen? Und dabei die Schutzanzüge trügen? Dann würde Underbrain in seiner Skarabäusform im Sonnenlicht sterben müssen.
»Oh, Mist«, sagte er bei sich selbst.
Leon hörte alles mit. Das Mistkugelmikrofon funktionierte gut.
Er überlegte sich, ob er ebenfalls einen Lebensgeist oder so um sich haben wollte. Aber wenn schon, dann lieber einen Elefanten statt einer Mücke. Warum hatte Anke einen Papagei?
»Anke hat viel mehr Leben als alle, die ich kenne. Ich habe mehr Tod als alle, die ich kenne. Dafür müsste es auch so etwas wie ein Verstärkungstier geben«, dachte er bei sich, hörte weiter zu und biss dabei in einen originalen menschlichen Hals.
Die Frau zappelte.

UNTER DEN PYRAMIDEN

Sie irrten eine volle Nacht zwischen den Pyramiden herum. Der Skarabäus flog ohne Plan um sie herum. Sie beschlossen, es nun am Tage in ihren Schutzanzügen zu probieren. Der Skarabäus aber blieb hartnäckig im Hoteltunnel sitzen, als wolle er sie warnen. Er rollte die Mistkugel. Die drei steckten den Skarabäus in eine Schachtel und gingen in den Tagesanzügen um die großen Pyramiden herum. Am nächsten Tage besuchten sie die kleineren, die alten und schon mehr verfallenen bei Memphis. Sie gingen um die Pyramide bei Saqqarah herum.
»3. Dynastie, erbaut von Imhotep, etwa 2600 vor Christi Geburt.«
Brain fühlte sich in dem Schutzanzug unwohl.
Er hätte so gerne die Pyramide bei Tageslicht in Natura gesehen.
»Dieser Bildschirm im Anzug! Diese Verarmung! Zeigt denn der Bildschirm das, woran ich glaube? Glaubt der Bildschirm an Höhlen, die der böse Mensch nicht sieht?«
Zweifelnd stapfte er hinter Anke her, die immer voranstürmte. Martha folgte und genoss den Anblick. Brain trottete am Schluss. Er hätte gerne eine Pause eingelegt. Da sah Brain vor der Saqqa-

rah-Pyramide ein WC-Schild. Es steckte mitten in der Wüste. »Wahrhaftig ein schöner Anblick«, dachte Brain. »Sind die Steine zu Füßen des Schildes die Ruine einer Toilette? Oder ist wirklich eine echte in der Nähe?« Er rief Anke und Martha.»Ich schaue einmal nach der Toilette, ich würde gerne kurz den Helm absetzen!« Die beiden anderen hielten das für eine gute Idee. Sie gingen ein Stück weiter, da führte eine Treppe in eine Art Kellerloch. Es roch entsetzlich.
Sie gingen widerwillig hinab. Ein Mann verlangte unten ein Trinkgeld und einen amerikanischen Kugelschreiber. Sie wimmelten ihn ab. Sie nahmen die Helme ab. Es roch wirklich entsetzlich. Ohne die Helme war es unerträglich. Ein fast blinder Spiegel zeigte nichts. Bräunliches Wasser tröpfelte aus einem einsamen Hahn. Anke schloss die Augen. Sie flüsterte: »Wer glaubt, der sieht!«
Sie ließen den Skarabäus frei.
Underbrain, der Skarabäus, fürchtete sich entsetzlich vor den Spiegeln im Raum. Wenn sie nun erkannten, dass er kein Spiegelbild hatte? Er flog an die Decke und blieb sitzen. Er versuchte krampfhaft, eine Nische zu erreichen. Er verkroch sich in die dichten Spinnweben über einem nie benutzten Urineimer.
»Ist das Spinnennetz ein Zeichen?«, fragte Brain.
Martha wollte wieder ans Tageslicht und die Oberwelt besehen.
»Es stinkt!«
Anke rückte einen brüchigen Tisch und darauf einen Schemel in die Ecke, stieg herauf und hielt ihre Nase an die gelbliche Spinnwebmasse in der Raumecke.
Anke rief, wie wenn es in die Schlacht zu ziehen gälte: »Ich bin Anke. Ich, Anke— will! Ich glaube an meinen Willen! Seht!«
Und sie tat, als sei keine Wand im Raum. Sie stieß mit voller Wucht mit dem Kopf in die Spinnenmasse hinein und der Skarabäus verhedderte sich voller Schreck. Anke stieß wie durch Brei.

Sie hielt die Luft an und kletterte nach oben durch etwas hindurch. Sie gelangte in einen weiten, kahlen, braunen Gang. Oben sprang sie voller Freude und fast außer sich hin und her und jubelte, die Antwort gefunden zu haben.
»Hier ist die Antwort auf alle Fragen: 42!«
»Wieso 42?«
»Das ist so eine verrückte Geschichte wie diese, die wir selbst erleben. Sie finden heraus, dass die Antwort auf alle Fragen 42 ist!«
»Muss ich das wissen, Brain?«
»Das weiß sogar ich! *Per Anhalter durch die Galaxis.* Du willst die Welt retten und kennst dieses Buch nicht, das die Antwort enthält!«, rief Martha von unten.
»Was siehst du?«
»Du wirst es nicht glauben: hier ist ein langer, großer Gang!«
»Stinkt es dort mehr oder weniger?«
»Mehr oder weniger, ja. Kommt ihr rauf?«
Sie stiegen herauf, ekelten sich durch den Brei hindurch. Martha schüttelte sich vor Widerwillen. Brain erinnerte sie an das Schlaraffenland, das von der Welt durch einen Top Quality Brei getrennt ist, durch den sich der Besucher zum Eintritt durchfressen muss. Das hatte er schon damals in der Höhle gedacht. Das war so lange her! Und damals hatte er noch keine Ahnung gehabt, was Top Qualität sein könnte. Anke aber küßte den Skarabäus, der sie sicher zu etwas Großem geführt hatte.
Sie gingen eine Weile den Gang entlang.
»Hier sind überhaupt keine Gerippe oder Knochen!«
»In den wahren Geschichten liegen immer Skelette und Schädel herum, damit jeder neue Eindringling weiß, dass er bald sterben muss.«
Anke aber lachte ihn aus.
»Wir sind erstens schon tot. Und zweitens werden hier ganz be-

stimmt eine Menge Skelette und Teufel sein, wir sehen sie nur nicht.«

»Und nicht einmal das ach so gläubige Ankekind sieht sie?«

»Das kleine, kleine Ankekind weiß leider noch gar nicht, was es glauben soll. Das kleine Ankekind würde ja alles sehen, wenn es wüsste, was es sehen wollte!«

Martha trottete los. »Wahrscheinlich wandern wir nun tagelang. Ein Glück, dass wir die Blutklumpen mithaben.«

Der Gang war breit. Sie konnten fast zu dritt nebeneinander gehen. Seine Wände waren kahl und sandfarben.

Sie gingen lange weiter.

Der Skarabäus flog um sie herum.

DER EINGANGGANG

»Es sieht gar nicht so aus wie Ägypten. In den Gängen ist normalerweise alles mit Hieroglyphen beschrieben. Ich wundere mich, dass man schwach sehen kann. Es ist nicht tief dunkel. Uns müsste schwarz vor Augen sein. Wo kommt das Licht her? Wir sollten lieber die Helme aufsetzen. Hier stimmt etwas nicht.«
Brain plapperte seine Gedanken vor sich hin.
Natürlich war mit Logik nichts auszurichten. Logik ist klar und läßt sich nicht durch braunen Brei und Spinnenweben drücken. Drohte ihnen vielleicht Gefahr? Würden nun Steine auf sie fallen oder wilde Tiere ihnen den Weg versperren? Er dachte an die Zeit mit der Lanze in der Brust. Martha ging neben ihm ruhig voran, ganz in ihr Schicksal ergeben. Sie litt darunter, dass die Mücken und der Papagei nicht mitgekommen waren, weil sie Raumanzüge trugen.
Anke blieb immer wieder stehen.
»Hört ihr etwas? Da ist etwas, oder? Ich höre zwar überhaupt nichts, aber ich glaube, ich könnte etwas hören. Ich versuche, krampfhaft zu hören, aber ich kann nichts Sicheres sagen.«

»Gott wird nicht verkrampft gefunden.«
»Aber ich muss die Ohren spitzen, oder?«
»Nein, nur hören. Was du hören sollst oder willst, hörst du sicher.«
»Ich weiß aber nicht, was ich hören will.«
Anke blieb immer wieder stehen und lauschte angestrengt.
Brain philosophierte über Computerspiele mit verschieden guten Grafikkarten.
»Die Spiele sind so programmiert, dass man in den künstlichen Welten alles bis ins letzte Detail sehen kann. In diesen Welten läuft der Spieler am Computer herum. Es ist wunderschön. Wenn du aber einen schlecht auflösenden Monitor hast, gibt der Computer nur die groben Muster und Farben wieder und du siehst die Welt nur grob, so wie wir in den Anzügen. Wenn du eine schlechte Grafikkarte hast, zeigt sie nur einen Teil der Welt. Denn das Spiel muss vorangehen. Je schneller das Spiel, umso mehr sieht man. Die schlechten Grafikkarten schaffen das nicht und zeigen dann nur undeutliche Muster. Habt ihr darüber schon nachgedacht? Je schneller man geht, umso weniger sieht man. Wenn du im Spiel rennst, zeigt der Computer die Muster an der Wand nicht mehr.«
»Weiß ich, weiß ich! Hör auf! Lass mich horchen«, mahnte Anke. Sie wusste natürlich, dass Brain zu Martha sprach.
»Ich weiß es! Wir müssen hier also ganz langsam gehen, dann erkennen wir plötzlich, dass alles übersät ist mit Hieroglyphen. Und wenn wir stehen bleiben, erleben wir alles in ungeahnter Farbpracht. Und wenn wir immer noch nichts sehen, brauchen wir im Helm eine bessere Grafikkarte. Und im Äußersten, wenn wir dann immer noch blind sind, müssen wir glauben und wir werden sehen! Bleiben wir also stehen? Traue ich mich, den Helm abzunehmen? Ja, oder? Ich bin Anke. Ich, Anke— will!«
Sie setzte den Helm ab und ließ alle Sinne offen und frei. Ihre Augen malten für sie Bilder an die sandfarbenen Wände. Bilder

von Göttern, Symbolen und Schlangen. Ihr Tastsinn zeichnete Seelen in die Luft. Ihre Ohren erzeugten Schmerzensschreie. Ihr Inneres erzeugte das Gefühl, sich auf einem Gang in die Hölle zu befinden. Die Wände spiegelten ihren Glauben. Ihre Sinne sprachen. Sie nahmen nichts wahr.

Brains Kopf füllte sich mit Phantasiewelten, mit Göttern und Ungeheuern. Alles flog chaotisch durcheinander und wartete auf Ordnung. Brain nannte diese Ordnung Wahrheit.

Martha hatte den Helm nicht abgenommen. Sie fühlte sich schlecht. Ihr war, als hörte sie Otto schreien. Sie sah den Feuerball der Bombe, die fliegenden Teile und sie zuckte zusammen, als zum ersten Mal seit etlichen Jahren das große tabuisierte Wort durch ihr Gedächtnis flog und sofort wieder verkapselt und verdrängt wurde: Stückwerk. Das Wort stach ihr Inneres grauenhaft zusammen.

»Tekeli-li!«, rief Brain laut in die Stille hinein.

»Tekeli-li!«

Martha blickt ihn verwundert an.

Und sie dachte bei sich leise: »Tekeli-li!« Es war ein Wort des Schauderns vor etwas Ungenanntem, das sich am Ende von Die denkwürdigen Erlebnisse des Arthur Gordon Pym von Edgar Allan Poe erhob. Brain und Martha hatten am Ende ihrer Schulzeit oft über die merkwürdigen Schlusssätze des Romans gesprochen, mit denen das Tagebuch eines Antarktisabenteuers abbricht.

Die Finsternis war nun merklich dichter geworden, und nur der Widerschein des weißen Vorhangs vor uns auf dem Wasser erhellte noch das Dunkel. Immer wieder flogen riesige fahlweiße Vögel durch den Schleier, und während sie unserem Gesichtskreis entschwanden, drang unaufhörlich ihr schrilles ›Tekeli-li!‹ an unsere Ohren. […] Und jetzt schossen wir in die Umarmungen des Kataraktes hinein, der einen Spalt auftat, um uns zu empfangen. Aber im selben Augenblick richtete sich vor uns auf unse-

rem Weg eine verhüllte menschliche Gestalt auf, weit größer in allen ihren Ausmaßen, als es je ein Bewohner der Erde gewesen ist. Und die Farbe ihrer Haut war von makellos reinem Schneeweiß ...
Und sie gingen zu dritt einem Ungenannten entgegen, das wussten sie alle drei. Der Gang wurde immer breiter und ging alle Zeit abwärts. Die Luft füllte sich mit Ungenanntem.
Anke flüsterte: »Tekeli-li.«
Sie empfand, dass an der Wand dunkle Flecken erschienen, die sie aber nicht sehen konnte. Ihr Inneres nahm Flecken wahr, wenn sie aber hinschaute, waren sie fort.
Plötzlich, als sie wieder einmal einen türgroßen Fleck wahrzunehmen glaubte, schaute sie nicht hin, lief darauf zu und donnerte mit dem Kopf an die Wand. Die wich sehr zäh zurück und wollte nicht nachgeben. Anke konnte gerade den Kopf hineinrammen und glaubte, hinter der Wand einen neuen, ganz genau gleichen sandfarbenen Gang zu erkennen.
Der dunkle Fleck in der Wand hielt stand.
Anke schrie: »Ich bin Anke. Ich, Anke— WILL!«
Die Wand schüttelte sie ab und schien zu sagen: »Du musst noch weiter. Du bist nicht weit genug.«
Anke verstand. »Wir müssen erst den geraden Weg nehmen, bis wir soweit sind.«

Der Gang nahm Hallenausmaße an. Die drei hatten die Zeit vergessen, sie waren wohl schon Stunden gegangen. Martha fragte: »Vielleicht verändern sich die Gänge? Kommen wir je wieder zurück?« Furcht erfasste sie allmählich. Anke ging trotzdem beherzt voran. Und plötzlich wusste sie, dass es kein Zurück mehr geben würde.
»Tekeli-li!«, schrie Anke triumphierend und winkte die anderen heran. Der Gang war zu Ende. Vor ihnen öffnete sich eine unge-

heuerlich große Wölbung, deren Ausmaße im Dämmerlicht schwer zu erkennen waren. Es wirkte auf sie, als habe jemand eine riesige Kugel aus dem Erdinnern herausgeschnitten. Sie schauten fast von oben in eine unabsehbare Öffnung. Sie fühlten sich, als schauten sie durch ein Loch im Gewölbe in eine Kathedrale hinein. Und dort, wo sie den Altar vermuten könnten, zeichnete sich im Dunkel ein helles weißes Tor ab.
Ein Weg führte nach unten. Wie lange würden sie hinabsteigen müssen? Sie fürchteten um die Batterien der Anzüge. Sie zogen sie aus und beschlossen, sie erst wieder in der Nähe des Tores anzulegen. In langen Spiralen zogen sie nach unten. Die ganze Kugel war an den Außenflächen mit eingeritzten Hohlgängen eingekerbt, die wie ein Spinnennetz auf der Fläche aussahen.
Sie wanderten viele Tage und Nächte.
Anke blieb oft stehen und horchte, ohne zu hören.
Martha hörte ab und an Schreie wie von Otto.
Brain schoss durch den Kopf, dass das Mena House nur für eine Woche gebucht war. Und er verfluchte sich, dass ihn auch im Angesicht der Ewigkeit das Alltägliche plagen konnte. Er hasste sich für einen Moment der Profanität.
Auch Martha und Brain begannen, große dunkle Flecke an den Wänden zu sehen. Sie dachten, es würden Millionen von Gängen in diese Kugel führen, aber nur einer dieser Gänge schien ihnen begehbar zu sein.
»Erst gelangen wir zum Ziel. Dann schauen wir, was hinter uns liegt«, dachte Brain.
Sie schätzten später, einen Monat unterwegs gewesen zu sein. Einen Monat also gingen sie im Fastdunkel unentwegt in der Einsamkeit. Es gab Momente, in denen sie sich freuten, Vampire zu sein, denn Menschen hätten es nicht so weit gebracht. In den letzten Tagen der Wanderung wurde es langsam heller. Es war das

Strahlen des weißen Tores in der sonst sandfarbenen Welt. Brain wollte ab und zu einmal an einem der eingenähten Blutklumpen lecken, aber Anke fand, ein guter Vampir müsse etwa ein bis zehn Jahre ohne Blut oder ConSec auskommen können.

»Dann lecke ich an den Jaspis-Steinen, das wird doch erlaubt sein, kleine alte Herrin Anke?«

Anke inszenierte eine königlich gewährende Armbewegung.

So ging Brain schmatzend weiter. Er dachte, er fühlte sich besser.

»Blutstein« hatte der Händler die Jaspis-Quarze genannt. War das eine banale Farbfantasie zum Steigern seiner Preisvorstellung? Er kramte in seinem Gehirn. Ihm war, dass er das Wort Jaspis irgendwo gelesen hatte, als er Bücher über Ägypten studierte.

Anke nahm die Steine nicht ernst. »Wahrscheinlich muss man den Jaspis den Vampiren auf die weiße Haut legen, dann denken sie im Schlaf, sie haben einen Blutklumpen auf der Brust oder so liegen. Das wirkt dann so, dass sie nicht so oft aufwachen, um Leute zu beißen.«

»So etwas hat der Händler gesagt, ja. Der Stein ist Heilstein und wirkt bei originalen Menschen blutstillend, meinte er.«

»Dann wirkt er also wie geronnenes Ersatzblut.«

»Ja, Anke, das schien er sagen zu wollen.«

»Blut Christi?«

»Nein.« Brain blieb stehen.

»Blut der Göttin! Genau, Blut der Göttin!«

Ihm gingen urplötzlich tausende Gedanken durch den Kopf. Neuronensturm nannte er diesen Zustand. Langsam kehrte seine so geliebte gewisse Ordnung ein, die Wahrheit eben.

»Isis! Oh Isis, Göttergattin des Osiris! Isisblut! Ich habe es im Totenbuch der Ägypter gelesen. Dort ist ein Zeichen abgebildet, das als Isisblut angerufen wird. Genau! Und ich habe später gelesen, dass diese eine Stelle im Totenbuch eine Abschrift von einem oder

wenigen Hieroglyphentexten ist, die zu diesem seltenen Zeichen gehören. Was das Zeichen bedeutet, weiß niemand. Woher es kommt, ist unbekannt. Es wird spekuliert, es habe etwas mit dem Menstruationsblut von Isis zu tun. Das Zeichen heißt Tet oder Isisblut!«
»Was hat es mit den Steinen zu tun?«
»Das eben hatte ich vergessen. In der späteren Zeit legten Ägypter ihren Toten das Isisblutzeichen oder das Tet mit einem roten Stein auf die Brust. Und in diesem Zusammenhang stand als Beispiel der Name Jaspis dabei.«
»Wie sieht das Zeichen aus?«
»Etwas merkwürdig. Ich zeichne es in den Sand.«
Brain bückte sich und malte:

»Haha, das kenne ich! Haha, das kenne ich gleich *zweimal* wieder«, frohlockte Anke. Martha nickte.
»Ich sehe, was du siehst.«
»Und was seht ihr?«, fragte Brain entgeistert.
»Es ist ein schlapp gewordenes Ankh.«
Und Martha malte ein Ankh neben das Isisblut.

Brain sah es nun auch: Das Ankh läßt die Ärmchen hängen.
»Und die zweite Sicht?« Anke blickte ihn erwartungsvoll an.
»Na, na? Du bist auf der richtigen Spur!«
Brain schüttelte ratlos den Kopf.
Martha beobachtete seine Hilflosigkeit.
Sie warteten. Er erkannte nichts.

»Das Isisblut sieht aus wie ein im Sarg liegender Vampir, Brain! Siehst du das nicht?« Brain sah es jetzt auch und ärgerte sich. Martha nahm ihn an der Schulter. »Du weißt, aber du fühlst nicht.« Brain schüttelte es ab. Das Zeichen im Sand war zu interessant. »Dann haben sie ein Vampirsymbol auf die Brust gelegt und einen Blutstein dazu, um den Toten zu beruhigen? Das klingt sonderbar. Aber es gibt ja sonst keine Erklärung im Totenbuch!«
Anke erwiderte: »Was ist schon ein Totenbuch. Ich glaube, was ich sehe! Und ich erblicke in dem Symbol einen im Sarg liegenden Menschen. Was steht denn im Totenbuch?«
Brain versuchte, sich zu konzentrieren. »Es ist Spruch 156 des Totenbuches, ich erinnere mich. Er klingt ungefähr so, wenn ich es frei wiedergebe.«

> Spruch für ein Isisblut aus rotem Jaspis,
> das an den Hals des Verstorbenen gelegt wird.
> Dein Blut gehört dir, Isis,
> deine Zaubermacht gehört dir, Isis,
> deine Zauberkraft gehört dir, Isis.
> Das Amulett ist der Schutz dieses Großen
> und behütet ihn vor dem,
> der Verbrechen an ihm begeht.

»Dann ist aber die Erklärung ganz anders, Brain. Dann schützt der Blutstein den normalen toten Menschen davor, dass ihn Vampire beißen, das ist jetzt klar. Wenn du dich dann über einen frischen Toten beugst, um noch etwas flüssig zu machen, dann siehst du den Jaspis an seinem Halsband. Den ziehst du als Vampir dem toten Blut vor und leckst nur noch am Jaspis wie heute den ganzen Tag. Aber du beißt den Toten nicht.«
Über diese Lösung des Rätsels kamen sie nicht hinweg. Immerhin hatten sie auf dem Marsch zum weißen Tor die seit Jahrtausenden

beste Deutung des Totenbuchspruches 156 gefunden. Brain behauptete nach und nach, der Jaspis stärke ihn. Die beiden Frauen lästerten. Anke tanzte unbekümmert den Weg voran. Der Skarabäus machte oft Pause, kam aber immer wieder nach.
Einen Monat waren sie gegangen.
Nichts, aber auch nichts war geschehen.
»Leider ganz unspektakulär«, meinte Brain enttäuscht.
Sie sahen nur sandfarbene Wände. Anke hatte nicht nochmals versucht, mit dem Kopf durch die Wand zu rennen. Am Ende bogen sie aus der Kugelhülle vor das weiße große Tor ein.
Das Große Tor bestand aus einer riesigen weißen Fläche. War es überhaupt ein Tor? Das hatten sie den ganzen Weg über gedacht. Nun aber stand eine einfache weiße Mauer vor ihnen.
»Ich nenne die Mauer das Tor,« beschloss Anke.
»Hier geht es sicher irgendwie weiter.«
Sie gingen ehrfürchtig näher heran, um die Mauer zu betasten.
Sie war aus weißem Marmor oder auch nicht, denn sie leuchtete schwach und erhellte das Innere der Kugel.
Anke sprang voran. »Da ist ein Zeichen! Ein Zeichen!«
Martha und Brain liefen dazu, sahen aber nichts. Anke behauptete, fast genau dort in der Mitte der Mauer, wo ein Tor einen Toröffner haben könnte, seien Hieroglyphen.
Sie zeichnete die Zeichen, die sie sah, in den Sand ab.

Brain nickte. »Das Ankh für das Leben. Der Fisch für den Körper Kha. Die Arme sind das Ka. Der Schwarzstorch ist das Ba. Es sind die einzelnen Teile des ägyptischen oder normalen Menschen und das Ankh hält sie zusammen. So wird es gemeint sein.«
Anke las vor: »Ankh-Kha-Ka-Ba!«

Sie ging zum Tor und wollte mit dem Zeigefinger über die Schrift streichen, da schien ihr die Schrift aus der Mauer hervorzutreten. Sie zuckte zurück.
Brain hielt sie von der Mauer fern. »Fass es nicht an. In allen Geschichten passiert etwas, wenn du es tust. Lasst uns wenigstens unsere Raumanzüge überziehen.«
»Was soll es helfen?«
Martha sagte trocken: »Wir haben am Anfang beschlossen, wir ziehen sie wieder an, wenn wir hier sind. Also ziehen wir sie jetzt an. Punkt. Mama sprach.«
Anke maulte wie immer, wenn Mama sprach und tat wie geheißen. Der Skarabäus setzte sich auf die Stelle, an der unsichtbar für die anderen das Ankhzeichen an der Mauer stand. Er wartete.
Er drehte die mitgebrachte Mistkugel.
Anke strich mit dem Zeigefinger über das Ankh.
Nichts geschah.
Sie biss ein Loch in den Handschuh, so dass eine Fingerspitze hervorkam. »Einmal sind scharfe Vampirzähne zu etwas gut«, dachte sie. Sie strich abermals über das Ankhzeichen. Das Ankh aber trat langsam schwellend aus der Wand hervor, wie ein Türgriff.
Es blitzte golden.
»Seht ihr es? Seht ihr es? Der Skarabäus sitzt jetzt genau drauf!«
Sie sahen nichts. Der Skarabäus schwebte sitzend im Raum vor der Mauer. Anke fasste beherzt das Ankh und zog das Tor auf.
Nichts geschah.
Die anderen traten trotzdem unwillkürlich einige Schritte zurück, als würden sich riesige Türflügel öffnen. Anke riss ungeduldig mit Gewalt an dem Ankh. Da hörten sie ein zischendes Geräusch. Ein übergreller Sonnenstrahl schoss wie ein feuriger Pfeil aus der Kugeldecke und traf genau auf das Ankh. Anke schrie vor Schmerzen

auf und prallte von der Mauer ab, blieb einen Moment regungslos liegen. Der Skarabäus zerfiel langsam zu Sand, der schnell ins Nichts verwehte. Die Mistkugel kullerte zu Boden. Brain und Martha lösten sich aus der Erstarrung und richteten Anke auf.
»Tut etwas weh? Hast du dir etwas getan? Wo? Was?«
Anke hielt den Zeigefinger empor. Er fühlte sich sandig an. Die Spitze fehlte. Nach einiger Besinnung dachten sie über den Skarabäus nach. Wieso war er zerfallen? Sie untersuchten die vermeintliche Mistkugel und erkannten sie als Mikrofon. Martha weinte vor Zorn und presste die Lippen aufeinander.
Anke rief: »Leon? Bist du da? Wir haben die Antwort gefunden. Wir sind bei den Göttern. Alles wimmelt von geheimen Zeichen. Überall ... überall ... aber nur ich kann es sehen, niemand sonst, vielleicht Brain ...« Sie stockte vor Wut. Brain zeichnete zynisch die Hieroglyphe der Fruchtbarkeit in den Sand.

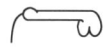

Anke fand ihre Stimme wieder. »Leon, hier ist alles versaut. Überall Zeichen eines nach links speienden Phallus. Den sieht sogar Brain, Leon. Und du bist nicht da, so ein Jammer! Du könntest hier vor Sehnsucht sterben, du impotenter ...«
Da zerquetschte Brain das Mikrofon. »Anke, dafür wird man von beleidigten Herrschern im Affekt getötet.«
»Ich bin tot und darf jetzt eine Meinung haben.«
Sie dachten voller Unruhe nach. Sie konnten sich jetzt nach und nach erklären, warum der Skarabäus sie zum Zettel mit der Adresse des Mena House geführt hatte. Sie glaubten nun zu ahnen, warum sie das 666-Programm gefunden hatten und warum der Skarabäus vor den Spiegeln ins Spinngewebe geflohen war.
»Trotzdem ist es ein Wunder, dass der Skarabäus genau die richtige Stelle fand, nicht wahr, Brain?«

»Ich glaube nicht, dass es ein Wunder war. Ich glaube, alle Wege führen zum Himmel und in die Hölle. Du, Anke, musstest nur an einer einzigen Stelle mit dem Kopf durch die Wand. Wahrscheinlich war es egal, was denkt ihr?«
»Und warum tritt das Ankh hervor und nichts geschieht?«
»Es wäre etwas geschehen, wenn Mama nicht gemahnt hätte, die Schutzanzüge anzulegen.«
»Mama, wenn ich jetzt zerfallen wäre, würde ich dir für diesen Satz böse sein wie damals Leon.«
Marthas Gesicht verzerrte sich sehr.
Anke nahm sie wortlos in den Arm und küßte sie.
»Verzeih, Mama. Verzeih.«
Sie weinten.
Und weinten.
Brain machte dieses Gefühlsgedusel ganz nervös. Er überlegte, warum die Tür Anke erst wollte und dann wieder nicht. Wollte die Tür nur den Mistkäfer erledigen? Wahrscheinlich hatte die Tür das gewaltsame Reißen übel genommen. War es so?
Plötzlich stand Anke weinend auf, ging zum Ankh und nahm es aus der Türverankerung heraus. Sie kehrte damit zur schluchzenden Martha zurück und strich ihr zärtlich mit dem Ankh über das Haar. Brain wusste sofort, warum es gelungen war. Es war ohne Gewalt geschehen. Liebe und Glaube öffnen alles. Gewalt aber verschließt für immer.
»Wie König Artus«, murmelte er und schaute andächtig nach oben. Er sah, wie sich Felsen zu lösen schienen. Brain wusste aus alten Filmen, was er zu tun hatte. Er schoss auf die Frauen zu und stieß sie brutal weiter vom Tor weg. Der Felsen krachte herunter und begrub das Ankh. »Wie Indiana Jones«, murmelte Brain und schaute sich im Geiste andächtig an. Es war deutlich heller geworden. War die Höllendecke eingestürzt?

ANKHABA!

Nach dem ersten Entsetzen und der nachfolgenden Erleichterung ging Anke wie wild geworden daran, das Ankh wieder freizulegen. Sie hob Felsen und brüllte die beiden Großen an, schneller zu graben.
»Ich, Anke, ich WILL!« wiederholte sie bei jedem Felsen, der so schwer war, dass ihn kein Mensch oder Vampir je hätten heben können. Sie entwickelte Kräfte wie ein Bagger. Das goldene Ankh schaute bald aus dem Geröll hervor. Es gab ihr unermessliche Kraft. Das Mädchen kämpfte gegen die Felsen. Das Ankh wollte wieder zu ihr. Nach einigen Stunden hatte Anke ihr Ankh zurück.
»Du, deshalb heiße ich Anke. Wie Ankh!«
Sie schloss es in die Arme. Da sah sie, dass das Ankh verletzt war. Die Schleife über den gekreuzten Seitenstreben war verbogen.
Sie war ganz kunstvoll verbogen.
Anke fühlte die neue Form wie ein Wunder.
Die Schleife war von oben genau in der Mitte eingedellt und hatte nun die Form eines Herzens.
»Es ist eine neue Hiero ... ich meine, ein neues Symbol, Mama! Es

ist die Liebe und das Leben! Gibt es ein ägyptisches Symbol für Liebe, Brain?«
Brain durchkämmte sein Gedächtnis. »Ich glaube nicht!«
»Dann ist es vergessen worden! Wir haben jetzt eins!«
Anke hielt es golden zum eingebildeten Himmel empor.
»Du bist das Symbol der kraftvollen Ganzheit in Liebe!«
Sie zögerte und blickte fragend auf Martha und Brain.
Sie rief: »Ich nenne dich Ankhaba!«
Sie ließ das hochgereckte Ankhaba sinken und spürte, dass es leuchtete und über seinen Namen erfreut war.
»Seht ihr, wie es glänzt? Es ist wie Liebe, wenn ich es in der Hand halte«, freute sich Anke innerlich.
Brain fügte hinzu: »Und du musst ConSec dazu trinken. Am besten eröffnen wir eine Fabrik, die Ankhabas aus Hagebutten herstellt. Damit retten wir die Welt!« Martha nickte kurz und fand, das könne gehen. Hagebutten, das Herz und das Symbol des Glaubens.
Noch immer standen sie vor dem Großen Tor. Sollten sie nun umkehren? Rufen, ob ihnen jemand das Tor öffnete? Anke ging mit ihm zum Großen Tor und klopfte.
»Ankhaba! Öffnet das Tor!«
Brain schaute entsetzt nach oben.
Es wurde heller, irgendwie heller. Staub regnete herab.
Ein leiser Wind erhob sich.
Martha bekam Angst.
»Lasst uns erst einmal fliehen!«
Anke wollte bleiben.
Brain suchte nach einer gewissen Ordnung in seinen Gedanken.
Sie liefen schließlich fort. Sie wussten nicht, wohin. Sie stiegen nach oben, nur hoch, immer bergan. Das goldene Ankhaba zog sie mit und gab ihnen Kraft. Sie stiegen schnell. Oben sahen sie eine

Öffnung in der Erde über sich. Der Himmel war zu sehen. Sie rannten und rannten. Sie kamen viel schneller voran als auf dem Wege nach unten. Das Ankhaba zog sie nach oben. Sie sahen im Laufen, wie die Wunde der Erde sich oben zu schließen begann. Der Himmelsausschnitt wurde kleiner und kleiner. Es wurde dunkler.

»Schnell, Mama, schnell! Wir schaffen es noch!«, rief Anke die ganze Zeit. Aber Brain wusste, dass sie im letzten Augenblick, im letzten Bruchteil der letzten Sekunde durch das schon wieder geschlossene Auge der Erde wie durch braunen Brei hindurchhechten würden.

»Sonst ist die Geschichte nicht göttlich!

Und deshalb müssen wir hechten!«

Als sie oben in ihren Raumanzügen ankamen, war die Erde noch lange nicht geschlossen.

»Siehst du, Brain? Alles ging leicht! Wir hätten noch länger am Tor klopfen sollen. Du aber dachtest, alles würde eng!«

»Ja, ich dachte es. Aber in dieser Geschichte stimmt etwas nicht. Alles, was ich denke, geschieht nicht. Und es dürfte nicht sein, dass wir das Ankhaba einfach so ausgraben können und noch eine glatte Stunde zu früh hier oben ankommen. So sind göttliche Geschichten nicht! Glaubt mir!«

Das Loch in der Erde schloss sich langsam.

Die Hölle hatte sie ausgespuckt. Oder war es der Himmel?

Was tat ein Ankh in der Hölle?

Sie blickten sich um. Hinter ihnen zog sich eine lange Mauer.

Dahinter schien eine Stadt zu sein.

»Wo wir wohl sind?«, fragte sich Anke.

Brain stand auf, zog Martha auf die Beine.

»Ich denke,« sagte Brain, »hinter der Mauer ist ein Wegweiser zum Mena House.«

»Das denke ich auch,« meinte Martha und war froh, dass sie die Raumanzüge anhatten. Denn es war Tag. Die Sonne schien. Der Himmel war tiefblau.
»Wenn ich nun sage, es war gut, die Schutzanzüge zu tragen, flippen sie aus. Sie verstehen Sorge nicht. Es sind Kinder.«
Sie gingen um das eine Ende der Mauer herum. Sie stutzten. Auf der anderen Seite warteten Patchworker in Schutzanzügen auf sie. Die nahmen Brain gefangen. Anke schlug sie wütend mit dem Ankhaba, aber das leuchtete nicht, denn es fühlte sich nicht als kraftvolle Ganzheit der Hiebe. Ein Patchworker übergab Brain ein Telefon.
»Hallo Brain! Wir haben genau über der Stelle des letzten Funkkontakts mit Underbrain Wache gehalten. Stell dir vor, da öffnet sich plötzlich die Erde, wurde mir berichtet und ihr steigt mir nichts dir nichts heraus. Dann gibt es sie also, die Welt der Toten und der Götter? Ich freue mich aufrichtig auf das, was du über den fehlenden Tag berichten kannst, der mir leider versandet ist.«

TIEFROTE LIEBE TIEFSCHWARZ

VERRATE ES ODER GLAUBE DRAN

Brain wurde abermals in die Höhle des Löwen gebracht, wo das Böseste Leons verborgen wurde. Er erinnerte sich schwach an die letzten Minuten, die er dort mit der Lanze im Herzen zugebracht hatte. Sie hatten ihn mit Frischblut voll gepumpt, bis obenhin. Leon wollte hartnäckig wissen, was unten vor dem Tor geschehen war. Er hatte Ankes Zynismus über das Phallussymbol überhört und alles wörtlich genommen. Er sah sich nahe an etwas, was ihm wirklich am Herzen lag, wie er sagte.

»Am Herzen«, lächelte Brain.

»Brain, was bedeuten die Hieroglyphen der Fruchtbarkeit, die Phalli? Wie viele waren es? Stand etwas dabei? Brain - noch einmal, das ist jetzt ernst. Ich will und werde es wissen.«

Brain beteuerte wieder und wieder, dass es erfunden war, weil Anke so erbost auf den Abhörskarabäus gewesen war.

»Wir waren so entsetzlich naiv zu glauben, wir fänden das alles allein heraus. Wir haben an uns selbst geglaubt. Wer glaubt, der

sieht! In dieser Lage hatten wir Glück. Wir wissen nun, dass es eine Unterwelt gibt. Wir wissen, dass Menschen die Unterwelt sehen können, wenn sie in einem bestimmten Zustand sind, den offenbar Anke viel eher erreichen kann als alle anderen Wesen. Sie hat am wenigsten Zweifel und den größten positiven Willen. So erkläre ich es mir selbst. Jeder Mensch sieht also, was er sehen darf. Im Prinzip ist es jetzt fast sicher, dass wir Gott sehen können, wenn wir auserwählt sind, in so einem besonderen Zustand sein zu dürfen. Wir wissen, dass dort unten etwas hinter dem Großen Tor verborgen ist. Wir wissen, dass es etwas mit der ägyptischen Sicht des Menschen zu tun hat, die ihn in den Körper, den Lebensgeist und in die Seele unterteilt. Das Ankh scheint eine Art Verbindung zu sein. Die Mücken oder der rote Papagei sind wahrscheinlich die Lebensgeister oder die Kas von uns. Sie spenden Lebensgeist, nicht Wärme. Die Wärme rumort in mir in den Träumen der Nacht. Ich spüre eine verzweifelte Sehnsucht nach Güte. Ich denke, in mir ist mein eigener Ba gefangen und kann nicht heraus. Er sitzt im Herzen und im Kopf und wandert in mir herum. In Anke wandert er nicht herum. Sie glaubt, ihr Ba sitzt allein im Herzen. Ich denke, wir müssen durch das Tor, so oder so. Dahinter ist die Antwort. Vielleicht müssen wir auch nicht durch das Tor, denn ich bin sicher, wir konnten die Wände nicht richtig sehen. Es waren Löcher in den Wänden, wahrscheinlich Verzweigungen. Aber Phalli waren nirgendwo da. Ich schwöre es.«
»Ich glaube dir nicht. Und ich bin überhaupt nicht geduldig, Brain. Hörst du die Schreie aus den Nebenräumen? Wir schnitzeln neue Patchworker zusammen. Wir machen es ohne Betäubung. Sie sollen sich erinnern wie du. Du hast Upperhalf gesehen? Du weißt, was wir damals mit dir gemacht haben? Ich werde dich wieder mit einer Lanze durchbohren und hunderte von Jahren in bebendem Schmerz erhalten, du wirst jede Pflege bekommen.

Schade, dass du stark bist. Schade, dass meine Frau Mama und Anke noch viel stärker sind als du. Also musst zuerst du gequält werden, nur du!«

Leon versuchte es nochmals.

»Ich verstehe nicht, warum ihr mir nicht verratet, was es mit den Phalli auf sich hat. Ich will Osiris sein und das weißt du. Warum willst du, dass ich es nicht bin? Billige Rache? Ich will auch einmal Sex haben können wie Menschen. Ich will ein neues Göttergeschlecht zeugen. Ich habe dafür eine Ewigkeit Zeit. Ich, Leon, ich WILL! Das klingt hoffentlich ernst und nicht so putzig, wenn Ankes Stimme aus dem Mikrofon piepst. Sag, warum willst du es nicht? Angst vor mir? Du bist nichts im Vergleich zu mir, ob Leon vor dir steht oder der Göttervater.«

Leon wartete.

»Brain, ich lasse dich hier eine Weile liegen. Ich habe die Patchworker beauftragt, alle Mini-Mücken zu jagen und zu töten. Dein Lebensgeist wird dir nicht helfen. Mag sein, Anke wird eher unruhig und sagt vor dir aus. Mag sein, Martha versucht dich zu retten. Lass Deine Augen auf. Verstehe, dass hier unten die wahre Unterwelt ist. Es ist mir ernst.«

Brain fiel nur ein englisches Wortspiel ein.

»Fallacy, Leon. Es ist eine Phallacy.«

Da ging Leon bitterböse in den Palast zurück.

Patchworker schnallten ihn auf einen Tisch und hängten über ihm eine Lanze auf. Die Damokleslanze bedrohte ihn schwach. Ab und zu schrie ein Patchworker »Lanzenvorstich!« Sie zermürbten ihn. Mit der Zeit hängten sie die Lanze tiefer. Sie bedrohte ihn ganz scharf und spitz.

Um Brain herum entwickelte sich geschäftiges Treiben. Immer neue Patchworker wurden auf Operationstischen hergestellt. Sie wurden alle individuell gearbeitet. Manche schienen wie in Chirurgenlaune zu entstehen, andere wurden genau nach einem Designplan gefertigt.

Sie hießen Human Resources, womit so etwas wie eine Art späterer Mitarbeiter bezeichnet wurde. Daneben züchtete man bloße Ressourcen, also originale Verbrauchsmenschen als Blut- oder Lustressource. Endlose Ketten von jungen Mädchen zogen zu strengen Ausleseprüfungen an Brain vorbei. Sie sahen alle aus wie Martha, als sie noch jung war. Sie glichen einander wie Mehrlinge. Millionen von Marthas wurden hier unten anscheinend gezüchtet, so kam es Brain vor. Nur diejenigen, die unter den strengsten Maßstäben genau wie Martha waren, wurden für den Palast bestimmt.

Und als Brain so dalag, erinnerte er sich an damals, als er das erste Mal mit der Lanze im Leib zusammen mit Martha hier unten gewesen war. Er war aufgewacht, weil er sehr viel Blut getrunken hatte. Leon hatte sein Erwachen beobachtet und ihn angeschaut. »Wach? He, endlich wach?« Im Raum standen etliche Marthas, ganz wunderschön, alle im Alter von vielleicht 20 bis 25 Jahren. Martha aber, die wahre, die alte Greisin schaute mit stumpfen Augen vor sich hin. Etwas Entsetzliches musste geschehen sein. Brain wunderte sich über die vielen jungen Marthas, die unsagbare Angst zu haben schienen. Angst wie sein Beißvater im Sarg in der Höhle, als Brain den Sargdeckel hob. Schiere Angst. Und Brain erinnerte sich, wie ein Patchworker einer der jungen Marthas die Hände auf dem Rücken band. Das Seil wurde hochgezogen. Die junge Frau war wehrlos. Leon fiel sofort barbarisch über sie her, machte unzüchtige Zeugungsbewegungen, verbiss sich in ihren Hals und trank in vollem Zuge. Er rülpste unflätig und grinste viehisch blutbetrunken seiner Mutter zu. Frau um Frau kam an die Reihe. Martha um Martha wurde zerbissen. Er schüt-

telte die jungen Frauen wie ein Löwe, der die im Hals gebissene Antilope zu Tode schüttelt und ihr das Genick bricht. Das kleine Kind Leon besaß im Blutrausch unglaubliche Kraft und brach auch den Frauen das Genick, das kleine Kind Leon versuchte, ihnen den Kopf vom Rumpf zu reißen. Es brüllte ›Mutter! Mutter!‹ und verbrauchte eine Ressource nach der anderen.
Er zerstückelte Marthas, spießte welche auf, hackte ab und riss aus. Brain hatte damals wohl für die schlimmsten Minuten das Bewusstsein verloren. Er erinnerte sich, wie die Kraft der Wut in ihm für Energie sorgte, wie sich alles ohnmächtig rauschend in ihm bis zur Besinnungslosigkeit aufbäumte. Er erinnerte sich, wie er seelisch ganz wahrhaftig geplatzt war. Geplatzt! Ja, er war seelisch geplatzt. Etwas wurde zerstört. Etwas sprang im Herzen. Etwas machte ihn gefühlloser als sonst. Martha! Martha! Und er hatte sich mit dem abgesägten Lanzenstumpf im Leib gewunden, wie sich einer wehrt, der im Moor versinkt.
Am Ende, als alles mit Marthateilen übersät lag, stellte sich Leon vor seine Mutter und sagte: »Stückwerk. Nur Stückwerk. Nichts als Stückwerk.« Dann nahm er grausam zärtlich mit seinen blutigen Händen das alte liebe grauweiße Gesicht in den Schraubstock und machte seine Mutter zum Vampir.
Brain hatte die Augen zusammengepresst und fühlte jetzt im Moment der Erinnerung noch zitternd die panische Angst, etwas hören zu müssen.
Es blieb totenstill. Als er sich traute, die Augen zu öffnen, sahen Leon und Martha sich an. Null Grad Kelvin. Alles im Leben, alles, müsste nun wärmer sein, als das, was er sah.
An das alles erinnerte sich Brain nun, als er unter der spitzen Lanze lag, die ihn abermals durchbohren würde. Ach, könnte er eine glaubhafte Lüge für Leon erfinden, wo die Wahrheit nichts fruchtete! Nicht wieder hundert Jahre mit einer Lanze in der Brust!

Nicht schon sterben, bevor die Welt gerettet war! Brain hatte aber nie erfahren, was sie damals mit ihm selbst getan hatten. Wir war er denn selbst zum Aufwachen gebracht worden? Er hatte Blut getrunken, das war ihm klar. Martha schwieg darüber, Leon auch. Und als er so unter der Lanze über das einstige Geschehnis nachdachte, fiel ihm ein Film ein. *Jacob's Ladder*. In ihm sucht jemand, später mit anderen zusammen, die Wahrheit seiner bewusstlosen Momente im fernen Krieg, bevor er schwer verletzt heimgebracht wurde. Er leidet viele Jahre unter entsetzlichen Wahnvorstellungen. Am Ende erfahren wenige Überlebende eines Massakers, dass man an ihnen einen Versuchskampfstoff ausprobiert hatte, der sie extrem aggressiv machen sollte. Statt aber ihre Feinde zu töten, hatten sie sich sofort gegenseitig mit den Händen und Zähnen zerfleischt. Brain erinnerte sich an diesen furchtbaren Film, der in ihm eine gewaltige Emotion freigesetzt hatte. Da suchen Menschen den, der sie zerfleischte. Aber sie finden zu sich selbst. *Jacob's Ladder*. Und nun - plötzlich - mitten im Gewühle all dieser Marthas, all der schreienden künftigen Human Resources für die Palastwache und inmitten des Bösen und des Wahns— nun fiel es Brain wie Schuppen von den Augen.
Und er wusste nun gewiss: Er selbst hatte einige junge Marthas gebissen, zu Tode geschüttelt und im Blute gewütet.
»Wer einen ganzen Menschen aussaugt, ist verloren!«
Er hörte wieder das grandiose Reden seines Beißvaters. Brain war nun gewiss: Leon hatte dem fast toten Brain junge Marthas an die Zähne gelegt und die eigene Mutter dabei zuschauen lassen. Und Martha sah noch jetzt in ihm den, der junge Marthas zerbissen hatte, um von der Lanze zu genesen. Und Martha wusste, dass Leon sie selbst jeden Tag symbolisch ermordete, indem er Martha-Klone zerbiss. Jetzt verstand Brain klar, warum Martha zerbrochen und erloschen war.

Ach, Martha. Ach, Anke. Sollst du das wissen, Anke? Müssen wir darüber reden, Martha? Grauen schüttelte ihn. Er weinte.
Er blickte auf. Drei junge Frauen standen um den Tisch herum, auf dem er gefesselt war. Er kannte sie schon. Sie waren die einzigen Marthaversionen, die quasi frei herumliefen und augenscheinlich wie kultivierte Menschen erzogen worden waren. Die Blutressourcen hatte man allgemein nur zur Nutzung physisch aufgezogen, sie hatten aber keine Bildung, so wie es auch für Arbeiter richtig gehalten wird.
Die drei stellten sich Brain vor: Lysis Forty-Two sah der historischen jungen Martha sehr ähnlich, aber sie wirkte leidend und depressiv und auf den ersten Blick eine Spur gewöhnlich.
Origo sah wie Martha aus, aber nicht wirklich wie Martha. Brain konnte erst nicht sagen, warum er das bei ihrem Anblick so fühlte. In der richtigen, in seiner Martha, fand er immer auch die Gesichtszüge von Anke und Leon, auch jetzt noch in ihrem hohen Alter. In Origo aber fand er nur Leon, nicht Anke.
»Natürlich will er nur sich in Martha abbilden«, dachte Brain, als er sie betrachtete.
»Er züchtet Anke aus Martha heraus.«
Ousia war Martha wie im echten Leben. Warm, freundlich, mit beginnendem Charisma. Brain konnte sich kaum satt sehen an ihr. Er folgte ihr schon die ganze Zeit mit den Augen, während er auf der Folterbank lag. Wenn er Ousia ansah, dachte er an die Zeit, als es Otto noch nicht gegeben hatte. Er hatte gehofft und innig geliebt. Er hatte Martha angebetet und in seinem inneren Himmel im Herzen getragen. Er hatte Gedichte geschrieben! Hymnen an die kosmische Liebe. Er hatte sich vorgestellt, ihr Blumen zu schenken, schwarzrote Baccara-Rosen! Er hatte sich nicht getraut. Er war stets so wie kurz davor gewesen, ihr die Liebe zu erklären, wenn sie ihn je zu ermutigen schien. Aber Martha erkannte nicht,

dass sie ihn ermutigen sollte. Sie übersah ihn wie die Kellner im Hotel, wenn er drei Tassen heißen Kaffees wünschte. Brain hatte oft gedacht: »Wenn ich je lernen könnte, Kaffee zu bekommen, dann sollte auch Martha mich sehen können!« Sie sah ihn natürlich oft, aber sie schien ihn nie ermutigt zu haben. Und es gab eine vollkommen geheime Wahrheit, die Brain vor Pein nur für Sekundenbruchteile im Gehirn zulassen konnte. Es gab ein tiefes Geheimnis, dass er vor sich selbst niemals hell und klar wissen durfte. Es war für ihn verboten zu erkennen, dass sie ihn in Wahrheit tatsächlich ermutigt hatte und er selbst hatte es nicht verstanden. Er hatte es nicht verstehen wollen, weil er Angst vor Frauen, vor dem Versagen, vor der Liebe hatte. Sein Herz war so winzig klein, so furchtbar empfindlich, so entsetzlich scheu. Es war damals schon bei dem Gedanken an Nähe panisch davongelaufen. Ousia! Er hätte sie gerne gestreichelt, diese Ousia, seine Ousia, diese wunderschöne Ousia. Und er konnte es jetzt in Ruhe und ganz ohne Angst tatsächlich versuchen. Denn er war gefesselt. Brain beschloss, mit Ousia zu flirten. Aber sein Herz glitt weg. Oder das Hirn drängte es weg. Er redete also wieder sehr klug, wie er es immer dann musste, wenn er flirten wollte.
»Lysis, was für ein aparter Name! Griechisch, nicht wahr? Bezieht sich 42 auf die Antwort auf alle Fragen?«
Lysis war es gewohnt, von den Männern angesprochen zu werden.
»Lysis ist griechisch und heißt so etwas wie Lösung. Lysis Forty-Two ist die Lösung aller Probleme. Gut, was?«
Ihr Busen wippte, als sie sich in Pose stellte.
Brain schaute sie unschlüssig an.
»Tja ...« murmelte er und wusste nicht, was er sagen sollte. Ousia schaute ihn durchdringend an. Origo fragte: »Du kannst bestimmt gut griechisch?«
Brain biss sich auf die Lippen. Da lachte Lysis sehr laut auf.

»Und Sex mit ihnen, die bald gepatched werden, ist wunderbar.«

»Du weißt es also, wie ich heiße? Wir kennen niemanden, der dieses Wort kennt. Was bedeutet es genau?«
Brain wich aus. »Wahrscheinlich ist deine Erklärung für deinen Namen völlig richtig, nur muss ein äh, na ein Idiot im Lexikon nachgeschaut haben. Lysis heißt wirklich Lösung, aber nicht die eines Problems, sondern die einer chemischen Substanz. Lysis heißt mehr Auflösung statt Lösung!«
»Probleme haben doch eine Auflösung!«
»Nein, nicht so«, insistierte Brain.
»Es meint mehr das Zerfallen von Kristallen bei der Lösung in Flüssigkeit und in der Psychologie heißt es bloß Zerfall.«
»Wer zerfällt?«
»Äh ... ja. In etwa, äh ... die Seele oder so.«
Brain hasste sich oft für sein Wissen.
Die jungen Frauen schauten ihn nachdenklich an.
Nach peinlichem Schweigen fragte Ousia: »Sie zwingen Lysis seit langer Zeit, eine Menge Männer zu verführen. Sie halten sie wie eine Hure. Sie hat bisher drei Kinder geboren. Die sind ihr fortgenommen worden. Man hat sie seziert. Die Männer, mit denen sie schlief, werden meist Patchworker oder andere Geschöpfe wie Upperhalf und Underbrain, die du ja kennst. Den Namen der Lysis hat sie schon immer. Kann es sein, dass man einen Plan mit ihr hat?«
Brain bat um Bedenkzeit. Er hatte ein furchtbares Gefühl.
Sie gingen fort. Wenig später erschienen Ousia und Origo allein.
»Weißt du etwas, was du nur uns sagen kannst?« Brain konnte nur sagen, dass Lysis in der Psychologie in etwa Persönlichkeitszerfall bedeutete und dass ihm in Kenntnis von Leons feiner Art nur ahnungsloses Schaudern bliebe. Das sahen Ousia und Origo ebenso. Sie kniffen so ein wenig die Augen zusammen, wie wenn sich etwas Ekelhaftes nähert. Ousia stand wie in Furcht gemeißelt da.

Origo schaute sie an, dann zu Brain, zu Ousia zurück. Fragend. Eindringlich mit den Augen fragend. Ousia schwieg.
Origo beugte sich zu Brain und flüsterte: »Wir beide denken, sie ist schwanger. Aber sie muss im Schlaf genommen worden sein.«
Brain schaute von einer zu anderen. »Und?«
»Bitte, das ist ja die Frage! Was, und? Was passiert jetzt mit Ousia? Kannst du dir das vorstellen?«
Das konnte Brain nicht. »Das kann ich wirklich nicht. Ousia ist auch griechisch und bedeutet Wesen, Substanz, den Kern. Da deutet der Name nicht darauf hin, dass etwas Übles darin wäre. Ousia ist ein sehr vornehmes Wort. Und Origo heißt Ursprung, klar. Auch nichts Merkwürdiges. Und vielleicht hat Leon den Namen irrtümlich vergeben. Es könnte sein, dass er die Lösung für alle Probleme benennen wollte. Dann schaut er ins Lexikon, und hinter Lösung steht Lysis. Da haben wir früher gesagt: ›Blöd gelaufen‹. Sagt man das noch?«
Die beiden kannten den Ausdruck noch. »Aber wir reden kaum mit Menschen, die mehr als das Notwendige sprechen können. Alle sind offenbar zum Beißen da. Nur wir nicht. Wir nicht! Wir bekommen Schulunterricht in allem. Und es ist klar, dass sie etwas mit uns vorhaben.«
Ousia schluckte. »Werden sie mein Kind schlachten? Werden sie mich beschuldigen, etwas mit anderen Männern hier angefangen zu haben? Werden sie mich patchen? Zu Stückwerk verarbeiten? Stückwerk! Das ist Leons Lieblingswort. Verbindet er damit etwas Besonderes?«
Brain zuckte mit den Achseln. Ousia ahnte, dass er log.
Einige Tage vergingen. Ousia und Brain schauten sich aus sicherer Entfernung scheu an. Sie sprachen miteinander in Gedanken.
Ach, Brain! Ach, Martha!

SEX UND LIEBE

Bald erschien Leon mit ein paar frisch operierten Patchworkern, die nichts durch Verbände verderben durften.
Sie stellten sich um ihn herum.
»Brain? Was hatte es mit den Phalli auf sich?«
»Hinter dem Großen Tor ist der Gott Horus durch den kurz wieder belebten Osiris gezeugt worden. Sie haben Osiris aber nur ganz kurz durch Beschwörungen und magische Formeln zum Leben bekommen, gerade so, dass er in Isis eingehen konnte. Und dann ging er in den Himmel ein oder einfach so. Jedenfalls klappte es für ein einziges Mal.«
»Bis auf die Beschreibung des Großen Tors steht es haargenau so in meinem Mythologiebuch Ägyptens. Was ist neu?«
»Es ist die Wahrheit.«
»Und du lügst, Brain.«
Man musste Leon nun wirklich ansehen, dass er nur mühsam seine Haltung bewahren konnte. Er drehte sich betont königlich um, ging zusammen mit den Patchworkern zum Ausgang und brüllte, ganz ohne sich umzuschauen:

»Lanzenvorstich! Und Ousia zu mir!« Da wurde die Lanze, die über Brain hing, losgelassen.
»Durch Knopfdruck auf Leons Chipsteuergerät?«, dachte Brain tatsächlich noch in diesem kritischen Augenblick, bevor er sein Gesicht in Vorwegnahme des Schmerzes verzerrte.
Zisch! Die Lanze fuhr in seinen Körper. Niemand kümmerte sich um ihn. Er wartete auf seinen endgültigen Tod. Er wunderte sich, dass Leon ihn so schnell verlöschen lassen wollte. Da fiel ihm der Skarabäus ein. Das Mikrofon! Leon überließ nichts dem Zufall. Und deshalb war Brain nicht tot. Ohne dass er die Stelle des Einstichs betasten konnte, weil er gefesselt war, wusste er, dass die Lanzenspitze in seinem Jaspis-Donut oder im harten Klumpen von Ankes Edelblut stecken musste. Und außerdem hörte Leon wohl jedes gesprochene Wort mit. Und deshalb musste Ousia zu Leon.
Er lebte, aber er hatte starke Schmerzen.
Nach einiger Zeit kam Lysis zu seiner Folterbank. »Na?«
Er bat um Befreiung.
»Oh, das tue ich nicht. Ich schlafe für sie mit jedem, den sie mir bringen, aber mehr ist nicht drin. Es gibt Grenzen, mein Schatz.« Und sie fasste unter sein Gefangenenhemd.
»Vampire sind weicher als man denkt, nicht wahr?« Sie lachte laut. Brain gab zu bedenken, dass es Frauen gab, die eher sterben würden als mit jedem Todgeweihten zu schlafen.
Lysis lachte viel lauter. »Ha, ich habe Glück im Leben. Ich brauche Sex. Und Sex mit ihnen, die bald gepatched werden, ist wunderbar. Sie sind zärtlich, weil sie ahnen, was mit ihnen geschehen soll. Es ist immer wie das erste und letzte Mal, obwohl sie es nur ahnen. Manchmal binden sich Vampire auch an etwas fest und versuchen sich an mir, na gut, dass ist ein höllischer Spaß für mich. Ich habe sie alle in meiner Gewalt! Ich bin die Sexgöttin des Universums!

Sollen sie mir meine Kinder nehmen! Die Herrschaft bleibt mir!«
»Dann versuche es einmal bei Leon!«
Da ging Lysis lächelnd davon und brabbelte vor sich hin. »Leon! Aber kleiner, kleiner Leon, was machst du denn da? Was wird Mama sagen? Kleiner, kleiner Leon. Das wird nichts, Leon. Das wird nichts Ganzes. Das bleibt Stückwerk, Leon. Warum schreist du denn so, Leon? Leon?«
Er mochte etwas geschlafen haben. Es war dunkel und still.
Brain hörte einen leisen Atem neben sich.
Ousia. Sie hielten sich die Hände.
Sie küßte ihn.
Brain fragte, ob Leon nun wüsste, dass sie hier wäre.
Ousia küßte ihn.
Brain wurde ganz anders um sein kleines, kleines Herz. Er fragte, ob Leon nun herausbekommen habe, dass sie schwanger sei. Da küßte sie ihn wieder. Tränen rannen ihr leise auf Brains Augen. Brain fragte:
»Werden sie dein Baby sezieren wie die Babys von Lysis?«
Ousia strich ihm über das Haar. »Lieben wir uns, Brain?«
Er fühlte einen inneren warmen Strom und alles schwamm im Chaos und er hoffte, etwas Ordnung und Halt zu finden, die für ihn Wahrheit waren. Martha! Martha!
»Ich liebe dich, Ousia.«
Ihre Augen vermählten sich.
Es war ganz still.
Aber es war etwas zu hören.
Ja! Leise flog im Halbdunkel eine Mücke.
»Mini Zwei«, flüsterte Brain.
»Was meinst du?«
»Da fliegt etwas, glaube ich. Nichts weiter.«
»Es ist ein Schmetterling, Ein Apollofalter mit wunderschönen

roten Punkten. Er ist immer da, wo ich bin. Er ist wie ein guter Geist für mich. Ich glaube, er braucht mich oder ich ihn, ich weiß nicht,« flüsterte Ousia.
»Seit wann begleitet er dich?«
»Er erschien am Tag, als Leons Mutter hier gebissen wurde.« Brain atmete tief. Martha! Ihr Ka! Ein Apollofalter! Ousia zog die Lanze aus Brains Brust. Die Spitze steckte im Jaspis-Donut. Brain war deshalb kaum geritzt, weil unter dem Blutstein der Klumpen von Marthas Blut eingenäht war.
»Martha«, ächzte Brain in Gedanken.
Der Beutel, in den der Klumpen genäht war, war aufgeplatzt. Ousia nahm ihn wie einen Stein in der Hand heraus. Sie ging daran, die Wunde zu reinigen. Sie löste Brains Fesseln, wofür man sie töten würde. Sie band ihn los, wofür man sie zerfleischen würde. Sie küßte ihn wieder und wieder und weinte, weil man ihr Baby schlachten müsste. Nie hatte sie einen Mann berührt. Nie hatte ein Mann sie erkannt. Nie hatte sie Schuld geladen! Es war kein Tuch da, um Brain sauber zu wischen. Sie zog ihr Gefangenenkleid aus und wischte, nun selbst ganz nackt, Brains Wunde sauber, wofür sie an den Marterpfahl gehängt würde. Sie zog Brain das Gefangenenhemd aus.
Brain stand auf, von der Folterbank. Seine nackten Glieder schmerzten. Brain und Ousia standen voreinander mit ihren vermählten Augen. Sie nahmen sich stumm in den Arm.
Brain war so wohl ums wunde Herz wie nie zuvor.
Er hielt den Klumpen
»Marthas Prime Time« in der Hand. Seine Beine taten weh. Ousia zog ihn in die Liegeschale der Pfählungsmaschine. Sie war mit leicht waschbarem Weichgummi ausgeschlagen. Ousia legte Brain hinein. Sie legte sich zu ihm. Sie lagen still.
Die Mücke war leise zu hören.

Da biss Brain in den Klumpen, der aus Martha war. Er kaute das zähe Blut hinunter. Er fühlte sich Himmel für Himmel für Himmel emporsteigen. Jakob's Leiter.
Er berauschte sich und wurde weich und selig.
»Ich liebe, liebe, liebe dich«, hauchte er Ousia wieder und wieder ins Ohr. Und er verschlang den ganzen Klumpen. Er fühlte das Rauschen des Meeres, den Wüstenwind und das Veilchen im Gras. Es geschah etwas niemals Gekanntes.
»Oh ...« stöhnte Ousia leise.
»O Osiris!«
»O Isis!«
»O Isisblut!«
Die Himmel schlugen übereinander zusammen.
Ihre Seelen verschmolzen zu einer einzigen.
Neben ihnen fragte Lysis im Dunkel: »Soll ich die Maschine nun wirklich anwerfen?«
»Ja«, sagte Ousia ganz leise und zärtlich. Sie wollte den schönsten Tod ihres Lebens. Die Pfählung setzte ein.
Der Motor sprang an.
Der Pfahl senkte sich.
Brains Seele sprang im Nu aus dem Herzen. Das Weiche in ihm, dem Vampir, schoss in den Kopf und versteckte sich. Das Weiche wollte das Gute. Der Kopf dachte an Rettung. Der Kopf kannte keinen Donut-Ausgang mehr. Der Kopf erinnerte sich, dass dies Leon nicht zulassen könnte. Alles war von Leon geplant.
»Alles darf heute geschehen, weil Leon letztlich nichts geschehen läßt«, dachte der Kopf, und das Weiche krümmte sich.
Brain klammerte sich ratlos an Ousia. Ousia liebte ihn.
Der Pfahl drang fast lautlos, aber mit einem unvergesslichen Geräusch in ihren Rücken und durchstieß sie. Er glitt nach unten weiter durch den Brustkorb von Brain. Die Maschine drehte sich

etwas verschnaufend, als wolle sie sich etwas Neues überlegen, aber dann hackte das Schnittmesser hinab und trennte ihre beiden Köpfe nicht sehr schön von den Rümpfen, weil die beiden nicht richtig auf der Maschine angeschnallt lagen. An Brains Kopf hing noch ein kleiner Schulterrest.

Lysis stellte die Maschine aus.

Sonst hätte sie die vier Teile nach draußen in die Sonne geschüttet.

ALLES IM KOPF

Leon stand entsetzt auf. Er hatte Anke gezwungen, sich das Gespräch mit Ousia anzuhören. Anke griff zum Ankhaba und wollte Leon töten. Der lief schon voraus. Anke hetzte hinterher.
»Nein, nein, nein, nein!«, rief sie im Tempo der Schritte.
Sie rannten wie um ihr Leben. Leon hatte diesmal nichts geplant. Das Leben schlug nun zu. Sie liefen Lysis über den Haufen und rissen die beiden Körper aus der Maschine. Anke schüttelte sich in Weinkrämpfen und erging sich in wüsten Drohungen gegenüber Leon. Der saß fassungslos neben den getrennten Leibern. Er hatte alles abgehört, sich an den Qualen geweidet und war vom Lebenswillen aller ausgegangen. Wie jetzt das? Sein erster Impuls verlangte von ihm, Lysis Forty-Two zu töten, die geholfen hatte.
»Ach! Töten ist zu milde für sie!«
Dann nahm er den Kopf von Brain in die Hand. Wie Hamlet den Schädel. Brains Augen starrten Leon an. Brains Augen konnte man noch das Glück ansehen, obwohl sie gerade scharf nachdachten und im Erstaunen begriffen waren. Leon schlug wütend mit der Faust neben der weinenden Anke auf den Boden. Er packte die

Lanze und stach vor Unruhe und Verwirrung in die Körper. Er hielt inne, weil ihn die Augen von Brains Kopf anschauten.
»Schau nicht! Schau nicht! Glotz nicht wie Mama! Nicht auch du wie Mama!« Er kniete sich zornig vor Brains Kopf hin.
»Schau nicht!«
Da nahm er die Lanze und stach in das linke Auge von Brain.
»Schau nicht!« Es quoll heraus.
Überdruss schüttelte ihn und er rannte irgendwohin und biss sich durch alle, die ihm im Wege standen. Anke fand sich allein wieder. Die Körper lagen zerfetzt. Mini Zwei und ein Falter flogen im Halbdunkel. Eine Mücke? Ein Falter? Bei Toten?
Ousias Rumpf schien sich zu bewegen. Anke sprang auf.
Aus dem Hals von Ousias Rumpf wand sich etwas schwach Leuchtendes heraus. Wie eine Geburt sah es aus. Ein faustgroßes, bräunlich-gelbgolden leuchtendes Etwas wollte aus ihrem Leib. Anke half. Sie nahm das Etwas in die Hand. In seinem Inneren leuchtete ein Edelstein. Er war ganz strahlend gelb und hatte innen rote Einschlüsse, wie Fäden, wie Reste von Blut. Das Rote gab dem strahlenden Gelb eine himmlische Pracht. Anke drehte das Kugelartige in ihrer Hand. Außen war die Kugel mit einer unregelmäßigen schwarzbraunen Schicht überzogen, mal stärker, mal kaum sichtbar. Die Schicht war klebrig und roch süß. Anke wusste plötzlich, dass es Ousias Seele war. »Glaube, und du wirst sehen! Sei gewiss, vertraue, glaube!« Sie dachte an die Höhle. Die letzten Jahrzehnte schossen ihr durch den Kopf. Würde sie, Anke, ebenfalls eine so wunderschöne Seele haben wie ein Mensch? Ja! Dann müsste auch Brain eine Seele besitzen! Sie drehte sich um und untersuchte den Hals von Brains Rumpf. Sie tastete vorsichtig mit der Hand, ob sich etwas bewegen würde. Sie legte Ousias Seele beiseite und fühlte. Na? Ein wenig schien sich zu bewegen. Brains Rumpf zitterte sehr schwach. Er machte keine Anstalten für einen

größeren Geburtsakt, aber der Leib schien etwas ausspucken oder abscheiden zu wollen. Anke hob und senkte den Rumpf, wie um ihm das Ausspeien zu erleichtern. Bald erschien eine ganz kleine Seele. Oder was war es sonst? Der Rumpf gab das kleine schwarze Etwas frei. Sie nahm es in die Hand. Das Etwas war erbsengroß. Es war steinhart, krustig und pechschwarz, nicht ein bisschen klebrig wie die Seele von Ousia und eben viel, viel kleiner. Innen im Schwarzen schien etwas rötlich zu leuchten. Anke hielt die kleine schwarzrote Seele von Brain fest in der Hand. Sie starrte wehmütig auf die große leuchtende wundervolle Seele von Ousia, die vor ihr auf dem Boden lag. Die großen und ach so kleinen. Sie konnte jetzt Seelen sehen! Und irgendwann würde sie sehen, wie die Welt zu retten wäre.

»Du wirst sehen, Leon!«

Sie drehte Brains Seele traurig hin und her. Brain hatte eine größere Seele. Ja, das hatte er. Dieses kleine Schwarze! Das konnte nicht Brain sein! »Höchstens seine untere Hälfte,« dachte Anke und musste fast lächeln. Anke bildete sich ein, einen Lufthauch zu spüren. Es war jemand im Raum. Etwas Unsichtbares stand vor ihr und musterte sie eingehend. Es ging lautlos um sie herum. Es besah sich die klebrige neugeborene Seele.

Anke spürte gewiss, dass dies geschah.

Dann sah sie, wie die Seele hochgehoben wurde. Ihr Verstand sah, wie die Seele aufstieg und zur Tür hinausflog. Ihr Herz spürte, dass etwas Unsichtbares die Seele geholt hatte. Wenn sie eins und eins zusammenzählte, dann war jetzt bestimmt der Teufel im Raum. Er war gekommen, die Seele zu holen. Oder war es ein Engel? Sicher doch ein Engel? Anke wollte dem Unsichtbaren hinterher schreien und bitten, ihr die Seele zu lassen. Aber sie dachte sofort an die kleine Seele von Brain in ihrer Hand. Die wollte sie mit Sicherheit behalten und später am besten selbst und eigen-

händig im Himmel abgeben. Oh Himmel! Kleine Seele von Brain! Sie sah aus wie eine verkohlte Erbse. Anke versuchte, die Schale aufzubrechen.
Sie warf die Seele an die Wand.
»Komm raus, du Prinz!«
Sie arbeitete verzweifelt. »Brain, deine Seele leuchte über mir und helfe mir, die Welt zu retten!« Nichts gelang.
Da ergriff sie ihr Ankhaba am Stiel wie einen Hammer, holte zum harten Schlage aus und rief: »Ich Anke— ich WILL! Ankhaba! Ankhaba! Gott sei Brains Seele gnädig! Ankhaba!« Sie ließ das Ankhaba auf Brains Seele krachen. Die Schale zerfiel in mehrere Stücke. Der Kern bestand aus einer stecknadelkopfkleinen roten Seele, die ganz blank und rein funkelte. Sie leuchtete schwach wie ein alter Stern. Sie hatte überhaupt keinen klebrigen Überzug, weil Anke die Schale drum herum wie die einer Nuss geknackt hatte. Rein wie ein roter Diamant! Anke hielt die kleine rote Seele zwischen Zeigefinger und Daumen vor die Augen. Trotzig fand sie: »Diese Seele ist schöner! Oder es ist so, dass Frauen größere Seelen haben, was sowieso jeder weiß! Rot ist schöner als gelb! Und Diamanten sind nicht größer als Stecknadelköpfe!«
Aber sie glaubte das nicht und blieb enttäuscht.
Wieder war ein Hauch zu spüren.
Sie klammerte den kleinen roten Edelstein fest in ihrer Hand.
Sie schrie so laut sie konnte: »Ankhaba! Ankhaba!«
Sie hielt beschwörend das Ankhaba.
»Ankä! Ankä-a-äh«, krächzte es. Der rote Papagei hatte es irgendwie geschafft, ihr in Leons Reich zu folgen. Er flog schützend um sie herum. Er hob schützend die Flügel vor das Unsichtbare.

Da sah sie, wie das Lautlose und Unsichtbare, das ein Engel oder

Teufel sein musste, die schwarzen Schalen vom Boden aufnahm und mit sich davontrug. Die kleine rote Kugel behielt Anke fest in der Hand. Sie wartete lange, damit das Unsichtbare Zeit bekäme, sich zu entfernen. Sie nahm seufzend Brains Kopf unter den Arm. Arme Martha!
Der Kopf unter ihrem Arm sagte unwillig: »Hmmmpf.«
Sie streckte ihn vor sich hin. Das linke Auge hing wie eine Eiweißträne die Wange herunter. Das rechte blinzelte etwas.
»Bist du noch okay?«, fragte Anke ungläubig. Der Kopf sagte lallend und bedächtig, als übe er das freie Sprechen von Grund auf neu: »Ich habe mich entschlossen, mich ökonomisch auf meinen eigentlichen Kern zu konzentrieren.«
Brains Kopf behauptete später, er habe seinen neuen Lebensabschnitt mit einem Witz beginnen wollen. Anke machte ihm Vorwürfe, weil er sich in einem solchen wichtigen Lebensaugenblick nicht nach Ousia erkundigt hatte. Aber die Liebe war irgendwie zusammen mit Ousia gestorben oder gegangen. Anke war erst sehr böse darüber und auch enttäuscht. Aber dann fiel ihr ein, dass in der großen gelben Seele etwas Rotverschwommenes gefunkelt hatte! »Die Seelen waren verschmolzen!«
Anke klatschte vor Freude in die Hände.
»Ankä«, krächzte es.
»Die Seelen sind im Moment des Todes EINS gewesen! Aber welcher Teil von wem kommt nun wann in den Himmel? Ist es vielleicht nicht gut, in Liebe zu sterben? Brain, ein Teil von dir ist schon im Himmel!«
»Die nettere Hälfte, die im Herzen sitzt?«, neckte Brains Kopf und behauptete, das Weiche in seinem Körper sei im Todesaugenblick in den Kopf gesprungen, also in ihn hinein, in Brains Kopf. Und das müsse der Hauptteil der Seele sein. Denn Brains Seele habe immer weit mehr im Kopf als im Herzen Aufenthalt gehabt und

sei der Liebe wegen nur kurze Zeit voll und ganz im Herzen gewesen. Im Angesichts des Todes nun, behauptete Brains Kopf, sei die Seele ganz in den Kopf gehüpft, nur die letzte Spitze sei gerade noch abgetrennt worden.

»Ich fühle mich seelisch gut«, tönte Brains Kopf, aber das linke Auge sah immer noch furchtbar aus.

Der Apollofalter blieb für alle Zeit bei Martha, aber nur dann, wenn sie eigene Blutklumpen Prime Time bei sich trug. Martha lebte in Gegenwart ihres Schutzgeistes sichtlich auf. Nummer Zehn hatte ihr schon so gut getan, aber der Falter gehörte wahrhaft zu ihr, nicht wie die Mücke zu Otto. Mini Zwei umschwirrte die kleine rote Seele. Und gerade als Anke wieder einmal wehmütig über die Schönheit des Falters und des Papageis nachdachte, da flog die schönste schwarze Libelle herein, die sie je gesehen hatte. Sie stand lange in der Luft. Sie stürzte sich auf Mini Zwei, verschlang sie und blieb von nun an bei ihnen.

INTERMEZZO AUF DEM FRIEDHOF

Der Engel war bei der letzten Visite mit großen Zweifeln in den Himmel zurückgekehrt. Er hatte das Gespräch nicht dominiert, sondern sich etwas dumm angestellt. Arme Teufel reden dann sehr viel, wenn man sie einmal nicht mit Herablassung auf Distanz hält. Also hatte der Engel seine große Geduld eingesetzt. Der Teufel schien sich sicher gewesen zu sein, dass er ein Wunder erzeugen könnte.

»Was ist inzwischen passiert, lieber Erdenteufelsboss?«, fragte er.

Der Teufel reagierte wegwischend und ablenkend wie ein kleiner Junge, der fürchtet, man werde ihn gleich nach dem Schmutz und den Löchern in der Kleidung hochnotpeinlich befragen.

»Ach, alles geht ganz gut. Wir haben die Produktion von Substance Zero erheblich steigern können.«

»Das stimmt. Ich wundere mich, wie ihr das schafft. Ich habe mir überlegt, dass man dazu am besten massenhaft Babys aus der Retorte züchten müsste und relativ schnell wieder töten müsste, das wäre effizient. Geschieht so etwas? Kann ja sein, dass es eine große Forschungsinitiative aller Universitäten gibt.«

»Nein. Na ja, so ähnlich. Ach, es hat ganz andere Ursachen. Es ist schwer zu erklären. Sehr technisch, du würdest es gar nicht verstehen wollen. Jedenfalls haben wir mehr Substance Zero abliefern können als im Plan vorgesehen war. Es hat etwas mit der Senkung der Überlebenswahrscheinlichkeit bei Unfällen wie etwa Bissen zu tun.«
»So etwas kommt doch kaum vor. Normalerweise sind Kriege besser.«
»Das ist sehr technisch. Hast du vier Stunden Zeit für Erklärungen?«
»Keinesfalls. Aber ich bin sicher, es ist ein teuflischer Trick. Techniker behaupten immer, sie könnten etwas nicht unter zwei Stunden erklären, weil sie wissen, dass keines der normalen Wesen so viel Zeit hat.«
»Nicht so viel Hirn.«
»Du Dummkopf, Engel haben kein Hirn.«
»Stimmt!«
Der Engel räusperte sich bedeutungsvoll und kam zum Punkt.
»So weit so gut. Wichtiger aber ist euer Rückstand bei verwertbaren Seelen. Ich kann da nur ein Minus in den Zahlen erkennen, oder?«
»Ich bin auf dem Weg zu einer Lösung aller Probleme. Das denke ich schon. Ja, das denke ich. Hab noch ein wenig Geduld. Ich weiß jetzt, wie ich die Seelen sauber bekomme. Ich glaube wenigstens.«
»Leg dich fest! Wann ist was fertig? Donnerwetter, leg dich fest! Ich habe lange Zeit diesem unverbindlichen Hin und Her zugesehen. Es reicht.«
»Ist ja gut. Nenn mir einfach ein Ziel, das ich erreichen soll.«
»Doppelt so viele blanke verwendbare Seelen in drei Monaten gemessen am Vorquartal.«
»Das sage ich zu.«

Der Engel stutzte. »Das sagt jemand, der Zeit gewinnen will, es ist ein teuflischer Trick, mit Versprechen zu beruhigen.«
»Ich stehe zu meinem Wort.«
»Dein letztes Wort?«
»Ja.«
»Dann gib gute Gründe, wieso du solch ein starkes Versprechen einhalten kannst.«
Das hatte der Teufel befürchtet. Er hatte sehr gute Gründe, denn er hatte Anke gesehen, wie man Seelen knacken konnte. Aber er hatte noch viel, viel bessere Gründe, die Sache erst einmal nicht zu verraten und dann möglichst groß herauszubringen. Wenn nämlich die Produktion von verwendbaren Seelen ganz erheblich anstieg, dann könnten sich die Teufel einen lauen Lenz machen oder er selbst könnte als Chefteufel Ambitionen verfolgen, Vizeluzifer oder etwas Ähnliches zu werden.
»Ich stehe zu meinem Wort. Ich will nicht über das Wie und Warum reden, das bindet hinterher Kräfte und ich bekomme wahrscheinlich wenig förderliche Ratschläge. Sagen wir es offen: Ich biege etwas hin. Ich bitte aber dazu, noch einmal als Fliege in das Weltgeschehen eingreifen zu können. Es geht vielleicht auch so, aber nicht sicher.«
»Abgelehnt.«
»Darf ich den Grund wissen?«
»Darf ich dafür das Wie und Warum deiner Handlungen erfahren?«
»Nein.«
»Dann, wie gesagt, abgelehnt.«
Der Teufel kratzte sich das Fell. In seiner Ratlosigkeit griff er in seine Fellhauttasche und zog eine erbsgroße ganz reine, ganz gelbe Seele hervor und reichte sie wortlos dem Engel.
Der Engel traute seinen Augen nicht.

»Gelb«, verhaspelte er sich und seine Stimme überschlug sich.
»Woher hast du denn so etwas?«
Der Teufel spitzte den Mund und drehte ihn und die Augen. Er spielte wieder den Unschuldigen.
»Wieso ist sie gelb und größer als die rote eines Menschen? Warum so irrsinnig rein? Was geht hier vor?«
Das aber wusste der Teufel leider selbst nicht. Alle Seelen der Menschen waren immer rot gewesen. Aber die Seele von Ousia war groß wie eine Mandarine und gelb mit roten Einschlüssen. Er hatte keine Erklärung dafür. Er wollte Zeit gewinnen und das Rätsel am besten von Brain lösen lassen. Brain war ein Glücksfall. Dieser Brainkopf mit dem Apophis auf der Stirn! Brains Kopf hatte gesagt, so langsam schrumpfe er auf sein Wesentliches. Das war der Apophis, aber Brain wusste das ja nicht.
Er hatte beschlossen, Anke die kleine Seele von Brain zu lassen. Sie war in der Tat sehr klein. Er musste einen zweiten Teil wirklich noch im Kopf haben. Ein ganz eigenartiger Fall! Eine Seele, die sich unter dem Fallbeil geteilt haben sollte! Der Teufel wollte alles sorgsam beobachten. Als Anke mit Brains Kopf verschwunden war, hatte er Ousias Leiche untersucht. Sie war in den ersten Monaten schwanger gewesen. Tatsächlich. Da hatte er sich geduldig neben ihrem Rumpf niedergelassen, bis sich auch die Seele des Ungeborenen aus dem Hals hervorwuselte. Sie war gelb und so groß wie eine Erbse, größer als die von erwachsenen Normaltoten. Sie war ganz rein! Ganz gelb! Im Himmel wollten sie in ferner Zukunft Seelen wie Diamanten haben. Sie hofften, die Menschen würden sich langsam höher entwickeln. Sie hofften, dass einst die Farbe aus den Seelen wiche. Und auf diesem erhofften Entwicklungsweg zu durchscheindem Kristall war das Gelb wundervoll besser als das menschgewöhnliche Rot.
»Woher ist diese Seele?«, beharrte der Engel.

»Gib mir weitere drei Monate Zeit.«
Der Engel schmiedete einen Plan und nickte dabei.
»Gut.«
»Lass mich als Fliege ...«
Der Engel unterbrach unwillig.
»Abgelehnt.«
Der Engel flog wieder auf. Er stand in der Luft wie eine Libelle. Er liebte diese Haltung und hatte sie sich den Libellen auf der Erde abgeschaut. In dieser Weise stand er nach dem Gespräch wie ein Heiland über dem Teufel und konnte stets noch etwas Herablassendes sagen. Er lächelte etwas und sprach:
»Teufel, Teufel, nun bist du dran.«
Er betonte keines der Wörter besonders. Der Teufel hatte wohl verstanden. Er wartete lange, bis der Engel weit fort war. Dann zog er feierlich Ousias Seele aus der Tasche und bewunderte sie. Sie war so appetitlich klebrig, so schlüpfrig. »Auf dich, Engel!«, rief der Teufel und hielt die Seele wie ein Prosit in den Nachthimmel. Die Seele leuchtete an den durchscheinenden Stellen so lieblich! Da leckte der Teufel das erste Mal an ihr und entjungferte sie, wie sie in der Hölle sagten. Die Klimax des ersten Zungenschlages.
Also los! Er leckte unbeschreiblich genüßlich.
Da schrieen zwei schrille Stimmen vor unsäglichem Schmerz.
Der Teufel setzte die Seele ab. Er blickte verwundert. Er horchte.
Er leckte vorsichtig ein zweites Mal. Wieder zwei Schreie.
Wieder zwei!
Das Ratlose in seinem Gesicht hellte sich auf.
Ein feines Lächeln erschien.
Es wich einem breiten Grinsen.
Der Teufel lachte.
Er schlug sich auf seine Schenkel und sprang herum.
»Sieg! Sieg!«

SALVATIO MUNDI

SCHREI, BRAIN, SCHREI!

»Jetzt müssen wir dich in alle Ewigkeit mitschleppen«, klagte Anke und dachte an die lange, lange Zeit, in der in Brain die Lanze gesteckt hatte. Zu anderen Zeiten war sie aber schon wieder fröhlich. Sie sagte: »Wo habe ich bloß wieder meinen Kopf gelassen? Ich habe meinen Kopf verloren!« Sie warf Brain in die Luft oder aus einiger Entfernung ins Bett.
»Lass diese Kinderei«, stöhnte er dann. Er nahm es aber nur wirklich übel, wenn Anke ihn über den Boden rollte.
Der Mensch gewöhnt sich bekanntlich an alles und der Kopf allemal. Deshalb spielte sich das neue Leben schnell ein. Brain redete bald wieder fast normal, der ganze Hals war ja noch dran. Das Essen schmeckte ihm wieder, es fiel nur gleich wieder heraus. Anke deckte über eine Schüssel eine Platte, in die sie eine kreisförmige Öffnung sägte, durch die gerade Brains Hals passte. So konnte sie Brain über der Schüssel platzieren und das Essen und Trinken fiel einfach durch.

Brains Auge heilte langsam wieder in die Ursprungsform zurück. Es leuchtete stärker, wenn Martha und Anke ihn ansahen. Es schien, als wollte das Auge nicht nur in den ursprünglichen Zustand zurück wachsen, sondern sich frisch und jung ganz neu heranbilden. Brain behauptete während des Heilungsprozesses immer fester, er könne mit dem neuen linken Auge ganz gut im Dunkeln sehen und diese Fähigkeit bilde sich immer stärker heraus.

»Papperlapapp«, sagte Martha und probierte es aus. Tatsächlich! Brain konnte im Dunkeln besser sehen als sie, obwohl ja alle Vampire im Dunkeln ziemlich gut das meiste erkennen können.

»Dann sieht er bald auch Seelen«, hoffte Anke.

Anke zeigte Martha und Brain jeden Morgen Brains kleine Seele, um die die schwarze Libelle herumflog. Sie flog immer um die Seele herum, nicht um Brain selbst. Brain und Martha sahen die Seele nicht. Sie konnten sie auch nicht berühren oder anfassen. Für sie war die Seele mit keinem Sinn wahrnehmbar. Sie mussten Anke wohl glauben. Anke bat Martha, ihr irgendeinen Ort zu benennen. Dahin legte Anke die kleine rote Seele. Dann kehrte sie zurück. Und sofort schwirrte die Libelle um die Seele, die Anke dort abgelegt hatte. Das akzeptierten Martha und Brain als klaren Beweis. Die drei wussten nun, dass die Lebensgeister nach der Seele suchten, nicht nach der Person oder nach der Leiche. Das Ka (bei Brain zum Beispiel in der Libelle) suchte den Ba, seine Seele.

»Und warum vereinigen sie sich nicht zu einem Akh?«, fragte Anke.

»Weil die Libelle weiß, dass der Großteil meiner Seele noch im Kopf ist. Darauf wartet sie.«

»Stimmt«, nickten Anke und Martha.

Brain las alles in der Mythologie über den Gott Horus, der eben der Sohn war, den der ganz kurz wiederbelebte Osiris mit seiner

Gattin Isis auf dem Totenbett gezeugt hatte. »Horus kämpfte immer wieder mit seinem Onkel Seth, dem Bruder des Osiris und der Isis. Er wollte Rache für seinen Vater und dessen Krone. Bei einem ihrer Kämpfe riss Seth dem Horus das linke Auge heraus und warf es fort. Es wurde schließlich wieder gefunden und der weise Mondgott Toth, der im Totengericht die Urteile notiert, hatte es wieder in Horus eingesetzt und ihn geduldig geheilt. Seitdem kennen alle Menschen das Horusauge.«

»Dieses Zeichen kenne ich«, meinte Anke. »Es war an allen Grabwänden und auf Amuletten, die sie im Flughafen verkauften.«
»Das Mondauge heißt in Ägypten Udjat-Auge und steht für das Wiedererlangen der universellen Harmonie und für die Stabilisierung der Weltordnung.«
»Und warum dozierst du das, du schlauer Kopf?«
»Mir wächst ein Mondauge, denk' ich doch? Da *sehe* ich alles deutlich im Dunkeln, wo ich es mir früher nur denken konnte.«
»Ach, dir wächst ein Udjat. Das verstehe ich. Klar. Und gleich kommt der liebe Gott Toth vorbei und heilt dich, ja? Stimmt! Er ist ja der Gott der Wissenschaften, da hilft er dir!«
»Da bin ich sicher, Anke.«
»Und warum tut er das?«
Brain lächelte und rief laut: »Ich, Brain— ich WILL!«
Anke und Martha fanden, das sei ein echtes Kopfeswort, gegen das nichts weiter gesagt werden könnte. Anke rollte Brain über den Teppich. Er brüllte wütend: »Wie oft soll ich sagen, dass ich das nicht will, verdammt noch mal! Ich will nicht!« Anke stoppte den Kopf wie einen Ball.
»Was bedeutet es dann, wenn du etwas willst?«

Sie richteten sich langsam in das neue Leben ein. Martha löste sich langsam von ihrem unmittelbaren Grauen. Sie litt aber immer noch an ihrem Leben. Irgendwann, wenn die Welt gerettet würde, käme sicherlich ein gefährlicher Moment, in dem die Rettung der Welt nur noch durch ein Opfer ermöglicht werden könnte. Und dann würde sie sich dem Feinde zum Fraß geben und sich erlösen. Davon träumte Martha allezeit.

Es war etwa ein Monat seit dem Hinschneiden von Brains Körper vergangen. Leon kam zu Besuch und wollte wissen, welche Pläne sie noch mit Ägypten hatten. Das machte die drei misstrauisch. Leon merkte es sofort und versprach »hoch und heilig,« wie er sagte, nichts Feindliches gegen sie zu unternehmen. Er bitte nur höflich um die Auskunft, wie es Brain offenkundig gelungen sei, den Osiris zu spielen. Brain sagte ihm wie immer die Wahrheit.

»Leon, ich weiß es nicht. Es kamen viele Dinge zusammen, ihr habt ja mitgehört. Ich weiß einfach nicht mehr als ihr, also nichts.«

»Hast du Ousia wahrhaft von Herzen geliebt?« Brain schaute zu Martha und wich aus.

»Leon, ich weiß es nicht. Und ich weiß und verstehe sogar, dass du mir diesmal am wenigsten glaubst.«

In diesem Augenblick aber verzerrte sich Brains Gesicht. Brain stieß einen unerträglich schrillen Schrei aus. Anke schlug reflexhaft Leon mit dem Ankhaba auf den Kopf. Leon verwandelte sich in eine schwarze Schlange und richtete sich drohend auf.

Brain war sofort wieder still. Sie blickten ihn fragend an.

Da stieß Brain wiederum einen schrillen Schrei aus, der Anke fast die Ohren zerriss. Abermalige Stille.

Stille.

Immer noch Stille. Es geschah nichts mehr. Sie standen sich noch einige Zeit drohend gegenüber. Leon wechselte in seine normale

Gestalt zurück. »Bist du verrückt geworden, Anke? Brain zuckt im Gesicht und du schlägst plötzlich auf mich ein?«
»Wie schrecklich er schrie! Das warst du! Du hast ihn über den Chip programmiert! Du Hund!«
Martha fragte entgeistert: »Wer soll denn *geschrieen* haben? Wer? Soll ich etwas gehört haben?«
Anke ruckte herum, sah Marthas zweifelnde Augen.
Sie ließ das Ankhaba sinken. »Habt ihr nichts gehört?«
Martha und Leon schüttelten den Kopf, als sei Anke verrückt.
»Und du Brain, hast du geschrieen?«
Brain war noch fast ohnmächtig vor Schmerz.
Er hatte Todesangst. Er war völlig wirr und ratlos.
Sie fanden keine Erklärung. Nicht die leiseste. Leon wies lachend darauf hin, dass Brain ja keinen ... Chip ... mehr haben könnte, als Kopf. (Und er wurde innerlich wie rot, er hatte das gar nicht beachtet.) Und außerdem— wenn es über die Chips möglich wäre, Vampiren einen solchen kolossalen Schmerz zuzufügen, den andere nicht hören könnten, dann hätte er das alles schon in großem Stile angewendet, und nicht zu knapp.
»Das klingt einleuchtend, lieber Sohn,« meinte Martha trocken und glaubte ihm.
Als Leon ging, hatte er ein neues Lebensziel. Es müsste so programmiert werden, dachte er, dass nur er allein die Schreie hören könnte, nicht Anke allein. Ein ganzer Tag verstrich ereignislos. Leon erkundigte sich artig nach dem Befinden und versuchte, mehr Informationen zu bekommen. Anke wimmelte ihn ab. Brain sollte sich erholen.
Da schrie Brain unvermittelt wieder. Und wieder und wieder.
Er schrie unsäglich. Immer einige Male am Stück, dann war für ein paar Minuten Ruhepause. Sie schauten ängstlich zur Uhr und notierten die Abstände zwischen den Schmerzanfällen. Brain hatte

nun andauernd Todesangst und war nicht mehr zu beruhigen. Martha saß mit der Uhr neben Brain, der auf einem Stuhlkissen lag. Anke gab Zeichen, wann sie Brain schreien hörte, aber Martha sah es natürlich am Gesicht.
»15 Minuten!«
Brain schrie schrill.
»15 Minuten.«
Brain schrie, aber einmal mehr.
»15 Minuten.«
Es wurde der bisher furchtbarste Tag in ihrem Leben, alle Tode und Explosionen mitgezählt. Um Mitternacht schrie Brain vier Mal und dann nach einer ganz kurzen Pause zwölf Mal. Da schloss Brain im Todesgefühl die Augen und stieß mit letzter Kraft hervor: »Die Uhr! Ich bin die Uhr! Ich bin selbst die Uhr!«
Anke verglich ihre Aufzeichnungen über die Schreie. Tatsächlich, er hatte wie die Uhr geschrien. Einmal zur Viertelstunde, zweimal zur halben und so weiter.
Viertel nach Mitternacht schrie er einmal. Dann zweimal, dann dreimal, dann viermal. Aber dann, zum Glockenschlag der ersten Stunde, schrie er nicht nur einmal, sondern volle neun Male. Von dieser Zeit an schrie er einen halben Tag alle Viertelstunde neun Mal, und zwar unterschiedlich stark. Manche Schreie waren kurz, andere lang gezogen kläglich. Die langen Schreie waren kaum zu ertragen. Sie hatten Angst um Brain.
Sie hatten selbst eigene Schmerzen, wenn er schrie.
»Es ist so schrecklich, Mama. Ich höre schon das Schreimuster wie eine Melodie. Ich höre es schon vorher, bevor Brain losbrüllt! Immer diese neun Schreie!« Und sie imitierte für Martha, wie es sich anhörte: »Hu hu hu, huuuuh, huuuuh, huuuuh, hu, hu, hu.«
Martha wusste keinen Rat.
Aber Brain, der im Moment nicht schrie, brummte: »SOS.«

Da fielen ihnen die Schuppen von den Augen. Es war jetzt nicht die Uhr, sondern es waren Morsezeichen für SOS.
Save our souls. Rettet unsere Seelen.
»Jemand ruft uns aus dem Reich der Toten!«

Als Anke dies gesagt hatte, hörte der Spuk auf. Brain konnte wieder durchatmen, aber er hatte noch stundenlang entsetzliche Angst. Es würde ja weitergehen müssen. Wer würde SOS funken und dann sofort aufhören, ihn zu quälen? Was wurde von ihnen erwartet? Warum sagte niemand, was er wünschte? Sie bereiteten sich auf eine neue Attacke vor. Anke und Martha ließen ihn nicht allein. Er selbst konnte beim Schreien nicht mitzählen.
»Es ist ein anderer Aggregatzustand. Es ist die Hölle. Kein Platz mehr für Gedanken. Nur Hölle pur.«
Anke und Martha lernten noch am Abend das Morsealphabet aus dem Lexikon und übten das Erkennen der Zeichen. Als sie sich fit fühlten, riefen sie laut in der Wohnung: »Sagt uns, was ihr wollt!«
Da begann Brain zu schreien. Sie schrieben mit.
Sie entzifferten das Wort ATLAS.
Anke holte ihren alten Schulatlas aus der Bücherwand.
Sie blätterte langsam Seite für Seite.
Als sie die Karte Ägyptens erreichte, schrie Brain genau ein Mal.
»Ägypten!«
Brain bestand zur Sicherheit darauf, den Atlas noch mal von hinten zu blättern. Anke erklärte ihn für närrisch. »Es ist doch klar. Wir sollen nach Ägypten. Da fliegen wir jetzt hin. Dann fragen wir wieder.«
Brain wollte es so. Anke blätterte also den Atlas von hinten nach vorn. Bei Ägypten schrie Brain entsetzlich und lange. Er schien kaum enden zu wollen. Dann erschlafften seine Gesichtszüge. Nach einer Weile murmelte er: »Okay, das war deutlich genug.

Fliegen wir los. Martha, buche gleich unsere Flüge nach Kairo, Mena House!« Brain schrie. »Oh je, war das falsch?« Brain konnte kaum noch denken. Anke hatte die Idee, den Himmel direkt zu fragen, anstatt ihn zu enträtseln.

»Hey, Götter oder Teufel, wer immer du bist: Ich lese jetzt alle Flughäfen von Ägypten langsam vor. Wo wir landen sollen, gibst du ein Zeichen!«

Sie wartete erst noch und begann.

»Kairo!« Pause.

»Hurghada!« Pause.

»Luxor.« Brain schrie.

Sie buchten das nächstmögliche Flugzeug nach Luxor. Sie baten den Großen Erzeuger der Schreie, Brain, nicht im Flugzeug schreien zu lassen. Sie fragten bei der Reservierung, ob der Flugpreis pro Sitz oder pro Kopf berechnet würde ...

ZUR HÖLLE

Als sie in Luxor ankamen, suchten sie sich in der Nacht einen einsamen Platz in der Wüste. Der war nur draußen zu finden. Sie fürchteten, irgendwer könnte schließlich doch Brain hören, wenn er schrie. Anke breitete einen detaillierten Ortsplan auf dem Sand aus und setzte Brain auf der Legende ab. Sie rief laut in die Sterne: »Wer immer du bist, der etwas von uns will! Ich fahre jetzt mit dem Finger im Mäandermuster geduldig die ganze Karte ab. Wenn ich an die Stelle soll, die ich gerade berühre, gib mir über Brain ein Zeichen.
Brain aber rief: »Sollen wir zum Karnak Tempel in Theben?«
Kaum hatte er die Frage gestellt, schrie Brain schmerzhaft auf.
Anke reagierte fast enttäuscht.
»Das hätten wir ja bereits im Flughafen klären können.«
»Wir wollten vorsichtig sein, oder?«
»Und was tun wir jetzt, Brain?«
»Wir besorgen uns einen Plan von Karnak. Oder wir wandern so lange in den Tempelanlagen herum, bis wir etwa 10 Meter neben dem Eingang einer Höhle sind.«

Anke rief nach oben: »Wir gehen nach Karnak. Wir laufen in alle Winkel der Anlage. Wenn wir nahe daran sind, wohin wir sollen, gebt ihr uns Zeichen. Wir wollen jetzt im Augenblick bitte nicht wissen, dass das jetzt okay für euch ist. Brain muss nicht immer Schmerzen haben. Bis morgen! Und noch eins: Könnt ihr nicht mal versuchen, das Signal schwächer zu stellen? Muss Brain so irre laut schreien? Wir haben solche Angst, dass es dann doch die Tempelwächter hören! Könnt ihr die Quälerei abstellen? Seid ihr denn nur Teufel, oder was?«

Am folgenden Tag gingen sie in den Schutzanzügen durch Karnak. Brain hatte ebenfalls einen normalen Anzug an, dessen Unterteil nun einige Male um den Helm gewickelt war. Sie hofften dadurch, dass das Schreien ganz sicher nicht laut hörbar sein würde. Sie gingen in der Mittagshitze, die fast nicht auszuhalten war, besonders nicht in den Anzügen. Sie hofften, dass sie nicht zu vielen Besuchern auffallen würden.

In der Tat war die Anlage fast vampirleer. Sie sahen staunend die Pracht des Tempels und vergaßen sogar einen Moment, wozu sie hier waren.

Die Säulen waren gut 20 Meter hoch. Es waren überraschend viele. Anke und Martha kannten die Säulen aus einem Kriminalfilm über den *Tod am Nil* oder so ähnlich. Dort suchte jemand zwischen den Säulen nach einem Mörder. Als sie den Film vor vielen Jahrzehnten ansahen, hatte Martha gerufen: »So viele Säulen kann es gar nicht geben. Bestimmt sind da nur zehn Stück und durch einige Tricks mit der Kamera denkt man, es wären sehr viele!« Nun standen sie ganz bewegt im Heiligtum Ägyptens. Es war kein Kameratrick. Nein, die kleinen Vampire ahnten die Größe der Götter.

Sie nahmen das Wunder Karnak in ihre Seelen auf.

Der rote Papagei kreiste über den Säulen.

Sie kamen an die Randbereiche der Tempelanlage, dort zog sich der heilige See hin. Das Wasser lag ganz still. Die Natur stöhnte unter der gleißenden Sonne. Kein Vampir oder Besucher war zu sehen. Sie gingen um den See herum. Aus einiger Entfernung schon sah Brain ein Schild mit der Aufschrift ›WC‹ und krümmte sich schon in der Vorstellung unter dem erwarteten Schmerz.
Als sie am Schild vorbeigingen, schrie Brain entsetzlich auf. Aber der Schutzanzug leistete gute Dienste, so dass Martha und Anke nicht so wirklich mitleiden mussten.
»Wir sind da«, sagte Anke.
»Wir müssen zum WC«, sagte Martha.
Sie zögerten. Es half nichts, Brain musste es entscheiden.
»Müssen wir zum WC?«, rief Anke. Nichts rührte sich.
»Sind wir da?« Brain schrie.
»Geht es nicht leiser?« Nichts rührte sich.
»Was sollen wir tun?«
Brain brüllte ungemildert viele Male. Uh, uh, uh, ...
Anke und Martha schrieben die Morsezeichen mit. Die Antwort war: SPRUNG.
»Sollen wir hier ins heilige Wasser springen?« Keine Antwort.
»Wir springen hier ins Wasser und suchen einen Eingang. Wir verpacken unsere Kas in eine Plastiktüte und gehen davon aus, dass sie es überleben. Wenn das nicht ganz genau so stimmt, soll Brain SOS schreien, andernfalls springen wir.
»SOS! Hast du eine Ahnung, wie weh das tut?«, schimpfte Brain und hatte die blanke Angst im Auge.
Sie gingen an die Vorbereitung. Sie wussten nicht, was sie erwartete. Sie wussten nicht, wie lange Vampire unter Wasser sein könnten. Unendlich lange? Sie hatten es nie probiert, zu dumm.
Martha schaute in das klare heilige Wasser, ob sie etwas sähe.
»Sieh nicht hin, glaube! Wenn du glaubst, siehst du«, verlangte

Anke ganz unbekümmert und stopfte den klagenden Papagei hinein. Er krächzte etwas, was Anke nicht verstand. Sie dachte, es wäre sicher ägyptisch und hieße ›kommt nicht in die Tüte.‹

»Alles bereit? Es kann nicht so schlimm werden. Es ist heiliges Wasser. Ich denke ja nicht, dass sich Teufel da dran trauen. Es heißt doch, die größte Furcht sei die des Teufels vor dem Weihwasser.

Oder ist das in Ägypten anders?«

»In dieser Geschichte ist alles anders.«

»Ist das eine Rechtfertigung für Beliebigkeit?«

»Kinder, lasst das Tratschen, denkt an unsere armen Kas in der Tüte!«

Nun wollte Martha ein Ende der Ungewissheit. Sie sprangen hinein. Sie ließen sich von den schweren Schutzanzügen nach unten ziehen und schauten sich um. Das Wasser drang langsam ein. Brain, dessen Helm sich Anke ans Ohr hielt, rief: »Dorthin, neben das Ankh-Zeichen«! Sie staksten unter Wasser in den Anzügen an die bezeichnete Stelle. Anke und Martha sahen außer dem Zeichen in der Beckenwand nichts. Brain nickte heftig, was immer ein Nicken bei ihm bedeutete.

Anke rief schon halb im Wasser: »Hier?«

Brain schrie entsetzlich.

Anke stieß ihren Helm durch die Wand. Es war schon fast Routine. Diesmal nicht nur ihren eigenen Kopf. Brain folgte. Martha musste nachgezogen werden.

Die Wand wollte sie erst nicht richtig durchlassen.

»Was glaubst du denn?«, maulte Anke.

»Siehst du denn nicht, dass wir es immer schaffen?«

Martha war ein wenig gekränkt. Sie saßen wieder ›in so einem langweiligen Gang,‹ wie Martha sagte.

»Wieso langweilig?«, fragten Brain und Anke gleichzeitig.

Anke sah überall reiche Symbole an den Wänden und beschrieb sie Martha. »Wie auf den Säulen von Karnak oben!« Martha konnte es kaum glauben, obwohl ihr doch jetzt langsam klar sein musste, dass jeder Mensch mehr oder weniger wahrnehmen kann, je nachdem, wer er ist. Brain dozierte für Anke: »Wisst ihr, was ich einmal gelernt habe? Bei Computern gibt es verschiedene Graphikkarten, die mehr oder weniger sehen können. Nur die teuren Graphikkarten zeigen die Bilder scharf und vollfarbig. Die billigen nur pixelige Bilder in Graustufen. Es scheint, dass unsere Hirne oder Seelen verschiedene Graphikkarten haben. Genau! Das leuchtet mir selbst ein, was ich mir erklärt habe. Ich habe es schon einmal gehört.« Anke lachte: »Es ist von dir, stimmt! Kannst du denn jetzt das sandfarbene Zeug in Farbe sehen?« Brain nickte. Anke hielt ihm jeweils die beiden Augen zu. Tatsächlich! Er sah die Farben aber nur mit dem linken Auge, seinem Mondauge.

Sie wählten im Gang die Richtung nach unten.

»Haben wir jetzt alles? Papagei, Nummer Zehn, Apollo, Libelle, Ankhaba. Anzüge über den Arm, die Seele von Brain um den Hals gehängt, die Jaspissteine. Alles gut. Geht es los?«

Anke war im Gehen ein wenig traurig. Bisher hatte immer sie am meisten von allen sehen können. Nun aber hatte Brain ein Mondauge. Damit stach Brain sie aus. Aber sie würde sich jetzt nicht selbst eines ausstechen lassen. Vernunft hin und her, es stach sie ein wenig. Es verlor sich aber schnell. Anke konnte sich solche Dinge nicht gut merken.

Der Papagei flog vorweg und kam wieder zurück.

»Ankä!« Er setzte sich auf ihre Schulter.

»Sollten wir ihm nicht einen Namen geben?«, fragte Anke.

»Paprika, Monika, Veronika! Alles mit Ka hinten, das ist gut! Es gibt bestimmt Tausende Namen mit Ka hinten, so einen würde ich nehmen. Amerika. Mokka.«

Ein blaues Gewitter raste über die ganze Welt.

Sie überlegten. So viele Namen mit Ka am Ende schien es doch nicht zu geben. Seltsam. »Dein Beißvater hieß einfach nur K! K mit einem Punkt. Er hatte es aus einem Roman. Genau!«
Anke packte den roten Papagei.
»Ich taufe dich Kafka! Das ist der einzige Name der Welt mit Ka vorne und Ka hinten!« Das fanden alle vier gut. Nach weniger als einer Stunde Abwärtsmarsch rief Kafka: »Kafka!«
»Suchen wir noch mehr Namen, für die anderen?«, regte Anke an. Aber die beiden Großen hatten keine Lust und trotteten weiter. Anke blieb oft stehen und schaute sich die Muster an der Wand an. Es machte ihr nichts mehr aus, Brain um die Beschreibung der Farben zu bitten.
»Brain, die Libelle könnte Graphikka heißen! Ist das schön?« Sie neckte ihn gerne. So etwas mochte er nicht. Martha schon gar nicht. Anke wurde nie wirklich erwachsen. Kann das jemand außer Leon, der klein ist? Anke ließ nicht nach: »Wir könnten auch C zulassen, dann ginge auch Coca oder—. Jetzt weiß ich: Leica, das hat viel Farbe!« Die Großen stöhnten.
»Ob wir wieder einen Monat lang laufen müssen? Habt ihr auch alle eure Blutklumpen dabei? Nichts vergessen? Brain, die Kette mit deiner Seele nehme ich lieber. Das sieht doof aus, wenn sie dir am Hals angeklebt ist.« Sie hängte sich die silberne Kette selbst um. An ihr hing die Seele in einer silbernen Kugel verschlossen.
Am selben Tag noch glaubten sie Schreie zu hören. Sie erinnerten sich an Marthas Ahnungen von Schreien bei ihrem ersten Besuch der unteren Welt. Brain konnte sie sich fast unmittelbar erklären. »Es sind Schreie von fehlgeleiteten Menschen, die durch Schreie auf die rechte Bahn gebracht werden. Hoffentlich verstehen sie das Morsealphabet.«
Anke stöhnte. »Brain, es ist ganz schön mühsam, dich immer mitzuschleppen. Hast du zuviel getrunken? Du hast einen ganz

schweren Kopf.« Martha übernahm ihn für eine Weile. Sie war viel schwächer als Anke. »Wir müssten Brain in eine Einkaufstüte setzen und Kafka beibringen, die Handgriffe zu umkrallen. Dann könnte er mit Brain herumfliegen.«
Anke klatschte die Hände zusammen. »Das wäre fein! Wir nehmen natürlich eine Klarsichttüte. Brain darf nur nicht schnaufen. Es darf nicht beschlagen. Und Brain ist so beschlagen!«
»Ich beschlage dich gleich!«
»Bin doch kein Pferd.«
So ging es lange unter Neckereien weiter. Die Schreie wurden lauter. Sie blieben oft stehen, um dem Fortschritt zu lauschen. Die Gravuren an den Wänden beschrieb Brain immer prächtiger.
Plötzlich schrie er selbst auf. Er war furchtbar erschrocken, weil er so plötzlich die Schmerzen erfuhr. Martha küßte ihn sanft. Er hatte nach jedem Schrei so einen Sterbensschleier in den Augen, so wie Menschen feucht schauen, nachdem sie niesen mussten.
»Oh, Martha«, stöhnte er.
»Oh Brain! Mir ist so traurig ums Gemüt. Ich glaube ganz sicher, dort unten, irgendwo dort unten, schreit Otto ohne Unterlass. Seit du so leidest, weiß ich, wie es erst Otto gehen muss. Warum tun sie ihm das an? Hören sie auf, wenn wir Nummer Zehn zu ihm bringen?«
»Ach, Martha, ich dachte eben gerade schon, du liebst mich ein bisschen auf deine alten Tage.«
»Ich mochte dich früher wirklich gern. Heute auch. Komm lass das. Alles war wie es war. Ich bin verheiratet und habe einen sehr lieben Mann, das weißt du. Und ich sehne mich nach ihm. Ich wollte, ich wäre bei ihm. Ganz tot, wie er.«
Kafka und Anke warteten den romantischen Anfall stoisch ab. Sie glaubten, in der Zwischenzeit eine weiche Stelle in der Wand gefunden zu haben.

DAS SEELENLAGER

Anke konnte die Hand in die braune Wand stecken. Mit ihren Augen allein hätte sie nichts gesehen. Martha packte Brain zum Schauen kurz ganz aus. »Siehst du etwas, Brain?«
Er sah eine dunkelgoldene Höhlung. Sie gingen hinein. Es fühlte sich wie Glibbermasse an, ziemlich feucht.
»Gut, dass wir die Anzüge tragen! Es scheint, als gingen wir durch die Eingeweide eines großen Tieres.«
Sie schwammen fast oder gingen wie im Morast oder gegen eine Strömung. Der Weg war sehr weit. Sie mochten sich wohl schon eine volle Stunde durch diese schwach durchsichtige Masse gezwängt haben. Dann schwuppten sie hinaus.
»Bäh!« Die Frauen schüttelten sich.
Brain erzählte ihnen eine Geschichte aus der Mythologie. »Die Göttin Isis wollte vom Sonnengott Re ein Geheimnis erfahren. Da sann sie auf eine List. Sie wartete, bis vom Himmel der Speichel von Re tropfte, denn Re war alt geworden. Sie vermengte den Spei-

chel mit Erde, so dass ein bräunliches Gemisch entstand. Aus diesem rollte sie eine Schlange, die sie in den Weg von Res Sonnenbarke legte. Als diese vorüber kam, biss die Schlange den Sonnengott, der darauf wehrlos dalag und sich nicht rühren konnte. Da kam Isis herbei und verlangte das Geheimnis zu wissen, sie würde nicht eher das Gift abziehen, bis er es ihr verriete.«
»Pfui Brain, du kommst gerade jetzt mit erdigem Speichel. Pfui!«
»Nein, mir fiel gerade auf, dass man in der Mythologie anscheinend ganz starr wird, wenn man mit so etwas Speicheligem in Berührung kommt, selbst wenn es der eigene Speichel ist. Der Sonnengott lag bestimmt da wie ein steifer Vampir. Isis hat ihm dann Blut gegeben, da hat er wieder aufstehen können.«
»War das so?«
»Nein, erfunden.«
»Erzähl bitte keine eigenen Versionen.«
»Wir sehen doch auch unsere eigenen Visionen.«
»Versionen.«
Sie schauten sich um. Sie standen in einem riesigen Gang. Er war prächtig mit gemeißelten Zeichen geschmückt, wie sie nicht annähernd so schön in den Gräbern im Tal der Könige zu finden waren. Nun sah sogar Anke die Ansätze der Farben, während es dem ehrfürchtig staunenden linken Auge von Brain vergönnt war, die originale Pracht zu bewundern. Die Schreie waren schon laut zu hören. Auf der Erde hätten sie gemeint, in nicht zu weiter Entfernung einer Folterkammer zu stehen.
In der Ferne wurde es weißlich heller.
»Brain! Warte— ich halte dir das linke Auge zu. Was siehst du?«
»Nur sandfarbene Wände.«
»Glaubst du, wir waren schon einmal hier?«
»Hmmmh. Ja! Ja! Dort hinten, das Helle, dort ist das Große Tor! Bestimmt! Wir sind eine Abkürzung gegangen! Deshalb hat es nur

einen Tag gedauert, nicht wieder einen ganzen Monat. Wie seht ihr es?«

»Ich sehe nicht viel,« seufzte Martha.

»Sie werden es teuflisch eilig haben, dass sie uns die Abkürzung über Karnak führten. Was sie nur wollen?«

»Da! Da!«, japste Brain. Er sah eine mandarinengroße schwarzgelbe Kugel heranschweben. Die Kugel schwebte etwa einen Meter über dem Boden. Sie kam wackelnd näher.

Martha sah nichts. Nur Anke konnte erkennen, worum es sich handelte. Sie sah sofort, dass die gelbe Kugel die von Ousia war. Ein hässliches Wesen hielt die Kugel in der Hand und kam auf sie zu. Anke vermeinte, die Umrisse eines Teufels zu sehen. Sie schaute ihn etwas zweifelnd an und begrüßte ihn dann zögernd.

Sie fragte unsicher: »Bist du der Teufel?«

Der schien zu lächeln.

Er verneigte sich feierlich und wie etwas ironisch.

»Ist das die Seele von Ousia?«, fragte Anke, nun fester in der Stimme. Er nickte. »Ist das rote Eingeschlossene in Ousias Seele ein Teil von Brains Seele?«

»Ja.«

»Verzauberst du ihn damit?«

Wortlos hob der Teufel die Seele von Ousia vor seine Rachenöffnung, streckte seine raupelzige Zunge heraus und leckte am braunen Klebrigen. Brain schrie schrill. Weit weg schrie Ousia. Der Teufel leckte kurz, kurz, kurz. Brain schrie drei Mal kurz. Weit weg schrie Ousia mit.

»Gut, dann sind wir also am Ziel unserer Reise? Bei dir?«

Der Teufel nickte.

»Willst du etwas von uns?«, fragte Anke immer furchtloser weiter.

»Ja.«

»Dann will ich - verdammt! - dass du mit dem Lecken aufhörst.«

»Du willst?«
»Ich, Anke— WILL.«
Der Teufel blickte sie betont böse an. Anke hob das Ankhaba.
Sie schwiegen sich an.
»Und warum sollte ich aufhören?«, fragte der Teufel nach einiger Zeit.
»Damit du nicht dein Gesicht verlierst,« antwortete Anke.
Über diese Replik schien sich der Teufel zu freuen.
»Hey, du kannst bei mir als Teufel anfangen!«
Anke fragte keck: »Was muss ich tun?«
Der Teufel ging einmal prüfend um Anke herum. Er schien zufrieden. Er zog eine schwarzkrustige Seele aus der Tasche. Sie war so beschaffen wie die von Brain, aber größer. Es war eine vollständige Seele eines normaltoten Vampirs. Der Teufel forderte:
»Schlag sie auf, wie du damals die Seele von Brain aufschlugst!«
Oh, dachte Anke, er hat es gesehen. Er weiß, dass ich einen Teil von Brains Seele habe! Sie hatte das Gefühl, dass der Teufel sie brauchte. Und sie sagte entschlossen: »Nein.«
Der Teufel hob erstaunt die Augenbrauen.
»Sag ›bitte‹«, verlangte Anke.
»Bitte.« Der Teufel lächelte und deutete artig einen kleinen Knicks an. Anke legte die Seele auf den harten Sandboden. Sie holte mit dem Ankhaba aus und rief die Seele an: »Ankhaba! Ankhaba!« Sie schlug zu. Die schwarze Kruste zersprang. Der Teufel hob eine rote Seele heraus. Sie war halb so groß wie eine Erbse, viel größer als die Teilseele von Brain, aber viel kleiner als die kleine gelbe Seele des Ungeborenen von Ousia. Plötzlich zischte etwas an ihren Beinen voran und wischte vorbei. Der Teufel wurde wütend.
»Hier geblieben! Komm! Komm zurück. Komm her. Was war denn das? Du hast etwas von der Kruste gemopst. Richtig? Gib her. Komm, gib her. Alles. Gib her.«

Ein kleiner Teufel schlich herbei und überwand sich sichtlich, ein gestohlenes Stück der Kruste herauszugeben. Anke schaute sich um. Sie sah plötzlich alle die Teufel, die um sie herumstanden. Überall waren Teufel! Millionen Teufel! Die Vampire waren in dem hallenbreiten Gang völlig umringt von einer gewaltigen Menge von ihnen. Anke konnte sie nur als Schemen sehen.
»Brain, siehst du die vielen Teufel?«
»Ich ahne sie, aber ich bin weit entfernt, sie zu sehen. Sind es viele?«
»Ungeheuerlich viele.«
Martha fühlte nur, wie sie sanft betastet wurde. Sie fürchtete sich und dachte an Otto. Der Teufel nahm das vom Kleinteufel zurückgegebene Stück Kruste und steckte es sich selbst in den Rachen. Er zerkaute die Kruste wie ein Bonbon. Seine Augen zeigten einen Zustand höchster Seligkeit an. Er schien ganz berauscht. »Wundervoll«, flötete er erfüllt vom Genuss.
Durch die Menge der kleineren Teufel ging ein stöhnendes Raunen. Der Ring der Teufel schloss sich enger um die Gruppe. Die Teufel starrten auf die am Boden liegende Kruste wie Piraten auf das Beutegold. Der Teufel bückte sich und schaufelte sich die restlichen Stücke der Seelenkruste auf die Handfläche.
Er blickte herrisch um sich. »Wollt ihr meutern?«
Die kleinen Teufel murrten.
»Hier ist eine kleine Vampirin gekommen. Sie kann Seelen knacken. Ich werde mit ihr verhandeln, ob sie uns hilft. Allein schafft sie es nicht, all die Millionen Seelen zu knacken. Vielleicht finden wir einen Weg, dass wir es von ihr lernen. Und ich frage euch arme Teufel alle, jeden einzelnen: Wer von euch will es lernen?«
Da brach ein Sturm unter den Teufeln aus. Sie brüllten und schnatterten durcheinander und sprangen hoch in die Luft.
»Es wird Kruste für alle geben!«

Die Teufel jubelten. »Wir müssen uns aber erst erklären lassen, wie es geht!« Stille.
»Ihr müßt noch warten!«
Verständnisvolles Gemurmel.
»Ich verspreche, dass später jeder von euch einen erheblichen, wenn auch sehr kleinen Teil von seiner selbst erarbeiteten Kruste behalten darf.«
Tiefes Schweigen.
»Wer meutert, bekommt nichts! Und jetzt ab an die Arbeit! Marsch! Geht an eure Plätze! Es gibt nichts zu gaffen!«
Einige der Teufel hatten noch Seelen in der Hand, die sie in Arbeit hatten. Sie leckten schon beim Weggehen wieder daran. Die schrillen Schreie der Toten erhoben sich zu Millionen. Ein ganz, ganz kleiner Teufel stürmte heran, kniete vor Anke nieder und küßte den Boden vor ihr. Anke war ganz gerührt. Der kleine Teufel hob sein Gesichtchen und schaute sie träumend an. Dann küßte er den Boden wieder und wieder. Er rutschte vor Martha und Brain auf den Knien rasch hin und her und küßte und herzte den Boden. Er piepste: »Seid gesegnet, ihr Vampire! Euch wird alles zu verdanken sein. Ihr seid die, die das teuflische Universum retten.«
Da trat ihm der große Teufel in den Arsch.
Der kleine Teufel flog in hohem Bogen weit fort.
Anke legte Zornesfalten auf.
Der Teufel grinste.
»Es ist ein kluges Teufelchen, alle Achtung. So war ich früher auch. Der Kleine gehört wohl bald zum Führungskader, das wette ich.«
»Warum?«
»Weil ihr glaubt, er würde euch ehren. Das war aber eine bärenstarke Nummer. Er hat auf den Knien nur den Boden abgeschleckt, wo noch Krustenstaub war. Deshalb hat er so verzückt geschaut.« Anke schmollte. Sie wirkte schön, wenn sie das tat.

Martha sah und hörte wenig. Sie wuchs erst langsam in diese Welt hinein. Anke musste beiden erklären, was vorgefallen war. Dann wandte sie sich an den Teufel. »Ich soll euch das Knacken zeigen?«
»Genau.«
»Was bekommen wir dafür?«
»Was willst du?«
»Brain will zuerst erklärt haben, wozu das alles gut sein soll und wie die Welt hier funktioniert. Ich selbst will die Seele von meinem Vater bekommen. Am besten, ich knacke diese zuerst. Habe ich Recht, dass er dann nicht mehr schreien muss?«
»Ja.«
»Gut. Das ist schon viel. Und dann will ich durch das Große Tor.«
»Das steht nicht in meiner Macht.«
»Dann erkläre, wer diese Macht hat und warum nicht du.«
»Abgemacht«, sagte der Teufel.
»Dann fangen wir mit dem Knacken an?«
Anke schaute zu Brain. Sie schüttelte leise den Kopf.
»Nein. Erst erfüllst du alle Forderungen.«
»Ich sollte euch vertrauen?«
Brain half: »Erstens kann man uns vertrauen, was man vom Teufel gemeinhin nicht vermutet. Zweitens hast du uns über eine Abkürzung hierher kommen lassen, wohin wir ohnehin mittelfristig zurückgekehrt wären: nämlich zum Großen Tor. Das beweist deutlich, dass du es sehr eilig hast. Und in Himmel und Hölle zahlt immer derjenige, der es eilig hat. So sind die Gesetze von Geben und Nehmen. Und der, der es eilig hat, zahlt schnell und viel.«
»Wow«, sagte Anke.
»Wow, sind wir heute mutig.«
»Das finde ich eigentlich auch,« meinte der Teufel.
»Habt ihr keine Angst?«
»Sieh Brain an. Wovor sollte er noch Angst haben? Oder Martha?«

»Oder du?«
»Ich? Wieso?«
»Ich verstehe. Du willst ja die Welt verbessern helfen.«
Anke nickte und war etwas unwillig und trotzig.
Der Teufel gab den Widerstand auf.
Und Brain und Martha staunten, dass Anke so forsch geworden war. Plötzlich merkten sie, dass sie den Teufel hören konnten.
»Also, was soll ich erklären?«, fragte der Teufel.
»Die Seelenmechanik. Ist das kompliziert?«
»Nicht besonders, aber man muss es verstehen. Teufel begreifen es schnell. Engel sind anders. Sie sehen nur auf Zahlen und Erträge. Sie kümmern sich nicht um das Wie und Warum. Na gut. Es ist nicht ihre Aufgabe. Aber sie sollten es doch verstehen können, was hier unten abgeht. Dann würden sie nicht unentwegt höhere Forderungen stellen. Wahrscheinlich ist es nicht dumm, sondern absichtlich.«
Er räusperte sich.
»Es gibt eigentlich nicht viel zu wissen. Der Mensch hat einen Ba, die Seele, und ein Ka, den Lebensgeist. Es war anfänglich vom Design her gedacht, dass beim Tod des Menschen das Ka und der Ba sich zu einem Akh verschmelzen und als Licht in den Himmel aufsteigen. Das hat am Anfang sehr gut geklappt. Ich war damals schon einmal hier. Früher gab es paradiesische Zustände. Dann begannen die Menschen, ziemlich merkwürdig zu werden. Manche packte die Gier, andere hatten Angst, dass ihnen etwas passieren könnte. Es stellte sich schnell heraus, dass diese Gefühle die Seele verändern. Wenn sie länger anhalten, beschlägt der rote Seelenkern. Wenn es noch länger oder stärker wird, bildet sich ein schwarzer Belag wie eine schleimige Kruste. Es ist wie beim Menschen mit ungeputzten Zähnen. Erst kommt stinkender Schleim, der sich dann in Zahnstein verhärtet. Seelen sind ähnlich emp-

findlich wie Zähne. Wenn so ein Mensch stirbt, kann sich der schmutzige Ba nicht mit dem Ka vereinigen. Die klebrig überzogene Seele muss erst vom Schwarzen gereinigt werden. Das ist unendlich schwer. Ich würde gerne wissen, wer sich diesen Mist ausgedacht hat.«

»Wie lange dauert eine vollständige Reinigung?«

»Wir kennen bis heute nur eine einzige Methode dafür, nämlich das geduldige Ablecken durch Teufel. Andere Wesen sind zum Lecken ganz ungeeignet. Andere Methoden ebenfalls. Es gibt nichts annähernd Besseres. Deshalb sind so viele Teufel hier im Dienst. Sie müssen das Böse durch Ablecken vertilgen. Wir brauchen immer mehr Teufel, je schwärzer die Seelen werden. Es ist schwer, mit dem immer stärker werdenden Bösen Schritt zu halten.«

»Wie lange dauert das Ablecken?« »Es hängt hauptsächlich vom Versündigungsgrad des Menschen ab.«

»Das ist klar.«

»Ehrlich gesagt haben wir noch keine wirklich stark sündige Seele je wieder sauber bekommen. Die Normalseelen der alten Römer sind noch hier. Sie sind schon nicht mehr ganz schwarz, sondern recht durchscheinend, aber die Akhbildung klappt noch nicht. Der Himmel ist ziemlich sauer darüber. Wenn sich Menschen schon früh als Kinder versündigen, dann wächst auch ihre Seele später nicht sehr groß heran, weil das Schwarze die Weiterentwicklung behindert. Auch so ein Problem. Ich meine, wir haben praktisch nur Probleme. Wir haben lange versucht, die Seelen in Feuer zu erhitzen oder zu kochen, um das Zeug abzukommen. Das steht ja sogar schon in den Büchern der Menschen. Sie haben es irgendwie rausgekriegt, dass wir sie in der Hölle heiß machen. Einige Teufel müssen mit Menschen geredet haben, auf eigene Faust. Aber das ist streng verboten. Das Sündigen hat ja dadurch auch

nicht aufgehört. Es gibt nur ziemlich viele Märchen über die Hitze in der Hölle und über ein angebliches Fegefeuer. So ein Quatsch. Ist es hier etwa heiß?«
»Ist hier die Hölle?«
»Ja, klar.«
»Aha.«
Anke war ein wenig enttäuscht. »Und das tut den Seelen weh?«
Brain stöhnte über diese äußerst dumme Frage.
»Na klar. Sie schreien entsetzlich dabei. Wir haben uns daran gewöhnt. Was sollen wir tun. Die Engel treiben uns an. Wir haben sie gebeten, einmal selbst hier unten zu hören, was hier abgeht. Sie weigern sich aber, die Sünden anzusehen. Es würde sie beflecken. Es ist so: Wenn ein Engel so einen schwarzen Fleck auf der Seele hat, kann er sich gleich abhaken. Vor lauter Fleckenangst wollen sie sich hier nicht zeigen. Aber Arbeit ist nicht ansteckend, ach, wie oft haben wir das gesagt.«
»Dauert es also tausende Jahre?«
»Wahrscheinlich. Es ist sogar einigermaßen zweifelhaft, ob die Masse der Seelen überhaupt rettbar ist. Wir haben bis heute nur relativ wenige Akhbildungen hinbekommen. Unsere Quote unter allen Seelen ist etwa ein Promille. Das sind sehr wenige. Diese Seelen singen dann immer innig und glücklich, wenn ihre Akhbildung gelingt. Heilig, heilig und so, Halleluja, ihr wisst schon. Ich denke, der Mensch ist als Objekt der Seelenerzeugung eine Fehlkonstruktion. Seine Seele ist viel zu empfindlich gegen auch nur kleinste Sünden. Wir Teufel hätten das viel großzügiger konstruiert, mit viel mehr Spielraum. Aber die Engel sind sehr penibel. Zu viel Aufwand, wenn ihr mich fragt.«
»Und wieso platzen die schwarzen Seelenschalen auf, wenn ich draufhaue?«, fragte Anke.
»Das ist ja die große Frage und das große Wunder. Die Seelen der

Vampire verkrusten schwarz. Sie sind nicht klebrig wie die der Normaltoten. Deshalb lassen sie sich offenbar knacken wie Nüsse. Ich habe das bei dir das erste Mal gesehen, als du die Seele von Brain knacktest. Ich wusste sofort, dass diese neue Methode die Welt rettet.«

»Hat Brain noch eine Seele im Kopf? Oder hat er nur diese klitzekleine Seele?«

»Das muss wohl so sein. Das denke ich auch. Es ist aber der erste Fall, den ich kenne. Fragt mich nicht, wie das kommt. Es muss mit den vielen Merkwürdigkeiten der damaligen Lage zusammenhängen. Bei Liebe geschehen ohnehin immer merkwürdige Dinge. Wir Teufel lassen die Finger von Liebe und Glaube. Da kann keiner wissen, was am Ende herauskommt.«

Brain fragte: »Ich habe also noch eine zweite Seele?«

»Ja, der Hauptteil ist gewiss noch im Kopf. Du bist ein Kopfmensch, so würde ich es sehen. Es ist der erste Fall - das sag ich ja - dass sich eine Seele dreigeteilt hat. Der Hauptteil wird im Kopf sein, den kleineren Teil hat Anke an der Kette und ein Rest muss mit Ousias Seele verschmolzen sein. Als ich das erkannte, hatte ich sofort die absolut geniale Idee, dass dann, wenn ich an Ousias Seele lecke, ihr ja beide gleichzeitig Schmerzen haben müsstet. Beide! Beide! Genial! Ich bin der Größte! Ich habe es dann auf der Stelle ausprobiert. Ich habe geleckt - zwei Schreie. Zwei! Genial! Ich wusste es. Deshalb hatte ich nun zum allerersten Mal die allerallererste Seele eines Vampirs, der schrie!«

»Schreien die anderen nicht?«

»Nein, die Toten schreien erst in der Endphase, wenn sich das Schwarze lichtet und wenn du das Rote der Seele mit der Zunge erreichst. Vorher spüren die Toten nichts. Das ist die Zeit der langen Totenruhe, bevor das eigentlich gespürte Fegefeuer beginnt. Bei Vampiren ist die schwarze Schale der Seele so dick, dass noch

nie jemand zur echten Seele vordringen konnte. Du, Brain, bist der erste Fall oder Zufall, wenn du so willst. Seelenlecken ist sonst wie Zähnebohren. Außen tut es nicht weh, aber dann, wenn du an die Wurzel kommst, dann wehe dir!«
»Au Backe, ich verstehe. Was geschieht mit den schon ganz reinen Seelen?«
»Das weiß keiner.«
Anke wunderte sich. Brain zweifelte.
Martha fragte: »Aber ihr habt Vermutungen?«
»Nicht wirklich. Wir geben die Seelen am Großen Tor ab. Ab und zu, alle paar Monate, stellen wir einen Container mit winzigen Seelen ab. Es sieht aus wie Schüttgut. Sie nennen es im Himmel Substance Zero. Eigentlich heißt es Substantia Principii, aber das kann sich keiner merken. Die größeren Seelen geben wir in Einzelschatullen wie Schmuckstücke ab. Es sind nicht viele. Meist bilden sich gleich die Akhs hier an Ort und Stelle. Die verschwinden dann sowieso als Licht in den Himmel, weiß ich wohin. Wir öffnen ab und zu die Hölle nach oben, damit sie raus können.«
»Aha, deshalb konnten wir bei unserem ersten Besuch am Großen Tor nach oben schnell hinaus?«
»Ja.« Nun verstanden sie alles.
Brain fragte nach einer Erinnerungspause weiter: »Bekommt ihr einen Lohn für das Lecken?«
»Nein, wieso?«
Brain half: »Ich meine: Was ist eure Motivation?«
Der Teufel konnte mit diesem Wort wenig anfangen.
Martha fragte drastischer: »Was ist so geil am Seelenputzen? Nur der Geschmack daran?«
Nun verstand der Teufel: »Wir leben von dem Abgeleckten. Es ist unsere Nahrung.«
Brain warf ein: »Dann wäre es effizient oder schlau, die Seelen nur

außen grob abzulecken und sie nicht ganz rein zu schlecken, weil das aus der Nahrungssicht heraus nichts mehr bringt.«

»Genau! Deshalb sind wir auch von Natur aus nur hinter stark versündigten, sehr klebrigen Seelen her. Die von Ousia zum Beispiel ist in gewisser Weise leider schon fast sauber. Leider! Ihr versteht? Sie schmeckt so fein! Der Engel will aber ganz reine Seelen, wozu wir wieder keinen Bock haben.«

»Das ist die Motivation.«

»Der Bock? Egal. Sie zwingen uns, die Seelen ganz rein zu lecken. Wir haben das so gelöst, dass die guten und erfahrenen Teufel, die schon lange und leistungsstark lecken, die erste Grobleckung vornehmen. Dagegen wird die schwere Arbeit des Reinleckens von den kleinen Teufeln erledigt, die noch lernen müssen und so kleine Zungen haben, dass sie bis in alle Ritzen kommen.«

»Dadurch wird also die Nahrung gerecht und zweckmäßig verteilt.«

»Genau.«

»Dann wissen wir schon gut Bescheid«, fand Brain.

»Eine letzte Frage: Was passiert, wenn ihr keine Seelenkruste bekommt oder tausend Jahre nur am Endputzen arbeitet? Verhungert ihr dann?«

»Nein, es passiert nichts. Es ist wie bei Vampiren. Sie hetzen hinter dem Blut her. Wenn sie es nicht bekommen, passiert auch nichts. Was heißt ›nichts‹?, die Gier bleibt ungestillt. Das ist schon ein großes Problem für jeden Teufel.«

»Aber du sagst, dass Teufel von Natur aus hinter Seelenschalen her sind.«

»Natur bezeichnet nicht das, was sein muss, sondern das, was ist.«

SEELEN KNACKEN MIT ANKHABA

»Sind wir fürs erste zufrieden?«, fragte Brain.
Anke und Martha nickten.
»Dann bring uns die Seele von meinem Vater,« bat Anke.
Der Teufel zögerte. Er fragte: »Ist diese Mücke hier sein Ka?« Sie nickten. Der Teufel dachte nach. »Das wird eine Weile dauern. Wir haben die Seelen hier nicht geordnet. Ist er begraben worden?« Sie nickten wieder. »Gut, dann schicke ich jemanden. Ist er gebissen worden? Ach ja, das muss er ja sein. Stimmt.«
»Warum?«
»Weil die Kas gebissene Bas nicht erkennen. Wir wissen nicht warum.«
»Ist die Schale zu hart?«
»Nein. Die Vampire produzieren ja Langhalsbabys als Lustressourcen. Diese Ressourcen werden so jung gebissen und getötet, dass sie noch gar keine Sünden begehen können. Die Seelen dieser Jüngsttoten sind fast ganz rein, aber die Kas erkennen sie trotzdem nicht. Deshalb kommen die Seelen der Normaltoten immer zusammen mit ihren Kas in die Hölle. Die Kas warten, bis

wir die Bas blank geleckt haben. Dann bilden sich die Akhs daraus, wenn es überhaupt geht. Denn zur Akhbildung muss die Seele eine gewisse Mindestgröße haben. Sonst gelingt die Akhbildung nicht. Der Himmel duldet offenbar nur das Aufsteigen der großen Seelen. Die kleineren geben wir eben an dem Großen Tor ab.«
»Haben Ungeborene Seelen?«
»Natürlich. Aber sie haben noch keinen eigenen Lebensgeist, kein Ka. Deshalb kann das Ungeborene niemals ein Akh bilden. Diese Seelen kommen alle zum Großen Tor. Sie sind noch ganz rein. Da muss sich kein Teufel danach lecken. Sie sind ja auch noch sehr klein, die Seelen der Ungeborenen, alles für Substance Zero.«
Brain fand das Gesagte sehr interessant, weil dadurch viele Fragen der Philosophie beantwortet wurden. Er blieb aber am Punkt.
»Wie verfahren wir mit Otto?«
»Ich lasse hier suchen, notfalls am Grab. Versprochen.«
»Gut. Wie eilig ist es mit dem Knacken der Seelen? Was ist deine Zielvorstellung?«
Der Teufel schaute erstaunt und erleichtert.
»Sehr professionell gefragt, danke. Wir sollen viel mehr große Seelen als im Vorquartal abliefern. Viel mehr. Als es noch Menschen gab, starben etwa sieben Millionen Menschen pro Jahr, davon hatten um die sieben Tausend eine akhfähige Seelengröße. Im Quartal sind das knapp zwei Tausend. Im Himmel fordern sie also, dass wir so viele liefern. Das schaffen wir nicht, weil die Seelen in den letzten Jahrhunderten immer schmutziger geworden sind. Die Blankleckzeit stieg dadurch dramatisch an.«
»Wieso starben denn nur sieben Millionen im Jahr? Das kann nicht stimmen. Es sterben viel mehr?«
»Im Altertum lebten etwa 200 Millionen Menschen. Sie lebten etwa 30 Jahre. Ein Dreißigstel von 200 Millionen sind etwa die sieben Millionen.«

»Altertum?«
»Die Seelenblankleckzeit liegt bei schönen großen Seelen, die relativ sündenfrei sind, etwa bei 5.000 Jahren. Leider begann vor 5.000 Jahren die Kultur. Seitdem wird es immer länger mit dem Lecken. Menschen der Neuzeit müssen wohl 100.000 und mehr Jahre geleckt werden, was weiß ich, wir wissen es nicht annähernd. Im Augenblick erlösen wir eben die Seelen des Altertums.«
»Warum besprecht ihr das Problem nicht mit dem Himmel oder wem immer?«
»Wir dachten, wir lösen es irgendwie selbst. Wir wollen sie nicht zum Schnüffeln hier unten haben. Das gibt immer Ärger. Wir hatten noch lange Zeit Vorräte, aber die gingen zu Ende. Die Weltbevölkerung hat ja astronomisch zugenommen. Wir haben aus jedem Jahrgang, der immer riesiger wurde, immer wieder einige relativ saubere Seelen herauspicken können! Das hat uns gerettet.«
Brain reduzierte die Berechnungen auf das Praktische: »Und nun müssen wir also etwa 2.000 zusätzliche Seelen in drei Monaten knacken?«
Der Teufel fühlte sich verstanden.
»Ich habe dem Engel 4.000 versprochen, weil ich gesehen habe, wie das Mädel, äh ... Anke die Seelen von Brain knacken konnte. Es sind auch nicht mehr drei Monate, sondern nur noch 72 Tage. Da zittere ich erbärmlich.«
Brain lachte. Anke und Martha kurz darauf auch.
»4.000 in 72 Tagen, das sind weniger als 60 pro Tag. Dann würde also Anke allein die ganze Arbeit der Hölle schaffen, solange wir genug Vampirseelen haben? Sehe ich etwas falsch? Es reichte dann für ein paartausend Jahre?«
Der Teufel erstarrte und überlegte sehr lange. »Stimmt. So einfach habe ich das nicht gesehen. Ich fühlte mich in so großer Not.«
Er dachte noch eine Weile nach.

Dann jubelte er und sprang fröhlich herum. Der Teufel tanzte.
»Ankhaba! Ankhaba! Ankhaba! Ankhaba!«
Anke begann zu knacken. Sie schaffte ihre Tagesquote von 56 Seelen in einer halben Stunde.
»Bringt die großen sehr schmutzigen Seelen! Das schmeckt! Das schmeckt!«
Der Teufel war selig. Er saß neben Anke und fraß. Brain rechnete mit. Der Teufel schluckte in kürzester Zeit 60 Seelenschalen, die in normaler Arbeit in je 5.000 Jahren abzulecken wären. Damit hatte der Teufel den Nährwert von 300.000 Arbeitsjahren in einem Augenblick verbraucht. Er hatte glasige, orgiastische Augen und bat Anke trotzdem inständig weiterzumachen.
Brain rechnete weiter. Wenn Anke in der Hölle bliebe, würde sie die ganze Arbeit der Hölle allein erledigen können, was die verwertbaren Seelen anbetraf. Grob gerechnet im Jahre 7.000 nach Christus wäre man dann 5.000 Jahre hinter der Jetztzeit. Da müsste Anke hundert Mal mehr Seelen knacken, weil die Weltbevölkerung der letzten Menschheit 20 Milliarden stark war, also 100 Mal größer als die Bevölkerungszahl im Altertum. Ergo müsste in 5.000 Jahren Anke 6.000 Seelen am Tag schaffen. Sie müsste dann rund um die Uhr alle 15 Sekunden eine Seele knacken. Mit etwas Übung ginge das ... Brain hoffte, der Teufel würde im Rausch nicht mit genauerem Nachrechnen beginnen. Sie müssten das Seelenknacken den Teufeln beibringen. Sonst müsste Anke in der Hölle bleiben. Sie würde viele Tausend Jahre ein paar große Seelen liefern und die Normalseelen würden sich zu riesigen Halden türmen, weil der Teufel nur noch die blanken Babyseelen der Beißressourcen als Substance Zero abgeben würde. Kein normaler Mensch könnte also mehr erlöst werden. Anke konnte ja Normalseelen nicht erlösen. Brain besprach das Ganze mit Martha und Anke. Sie hatten die gleiche Einsicht.

Nach längerer Zeit war der Teufel aus seinem Seelenfressrausch aufgewacht und wieder ansprechbar.
Brain schlug vor, einige Teufel mit einem Ankhaba auszurüsten.
»Hat jemand ein Ankhaba?« Da sprangen Tausende von Teufeln herbei, die begeistert ein Ankhaba schwangen.
Sie hatten es schon ohne Erfolg probiert.
»Wieso gibt es so viele Teufel?«, wunderte sich Brain.
»Wir rechnen mit 5.000 Jahren pro blanker Seele, danach müssen wir viele Male mehr Teufel als Menschen haben, oder?«
Anke erklärte den Teufeln, wie das Knacken anzustellen wäre. Bald füllte sich die ganze Hölle mit lauten Rufen. Millionenfaches »Ankhaba! Ankhaba!«, erscholl in vielen Stimmlagen. Sie klopften und behämmerten die Seelen, dass es eine Freude war. Erwartungsspeichel troff in tausenden Litern auf den Sandboden. Aber keine Seelenschale zersprang. Keine einzige.
Anke fragte den Teufel: »Vertraust du Gott?«
»Wieso? Ich? Natürlich nicht! Wer behauptet das?«
»Weil es sonst nicht geht.«
»Was geht nicht?«
Nun berichteten Anke, Brain und Martha ausführlich alle Beispiele der Heiligkeit. Immer, wenn jemand auf Gott vertraute, konnte ein Wunder geschehen. Vampire hatten niemals tief Gläubige beißen können, die sich im Gebet befanden. Vampire scheuten vor Kreuzen und allem Heiligen sonst. Der Teufel bestätigte, dass auch er das Heilige meiden musste. Er meinte, er sei allergisch dagegen.
»Aber wenn du das Heilige spürst, musst du doch wissen, dass es Gott gibt?«
»Ich weiß ja, dass es Gott gibt. Aber ich vertraue nicht auf ihn. Das kann ich nicht. Ich habe mit Engeln zu tun, die nur überzogene Forderungen stellen. Mehr nicht. Es macht keinen Unterschied,

ob Gott da ist oder nicht. Ich traue schon dem Engel nicht.«
»Spürst du je Heiliges in dir?«
»Nein, ich kann es mir gar nicht vorstellen.«
»Wie fühlt sich das Erhebendste an, was du kennst?«
»Ich dachte seit Anbeginn aller Zeit, es wäre der erste Zungenschlag bei Erstlecken einer frisch gestorbenen Seele. Dann leckte ich an Ousias Seele. Das war um viele Paradiese schöner. Und heute fraß ich ganze Seelenschalen. Das war vom Geschmack um viele Paradiese weniger fein als das Lecken an Ousias Seele, aber in dieser geballten Konzentration unüberbietbar. Es gibt nichts Erhebenderes als das mundvolle Kauen von Vampirseelenschalen.«
»Das ist nicht Heiligkeit, sondern nur Befriedigung von Gier.«
»Das ist doch ganz egal, oder?«
Martha hatte eine Idee. »Bei Menschen bewirkt Gier, dass die Seele völlig verschwärzt. Ist das richtig?«
»Ja.«
»Was aber bewirkt Gier im Teufel?«
»Das weiß ich nicht. Wieso? Und? Was soll sie deiner Meinung nach bewirken?« Martha wartete, bis der Teufel verstehen würde. Anke schlug sich vor den Kopf.
»Ja.« Brain schlug sich vor den Kopf, aber ihm fehlte der Arm.
»Ja! Martha!«
Der Teufel überlegte. »Ich kann als Teufel nicht wissen, wie Gier wirkt, weil alle Teufel gierig sind. Ich kann also nicht wissen, wie es ist, nicht gierig zu sein. Wie soll ich also erkennen können, was Gier in mir bewirkt?«
Martha lächelte. »Ich weiß es aber. Ich bin ja kein Teufel. Gier bewirkt im Teufel, dass er kein Vertrauen in Gott hat und deshalb keine Seelen knacken kann. Die Seelen schließen sich nur in der Gegenwart Gottes auf.
Und deshalb dauert das Lecken so lange. Ihr vertraut nicht auf den

Sinn eurer Arbeit, sondern ihr seht nur auf den Ertrag der Arbeit.«
»Das tut jeder. Der Schleim und der Geschmack auf der Zunge ist alles.«
»Das Hohe wird aber nicht getan, wenn es nicht mit heiligem Vertrauen verrichtet wird. Das Hohe kann nicht in Geldgier oder Geilheit entstehen. Das Hohe muss um des Hohen willen entstehen ohne Nebengedanken an Niedriges. Das Hohe verlangt alles und duldet keine Gegenwart des Niedrigen.«
»Klingt wie Gott.«
»Klingt es einsichtig?«
»Schon, aber es ist kaum zu glauben, oder?«
Anke, Brain und Martha waren sich einig, die Wurzel des Problems gefunden zu haben. »Habt ihr keine Teufel hier in der Hölle, die auf Gott vertrauen?«
»Die wären doch dumm!«
»Habt ihr dumme Teufel?«
»Jede Menge.«
»Also bringe einen dummen Teufel.«
Da rief der Teufel in die Hölle: »Alle dummen Teufel sollen sich melden!« Es blieb still. Anke rief: »Wer von euch hat Mitleid mit der Seele, wenn der Tote beim Lecken schreit?«
Die Teufel der Hölle schauten sich fragend an. Da ertönte ein lustiges Geschrei. Eine Gruppe von Teufeln kam herbeigerannt. Sie trugen einen armen kleinen Teufel heran und warfen ihn Anke vor die Füße.
»Was ist mit ihm?«
»Er weint mit den Seelen mit! Er hat Gebete gelernt, um sie zu beruhigen. Er glaubt, es hilft ihnen. Er erklärt ihnen, wie lange es noch dauert! Er sagt, es vergällt ihm den Geschmack, wenn die Seelen schreien.«
Da wunderte sich der Teufel. So etwas hatte er noch nicht gehört.

»Donnerwetter, ist das dumm!«, staunte er. Anke kniete sich plötzlich voller Mitleid nieder. Der rote Papagei auf ihrer Schulter verlor fast die Balance. Sie streichelte den kleinen Teufel sacht. »Wie heißt du denn?«
»Kafka«, krächzte der Papagei.
Der arme kleine Teufel öffnete langsam die angstgeschlossenen Augen und schaute Anke ratlos an.
»Wie heißt du?«
»Teufel haben keinen Namen.«
»Kafka«, krächzte der Papagei.
Anke lachte. »Darf ich Kafka zu dir sagen?«
Da richtete sich der arme kleine Teufel auf und hatte Tränen in den Augen. »Niemand hat einen Namen.«
»Papperlapapp. Darf ich Kafka zu dir sagen?«
Der Papagei krächzte: »Ankä!«
»Schau,« sagte Anke, »dieser rote Papagei heißt ebenfalls Kafka. Er ist mein Ka. Er möchte, dass auch du seinen Namen trägst. Magst du das?«
Der kleine Teufel blickte den höchsten Teufel an.
Anke schaute in die Runde der umstehenden Teufel.
»Ich erkläre, dass er Kafka heißt.«
In der Hölle war alles totenseelenstill.
Der kleine Teufel zerfloss in Tränen. Solch eine Schande hatte die Hölle noch nie gesehen. Die meisten Teufel hätten geschworen, dass Teufel prinzipiell und überhaupt nicht weinen könnten.
Anke gab dem kleinen Teufel ihr Ankhaba. Er ergriff es ganz ungläubig. Anke legte ihm eine arme kleine Vampirseele vor, die achtlos dagelegen hatte. »Kafka, erlöse diese arme Seele, um die sich niemand kümmert. Sie will zu Gott.«
Der arme kleine Teufel schaute ganz ungläubig.
»Kafka, erlöse diese Seele!« Alle hielten den Atem an. Nichts ge-

schah. Der Papagei mahnte: »Kafka!« Der arme kleine Teufel sah rührend in die Augen des roten Papageis. Er hob ganz sacht das Ankhaba zum Schlage auf und rief zitternd »Ankhaba! Ankhaba!« und ließ es auf die Seele fallen. Im letzten Augenblick zuckte er noch etwas zurück, weil er fürchtete, die Seele mit seinem Hieb zu verletzen. Die Schale der Seele zersprang. Der Teufel Kafka sah ganz ungläubig um sich. Er schaute triumphierend in die Menge, mit ganz glänzenden, heißen Augen und sagte verzückt: »Nicht geschrieen.« Da brach ein Jubel aus, den die Hölle seit Anbeginn aller Zeit nicht gehört hatte. Die Teufel brüllten lauter als Millionen beleckter Seelen. Sie tanzten und freuten sich. Sie hoben Kafka empor, warfen ihn sich gegenseitig zu und ergingen sich in Hochrufen.

»Kafka! Kafka!« Und der Papagei stimmte ein und flog immer mittendrin im dicksten Gewühl. Als sich der Lärm langsam beruhigte und als sie Kafka wieder freigaben, saß er in der Mitte und sagte nichts.

Der Teufel war fast gerührt.

»Er kann es nicht glauben! Ich auch nicht!«

Und sie begannen, wieder etwas zu lachen und zu necken.

Anke flüsterte: »*Ungläubig ist, wer auf Gott vertraut.*«

Martha hörte es und erschauerte.

»Amen.«

DAS GROSSE KNACKEN

Kafka stand wie im Traum auf, ging wieder an die Stelle zurück, wo er seine erste Seele geknackt hatte, griff wahllos eines der dort liegenden Ankhabas und rief: »Ankhaba! Ankhaba!« und schlug zu. Brain schloss verzweifelt die Augen. Wie ein Blitz durchzuckte ihn die Frage. Würde irgendein Ankhaba helfen und hatte nur das Ankhaba von Anke die Kraft? Und er hörte Kafka sagen: »Nicht geschrieen.« Brain stöhnte erleichtert auf. Jetzt erst merkten Martha und Anke, dass es fast etwas Unüberwindbares gegeben hatte. Gebannt sahen die Teufel zu.
»Nicht geschrieen.«
»Nicht geschrieen.«
Der Teufel stand dicht hinter Kafka. Er kam ihm liebevoll zu Hilfe und putzte für Kafka die Seelenschalen weg, damit er sauber arbeiten konnte. Nach einiger Zeit hatte sich ein kleiner, auch sehr schüchterner Teufel bis in die Nähe von Anke geschlängelt. Er ging in den Innenkreis, der von den Teufeln umlagert war und kniete vor Anke nieder. Er sagte ganz artig und sacht: »Gib mir ebenfalls einen Namen. Ich bitte dich.«

Anke schaute ihn liebevoll an und reichte ihm wortlos ein Ankhaba. Der kleine Teufel zitterte am ganzen Leib und zitterte noch viel mehr als er unter dem Ankhaba-Ruf zuschlug. Er brauchte vier Versuche, da splitterte die Schale ein bisschen. Nach und nach platzten Schalenteile ab. Dann knackte der Kern heraus. Anke schaute ihn erwartungsvoll an und dachte gleichzeitig, welchen Namen sie ihm gäbe. Der kleine Teufel hatte unter ihrem Blick das Gefühl, etwas ganz falsch gemacht zu haben. Da fiel es ihm siedend heiß ein, was er versäumt hatte. Das holte er sofort nach. Er sagte feierlich: »Nicht geschrieen!«
Da nickte Anke anerkennend und wieder brach tosender Jubel aus. Der kleine Teufel kniete abermals vor Anke nieder, schielte zu Brain hinüber und bat mit leiser Stimme:
»Ich möchte Kopf heißen, es wäre mir eine große Ehre.«
Anke streichelte ihn und verkündete in die Runde: »Ich nenne dich Kopf!«
Die Menge der Teufel klatschte Beifall. Anke hielt ein Ankhaba in die Höhe. Sie sah aus wie die verwaiste Freiheitsstatue in New York, drehte sich mit dem Ankhaba in alle Richtungen und rief:
»Ich fordere jeden auf, sich einen guten Namen zu machen!«
Da schwiegen die Teufel und dachten nach. Nicht viele fanden den Weg zum Ankhaba. Aber täglich wurden es einige mehr. Bald saß eine ganze Reihe von ihnen nebeneinander und erlöste die Vampirseelen. Nach jedem Klopfen riefen die gläubigen Teufel rituell:
»Nicht geschrieen!«
So klopften immer mehr Teufel mit den ehrwürdigen Namen Jojo, Maista, Jorinde, Yvonne oder Halbacetalform die Seelen. Der Teufel sammelte die Schalen ein, fegte sorgfältig mit eigener Hand die Fläche und sah sehr bald die dem Engel versprochenen Ziele weit übertroffen. Je mehr kleine Teufel mitleidig und gottesfürchtig die Seelen erlösten, umso stärker wurde der Unmut der schlauen Teu-

fel, die immer offener ihren Anteil an der Beute forderten. Die Hölle begann zu brodeln. Der Teufel erklärte, es sei nicht sinnvoll, gleich alles wieder zu verprassen. Er beschwor die Teufel, vernünftig zu bleiben, bis der Engel mit ihnen zufrieden sei. Dann werde er nachdenken, wohlwollend zu agieren. Die schlauen Teufel aber haderten immer stärker. Sie ließen bald ihre Arbeit an den klebrigen Seelen der Normaltoten ganz ruhen, weil sie relativ keinen Effekt mehr hatte.

»Lecken oder nicht lecken, es gibt kaum einen Unterschied.«

Anke, Brain und Martha wollten sich vom höchsten Teufel verabschieden und baten um Unterstützung bei ihrer Rückkehr nach Ägypten. Der Teufel riet ihnen, noch ein paar Tage zu bleiben und bis zur nächsten Öffnung der Erdoberfläche zu warten, wenn die wenigen neu gebildeten Akhs in den Himmel aufsteigen konnten.

»Wo sind denn die Ahks?«

»Ihr Licht verteilt sich im Raum hier unten. Sie sind eins mit ihrer Umgebung. Ihr könnt sie nur bei der Entstehung kurz wie eine Flamme sehen. Dann verteilen sie sich wie ein Dämmerlicht.«

»Deshalb ist es in den Gängen nicht dunkel?«

»Deshalb, ja. Das ist ganz angenehm. Ihr könnt dann wieder ganz schnell oben an die Erdoberfläche zurück.«

»Was passiert mit den Seelen, die geknackt worden sind?«

»Die können keine Akhs bilden, weil ihre Kas nicht hier unten sind. Die Kas kommen nur bei den Normaltoten mit. Bei Vampiren geht es ja nicht. Hatte ich das erklärt, dass die Kas der Vampire ihr Ba nicht erkennen?«

»Ja, wir wissen es. Wir haben es sogar für uns selbst herausgefunden.«

Die drei, besonders Anke, gingen in dieser Zeit einige Male zum Großen Tor. Anke klopfte mit dem Ankhaba. Es rührte sich nichts. Der Teufel wusste nicht, was sich dahinter verbarg. Der Teufel

erklärte, dass sie alle paar Jahre eine neue Ladung Substance One mit kleinen Seelen vor das Tor stellten. Das öffnete sich dann stets und der Container wurde mit unsichtbarer Zauberhand hineingezogen, dann schloss sich das Tor wieder. Hinter dem Tor, sagte der Teufel, seien nur sandfarbene Wände.
Brain schaute Anke an: »Was immer das bei wem heißt.«
Anke, Brain und Martha konnten jetzt viele farbige Zeichnungen auf dem Großen Tor sehen. Ihre Wahrnehmung wurde immer differenzierter. Sie überlegten schon, ob sie nicht so lange unten verweilen sollten, wie sich ihr Vermögen zu sehen vermehrte.
Da kam der sehnlich erwartete Botenteufel von der Erdoberfläche zurück und übergab ihnen die Seele von Otto. Er hatte sie dem Grab entnommen. Die Seele war stark krustig, nicht klebrig.

Martha trug sie ein paar Tage mit sich herum. Nummer Zehn erkannte die Seele nicht. Anke trauerte mit ihrer Mama. »Wenn wir ihn frei klopfen, wird er ein Akh und ist weg, nicht wahr, Mama? Willst du ihn behalten? Was denkst du?«
»Am liebsten würde ich ihn noch ein einziges Mal sehen. Am zweitliebsten würde ich gerne - bitte nimm es hin - gepfählt werden und nun mit ihm zusammen als Licht in den Himmel steigen. Verstehst du mich, mein Kind?« Martha nahm Anke in den Arm, aber die entwand sich.
Anke hatte an diese Möglichkeit gar nicht gedacht. Sie verstand nichts. Alles wirbelte im Kopf. Martha versprach, es sich zu überlegen. Anke lief mit Brain abseits und besprach es aufgeregt mit ihm. »Kannst du das glauben?« Aber Brain hatte sich das alles so gedacht. Er hatte verstanden, warum Martha in der letzten Zeit so viel aufgeräumter und aufgeschlossener geworden war. Sie vertraute offenbar darauf, dass jetzt eine Lösung für sie selbst gefunden würde.

»Anke, sie wollte immer als Mensch sterben, nicht als Vampir. Wenn ihr mich nicht mit der Lanze im Körper gepflegt hättet, hätte sie vielleicht schon früher das Sterben gewählt. Sie hasst das Dasein als Vampir von ganzem Herzen. Sie lebt nun schon über ein Jahr zu lang. Das ist der Lauf der Welt, Anke. Sie hat ihr Leben, du hast deines. Fürchtest du dich mit mir allein? Oder wirst du mich verlassen wollen?«

»Ach, Brain!« Sie nahm den Kopf in den Schoß.

»Ach, Brain!«

Sie trauerte. Sie lebte schon länger mehr mit Brain zusammen, aber nun—. Ganz ohne Martha?

Sie würde sich nackt und allein fühlen.

Und Brain fühlte es ebenso. Er stellte sich vor, ein Pfahl zischte durch seinen Kopf, das Hirn spritzte nach allen Seiten, Anke würde seine zweite Seele aufklopfen ... Ach, er dachte an Ousia. Liebte er sie? Auf sie müsste er einige tausend Jahre warten, denn sie war als Mensch verstorben.

Anke schien so etwas zu ahnen. »Ich denke an Ousia, Brain. Sie kann niemals erlöst werden, weil sie ein paar Tausend Jahre geleckt werden müsste. Das dürfte aber der Teufel ihr nicht antun. Wir haben das vergessen zu fordern! Oh weh! Ja! Aber Ousia wird nicht erlöst, solange du lebst. Sie wird ungefähr mit dir zusammen sterben, oder?«

So saßen sie nachdenklich, Anke mit Brain im Schoß. Ihnen wurde nicht wirklich heller zumute. Die Zeit verging. Die Tage zur Erdöffnung zogen sich hin. Die kleinen lieben Teufel klopften.

»Nicht geschrieen.« Inzwischen waren schon Massen von Teufeln zum Glauben bekehrt. Die abgeschälten Seelen häuften sich. Der Teufel versteckte sie als Ablieferungsvorrat für viele, viele Folgejahre. Die Teufel, die Seelen erlösten, klopften völlig selbstvergessen wie betende Mönche. Sie kümmerten sich um nichts weiter. Sie verlangten nichts, kauten keine Schalen nebenbei. Sie waren ganz ohne Gier. Ab und zu konnte ein kleiner Teufel nicht widerstehen und naschte. Dann aber gab ihm das Ankhaba keine Macht mehr. Er war dann wieder mit Schande Normalteufel geworden. Wer an der Erlösung zweifelte, wurde wieder zum Normalteufel. Für jeden, den der Zweifel zurücktrieb, begannen tausende auf Gott vertrauende Teufel neu. Die Seelen stapelten sich. Die Schalen verschwanden in den Lagern. Die schlauen Teufel hielten sich nur mühsam zurück. Sie sahen die Haufen der roten Seelen, die geknackt waren. Sie ahnten, wie viel Schale schon entstanden sein musste. Der höchste Teufel ließ alles wegschaffen.

Bald kam der erwartete Tag der Erdöffnung, an dem die neu entstandenen Akhs aus der Hölle in den Himmel steigen sollten. Sie würden durch eine kurzfristige Öffnung über der Innenraumkugel vor dem Großen Tor entschlüpfen. Martha war einverstanden, die Seele von Otto noch eine Weile mit sich zu tragen.

»Aber nicht mehr als vielleicht ein Jahr, Kinder«, sagte sie müde zu Anke und Brain.

Am Tag der Öffnung standen sie allein in der großen Kugel. Innen leuchtete schwaches Licht. Das waren die wartenden Akhs. Das Tor schimmerte in vielen Farben. Die Teufel arbeiteten in den Gängen. Es war viel stiller als in all der Erdenzeit davor. Die einen Teufel klopften und riefen ihr »Ankhaba!« und »Nicht geschrieen!«, die anderen taten rein gar nichts mehr und warteten speicheltriefend auf Beutekruste. Kein Toter schrie.

Der Teufel verabschiedete sich. Sie zankten noch eine Weile, ob der Teufel an Ousias Seele lecken dürfte. Es fiel ihm sichtlich schwer, davon Abstand zu nehmen, aber er hatte ja genügend Krusten.

»Der wirklich feinste aller Genüsse aber ist Ousia,« klagte er.
»Das weiß ich auch,« entgegnete Brain.

»Aber ich habe schon für mehrere Leben genug geschrieen.« Der Teufel lächelte. Irgendwie würde die Sache ja einmal ausgehen. Er war gespannt. Er zeigte ihnen den Weg nach oben. Die Erde öffnete sich dort schon ein wenig. Das Licht stieg nach oben. Die Akhs begannen ihre Himmelfahrt. Es war ganz unspektakulär. Es sah aus, als stiege Nebel sanft an.
»Schnell!«, mahnte der Teufel.
»Ihr habt nur ein paar Stunden! In den Raumanzügen ist es nicht so leicht!« Der Papagei krächzte: »Kafka!«
Da kam Kafka herbeigelaufen, er hatte sein kleines Ankhaba in der Hand. Anke küßte ihn, diesen ersten Erlöser der Menschen. Sie nahmen noch einmal Abschied und stiegen mit den Akhs nach oben. Es erhob sich aber ein Wind. Es zischte und rauschte heran. Ein Sturm schwoll heran. Der Sand wirbelte auf. Der Papagei stürzte fast aus der Luft. Der Wind brüllte. Alles füllte sich mit wirbelndem Sand. Anke stopfte die Kas in eine Tüte, rollte Brain ein, klammerte sich an Martha. Sie fielen hin, lagen geduckt im Sand. Zum Glück trugen sie die Schutzanzüge. Der Sturm raste über sie hinweg. Er wirbelte in die Gänge der Hölle, dorthin, wo der Teufel seinen eigentlichen Sitz hatte. Dorthin raste das Zentrum des Tornados.
Dann wurde es plötzlich taghell. Der Sturm wirbelte weiter. Grelles weißes Licht breitete sich aus, heller als tausend Sonnen.
Das Licht stieg auf.
»Lass mich sehen! Ich will sehen!«, schrie Brain. Anke wickelte ihn aus. Sie sahen das Licht in den Anzügen nicht so schön wie es war. Aber Brain kniff sein rechtes Auge zu und glaubte zu sehen, was es war. »Es sind Akhs, viele, viele Akhs!«
Da wussten sie, was geschah. Die Lebensgeister auf der Erde, die so lange nach den Seelen der gepfählten Vampire gesucht hatten, hatten sicher den großen Haufen der Seelen in der Unterwelt ge-

rochen und nun, da sich die Erde kurz öffnete, vereinigten sie sich mit den aufgeklopften Seelen in Massen zu Ahks.
Der Sturm der einbrechenden Kas, die ihre blanken geknackten Seelen suchten, verwirbelte die Schalen. Da brach der Sturm der meuternden Teufel los, die sich auf die wirbelnden Schalen stürzten. Die beginnende Orgie steigerte sich zum offenen Aufruhr und offenbar zum Sturm auf die Schalenvorratslager.
Sie hörten geduckt auf dem Boden liegend, im Sturm der Kas, den Teufel klagen und jammern.
»Hilf Herrgott hilf! Meine Vorräte! Mein Glück! Alles dahin! Alles löst sich in Luft auf! Herrgott hilf! Der Engel wird mir alles nehmen! Sie werden immer mehr fordern! Herrgott hilf!« Er wusste nicht, was er sagte.
»Armer Teufel«, dachte Anke.
Da schrie der Teufel plötzlich nochmals stärker, diesmal wie eine Bestie auf. Er schrie schriller als alle Toten der Welt.
»Weg! Aufhören! Stopp! Ich befehle sofortige Ruhe! Ich will nicht! Aufhören!«
Er zeterte und spie Feuer, aber die Teufel schienen ungerührt die aufgewirbelten Krusten zu fressen. Es grunzte und brüllte. Das Licht der Akhs vermischte sich mit den Lusttönen der schmatzenden Teufel. Das Große Fressen hub an. Sie kämpften bald gegenseitig um jede Krume. Sie kratzten und bissen, lagen im Kampf. Andere lagen glücklich in irgendwelchen Ecken, schon ganz weggetreten.
Das größte Heilige stieg mitten in der größten Orgie aller Zeit grellhell zur endgültigen Erlösung.
Die lieben Teufel klopften gottesfürchtig.
»Nicht geschrieen! Nicht geschrieen!« Anke, Brain und Martha standen allein im grandios aufsteigenden Licht. Der Teufel stemmte sich in der Hölle hilflos gegen die Gier des Bösen.

Die Teufel bestaunten das Monster. Sie hatten keine Angst.

Er raste: »Das kommt davon, dass sich in der Hölle das Gute einmischt! Ich hätte es wissen sollen! Das Böse ist nie so sehr böse, wenn es nur unter sich bleibt! Hätte ich mich doch nie auf Gottvertrauen eingelassen ... Oh Gott!«

Und in diesem Moment, als der Sturm des Lichtes im Zenit stand und die Gier nach Lust am Höhepunkt, da öffnete sich das Große Tor. Ein weißer Mann stand dort und schaute verwundert nach, was wohl geschah.

FINIS MUNDI

VOR DEM OFFENEN TOR

Der weiße Mann blickte freundlich in den grellweißlichen Nebel der Akhlichter, die erlöst aufstiegen, wie Schnee, der nach oben fiel. Er selbst hatte noch nie so ungeheuer viel Gutes gesehen.
Unwillkürlich faltete er die Hände und dankte Gott.
An seiner Seite glitt sanft aus dem Nebel eine riesige weiße Schlange heran und verschwand hinter ihm im geheimnisvollen Reich. Sie war nicht zu hören.
Die Welt schwieg und war ganz ergriffen im Heiligen.
Im Hintergrund tobte die laute Plünderung der Seelenschalen. Die bösen Teufel feuerten die Gottgläubigen an, schneller die Seelen aufzuklopfen. Sie prügelten sich.
Anke stand auf und stakste im Schutzanzug zum weißen Mann.
Sie hielt das Ankhaba in der Hand, das am Tor jetzt fehlte.
Der weiße Mann sah sie auf sich zukommen.
»Du«, sagte er sinnend und wartete, dass sie herankäme.
Anke wollte ihn begrüßen, da fiel ihr ein, dass sie ja das Ankh vom

Tor genommen hatte. Würde er ungehalten sein? Würde er sie bestrafen? Wäre er ein Engel, ein Wächter des Guten? Sie verlangsamte ihren Schritt und begrüßte ihn fragend und schüchtern.
»Kannst du mich denn sehen?«, sprach der weiße Mann ebenso fragend wie schüchtern.
Anke nickte.
Da flammte ein Sonnenstrahl in seinem Gesicht auf. Er ergriff freudig ihre Hände und schüttelte sie mit herzlicher Wärme.
»Seit langer Zeit habe ich mir wieder einen Besuch gewünscht. Es ist erstaunlich, dass du das Ankh abnehmen konntest, und ich wundere mich, dass du es überhaupt siehst.«
Anke winkte Martha zu sich, die Brain mitbrachte und auswickelte. Anke stellte sie vor. Martha nickte stumm, sie sah den weißen Mann nur schemenhaft und vielleicht auch nur in ihrer Vorstellung. Brain und der weiße Mann aber schauten sich lange an.
»Was bedeutet das Zeichen des Bösen auf deiner Stirn?«
Brain wusste darauf nicht gut zu antworten: »Es ist vom Teufel selbst! Aber warum?«
Und er versuchte stockend eine kurze Erklärung.
»Aber es stört nicht sehr. Ich denke nicht, dass es etwas Wichtiges bedeutet.« Der weiße Mann wiegte bedenklich den Kopf. »Hast du denn nicht sehr leicht die Eingänge zur Hölle gefunden?«
»Ja, das schon.«
»Hast du gräßliche Erlebnisse durchgemacht, die dem normalen Leben fremd sind?«
»Jede Menge.«
»Hast du Blut, Ungerechtigkeit, Haß und Grausamkeit erlebt?«
Brain nickte.
»Und du hast nie den Grund erforscht?«
Sie schwiegen alle drei betreten.
Sie berichteten grob, was ihnen widerfahren war.

Brain begann, etwas zu ahnen. »Bin ich mit dem Apophis-Zeichen ein Diener des Bösen?«

Der weiße Mann seufzte und fragte: »Was ist bloß das Böse genau? Wer weiß das schon!«

Brain fragte: »Auch du kennst nicht den Unterschied zwischen Gut und Böse?«

»Wer ihn kennt, ist dumm,« stellte der weiße Mann ernst fest. »Wer ihn nur zu wissen sucht, ist noch nicht unrettbar verloren.« Verstanden sie das? Der weiße Mann sprach: »Seht, wie der kleine Teufel Kafka durch das Tun des Guten alles dort ins Chaos stürzt. Einige wenige Teufel werden nun alle Seelen retten. Die Masse der Teufel aber wird um die Schalenkrusten Krieg führen. So entsteht immer - wirklich immer - in der Nähe des wahrhaft Guten das schrecklich Böse. Wenn die Welt nur von Pflanzenfressern bewohnt wäre, wäre das einzige Raubtier unerhört mächtig. In einem Kloster ist der Teufel stark. In einem Tyrannenreich des absolut Bösen regt sich das höchste Gute, denn nur das höchste Gute kann gegen das absolut Böse zu kämpfen beginnen. So liegen das Gute und das Böse stets im Widerstreit und erzeugen sich gegenseitig, immer das eine das andere. Und weil sie sich erzeugen, werden sie sich nie besiegen. Wenn eines der beiden zu siegen droht, erzeugt es ein Übermächtiges auf der anderen Seite. Die großen Seelen der Menschen entstehen deshalb auch eher in bösen Zeiten. Wenn wir vom Himmel aus die großen Seelen ernten wollen, so sind friedliche Zeiten dafür gar nicht so gut, wie ihr denken könntet. Es gibt andere, ferne Kulturen, weit von Ägypten, da wissen sie es schon seit allen Urzeiten. Sie haben ein geheimnisvolles Zeichen dafür. Es heißt Tai Chi. Kennt ihr das? Es ist Ying und Yang, Weiß und Schwarz, Frau und Mann, Zwei in Einem. Alles in Einem.«

Anke und Brain nickten.

Brain aber fragte: »Aber es ist nicht Gut und Böse? Oder doch? Und ist das Gute und Böse alle Zeit in mir, mal dies, mal jenes mehr?«

Der weiße Mann nickte. »Es ist warm und kalt, stark und schwach, Kopf und Herz. Mal überwiegt dies, ein anderes Mal das.«
Brain runzelte die Stirn: »Aber ich habe kein Herz, nur den Kopf. Nur Ying, nicht Yang.«
Der weiße Mann überlegte sorgfältig und wusste keine gute Antwort oder er mochte keine geben. Er wich aus.
»Wollen wir das Apophis-Zeichen, das du ja nie als bewusster Jünger des Bösen trugst, nicht besser vertilgen?«
»Kannst du das Zeichen löschen?«
»Ich vermag es.«
»Oh fein«, freute sich Anke.
»Dann kannst du ein neues Zeichen an seine Stelle setzen? Vielleicht eines auch auf meine Stirn?«
»An welches Zeichen denkst du denn, mein Kind?«
Anke krauste die Stirn.
»Wir haben Brain oft am Morgen eine Uräusschlange über den Apophis geschminkt, damit er sich besser fühlt. Deshalb denken wir, ein Uräus wäre schön ... oder ist das auch etwas Böses?« Nun wurde Anke unsicher.
»Eine Uräusschlange? Oh, die tragen die Könige oder Götter.«
»Dann bitte ich um Verzeihung,« schämte sich Anke und bat um einen gewöhnlicheren Vorschlag für normal würdige Vampire.
Der weiße Mann dachte nach. Eine ganze Weile überlegte er vieles Hin und vieles Wider. Schließlich lächelte er entschlossen und verkündete, er wolle ihre Wünsche erfüllen, ihnen aber nicht sa-

gen, was das bedeuten würde. »Zu einem Zeichen gehören Wirkungen, Rechte und Pflichten. Die Pflichten erfüllt ihr womöglich oder wahrscheinlich, ohne sie zu kennen. Ich will euch daher helfen.« Er hielt inne und überlegte.
»Ich kann versuchen, euch ein neues Zeichen auf die Stirn zu setzen, aber oft gelingt es nicht. Manchmal zeigen sich ganz andere Zeichen, die irgendwie von höheren Mächten gewollt zu werden scheinen. Ich glaube nicht, dass ich es vermag, auf bösen Stirnen Götterzeichen erscheinen zu lassen. Und es mag sein, dass dann auf ewig der Apophis bleibt. Ich will versuchen, Uräen erscheinen zu lassen. Was wirklich erscheinen wird, müßt ihr dann hinnehmen. Seid ihr dazu bereit?«
Nun wurde besonders Brain etwas unwohl. Aber weil Anke ohne jede weitere Überlegung nickte, willigte er ein.
Da reckte der weiße Mann die Hände in die immer noch steigenden Akhs und zeigte nacheinander auf die Stirn von Brain und Anke. Blitze erschienen ihnen. Sie schossen auf sie zu. Sie fühlten sich wie von Blitzen getötet. Anke taumelte und fiel nach hinten. Brains Kopf fiel in den Sand und drehte sich dort auf dem Hals wie ein Kreisel. Der weiße Mann ging eilig auf die beiden zu und schaute, was auf ihren Stirnen erschienen war. Anke trug ein seltsames Zeichen auf der Stirn, ganz golden. Von einer Uräusschlange hinter einer Sonnenscheibe gingen mehrere dünne Ärmchen aus, und jedes dieser Ärmchen hielt der Welt ein Ankh dargeboten. Der weiße Mann staunte. Neugierig rasch griff er den Kopf von Brain. Der Apophis war verschwunden. Stattdessen sah er dies:

☯

»Ein Ying und ein Yang«, murmelte er.
»Aber mit Pfeilen daran, die unruhig auf eine Umwälzung der

Werte hindeuten. Alles ist in Bewegung. Die Welt dreht sich und ist nicht fertig. Im Tai Chi ruhen die beiden Pole ineinander gebettet. Hier aber jagen sich die Prinzipien und wollen sich überholen oder verdrängen? Was mag dies bedeuten? In diesem Zeichen ist die Zeit darin, die jagende Zeit, nicht die Ewigkeit des Tai Chi. Etwas geht auf und ab und wechselt und wandelt sich. Es ist nicht das Eine, sondern nacheinander das Verschiedene in ewigem Wechsel. Nur alles zusammen, das Gestern, das Hier und das Morgen sind eines. Es ist ein Weg, ja, ein Weg, aber er führt nicht hinweg, sondern kehrt wieder und wieder.«

Und er redete und redete, der weiße Mann, und dachte nach. Er hielt Brains Kopf in der Hand. Brain hatte sich langsam aus seiner Verwirrung unter den Blitzen erholt und schaute dem weißen Mann nun aus der nächsten Nähe beim Denken zu. Er versuchte sich vorzustellen, welch wundersames Zeichen er nun auf der Stirne trüge. Nun rappelte sich auch Anke wieder auf. Martha stand teilnahmslos da und wartete. Sie schien über etwas in ihrem Innern zu grübeln.

Brain und Anke sahen sich gegenseitig an und riefen: »Ach!« Anke lachte gleich darauf hell auf und verstummte ein wenig ratlos. Brain kniff die Augen zusammen und sah. Er sah hin und erstaunte tief. Der weiße Mann schaute von Brain zu Anke und hin und her. Er fragte: »Kennt ihr das Zeichen auf Brains Stirn? Was ist sein Geheimnis? Soll ich euch einen Spiegel reichen?« Sie lachten, weil das bei Vampiren nicht helfen würde! Aber Anke malte das Zeichen wortlos in den Sand, damit Brain es sähe. Brain schaute ungläubig und wurde mehr und mehr andächtig.

»Wertmüll,« flüsterte er.

Anke erklärte dem weißen Mann das in der früheren Welt am häufigsten vorkommende Symbol und sie gaben ihm eine Vorstellung von Recycling. Da wunderte sich der weiße Mann und erschauder-

te vor der großen Weisheit des Symbols.»Es entsteht und vergeht. Es verändert seinen Wert und seine Wertigkeit. Immer wieder wird das Vergangene in neuen Wert gewandelt. Die Zeit vergeht, aber der Wert bleibt. Der Wert ist immer ein Verschiedenes, aber alle Werte in der Zeit sind das Eine. Vielleicht ist es das Symbol des veränderlichen Geistes, der immer wieder andere Werte in den Dingen sieht? Der immer wieder neue Werte und Wertigkeiten erschafft? Der aus den gleichen Stoffen immer das Verschiedene erschafft, bis in alle Ewigkeit?«
Brain stotterte etwas, weil ihn das Profane des Symbols bedrückte. »Aber der Geist entwickelt doch immer höhere Werte, oder sehe ich es falsch?« Das wollte der weiße Mann nicht anerkennen.
»Der Geist beginnt nach und nach, den Gehalt der Grundstoffe zu würdigen. Nicht er, der Geist, schwingt sich auf. Sondern er versenkt sich langsam in die wahre Substanz.«
Aber der weiße Mann bemerkte, dass Brain unwohl war und er schaute auf das Zeichen von Anke. »Es ist aus drei Zeichen zusammengesetzt,« sagte er sinnend. Die Uräusschlange ist hinter der Sonnenscheibe verborgen. Sie schützt das Licht.

Es gibt ein Zeichen des Aton, des Gottes, der die Sonnenscheibe symbolisiert. Das Zeichen Atons sieht so aus:

In den Tempeln Ägyptens laufen die Strahlen der Sonne in dünne Ärmchen aus. Die Ärmchen halten ein Ankh. Aton, die Scheibe der Sonne, spendet Strahlen wie Lebenskraft des Ankh und Aton wird von der Schlange beschützt.«

Brain schaute konzentriert von der Seite. Sollte er etwas sagen? Würde der weiße Mann sehen? Hatte der weiße Mann den scharfen Blick eines Udjat-Auges? Brain wartete. Der weiße Mann ging näher an das komplizierte Symbol auf Ankes Stirn heran.
»Wie sorgfältig fein es gearbeitet ist! Nie habe ich ein feineres gesehen! Die Hände sind fein gezeichnet, nicht stilisiert. Die Ankhs in den Händen sind ... oh! Oh! Das ist ja ... oh! Die Ankhs haben alle eine Herzform wie das da!«, staunte er und schaute auf das Ankhaba. Brain nickte. Es waren Ankhabas in den Händchen, keine Ankhs. Er hatte es sofort gesehen. Der weiße Mann wollte es kaum glauben. »Wir haben seit Jahrhunderten keine neuen Symbole gesehen! Was das wohl bedeutet? Umwälzungen? Mehr Liebe? Mehr Herz?«
Sie sahen zu Martha, die neben ihnen wie teilnahmslos wartete.
»Du wünschst dir nichts?«, wollte der weiße Mann wissen.
»Ich möchte in Frieden sterben.«
»Oh, das ist nicht wenig gewünscht. Es ist nicht von außen erfüllbar. Frieden muss von Herzen gewünscht werden. Das ist einfach, aber schwer.«
Sie verstummten verlegen. Anke fragte, weil es ihr plötzlich einfiel, was wohl die große weiße Schlange hinter dem Tor bedeuten mochte. Der weiße Mann verstand sie nicht.
»Wir sahen eine riesige weiße Schlange zwischen den Akhs. Ich jedenfalls. Brain? Martha? Ihr auch?«
Sie alle hatten sie nicht gesehen. Sie wunderten sich. Der weiße Mann legte die Stirn in Falten. Anke beschrieb, wie eine weiße Schlange in die Räume hinter das Tor geglitten sei, als der weiße Mann es gerade geöffnet hatte. Das wollte dieser nicht glauben.
»Kennst du denn keine weiße Schlange?«, fragte Anke.
»Nein.«
»Wäre es schlimm, wenn dort eine eindränge?«

»Nein. Nur der Heilige kann drinnen das Heilige sehen. Das Böse ist drinnen blind. Wer nicht sehend ist, sieht dort nur Sandwände. Deshalb sagt man in eurer Sprache oft Seher, wenn man Heiliger meint.«

»Wollen wir nicht lieber nachschauen gehen, zur Sicherheit?«

Der weiße Mann schaute wie ein gütiger Alter, der etwas Goldiges vom Urenkelkind zu hören bekam. Für ihn konnte es gar keine Gefahr für das Heilige geben. Aber er willigte trotzdem ein.

»Warum nicht! Schauen wir zur Sicherheit nach. Kommt! Tretet ein und gewährt mir dabei einen Besuch.«

»Und wozu ist das Tor da, wenn es nicht gebraucht wird?«

»Es beschützt nichts, das Tor, es hält einfach den Bezirk dahinter von Scharen von Unwissenden frei, wie wir die Nicht-Sehenden nennen. Das Tor schließt nur aus, aber eigentlich darf jeder hinein.«

»Wie heißt du eigentlich?«, fragte Anke beim Eintreten.

»Oh, wir haben keine Namen. Wer sich einen Namen macht, kann eitel werden.«

Anke zuckte zusammen. Sie jedenfalls dachte an Namen. Kafka. Nun aber hörten sie innen das Rascheln der gleitenden Schlange. Sie sahen, wie die weiße Schlange aus dem unbestimmten Hellen herauskam. Sie trug zwischen den Zähnen einen nur schwach sichtbaren Eimer am Henkel. Auf dem fast unsichtbaren Eimer sahen sie deutlich schwarz das Zeichen des Apophis geschrieben. Wer genau hinschaute, konnte vielleicht auch nur das Zeichen sehen und den Eimer eigentlich nicht. Der weiße Mann geriet ganz plötzlich außer sich vor Furcht. Er fuchtelte mit den Armen und rief Gott um Hilfe. »Alle Himmel, kommt herab! Das Gloth wird gestohlen! Das Gloth geht dahin! Tod und Verderben drohen allen Wesen der Erde! Alles geht dahin! Schützt, ihr Himmel, das Gloth! Gott und Himmel!« Die weiße Schlange glitt zum Tor. Auf dem

Sand wetzte sich aber ihre Farbe ab. Und sie erkannten alle, dass die Schlange schwarz war.
»Apophis ist zurück!«, rief der weiße Mann.
Brain wollte schreien.
Und Anke dachte dasselbe: »Leon!«
Martha fiel vor Kummer in sich zusammen.
»Das ist mein Kind. Alles mein Kind. Immer mein Kind.«
Anke versuchte, sich in einen goldenen Uräus zu verwandeln.
Es gelang ihr nicht.
»Ich muss mich in einen Uräus verwandeln. Herr, hilf!«
Aber da entwich die schwarze Schlange schon mit dem Eimer voll Gloth zwischen den seligen Akhs durch die Erdöffnung über dem Tor nach oben.
Das höchste Gute erschuf das absolut Böse.

GLOTH

»Das ist mein Bruder! Mein Bruder ist die schwarze Schlange! Er will die Welt beherrschen! Was ist Gloth? Welche Gefahren drohen? Was müssen wir tun?« Anke schüttelte den verzweifelten weißen Mann. Der war fassungslos und klagte: »Man wird mich des Amtes entheben. Ich habe versagt. Wenn nicht schnell der Engel zu Hilfe kommt, bin ich verloren.« Brain brüllte den weißen Mann an: »Und so siehst du, wie ein einziges Unglück selbst den Heiligen in einen jammernden Egoisten verwandelt. Was, zum Teufel, ist Gloth?«

»Den Eimer kann niemand sehen, selbst der Engel nicht ganz sicher. Er ist sichtbar geworden, weil das Zeichen der bösen Schlange darauf gezeichnet ist. Niemand vermag es, den Eimer zu bekritzeln, denn niemand kann den heiligen Eimer überhaupt sehen! Nun konnte die Schlange ihn offenbar doch erkennen, weil das Zeichen des Bösen sichtbar ist! Fort! Fort!«

»Was ist Gloth! Was ist Gloth! Heraus damit! Schnell! Wir müssen wissen, was zu tun ist!«

»Solange Gloth im Eimer ist, ist es eine unendliche heilige Sub-

stanz. Wer sie im Körper hat, der behält seinen Zustand für ewig.«
»Vampire!«, rief Brain in plötzlicher Erkenntnis.
»Vampire behalten ihren Zustand in Ewigkeit!«
»Ja, auch Vampire. Es ist eine technisch schwierige Geschichte. Wir wollten die Pharaonen und die Heiligen zu Mumien konservieren und als Wesen im Himmel präsentieren. Die Oberen im Himmel sehen immer nur rote Seelen und aufsteigende Akhs und sie wollten einmal wissen und sehen oder eine Idee bekommen, wie diese wunderbaren Dinge entstehen. Sie interessierten sich kurz für das tatsächliche Werden dieser Dinge, nicht nur für das im Himmel abgelieferte Endprodukt. Sie wollten einmal die Basisarbeit anschauen, die wir hier unten ableisten. Deshalb gaben sie uns die im Eimer unendliche Substanz Gloth, inexhaustus in amphora. So viel Gloth ich auch dem Eimer entnehme - er ist hinterher wieder voll.«
»Vampire haben also Gloth in sich!«
»Vampire waren der erste schwere Glothunfall. Wir haben lange an der Eindämmung der nachfolgenden Epidemie gearbeitet. Und nun schon wieder! Wie schrecklich! Auch in Vampiren ist Gloth unendlich, inexhaustus in hirudine. Deshalb pflanzt sich das Gloth in ihnen fort und fort. Deshalb kehrt keine Ruhe ein in der Welt. Alles Gloth gehört in die Amphora. Herr, erlöse uns! Himmel, hilf! Wo bleibt bloß der Engel! Was tut der schändliche Räuber mit dem Gloth!«
Brain schüttelte den Alten.
»Was droht uns überhaupt? Was kann geschehen?«
Der weiße Mann ächzte.
»Wenn Gloth verschüttet wird, pflanzt es sich augenblicklich fort, weil es unendlich verdünnt werden kann. Schüttet man einen Löffel davon in den Ozean, so ist Gloth im Nu überall auf der Welt, im Regen und auf allen Landen. Wer das von Gloth infizierte Was-

ser trinkt, wird konserviert für alle Ewigkeit. Das Leben der Erde ist in Gefahr! Himmel hilf! Wo bleibt der Engel nur so lange?«
Der weiße Mann wand sich voller Unruhe und rang die Augen und die Hände. Der Engel flatterte herein. »Was ist los?«
»Schlimm, schlimm! Etwas Furchtbares ist geschehen! Es droht ein neuer Glothunfall. Das Gloth ist gestohlen! Schnell, der Räuber ist Leon, der Herrscher der Vampire! Eile, oh Engel, eile!«
»Wie konnte das geschehen?«
»Ich sah die vielen Akhs aufsteigen und traf hier diese drei Vampire. Während ich mit ihnen sprach, konnte ungesehen eine mit weißer Farbe gestrichene schwarze Schlange eindringen und das Gloth stehlen! Die Amphora mit dem Gloth war mit dem Zeichen des Apophis beschrieben. Das ist Verrat! Es ist unvorstellbar, wer einen solchen Verrat überhaupt begehen kann! Es muss herausgefunden werden! Ein mächtiges Böses muss erschienen sein!«
»Niemand kann die Amphora beschriften, nicht einmal, glaube ich, ich selbst. Könnte ich es selbst?«, fragte der Engel.
Der weiße Mann zweifelte. »Ich glaube es nicht. Nein, das wirst du nicht können. Das kann nicht sein. So viel Macht hat ein Engel nach meiner Kenntnis nicht.«
»Sehr gut,« sagte der Engel hochzufrieden und rieb sich die Hände. »Dann gibt es nur einen einzigen möglichen Schuldigen, nämlich dich! Durch deine ehrliche Feststellung, ich selbst könnte es nicht, hast du dir dein eigenes Grab geschaufelt.«
»Aber ich kann es doch auch nicht!«
»Aha, wer denn dann?«
Der weiße Mann konnte sich das nicht zusammenreimen. »Du?«
Der Engel reckte sich auf und schrie mit Donnerstimme: »Du willst also mich beschuldigen? Mich?«
»Nein, ich weiß nur nicht, wer es überhaupt könnte. Eigentlich niemand, wenn nicht du. Also hat niemand Schuld.«

»Fein. Ich glaube, so endet es immer. Irgendjemand aber muss stets die Schuld haben. Deshalb gibt man sie am einfachsten immer dem, der Hilfe braucht. Das bist du. Ich helfe dir, aber du übernimmst die Verantwortung für den ganzen Vorfall, ja?«
»Ja, Herr.«
»Du hast Schuld?«
»Ja, Herr.«
»Du trägst die Verantwortung für das, was geschah und nun geschehen wird?«
»Ja, Herr.«
Da verlor Anke die Geduld. »Ist hier erst das Gericht und dann die Rettung? Warum hilfst du nicht zuerst?«
Der Engel drehte sich überrascht um. »Du siehst mich?«
»Ja.«
»Du auch?«
Brain nickte.
»Und du?«
Martha reagierte nicht.
»Was geht hier vor? Habt ihr es etwa getan?«
Anke wurde böse: »Wieso wir! Erst sagst du, ein Engel kann es nicht, jetzt sollen wir es vermögen? Wirst du langsam handeln? Geh und hole das Gloth zurück. Dann brauchen wir kein Gericht zu halten. Geh!«
»So zornig, kleines Mädel?«
»Ich bin kein Mädel!«
»Dann sei doch du selbst so nett und hole das Gloth. Spiel doch den Uräus. Na? Weißt du, was das Zeichen auf deiner Stirn bedeutet?«
»Geh und rede nicht!«, schäumte Anke. Sie hielt ihm das Ankhaba vor und rief: »Ankhaba! Ankhaba! Ich, Anke— ich WILL!«
Da lächelte der Engel.

»Du imponierst mir. Du könntest bei mir als Engel anfangen. Schön sieht das aus, was du da in der Hand hast. Fuchtelst du da mit einem verbogenen Ankh? Hast du es vom Tor abgerissen? Habe ich das erlaubt?«
Anke hielt drohend das Ankhaba vor den Engel. »Hilf!«
»Das Gloth läuft nicht davon, oder doch? Der weiße Mann hier kann etwas davon erzählen. Das Gloth wurde schon einmal verschüttet. Hinterher sagten sie in Ägypten, die Göttin Hathor hätte die Menschen gemordet. Wir versuchten damals, das Gloth wieder mit vielen Tonnen von Isisblut zu neutralisieren. Aber es war schon viel zu spät und es waren schon fast alle Menschen verstorben. Es hieß, der Sonnengott Re sei böse über die Menschen. Manche bildeten sich eine Sintflut ein, weil das Gloth alles Wasser aufbrausen läßt, wenn es mit ihm in Berührung kommt.«
»Werden denn Menschen unter Gloth nicht zu Vampiren?«
»Aber natürlich. Doch in Ägypten ist es hell! Alle sind damals zerfallen.«
»Und nun gehst du nicht helfen, wo wieder alle zu zerfallen drohen?«
»Vampiren tut Gloth nichts an, sie sind schon voller Gloth, das beim Beißen weitergegeben wird, es bedeutet bei ihnen also rein gar nichts.«
»Geh und rette die Zuchtmenschen! Verflucht seiest du vor Gott!«
»Oh, Mädel, da muss ich wohl gehen, was? Wenn du es befiehlst, oh Herrin? Und du bedankst dich artig danach, wie es sich gehört?«
Der Engel flog Leon hinterher. Die anderen folgten in wilder Hast. »Warum nimmt er uns nicht mit? Warum stellt er sich so dumm an, so als freue er sich fast auf ein bisschen Katastrophe?«, fragten sie sich beim Laufen und waren ihm dafür sehr böse.

FINAL DROP DOWN

Als sie oben bei Nacht auf der Erde ankamen, standen sich der Engel und die teils noch weiße, teils schon entfärbte schwarze Schlange gegenüber. Die Schlange saß aufrecht im Nil. Der Engel stand am Ufer. Leon hielt den Eimer mit dem Gloth mit den Zähnen gefasst. Leon konnte den Engel nicht sehen, nur hören. Er hatte eigentlich fliehen wollen, sah aber ein, dass er gegen das Unsichtbare keine Chance haben würde. Deshalb war er zur Sicherheit ins Wasser geflüchtet. Es hätte ja sein können, dass das unsichtbare Wesen das Wasser scheute.
Der Engel hatte schon einige Zeit mit ihm geredet und ihn mehrfach förmlich aufgefordert, das Gloth gutwillig herauszugeben. Leon wollte zuvor wissen, was es mit dem Gloth auf sich habe, aber der Engel war nicht wirklich auskunftsfreudig gewesen und hatte sich in Widersprüche verwickelt. Leon merkte, dass der Engel ihn beschwindelte. Leon erkannte immer klarer, das die Substanz im Eimer ungeheure Möglichkeiten barg und unermesslich wertvoll sein musste.
Das Gloth im Eimer begann in der Dunkelheit stetig und langsam

immer stärker bläulich zu leuchten. Als die anderen vier oben ankamen, rief der weiße Mann sofort voller Angst: »Es beginnt zu leuchten! Es vermischt sich mit der Luftfeuchtigkeit! Oh, Engel, lass es nicht zu! Ein Tropfen daneben und es ist geschehen!«
Da merkte Leon endgültig, dass er am längeren Hebel saß.
»Ich drohe, den Eimer fallen zu lassen!«, rief er sofort voller diebischer Freude. Der weiße Mann blieb sprachlos vor Entsetzen und schnappte ohnmächtig nach Luft. Genau das hatte ihm gerade noch gefehlt.
Der Engel forderte Leon barsch auf, den Eimer niederzusetzen.
Der weiße Mann protestierte: »Warum tötest du ihn nicht? Er sieht dich doch nicht! Er wäre wehrlos gegen dich! Du kannst ihn unerkannt fassen! Warum nimmst du ihm den Eimer nicht weg? Was machst du denn da! Tu etwas Richtiges! Verhüte den Glothunfall!«
Der Engel aber wartete nur darauf, dass Leon gehorchte.
Der aber frohlockte.
»Erfülle meine Forderungen!«
»Was willst du dafür?«
Das hatte sich Leon nicht überlegt. Er fluchte innerlich.
»Ich will Sex haben können.«
»Gut,« versprach der Engel.
»Ich will fliegen können, ohne mich in Tiere verwandeln zu müssen.«
»Gut,« sagte der Engel.
»Ich will eine so große Lebenskraft haben, dass mein Ka größer als ein roter Papagei ist, sagen wir, so groß wie ein Phönix. Er soll mich immer erkennen und bei mir bleiben.«
»Gut,« sagte der Engel.
Leon fiel so schnell nichts mehr ein. Er überlegte.
»Setze nun den Eimer vorsichtig an Land hin, erst dann gilt all

das, was ich versprach. Vorher nicht! Setz ihn sofort hin!«, kommandierte der Engel eindringlich.
Der weiße Mann weinte ganz aufgeregt, weil sich das bläuliche Licht über dem Eimer verstärkte. Er klopfte an den Raumanzug von Anke und sagte unendlich sorgenvoll: »Solange es noch über dem Eimer ist, passiert nichts. Aber dann ... dann gute Nacht.«
»Setz den Eimer hin!«, herrschte der Engel Leon nochmals an.
Leon fühlte sich aber selbst wie der Herr der Welt. Er grinste den Engel frech an, immer in die Richtung, aus der für ihn die Stimme kam. Er forderte sarkastisch mehr: »Zeige dich mir von Angesicht, oh hoheitsvoller Engel, du, auf dass ich sehe, wer vor mir kniet!«
Da brauste der Engel auf und schwor: »Wenn du binnen 10 Sekunden nicht den Eimer hingesetzt hast, dann ... dann ... dann gebe ich das, was du gefordert hast, an ... meinetwegen an Brain.«
Leon lachte unvermittelt, lachte lauter und gluckste fast. Er zählte dabei im Countdown ganz laut: »Zehn, neun, acht, sieben, sechs, fünf, vier, drei, zwei, eins, Null! Null! Haha! Null! Wisst ihr was? Nun kann der Großkopf Brain Sex haben! Hahaha! Das möchte ich jetzt aber sehen! Hahaha! Brain!«
Die weißschwarze Schlange lachte und lachte wie irre.
Ein wenig Gloth schwappte aus dem Eimer und fiel in den Nil. Plötzlich flammte der Nil bläulich auf, als wäre er angezündet. Wie ein Lauffeuer, wie beim Abbrennen einer Zündschnur erhob sich über dem Wasser ein mehrere Meter hoher bläulicher Lichtwall. Er breitete sich in alle Richtungen über die Wasser aus. Er wanderte durch die Bewässerungskanäle, er flammte ins Mittelmeer. Alle Ozeane der Welt überschwemmten sich mit blauem Licht. Wie eine Sintflut schien alles Wasser viele Meter höher zu steigen.
Es schäumte bläulich auf. In weiter Ferne stiegen aus den Häusern blaue Lichtfontänen. Das Wasser aus den Leitungen flammte auf. Ein blaues Gewitter raste über die ganze Welt.

Der weiße Mann erstarrte fassungslos. Leon fühlte, dass im Augenblick etwas Entsetzliches geschah. Er hatte für Sekundenbruchteile die Konzentration verloren, weil er dachte, er würde selbst im blauen Nil verbrennen oder Schaden nehmen, aber die blauen Lichtflammen taten ihm nichts. Der Engel nahm ihm gerade in diesem Augenblick triumphierend den Eimer weg. Er gab dem weißen Mann den Eimer zur Obhut zurück.
Leon sah sich jetzt ganz ohne Trumpf-As dem unsichtbaren Engel gegenüber. Er wusste sich wehrlos ausgeliefert und bekam Angst. Er verwandelte sich in einen schwarzen Vogel und flog in Panik davon, als könnte er wirklich vor dem Unsichtbaren flüchten. Zu seiner eigenen Überraschung ließ ihn der Engel entfliehen. Auch die drei Vampire staunten über das, was geschehen war, und staunten noch mehr über das, was nicht geschehen war.
Der Engel verfluchte den weißen Mann.
»Die Welt ist soeben untergegangen und Schuld an allem hast du,« urteilte er hart und stieg in die Luft. Er schwebte dort einen Moment in seiner Lieblingsstellung und verkündete: »Das ist das Ende der Menschen, der Wesen der Erde und das Ende des weißen Mannes. Verschuldet von ihm selbst. Sitzen wird er zu Seiten der unendlich vielen Toten. Der Himmel wird sich dafür interessieren. Ich werde meine objektive Darstellung abgeben.«
Der weiße Mann war außer sich. Er zeigte auf den Eimer.
»Und wie kommt das Apophis-Zeichen auf den Eimer? Ich werde verrückt. Ich denke ... es ist nicht ...« Er drehte den Eimer verzweifelt zwei, drei Mal herum. Es war kein Zeichen auf ihm zu sehen.
»Das Zeichen ist jetzt wieder verschwunden! Ist es vom Gloth abgewaschen? Da war ein Zeichen auf dem Eimer. Es war da! Da! Ich weiß es genau!« Seine Knie wurden weich. Er konnte sich kaum halten. Er schien das Verhängnis vor Augen zu sehen.

Der Engel herrschte ihn aus seiner Lieblingsstellung in der Luft an. »Tua culpa. Ich will nichts mehr mit dir zu tun haben. Ich darf nichts mehr mit dir zu tun haben. Es wäre abträglich für mich.« Er flog davon. Der weiße Mann mit dem Eimer erlosch und sank zu Boden. Anke setzte ihn vorsichtig ans Nilufer und stellte den Eimer an einen sicheren Platz. Der weiße Mann war traumatisiert und sprach nichts. Der Nil floss wie immer, das blaue Licht erloschen.
An der nächsten Biegung des Nils aber hatte sich Leon niedergelassen. Er programmierte die Chips der Menschen. Er befahl, dass alle Menschen zwei Minuten lang Wasser trinken *müssten* und dann bis zum nächsten Befehl keines mehr trinken *dürften*. Er befahl die Blitztränkung der Zuchtbestände und anschließendes Abwarten. Er dachte, dass es noch eine Weile dauern könnte, bis sich das Gloth in der ganzen Welt verbreiten würde. Wenn jetzt alle Menschen schnell noch trinken würden, hätte er ein, zwei Tage Zeit gewonnen. Er befahl fieberhaft etwas hier und etwas dort. Er wusste nicht wirklich, was er tat. So knipste er die Lichter seiner eigenen Welt aus, eines nach dem andern. Der blaue Wall hatte leider nur wenige Sekunden gebraucht, um über die Welt zu fegen. Wer aber konnte das wissen? Leon saß zitternd allein in Ägypten am Nil, voller Angst vor dem Zorn der Himmel. Wenn nun alle Pflanzen stürben? Wovon sollte man Ressourcen aufziehen? Was würde jetzt geschehen?

Als der weiße Mann die Besinnung wieder erlangte, redete er wie ein Wasserfall. Er konnte nicht glauben, dass er selbst Schuld sein sollte. Er bat die drei, ihn zu verstehen.
»Hinter dem Tor bewahre ich wertvolle Wesen auf. Ich bin auf die Erde geschickt worden, um einige derjenigen Wesen, die große Seelen haben oder die sehenswert merkwürdig sind, in ihrer ur-

sprünglichen Form zu konservieren. Ich nehme sie später alle zusammen in den Himmel mit und präsentiere sie als Anschauungsmaterial. Ich habe Pharaonen gesammelt, Religions-stifter, Fürsten, einige Sportler und Supermodels natürlich.«
»Als Mumien?«, fragte Brain.
»Ach nein, das ist es ja. Wir geben ihnen kurz nach dem Tod Gloth ein. Dann sind sie wie als Schnappschuss für alle Zeiten konserviert. Als Wesen, wie sie in dem Augenblick waren, in dem sie Gloth bekamen. Sie werden kurz bläulich vom Gloth. Dann bleiben sie, wie sie waren.«
Brain dachte scharf nach. »Und wenn jetzt alles blau aufleuchtet, dann bedeutet es die Konservierung der ganzen Welt?«
Der weiße Mann stöhnte. »Gloth verteilt sich beliebig im Wasser. Es verdünnt sich unendlich. Alles, was mit verglothetem Wasser in Berührung kommt, wird nun konserviert. Alle Menschen, die davon trinken, sind verglothet. Alle Pflanzen, die es über Wurzeln aufnehmen, sind verglothet. Alles verglothet! Das hätte der Engel verhindern müssen. Die Schlange konnte ihn doch nicht sehen! Warum nimmt er den Eimer nicht weg? Warum quasselt er herum? Warum? Warum?«
»Bleibt nun die Welt voll konserviert stehen?«
»Nein, sie zerfällt in der Morgensonne zu Sand. Ich muss das länger erklären. Wer lebend mit Gloth in Berührung kommt, wird zu einer Art Vampir. Menschen, Tiere oder Pflanzen. Ihr seid Vampire. Ihr seid ja bereits verglothet. Das Gloth überträgt sich bei Vampiren, wenn sie Menschen oder Tiere beißen. Bei Pflanzen passiert nichts, wir wissen aber nicht genau, warum nicht. Das Gloth verträgt kein Sonnenlicht. Das Verglothete zerfällt im Licht. Deshalb zerfällt in wenigen Stunden alles, was das nicht weiß. Alle Pflanzen, alle Tiere, alle Menschen. Nur die Vampire werden bleiben, weil sie im Dunkeln bleiben und schon verglothet sind. Das Gloth

selbst zerfällt bei Licht langsam, aber das dauert vielleicht einige Monate.«
Brain verfiel in sardonisches Lachen. »Leon, Leon, der du fliehst, heute Morgen verschwindet deine ganze Marthazucht und es verschwinden alle Langhälse, weil sie sich geduscht haben!«
Anke begann nun auch stärker zu ahnen, was Leon angezettelt hatte. »Die Menschen unten in Leons Höhle sind vielleicht im Dunkeln sicher.«
Brain insistierte: »Aber sie trinken Wasser.«
Martha fand: »Sie dürfen nichts trinken!«
Brains Hirn ratterte: »Dann verdursten sie wohl. Jedenfalls hat Leon in Kürze nichts mehr zu beißen.«
Anke pflichtete Brain bei: »Weltende. Finis Mundi.«
Martha flüsterte für sich: »Wir sterben alle zusammen. Das ist gut.«
Anke sagte vor sich hin: »Dann muss es alles neu beginnen. Das will ich. Ankhaba!« Und sie streichelte traurig ihr Zeichen.
Der rote Papagei Kafka kreiste über ihnen. Der Apollofalter freute sich im letzten Morgentau an den Blüten. Ein großer rot-goldener Vogel schwebte majestätisch heran und verschluckte die schwarze Libelle. Er blieb bei Brain. Es war ein Phönix. Sie starrten ihn überrascht an. Die Wünsche von Leon an den Engel schienen sich zu erfüllen! Wenigstens teilweise, dachte Anke und schluckte heftig, als sie plötzlich an Sex und das Lachen der Schlange erinnert wurde. »Ein Phönix, wie wunderschön!« Anke streichelte ihn wehmütig. Brain und Anke schauten mit leeren Augen auf den Nil. Anke war ohne Hoffnung. Brain dachte über Lösungen nach.
Martha flüsterte: »Wir sterben.«
»Unsinn, Martha. Die Vampire bleiben. Besonders die, die kein Blut brauchen!« Sie überlegten, was nun geschehen sollte. Es blieben nur noch wenige Stunden zur Rettung von Menschen, wenn

überhaupt. Brain bat den weißen Mann, kurz die Wirkung von Gloth zu erklären. »Vielleicht erfinden wir etwas dagegen!« Brain fühlte sich im Unglück ganz frohgemut. Es würde ein großes Problem zu lösen geben. Und er selbst würde es lösen, weil er alles vermochte, wenn er wollte! Er fühlte sich frei. Er spürte nun erst, wie ihn früher wohl das Apophis-Zeichen gedrückt haben müsste. Und es fiel ihm ein, dass die Libelle tiefschwarz gewesen war.

»Von nun an ist rot-gold statt schwarz angesagt«, sagte er vor sich hin und glaubte an sich und den Phönix.

Martha wiederholte dumpf: »Wir sollten jetzt zusammen sterben. Mein Kind hat das alles getan. Alle müssen sterben, wenn sie nicht ein Jahr lang nur Mineralwasser trinken.«

»Ja!« Anke sprang auf und griff zum Handy.

Fieberhaft riefen sie Leon an.

Lange Zeit nahm er nicht ab.

Dann erreichten sie ihn endlich.

»Leon, niemand darf etwas anderes als Mineralwasser trinken, für ein ganzes Jahr dürfen sie es nicht! Nehmt alles Wasser in Flaschen und zählt, wie viele Menschen damit ein Jahr überleben! Die anderen müssen wir aufgeben!« Und Anke erklärte ihm die Wirkung von Gloth. Die Leitung schien tot. Leon schwieg.

»Leon! Befiehl es über die Chips! Leon?«

Er war sehr gefasst.

»Ich tue, was ich kann«, sagte er nur und legte auf.

Brain gefiel das nicht. »Hoffentlich kann er etwas tun. Wir können wohl nur noch lernen, verstehen und noch ein Wundermittel zu finden versuchen.«

Er bat den weißen Mann, ihre Lage aufzuhellen.

»Wie gesagt, wir sollen die wertvollen Wesen unten hinter dem Tor sammeln. Nicht viele, nur sehr wertvolle.«

»Ist zum Beispiel Buddha hinter dem Tor?«

»Ich ... ich weiß nicht genau, ob ich darauf antworten kann. Buddha. Er ist im Nichts. Die Frage ist irgendwie falsch gestellt. Buddha ist ja nicht irgendwo einfach hier oder dort. Lassen wir das.«

»Oder Jesus?«

»Bitte bringt mich nicht in Verlegenheit. Sagen wir, Brain oder Anke, ihr dürft dreimal raten, was die Antwort auf die Frage ›Ist Christus hier?‹ sein könnte. Wenn ihr richtig ratet, bestätige ich es euch.«

»Ich rate: Nein.«

»Das ist falsch,« verriet der weiße Mann.

»Dann ist die Antwort: Ja.«

»Das ist auch falsch.«

»Sonst weiß ich eigentlich keine—. Brain, du?«

Brain schüttelte die Augen.

Der weiße Mann freute sich, aber gütig und weise. »Wenn ein lebendes Wesen Gloth schluckt oder durch Biss übertragen bekommt, bleibt es wie ein Schnappschuss stehen. Wichtig ist für euch zu merken, dass dabei auch die Seele wie ein Schnappschuss stehen bleibt. Die Seele verkrustet irgendwie beim Verglothen, deshalb sind die Seelen der Verglotheten auch nicht klebrig, sondern fest verkrustet. Die Seelen können nicht mehr aus dem Körper, so wie das Ba der normal Verstorbenen. Und noch wichtiger ist dies - und das habt ihr ja auch selbst schon beobachtet: Wenn ein Wesen verglothet ist, dann erkennt das Ka sein eigenes Ba und seinen eigenen Körper nicht mehr. Bei Vampiren kommt also der Lebensgeist abhanden und findet nicht mehr zum Körper und zur Seele zurück, weil er sie nicht erkennt, wie schon gesagt. Deshalb sind Vampire untot.«

»Aha«, meinte Anke.

»Jetzt verstehe ich! Aber warum ist die Seele von meinem Vater verkrustet, der doch gar nicht als Lebender, sondern als Toter gebissen wurde?«

»Wenn jemand stirbt, dann verläßt ihn der Lebensgeist sofort. Oder auch: Wenn ihn der Lebensgeist verläßt, ist er tot. Von diesem Augenblick an verwest der Körper. Die Seele windet sich mühevoll aus dem Körper heraus. Das dauert bis zu drei Tage. Daher werden Tote auch so lange aufgebahrt und es ist in vielen Ländern Sitte, hörte ich, ein Fenster im Zimmer des Toten aufzulassen, damit seine Seele in den Himmel kann. Wenn aber ein Toter gebissen wird, dessen Seele noch nicht heraus ist, so wird die Seele verglothet, aber der Körper nicht, weil dessen Verwesung schon begonnen hat. Bei deinem Vater ist also die Leiche verwest, aber die Seele verglothet.«

»Ich verstehe! Und deshalb will Graf Dracula, dass die Vampire nur frische Tote beißen, weil es dann nur verglothete Seelen gibt, aber keine neuen Vampire.«

»Genau. Bei Sonnenlicht aber verdirbt das Gloth. Es ist ein Konstruktionsfehler darin. Es ist nicht richtig perfekt produziert worden, das ist die Ursache der Probleme am heutigen Tag, wenn die Sonne aufgeht. Das Gloth zerfällt in der Sonne und der Körper zerfällt zu Sand, der sich nach wenigen Sekunden oder Minuten in nichts auflöst. Die Seele bleibt verglothet, weil sie ja nicht vom Sonnenlicht getroffen wird. Sie ist nicht materiell. Dieses Problem mit dem Gloth ist uns am Anfang nicht aufgefallen, weil unten hinter dem Tor kein Sonnenlicht ist. Im Dunkeln liefert Gloth ganz hervorragende Ergebnisse. Im Himmel scheint ebenfalls keine Sonne. Diese Probleme erschienen also erst viel später, als die verglotheten Pharaonen einmal hinaus wollten. Wir haben sie zum Teil mit Tierköpfen verkleidet oder ganz in Tierfelle gehüllt, es gab ja noch keine so tollen Sonnenschutzanzüge oder Raumanzüge, wie ihr sie heute habt. Die Menschen haben dann die gestorbenen Pharaonen oft in Tiergestalt oder mit Tierkopfverhüllung gesehen. Deshalb seht ihr die vielen Grabsymbole mit Tierköpfen.«

»Habt ihr die Leichen verglothet? Oder die Lebenden? Vielleicht gerade Sekunden vor dem Tod?«, interessierte sich Brain.

»Nein, es ist noch das Ankh im Spiel!«

»Aha«, sagten Anke und Brain erneut wie aus einem Munde.

»Wir haben die wertvollen Wesen sofort nach dem Tod verglothet, aber wir haben ihnen beim Verglothen ein Ankh in die Hand gegeben. Das Ankh ist das heilige Lebenszeichen. Es bewirkt, dass das Ka, der Lebensgeist, auch nach dem Verglothen die verglothete Seele und den verglotheten Körper erkennen kann. Das ist alles. Das Ankh muss nur im Augenblick des Verglothens gehalten werden. Das Ka erkennt dann den Ba immer, wenn der Tote dieses anfängliche Ankh trägt. Deshalb sind in den Grabbildern immer die Pharaonen mit einem Ankh in der Hand abgebildet. Viele Bilder zeigen auch Götter, die Pharaonen ein oder mehrere Ankhs wie zum Einatmen überreichen.«

Und der weiße Mann fuhr fort. »Wenn man Tote mit dem Ankh verglothet, sind die Verglotheten so etwas wie unsterblich. Leider leben sie weiter und verändern sich. Das war dann sehr schlecht. Wir wollten ja eigentlich gute Menschen in den Himmel zur Präsentation mitbringen. Wenn wir aber die wertvollen Menschen unsterblich herumlaufen ließen, wurde es ihnen langweilig. Sie begannen zu kämpfen und zu zanken und konnten ihre Nachkommen nicht in Ruhe lassen. Deshalb wurden viele für den Himmel noch nach ihrem Tode ganz untauglich. Sie hielten sich wegen der Konservierung für Götter und benahmen sich auch so, in einem sehr schlechten Sinne. Es kam zu Kämpfen unter ihnen. Da sie ja nicht wirklich sterben konnten, erfanden sie die seltsamsten Niederträchtigkeiten gegeneinander. Sie langweilten sich. Vieles wurde davon auf der Erde bekannt. Ihr nennt es wohl

Vieles wurde davon auf der Erde bekannt. Ihr nennt es wohl Mythologie. Leider sind diese Mythen nur zu wahr gewesen. Viele wertvolle Seelen verdarben zu sehr menschlicher Durchschnittlichkeit. Unsere Sammlung wahrhaft wertvoller Wesen schrumpfte damals bedenklich. Da haben wir beschlossen, ihnen die Ankhs wieder wegzunehmen. Seitdem liegen sie, die sich selbst unsterbliche Götter nannten, starr in den Gräbern und bleiben jetzt die ursprünglich guten Wesen. Es ist ihnen auch sicher zuzumuten, ein paar tausend Jahre auszuhalten. Sie kommen ja in den Himmel, das ist für einen Menschen, der nur sehenswert ist und weiter nichts, schon ein ganz ordentlicher Vorteil. Sie werden im Himmel Aufmerksamkeit erregen. Das ist ihr Lohn für das Warten. Oft haben wir Glothifizierte auch direkt in den Gräbern gelassen, ohne sie alle hier hinter dem Großen Tor zu stapeln. Die Menschen haben aber leider einige von ihnen gefunden und haben die nicht verwesten Leichen für heilig erklärt und zum Teil ganz verdorben. Sie zerfallen ja wieder bei Licht, wenn sie kein Ankh tragen. Diese Heiligen waren natürlich vorher heilig, nach unserer Meinung, und deshalb haben wir sie für den Himmel präpariert. Die Menschen dachten aber, sie seien heilig, weil sie präpariert waren.«

Anke fragte: »Ohne Ankh sind die Heiligen doch genau wie Vampire! Saugen sie dann nicht Blut?«

»Oh, das ist fein beobachtet. Nein, so etwas tun mit einem Ankh Verglothete nicht oder nicht sehr oft, jedenfalls nicht so schlimm. Sie haben wesentlich weniger Blutsucht als Vampire. Wir stellen darüber hinaus die aufbewahrten glothifizierten Wesen ganz ruhig, indem wir ihnen Tets, also Isisblutsymbole und Jaspsisteine auf die Haut legen, das mindert ihre Gier sehr stark. Bei Ankh-Verglotheten reicht das schon völlig aus, bei Vampiren nicht unbedingt.«

»Und warum brauchen Vampire überhaupt Blut?«

»Oh, das ist ein irrsinniger Irrtum! Ein ganz irrsinniger Irrtum! Der Vampir hat eine verglothete Seele. Die sehnt sich nach dem Ka. Das Ka aber ist weg. Deshalb sucht die Seele nach dem Ka. Weil es weg ist, hat sie ein schreckliches Mangelgefühl. Dieses Mangelgefühl verschwindet für einige Zeit unter orgiastischer Lust, wenn ein Vampir Blut saugt. Dann spürt er die Sehnsucht nach dem Ka nicht. Es ist wie bei Menschen, die sich eigentlich nach Liebe sehnen, diese Sehnsucht aber betäuben und nicht spüren, wenn sie sich haltlos betrinken. Die Alkoholiker glauben, sie wären süchtig nach Alkohol, in Wahrheit aber sehnen sie sich nach Liebe. Der Weg des Blutes ist ein Irrtum des Vampirs. Der Weg der Sucht ist ein Irrtum der Sehnsucht. Der Weg des Besitzes ist ein Irrtum des Sinns. Versteht ihr? Die Wesen verstehen nicht, wozu sie sind. Sie gehen dorthin, wo Gier gelöscht wird.«

Sie nickten.

»Man sagt, der Trinker suche im Alkohol das Vergessen. Der Vampir sucht das Vergessen im Blut. Die Macht sucht das Vergessen im Geld ...«

»Glasklar! Und deshalb ist es ausreichend, ConSec zu trinken statt Blut.« »Was ist ConSec?« »Heiliger Hagebuttenteeextrakt, der bei ökumenischen Riten gebraut wird.«

»Hmmh. Ich meinte eigentlich, man braucht rein gar nichts. Es ist ein platter Irrtum. Es ist Sehnsucht nach dem Ka, also nach dem Leben in Ganzheit.«

»Das wissen wir ja. Immerhin schmeckt Hagebuttentee scheußlich.« »Was hilft das?«

»Nur deshalb hilft er. Das Scheußliche unterstützt den Glauben daran.«

Und sie erzählten und erörterten. Aber die Nacht ging bald zur Neige und der Tag dämmerte herauf. Sie wussten nicht, was noch helfen würde. »Ist die Welt nun auf ewig verglothet?«

Der weiße Mann wusste es nicht gewiss. »Da die Sonne auf die Meere scheint, zerfällt immer das Gloth an der Oberfläche. Unten in den Tiefen des Meeres aber ist es tiefdunkel. Dort bleibt das Gloth wirksam. Da sich die Wasser langsam tauschen, da das Oben nach unten sinkt und das Unten nach oben aufsteigt wie alles, deshalb verschwindet die Wirkung nur langsam. Beim letzten Mal hat es fast ein Jahr gedauert. Dann lebte die Welt wieder auf.«

»Wie kann sie das, wenn alles stirbt?«

»Ich bin drauf gespannt. Ich war damals bei dem Unglück nicht hier. Ich war damals nicht schuld.«

»Was geschieht mit dir?«

»Ich bekomme allein die Schuld. Ich weiß nicht, woher das Zeichen des Apophis kam. Ich erkläre euch deshalb all dies Nötige, damit ihr noch etwas bewirken könnt.«

SONNENAUFGANG

Sie saßen in den Schutzanzügen an den Ufern des Nils. Die Sonne ging auf. Die allergrünsten Pflanzen wachsen am fruchtbaren Strom. Grün überall, wohin das Wasser reicht.
Sand überall sonst.
Lieblichstes Leben neben toter Wüste! Brain dachte: »Wer das erste Mal nach Ägypten kommt, gewöhnt sich nur sehr langsam an das tiefe Grüne des ägyptischen Grüns. Das Grün ist hier ganz unglaublich grün. Das kann kaum geglaubt werden, man muss es sehen.«
Die Sonne brannte erbarmungslos auf die verglotheten Pflanzen. Sie wurden schon nach einer halben Stunde bräunlich. Die Blätter wurden von der Sonne versengt. Die grüne Pracht wurde braun. Dunkler und dunkler wurden die Pflanzen. Vereinzelt lahmten verendende Esel und Hunde vorbei, die hier streunten. Fische begannen im Fluss zu treiben. Sie bräunten sich gleichfalls.
Die Pflanzen zerbröckelten zu Sand. Die Tiere zerfielen. Die Bäume überzog eine Kruste aus Sand. Jahresring für Jahresring versandete und wurde vom Wind abgetragen. Die Welt des Lebens

versandete vor ihren Augen. Am Abend würde alles nur Sandwüste sein. Sonnengloth.
Erst jetzt dachten sie an die Heimkehr. Ägypten! Würde der Flugverkehr ruhen? Würden die Vampire noch arbeiten, wenn es kein Blut gäbe?
»Wir können nicht einmal auf Hagebuttentee ausweichen«, befürchtete Anke. »Kein Blut mehr, kein ConSec. Das Rote an sich ist ganz schön vergänglich. Woran sollen wir nun unser Herz hängen?«
Brain erinnerte an seine Jaspissteine. »Nun werden sie sich wie die Wahnsinnigen in die Bergwerke stürzen! Sie werden überall nach Jaspis suchen! Wir sollten sofort Minenaktien kaufen gehen. Wir handeln mit Hämatiten aus Brasilien, Schweden und Marokko oder Idar-Oberstein! Wir ernten Brekzien-Jaspis in Indien! Wir verkaufen himmelblauen Lapislazuli aus Afghanistan als verglothete Blutsteine!«
»Oder als welche von Adligen«, sinnierte Anke und konnte vor Sorgen kaum sprechen.
»Ach, Brain!«

»Ich aber bin ein gnädiger Gott für Euch, ich habe gute Hoffnung für alle.«

EPILOG AUF DEM FRIEDHOF

Der Engel und der Teufel trafen sich auf dem Friedhof. Der Teufel wies blendende Zahlen aus: verwertbare Seelen die Menge. Der Engel lobte den Teufel überschwänglich und bat ihn, in Zukunft die Produktion der Seelen zu verstetigen.
»Ein einmaliger Schub allein nützt nichts. Es kommt nun darauf an, auf immer die Produktion auf höherem Niveau zu halten. Das Langfristige muss nun gesichert werden.«
Der Teufel hörte sich das offizielle Gerede genervt an.
»Du weißt aber schon, dass es keine Menschen mehr gibt?«
»Ach!«, erschrak der Engel. »Keine Menschen?«
»Tu nicht überrascht! Lass es mich direkt ausdrücken: Wir glauben alle, dass du selbst den Apophis auf den Glothbehälter gemalt hast. Ich könnte es nicht, weil ich ihn nicht einmal sähe. Der weiße Mann kann es nicht. Nur du kannst es, nicht wahr? Warum hast du den Untergang nicht verhindert? Hundert Mal hättest du dich geschickter anstellen können!«
»Ich gebe zu, dass war ein dummer Unfall. Er hätte nicht lachen dürfen. Du kennst die Geschichte. Ich habe aus Versehen an den

Kopf die Zeugungskraft zurückgegeben. Da haben wir unwillkürlich an Phantomschmerzen gedacht. Das hatte ich nicht bedacht. Mir war auch zum Lachen, ehrlich gesagt.«
»Was sind jetzt wieder Phantomschmerzen?«
»Nach Amputationen fühlen viele Amputierte noch Jahre danach in den getrennten Nervenenden ihre abgeschnittenen Glieder, als wären sie noch da. Beinamputierte etwa fühlen noch Jucken im Fuß. Man nennt es den Phantomschmerz an den Phantomgliedern. Und Brain hat jetzt auch ein Phantomglied. Hahaha!«
»Hör bitte auf mit dem Theater! Warst du das?«
»Nein«, sagte der Engel freundlich.
»Aber ich kenne jemanden, der schon einmal ein Apophiszeichen gezeichnet hat, damals auf eine Stirn. Das durfte er nicht. Nun hat derselbe Täter wieder ein Apophiszeichen genutzt. Auf einem Eimer. Was könnte sein Motiv gewesen sein? Wer hat einen Nutzen vom Untergang des gesamten Menschengeschlechtes? Wer hatte zu wenige Seelen geliefert? Wer hatte gesagt, er werde an der Quote der Seelen etwas drehen?«
»Bitte lass mich da raus!«
»Oh, ich habe im Himmel schon damals berichtet, dass du sagtest, du wollest etwas an der Sache drehen. Es steht oben in meinen Protokollen. Und was, bitte, hast du gedreht?«
»Ich habe gottesfürchtige Teufel angeleitet, alle Seelen zu knacken.«
»Aha. Das klingt gut. Gottesfürchtige Teufel. Und mit dem Apophis hast du rein gar nichts zu tun, he?«
Da merkte der Teufel, dass sie alle hineingelegt worden waren.
Der weiße Mann, die Menschen, die Vampire, er selbst.
Alle konnten nur noch ihr endgültiges Ende abwarten.
Was aber wollte der Engel? Ja, was wollte der Engel?
Niemand hatte damit gerechnet, dass der Engel heimlich etwas

wollen könnte. Alle hatten nur damit gerechnet, dass Engel nur gute Zahlen wollen. Er verstand nicht, was vorging. Controller wollen Zahlen. Wenn man ihnen welche gibt, muss man sie so schmackhaft zubereiten und würzen, dass der Controller sie frisst. Zahlenfresser mögen nicht alles. Wenn sie aber die Zahlen geschluckt haben, die man ihnen gab, geben sie bis zum nächsten Bilanztermin Ruhe. Controller sind also nur süchtig nach immer mehr Stichtagen, wie sie es nennen, wenn sie mit Zahlen gefüttert werden müssen. Was aber, zum Teufel, könnte ein Engel wollen?

Der Teufel wollte sich nicht eingestehen, dass er durchaus wusste, worum es ging: Es musste etwas mit der kleinen gelben Seele von Ousias Ungeborenen zu tun haben. Aus dieser Sache wollte der Teufel ja Kapital schlagen. Gelbe Seelen! Und er fühlte, dass der Engel etwas in dieser Sache vorantrieb. Der Teufel begann sich zu fürchten.

APOKALYPSE

DER LETZTE PLAN

Als Leon endlich zurück war, waren alle menschlichen Ressourcen glothifiziert. Die Patchworker hatten gehofft, noch den einen oder anderen durstigen Menschen zu finden. Nichts. Viele waren schlicht verschwunden, weil sie zerfallen waren. In Panik waren viele Marthas aus irgendeinem dummen Grund entlaufen und in die Sonne gerannt. Nichts. Nichts! Einfach nichts.
Die Patchworker kamen von ihren Erkundungen zurück, einer nach dem anderen. Und sie meldeten alle: »Alles glorifiziert!«
Die Hagebuttenmafia beruhigte die Vampire auf den Straßen. »ConSec für alle! Blutersatz ist da für alle! Kauft Blutsteine! Roten Jaspis in Herzform!« Da nur wenige Vampire inzwischen Vegetarier geworden waren, würden aber auch die Hippies nicht genug Hagebutten vorrätig haben. Sie müssten wohl ihre Gier vor Fotos von Rosenblüten und Jaspissteinen befriedigen.
»Mein Gott«, dachte Leon. Der Engel hatte ihn in diesen ganzen Schlamassel hineingezogen, das spürte er genau. Warum wollte

der Engel die Menschen auslöschen? Oder wollte er das denn nicht? Der Engel war am Nil ohne Grund zuerst auf seine Forderungen eingegangen. Was wäre geschehen, wenn nun Leon den Eimer an Land abgesetzt hätte? Der Engel hatte offenbar sogar die drei Wünsche erfüllt, denn zumindest hatte Brain ein neues Ka, den Phönix, den er selbst so gerne gehabt hatte.

Leon saß inmitten der Katastrophenmeldungen und suchte nach einem großen Plan. Er hatte eigentlich nicht damit gerechnet, dass auch seine Höhle des Bösen komplett menschenleer war. Hatten die Patchworker Rache genommen und alle Marthas geschändet oder verbraucht? Leon sann, wie er das Heft wieder in die Hand bekäme. Er hätte den Engel am liebsten noch einmal herausgefordert.

Leon kaufte in den nächsten Tagen noch etliche Mineralienfelder in den verschiedensten Ländern auf. Es hieß immer, Wirtschaft erzeuge Werte! Unsinn! Es verdiente nur derjenige Geld, der die zukünftigen Werte kannte. Und deshalb ließ sich am meisten Geld verdienen, wenn sich die Werte abrupt veränderten. Das war für Leon immer eine schöne Zeit. Erst Gold, dann Geld, dann Aktien, dann Blut, schließlich apfelgroß gezüchtete Superhagebutten und nun dumme rote Steine als Glaubensbegleiter. Leon schacherte sich alles zusammen und würde nun als Besitzer aller Blutsteinminen noch mächtiger werden als je zuvor. Aber er wusste, dass wohl nur der Engel die wirklichen Werte kennen musste, denn er provozierte durch die zeitweise Vernichtung des Lebens eine Umwertung der Welt. Wenn dem Engel die Menschen nichts mehr wert zu sein schienen, was würde dann wertvoll sein? Leon zermarterte sein Gehirn. Was konnte es sein? Was trieb den Engel an? Leon hatte gedacht, dass Engel die Menschen auf jeden Fall beschützen müssten. Wenn nun alle Menschen verschwänden, wäre doch der Engel in großen Schwierigkeiten gegenüber dem Herrn

im Himmel. Oder nicht? Wollte der Engel noch einmal bei Adam und Eva beginnen?
»Ja, das könnte es sein. Der Engel vernichtet erst die meisten Menschen, danach alle Vampire und dann beginnt er die Neuzucht. Das Problem ist wohl, dass wir nun de facto absolut gar keine Menschen mehr haben. Alle sind glothifiziert. Oder sind noch welche in Urwäldern, die nicht verchipped sind? Das kann einfach nicht sein! Sie müssen ja trinken. Nein, es kann keine Menschen mehr geben.«
Leon grübelte Tag und Nacht beim Aufkaufen von Jaspisminen, während die Rose Hippies erst langsam merkten, dass sie jetzt wohl massenhaft Blutsteine brauchen würden. Der Run auf Jaspis würde das neue ›Stoned Age‹ einleiten, dachte Leon. Keine Menschen mehr, kein Blutrausch! Auch Leon begann zu leiden, weil er nun keine Droge mehr besaß. Das verhieß auch ihm ein unerträgliches Leiden am Sein oder Stein. Hatte der Engel vielleicht noch ein paar Menschen versteckt? War er überhaupt an Menschen interessiert? War er überhaupt noch in der Nähe der Erde?
Leon fürchtete sich vor einem langen sinnlosen Lebensabschnitt ohne tägliche Martha-Berauschungen. Es würde so elend lange dauern, massenhaft Menschen aus Stammzellen im Labor zu ziehen, wenn es je wieder Wasser gäbe! Bis die Menschen wieder beißreif wären! Er überlegte, wie er noch einmal mit dem Engel in Kontakt kommen könnte. Er beschloss, dem Engel vorzugaukeln, dass er noch ein paar Menschen gerettet hätte. Er wollte so tun, als würde er sie töten wollen. Wenn der Engel dann noch Interesse an den Menschen hätte, dann müsste der Engel auch versuchen, diese letzten Menschen zu retten? Das müsste er doch? Ja?
Oder würde der Engel ihn und alles durchschauen? Für so schlau hielt Leon ihn eigentlich nicht. Leon hoffte, dass der Engel durch Arroganz vernebelt wäre. Arroganz ist der Hauptfallstrick der

Macht, dass wusste Leon genau. Hätte er selbst zum Beispiel damals Brain mit seiner Lanze im Herzen sterben lassen, so gäbe es heute Blut in großer Menge. Leon hatte den Kitzel gewählt! Der Kitzel war das Allerhöchste! Und Leon musste und wollte sich darauf verlassen, dass nun auch der Engel seinen Kitzel suchen würde. Diesen wollte Leon dem Engel bieten. Ja, das wollte er! Ja, das müsste gelingen!

Es entstand ein Plan. Leon wählte einige hundert Neuvampire aus, die als originale Menschen gezüchtet wurden und noch nicht gebissen waren, sondern gerade frisch durch den Unfall am Nil glothifiziert worden waren. Viele Marthas waren darunter. Alle hatten dummerweise Wasser getrunken. Diese Neuvampire wirkten noch ganz gut wie authentische Menschen. Leon ließ sie in ein Sportstadion bringen. Sie sollten auf das Spielfeld getrieben werden wie die Christen zum Löwentode in den römischen Arenen. Leon gab sie als die letzten verbliebenen Menschen aus.

Er weihte niemanden ein. Er ließ überall verlauten, dass es noch einige Menschen gebe und dass somit alle Sicherheit bestehe, dass die Zuchtfabriken recht schnell wieder arbeiten könnten. Es seien genug Genmaterialien und Keimzellen vorhanden, die ja schon immer in Reagenzgläsern gelagert worden seinen und damit gar nicht von der Glothifizierung betroffen wären. Die Welt müsste nur warten, bis das Wasser der Flüsse wieder verwendbar sei. Man habe auf die Weise noch viele Einzelzellen von Menschen, und die seien so gut wie eine ganze reale Menschheit. Es sei gar kein grundsätzliches Problem, aus den ganz unverglotheten Reagenzgläsern und Konserven wieder neue Erstbestände von Menschen herzustellen. Im Grunde müsste die Ökonomie nur so etwas wie die Folgen einer Globalkatastrophe verkraften, aber es stehe im prinzipiellen Sinne überhaupt nicht schlecht um die Menschheit an sich bzw. um die Gesellschaft der Vampire. Leon ließ verbrei-

ten, dass es nun bloß ein paar Jahre kein Blut geben werde. Daran müsse sich eben jeder gewöhnen. Jeder! Auch er selbst, Sankt Leon »Rot« würde nun selbstverständlich mit den gewöhnlichen Vampiren mitleiden und höchstpersönlich dem Blute entsagen.
»Auch ich bin das Volk«, ließ Leon verkünden.
»Ich erkenne für mich selbst einen Ausweg. Ich werde mir für mein ganzes Geld rote Jaspissteine kaufen, die mir sehr, sehr gut tun. Ich winde mir ganze Rosenkränze aus Jaspissteinen und alten Hagebutten. Die hänge ich mir um den Hals und schon ist mir das Leben nicht so beschwerlich. Überdies will ich unbedingt meine Verbundenheit mit der Welt bekunden und mich als Vampir wie alle anderen zeigen. Ich, der Mächtige, bin wie ihr alle! Ich bin einer von euch, die auch ihr euer ganzes Geld für Jaspissteinen und Rosenkränze ausgeben werdet, deshalb möchte ich meine eigenen letzten Blutressourcen mit der Vampirweltgemeinde anläßlich einer großen Feier teilen. Ich lade alle zu dem größten Abendmahl aller Zeiten ein!«
Leon genoss die heimlichen Anspielungen auf das kirchliche Leben der menschlichen Vorzeit. Er freute sich über die vereinzelten Proteste und die Entrüstungen sehr ältlicher Vampire. Die gaben ihm Sicherheit, dass sich der Engel vielleicht reizen ließe! Außerdem war es einfach genugtuend für ihn, richtig böse zu sein. Martha würde weinen! Das war fast so gut wie Blut.
Gleichzeitig bedrückte Leon die Sorge, dass der Engel etwas gegen ihn unternehmen würde. Was könnte er tun? Ach ein Wunder wollte Leon, das ihm die nötigen fünfzig Jahre Durststrecke abnähme!
Er programmierte die Chips aller Vampire der Welt, sich an seinem Palast einzufinden und mit ihm das letzte Tröpfchen zu nehmen, bevor alle der Blutrunst entsagten. Er versprach die Präsentation der neuen Blutstrategie anläßlich dieser ersten Weltvoll-

versammlung. Die Arbeit sollte für zwei volle Wochen auf der ganzen Welt ruhen.
Die Vampire flogen nun in vielen Tagen aus der ganzen Welt an. Sie trafen in Heerscharen am Palast ein. Sie kamen als Käfer, Fledermäuse, Ratten oder Marder. Sie kamen als Katzen oder Wölfe. Alle waren sie schwarz. Sie sammelten sich in den Tunneln und Hallen, warteten zu Millionen in Zimmern und Gängen. Sie bildeten Trauben untoter Leiber. Die ganze Welt musste für kurze Zeit in eine Stadt passen. Es herrschte bald grauenhafte Enge. Die Vampire murrten, dass sie zu Milliarden in der Hauptstadt warten sollten. Die Zustände wurden unbeschreiblich. Die Computer zählten die Chips der Ankömmlinge.
Sie strömten herbei, sie drängten sich immer drückender zusammen, das Programm in den Chips zwang sie erbarmungslos dazu und forderte sie auf, sich in immer kleinere Tiere zu verwandeln, damit sie immer dichter zusammen rücken konnten.
Als die letzten weit gereisten Vampire flatternd erschienen, war die Hauptstadt eine einzige untote Massierung. Die Welt war zu einer ungeheuren schwarzen Kugel zusammengepfercht.
»Macht Platz! Verwandelt euch kleiner«, verkündeten die Lautsprecher und kündigten an, über die Chips Zwangsverwandlungen anzuordnen, wenn die Vampire nicht genug Bürgersinn bewiesen. Die Wohnungen der normalen Bewohner wurden aufgebrochen und im Handstreich genommen. Als Anke, Martha und Brain aus Ägypten zurückkehrten, konnten sie kaum ihr Heimrecht geltend machen. Als Leon hörte, dass sie heimgekehrt waren, schickte er Patchworker, die ihre Wohnung notdürftig wenigstens von Nichtinsekten freihielten. Die schwarze Leiberkugel schrumpfte immer weiter. Sie schüttelten sich zusammen wie Menschenmassen, die sich in Hallen zwängen. Am Ende war es so weit: Die Information für die Welt sollte abgegeben werden. Alle, alle, wirklich alle waren

da. Alle mussten sich für die Versammlung in fliegende Tiere verwandeln. Da befahlen ihnen die Chips nach Mitternacht, zum Stadion zu fliegen und über ihm zu kreisen. Brain hatte aus unerfindlichen Gründen keinen neuen Chip implantiert bekommen. Wohin auch! Er bekam also keinen Befehl, sich zu verwandeln.
»Das ist gut. Irgendwer muss den kühlen Kopf behalten. Dann bin ich eben der Kopf dieses ganzen fliegenden Zirkus, oder?«, scherzte er. Wie auch Anke ahnte er Böses. Was würde Leon tun? Würde er alle Vampire mit Execute 666 vernichten? Anke fürchtete sich besonders.
»Wenn ich kein Blut bekomme, soll es keiner haben! So denkt Leon, da bin ich sicher! Wir müssen etwas tun!« Brain dagegen fürchtete sich, eventuell ganz allein zu bleiben.
»Schau mal, ihr bekommt dann den Befehl, in die Sonne zu fliegen und ich als einziger nicht. Was dann? Ich muss dann hundert Jahre forschen, bis ich aus gefundenen Leichteilen in Laboren Menschen züchten kann? Oder ich rolle mich hundert Millionen Jahre zum Schlaf zusammen, bis das Blutzeitalter zu Ende ist? Oder ich finde GD und spiele mit ihm so lange 66, bis es wieder Blut gibt?« Anke wurde stets unruhig, wenn Brain so daherredete. Es waren ja große Massen von Insekten-Vampiren in ihrer Wohnung, die mit spitzen Ohren alles begierig anhörten.
»Pst«, sagte Anke so oft zu Brain, aber das schien ihn fast aufzufordern, Öl ins Feuer zu gießen.
»Gibt es in den armen blutleeren Ländern heimliche unverchippte Menschen, damit ihr armen Völker auch etwas zu Beißen habt?«, fragte Brain die Insektenankömmlinge.
Da schnatterten die Vampire und erzählten.
»Menschen müssen gar nicht im Dunkeln sein! Wir können sie tagsüber in Bodenhaltung züchten. Menschen sind schön! Sie sind alle so jung! Alle zum Anbeißen! Sie sind alle versandet. Wir

wissen nicht warum. Wird man es uns erklären? Wir dachten erst, die Chips sind schuld. Aber unsere Schwarzbestände an Menschen sind ebenfalls versandet. Es ist eine Katastrophe! Wir haben ja nichts bei der Arbeit in den Zuchtkommunen verdient! Wir haben alle heimlich einen Menschenstall privat betrieben. Der Schwarzmarkt blühte in der Nacht! Wir haben Kreuzungen von unendlich süßem Geschmack züchten können, die wir Menschenaffen genannt haben! Alles dahin! Nichts Affengeiles mehr. Was, das kennt ihr nicht? Echt nicht? Ihr habt in Europa keine Hinterhofställe zur Eigenschlachtung? Ach Leute, wovon lebt ihr denn? Stimmt es, dass ihr braunes Blut aus Rohrleitungen trinkt?« So tauschten sich die Vampirkulturen aus. Es stellte sich heraus, dass in anderen Ländern alle Vampire rigoros und ohne Ausnahme verchipped waren. Es gab aber offenbar unregistrierte Menschen, um die Vampire zu mehr Eigeninitiative zu motivieren. Die zivilisierten Vampire des alten Europa schüttelten den Kopf über so viel Unordnung. Selbstgezüchtete Menschen hatten doch keine Qualität! Wie würde wildes Blut mit Top Quality mithalten können? In wildem Blut waren womöglich schädliche Keime? Außerdem hatte es sicher einen sehr starken Wildgeschmack, nicht die feine Fadheit des Kultivierten. Viele Kulturvampire, die sich erst nach vielen Operationen hatten beißen lassen, schüttelten sich beim temporären Anblick roher Wildvampire (sie hatten keinen Platz in der Wohnung und stellten sich nur immer kurz original vor). Pfui, die würden nicht geschenkt beißen wollen.

»Dann lieber Jaspis lutschen!«

Dachten sich viele der Designvampire.

GRANDE FINALE

Als der Chipbefehl an alle zum Auffliegen kam, flatterten die Insekten erleichtert los. Sie drängelten sich zum Palast. Manche verwandelten sich schon wieder in größere Tiere. Die Disziplin verflog mit ihnen. Martha blieb starr sitzen.
»Das tue ich nicht,« sagte sie bestimmt und blieb vom Chipbefehl unberührt.
»Ich, Anke— WILL nicht!«, beschloss Anke ebenfalls und hielt sich an einem Pfosten in der Wohnung fest. Aber sie hatte Mühe. Sie fühlte, wie sie unter dem Einfluss der Macht im Chip aufstehen müsste. Wie eine Schlafwandlerin stand sie auf und ging langsam wie betäubt zur Arena. Zwar konnte sie dem Befehl widerstehen, sich in ein Insekt zu verwandeln, aber es zog sie gegen allen Willen zur Arena. Der Papagei flog über ihr, er fand kaum Platz.
»Nimm mich mit!«, rief Brain. Aber Anke hörte ihn nicht und ging ohne Reaktion weiter. Da legte Martha Brains Kopf in eine rote Klarsichttüte mit der Aufschrift HUGO DEEP RED und gab sie dem stolzen rotgoldenen Phönixvogel.
»Fliegt hin und rettet die Welt! Vielleicht hilft das,« rief Martha

und hielt sich am Türpfosten. »Ich selbst aber will nicht mit. Denn jetzt wird wieder etwas Böses getan. Und mein Sohn ist der, der es tut. Ich aber möchte nur friedlich sterben, sterben, sterben. Oh, Otto, meine Seele!« Sie hielt die schwarze Knolle, Ottos Seele, in der Hand und wartete auf die neue Schuld, die ihr Sohn auch auf sie selbst auftürmen würde.

Bald kreisten Milliarden Vampire bis zu den höchsten Wolken hinauf über dem Stadion. Sie berauschten sich selbst über diesem Bad in der unabsehbaren Masse. Eine schwarze Wolke in schwarzer Nacht. Sie warteten auf Leon. Sie zwitscherten und schrieen. Die ganze Welt war vollzählig versammelt. In der Luft verwandelten sie sich nach und nach in größere Tiere. Die Wolke wuchs zu gigantischen Ausmassen heran. Lautsprecher forderten die Vampire auf, höher hinauf zu fliegen, damit sie besser sehen könnten. Die Chipprogrammierer konnten nicht so schnell Befehle eingeben. Lustvolles Chaos bildete sich. Die Vampire genossen es. Sie wirbelten im Fluge durcheinander und berauschten sich wie einst Kinder im dreidimensionalen Autoskooter.

»Passt auf!«, riefen sie.

»Ich komme!« Besonders die Insekten surrten laut beim Fliegen, es war ein Heidenlärm und ein Heidenspaß. Sie vergaßen über dem Erlebnis in der Masse ganz den Zweck ihres Kommens. Leon trat als Apophis auf. Die Schlange stand aufrecht und hielt in den Händen das Steuergerät für die Chips. Er glitt von Licht angestrahlt in das mit goldenen Teppichen ausgelegte Stadion. Er hatte erst Schwarz wählen wollen, aber dann wäre er von oben nicht sichtbar gewesen. Der Himmel war schwarz von Insekten-Vampiren. Sie regneten ins Stadion herunter.

Die Lautsprecher befahlen unermüdlich größere Flughöhe.

»Was tut ihr hier unten? Wir pfählen euch!«, riefen die Patchworker. Aber die Insekten waren immer nur im Fluge zusammenge-

stoßen und kurz abgestürzt. »Kann doch passieren«, sagten alle Sekunde zeitgleich Tausende. »Warum lasst ihr uns denn alle gleichzeitig kommen?« Und manche umschwärmten die Patchworker und wollten wissen, aus welchem Lande sie stammten.
»Geil seht ihr aus! Seid ihr von den Galopperkuss-Inseln, wo es noch unbekannte hässliche Wesen geben soll?« Leon hatte den Fluglärm und die Luftwallungen völlig unbeachtet gelassen. Als er auftrat, wurde er kaum beachtet. Er ließ die Lautsprecher extrem laut einstellen, so dass die Insekten schon vor dem Luftstrom vor ihm wegflattern mussten.
Die Patchworker führten einige wenige hundert angebliche Menschen ins Stadion. Unten in der Wolke rochen die Vampire kein Menschenblut und wunderten sich.
»Das sollen Menschen sein? Es muss eine Kultursorte sein! Wie Parfüm, das so edel ist, dass man es nicht riecht!« Leon wurde nervös, als er das hörte, und Brain brummelte etwas über den Geruch von Deep Red in der Tüte. Die Pseudo-Menschen stellten sich in einem Muster auf, das genau einem fünfzackigen Baphomet-Stern entsprach, dem Symbol des Satanischen.

Über dem schönen Bild wirbelten die Vampire. Hoffentlich würde der Engel etwas sehen, dachte Leon. Hoffentlich würde das Muster Satans den Engel reizen.
Leon erhob seine Stimme über die Lautsprecher wie Donnerhall, aber er klang sehr dünn im Fluglärm der Insekten. Leon war's im Grunde recht. Wenn nur der Engel hörte!
»Vampire! Hier sind unsere letzten verbliebenen Menschen. Sie bilden die traurigen Reste unserer einstigen Nahrungskette. Dies sind alle unsere restlichen Ressourcen. Es wird lange Zeit dauern,

bis wir aus den Zellenreserven neue Menschen gezüchtet haben, damit wir wieder alle sattsam Blut haben. Ich bitte euch um Geduld. Ich werde alles daran setzen, dass wir bald wieder Frischblut haben. In der Zwischenzeit müssen wir zeitweise auf getrocknete Hagebutten und Jaspissteine umsteigen.«
Die Vampire schwirrten und versuchten, etwas zu verstehen.
»Früher haben die Menschen in schweren Zeiten schon hart gearbeitet, wenn ihnen die Arbeitgeber nur bloße Hoffnung gaben, dass sie Gutes tun und den Wert von allem steigern helfen. Menschen taten Gutes im Namen Gottes ohne Aussicht auf Lohn und freuten sich, dass sie das über sich bringen konnten. Ohne Aussicht auf Lohn zu arbeiten ist das Edelste, was ein Vampir vermag! Ich aber bin ein gnädiger Gott für euch, ich habe gute Hoffnung genug für alle! Ich verheiße euch ein gelobtes Land, in dem Blut und ConSec fließt, ich verheiße euch Häuser aus rotem Jaspis, wahre Freudenhäuser!«
Die Vampire unten jubelten im Lärm und trugen die Botschaft nach oben.
»Auch ich werde auf Rosenkränze und Glauben umsteigen. Ich werde dafür alle Ausgaben auf mich nehmen. Es wird eine harte Zeit ohne Blut und Hip-Kost. Um diesen heroischen Entschluss zu bekräftigen, möchte ich die letzten Frischblutmenschen mit euch tröpfchenweise teilen. Wir wollen alle gemeinsam vom selben Becher nippen. Ich rufe euch auf, euch in kleinste Mücken zu verwandeln, damit jeder von euch am Ende einen Stich machen kann. Die letzten Menschen freuen sich, euch diese letzte Liebesgabe zu weihen. Sie werden von mir persönlich zu Ehrenvampiren ernannt. Das ist eine hohe Ehre in einer Zeit, in der jeder schlecht weg kommt! Und jetzt müssen die letzten Menschen weg, damit wir in einem Rausch unserer neu gefundenen Einheit eine Wiedergeburt der Vampirgemeinschaft erleben! Der neue Vampir will

nichts, darf nichts, bekommt nichts, hat keine Rechte und er gibt alles dafür, was er noch hat!«

Die untersten Vampire jubelten, weil sie nur den Klang der Stimme mithörten, so wie Taubstumme den überaus festlichen Reden von Präsidenten im Fernsehen mit wohligem Schauer lauschen. Die untersten Vampire trugen den Jubel nach oben so wie das aufgeputschte Volk auf die Straße geht. Alles kann gesagt werden, wenn das Volk unruhig ist und jubeln will, dachte Leon und konzentrierte sich neu. Oben sah er den Phönix mit der Deep-Red-Tüte majestätisch durch die schwarze Masse fliegen. Der rote Kafka flog krächzend hinterdrein. Die Insekten machten ehrfürchtig vor dem Phönix Platz.

»Verdammt! Brain«, dachte Leon und erhob die Stimme ein letztes Mal.

»Jeder steche und sauge seinen Nanoliter des letzten Males. Wir opfern die Reste einer alten Zeit und treten schon auf das neue Zeitalter. Jeder hat die Gewissheit, bei dem ungeheuerlichen Solidaritätsakt des letzten Bisses dabei gewesen sein. Ich erhebe meine Hand zum Zeichen! Ich erhebe die Hand gegen das Alte! Gott hat uns verlassen und alle Menschen zum Teufel geschickt.«

Leon schielte nach oben und zitterte in der Stimme. Würde sich der Engel zeigen? Er spürte, welch einen Unsinn er redete, aber die unten fliegenden Vampire jubelten immer lauter. Wellen der Begeisterung schwappten zu den höheren Vampiren hinauf.

»Blut! Blut!«, riefen die untersten Vampire lüstern auf das letzte Tröpfchen, aber oben schienen sie Halleluja über die neue Zeit zu rufen, weil sie nichts verstanden hatten.

Leon rief mit überschlagender Stimme: »Bite a bit! Es beiße jeder ein wenig! Zerbeißt sie! Zerstecht sie! Zerfleischt sie! Lasst nichts von ihnen übrig! Sie warten, euch zu empfangen! Ich drücke jetzt zur Freigabe ...«

Da erschien der Engel inmitten der Vampire. Niemand konnte ihn sehen, aber er nahm über dem Stadion bewusst riesenhaft seine Lieblingsposition ein und schwebte über Leon. Er war unsichtbar, aber sehr hell. Sie konnten ihn als leuchtenden Abdruck in der Vampirkugel erkennen. Man sah den Engel als ein negatives Abbild in der schwarzen dunklen Vampirwolke in der schwarzen dunklen Nacht. Er war durchsichtig, nahm aber Raum ein. Da, wo in der schwarzen Wolke etwas fehlte, war der Engel wie ein Hohlraum. Nur die, die direkt an ihn stießen, hatten diesen unvergesslichen Eindruck. Der Engel erschien viel riesiger als sonst. Er hatte sich im rechten Verhältnis zur Vampirmasse fein gemacht.
»Ich stehe hier als Engel und Schützer der Menschen,« sprach der Engel so ungeheuer laut, dass alle ihn hörten.
»Ich erhebe Einspruch.«
Leon frohlockte und fühlte sich bebend froh, aber er mahnte sich zur Wachsamkeit. Nun war der Kampf. Nun ging es um alles.
Leon drohte dem Engel. Er zeigte sein Steuergerät.
»Ich drücke gleich an diesem kleinen Gerät auf einen Knopf. Dann wird den Vampiren das Beißen erlaubt, freigegeben und befohlen. Was könntest du tun, das zu verhindern?«
»Wage es, Leon!«
»Was gibst du uns dafür, dass ich diese Feier ohne das Opfer aller verbliebenen Menschen beende?«
»Ich gewähre dir die Fähigkeit und Lust zur körperlichen Liebe mit jeweils einer Frau, die das selbst von dir will und der du dann stets treu bleiben und dienen musst, bis sie als Akh aufsteigt. Solange du dieses Verhältnis mit ihr hast, wirst du dich vor Blut ekeln und niemanden beißen oder infizieren wollen. Erst wenn die jeweils einzige Geliebte ein Akh bildete, dann magst du eine neue suchen oder Vampir sein.«
Leon verschlug es die Sprache. Er verstand die Bedingung vor Auf-

regung nicht genau, aber es war ein Angebot. Der Engel bot etwas an!
»Nimmst du es an?«, fragte der Engel.
»Ja, und was gibst du noch dazu?«
Da lachte der Engel so laut, dass sich die Kugel der fliegenden Vampire um ihn bog und bog, hierhin und dorthin. Die Wolke wogte, aber sie war so groß, das nur Gott es sah. Da fühlte Leon instinktiv, dass er verhöhnt werden sollte. Der Engel ließ nicht so leicht mit sich spielen. Er würde wohl die Menschen anders retten wollen. Der Engel rief nun seinerseits: »Ich will von dir, dass du allen Vampiren befiehlst, ins Sonnenlicht zu fliegen. Was willst du dafür?«
Leon strahlte vor Freude. Jetzt wusste er endlich genau, was der Engel wollte. Leon fühlte sich wieder am längeren Hebel. Sieg! Leon forderte unverblümt: »Ich will dein Nachfolger sein!«
»Abgelehnt!«
»Ich will einen Wunsch frei haben!«
»Gut! Wenn es physikalisch machbar ist!«
Leon drückte auf ein paar Tasten auf dem Gerät.
Es erschien die Schrift:

```
Sind Sie sicher, dass Sie die Welt auslöschen wollen?
      Drücken Sie [OK], um die Welt auszulöschen.
 Drücken Sie [CANCEL], um etwas anderes auszulöschen.
```

Leon drückte [ENTER].

```
Bitte geben sie das Passwort ein!
```

Leon rief: »Dieses Passwort kenne nur ich allein! Nenn es, oh weiser Engel, dann gebe ich es ein! Oder gib mir zehn weitere Wünsche frei!«

In diesem Augenblick flog majestätisch der rotgoldene Phönix vorbei, die dunkelrot durchscheinende Tüte mit Brains Kopf in den Krallen. Und Brain murmelte »Zu Leon passt: Proficiat! Das ist gutes Latein!«
Das hörte der Engel genau und sprach: »Proficiat!«
Leon traf der Schlag. Er verstummte.
Der Engel höhnte: »Gib dieses Wort nun ein, wie du versprachst!«
Leon schüttelte den Kopf. Er hasste sich.
Der Engel höhnte: »Kennst du die Odyssee von Homer? Dort spricht Helios, der Gott der Sonne: Büßen die Frevler mir nicht die vollgültige Buße des Raubes, Stieg ich hinab in Hades' Reich und leuchte den Toten! He, Leon? Wir wollen den Vampiren heimleuchten! In die Sonne mit ihnen! In die Ewigkeit! Der Teufel wartet auf Krusten! Worauf wartest nun du?«
Leon, der Apophis, verwandelte sich in seine Knabengestalt zurück und wandte sich vernichtet zum Gehen. Der Engel hatte nur mit ihm gespielt. Leon hatte verloren. Er war entehrt. Da flatterte der Engel über die Wolke der Vampire und gab der Erde seinen Segen.

> Gott leuchte über euch.
> Gesegnet ihr, die ihr gekommen seid,
> ihr Vögel und Vampire unter den Himmeln.
> Das Licht des Herrn erhelle eure Herzen
> Und erstrahle auf dem Wege,
> der vor euch hinter der Finsternis liegt.

Und um den Engel herum in der Nacht erstrahlte ein Licht viel heller als alle Sonnen. Und das Licht fiel auf die Vampire in der Nähe des Engels und vernichtete ihrer viele. Sie fielen in Heerscharen vom Himmel herab.
Und weiter sprach der Engel: »Das Licht begleite euch aus der Finsternis und führe euch aus den Fängen des Bösen.«

Und um den Engel herum erstrahlte das Licht Gottes und vernichtete all jene, die nicht im Schatten anderer Vampire flogen. Und der Engel rief Leon zu: »Siehst du die Waffen Gottes? Ein einfacher pathetischer Segen gibt Sonne für alle Herzen! Ganz normale Liturgie, nichts Besonderes! Das lernt man als Priester, das kann sogar ein heller Mensch nachmachen! Und im Bericht an den Himmel schreibe ich, dass ich euch den letzten Segen gab! Ich vernichte dich und bleibe nach oben politisch völlig korrekt!«
Leon giftete vor heller Wut: »Du bist unwürdig! Dann ist es besser, alles stirbt durch meine eigene Hand! Dann will ich selbst der Mörder meiner eignen Brut sein! Nicht du! Hebe dich hinweg zu den Teufeln!«
Und Leon schrieb in sein Gerät ›Proficiat‹, was bekanntlich ›Wohl geling's! Es möge nützen!‹ heißt. Er drückte auf `ENTER` und ging fort, ein wenig stolz sogar. Die Vampire blieben fliegend am Himmel. Der Engel wartete geduldig und beschützte sie.
Und die Nacht ging ihrem Ende zu und der Tag brach an. Die Vampire flogen immer noch in einer schwarzen riesigen Wolke. Sie fühlten die ersten Sonnenstrahlen und versuchten, in das Zentrum der Wolke zu entfliehen, wo noch schwarze Dunkelheit herrschte. Die an der Außenschicht starben in der aufgehenden Sonne. Schicht für Schicht sank hin.
Da sah Brain Anke, die sich in einen schwarzen Schwan verwandelt hatte. Er schrie in seiner Tüte. Er schrie zum Phönix, der ihn nicht verstand. Brain zerbiss die dunkelrote Tüte wie wild. Er biss sich frei und schrie zum Phönix, der ihn nicht verstand. Da fiel Brains Kopf aus der Tüte hinaus und fiel in der Wolke nach unten. Er fiel rauschend durch die fliegenden Körper der schwarzen Vampire - bopp, bopp, bopp. Und plötzlich fiel Brain ein, dass er fliegen konnte, weil es der Engel am Nil geschworen hatte. Und seine langen Haare breiteten sich wie Flügel aus.

Und er fiel langsamer und langsamer und begann wieder zu steigen. »Ich lerne das Fliegen wie im Fluge!«, rief er und steuerte auf das Zentrum der Wolke zu. »Anke! Anke!«

»Brain!«, hörte er von weitem und flog hinzu. Brain schoß auf den schwarzen Schwan hinzu und schnappte ihn mit den Zähnen ganz fest. Dann flog der Kopf mit dem zappelnden Schwan im Schlepp langsam nach unten. Brain flog tiefer und tiefer im dunklen Schatten der riesigen schwarzen Wolke der Vampire, die immer schneller am Himmel verglühten. Anke zog stark in den Himmel zurück in den sicheren Tod, weil der Chip in ihr das von ihr forderte. Aber Brain biss fest, dass sie vor Schmerz brüllte. Brain zog sie hinunter und Kafka und der Phönix versuchten Schatten zu spenden. Der Kopf zwang den Schwan zu Boden.

Unten fand Brain eine Kiste, unter die er den Schwan gewaltsam zog. Brain biss fest. Der Phönix aber saß mit Kafka auf der Kiste und wachte über den derzeitigen Sommerpalast seines Herrn. Der Schwan zappelte den vollen Tag lang und wollte per Programm zur Sonne. Brain konnte nichts sagen. Sein Gebiss hatte zu tun. Sie rangen Stunde um Stunde. Alle Zähne gegen ein Programm.

Und aus dem Tag wurde Nacht. Als es dunkel wurde, verwandelte sich Anke zurück. Die Kiste flog hoch. Ankes Fuß war schwer verletzt. Sie weinte vor Schmerz von dem Eintagesbiss. Sie hielt den Kopf von Brain im Arm. Brain war völlig zerkratzt und zerfleischt. »Einen Tag Schwan«, klagte Brain. Sie blickten in den lauen Abendhimmel. Das Stadion war unter einem Sandhaufen begraben, der jetzt am Abend ohne Sonne nur noch langsam abnahm. Oben wehte die rote Tüte im Wind. Sie trug das ewige Symbol ewigen Wertes. Tai Chi.

Asche zu Asche. Sand zu Sand. Anke fiel ein: »Wohin ging Leon? Er hatte doch keinen Chip? Zu Martha?«
Anke konnte nicht selbst gehen. Brain verzog schrecklich das Gesicht und versuchte zu fliegen. Anke fasste Brain in den Mund und den Phönix am Bein. Sie trugen sie durch die Lüfte heim. Kafka kreiste über ihnen und rief triumphierend froh »Ankä!«

WORTE ZUM HIMMEL

Vollständige Liste der Weltbevölkerung: —. Fehlanzeige.
Untote: Martha, Leon, Anke.
Untoter Kopf: Brain.
Teufel: Milliarden von Teufeln!
Aufbewahrte Menschen mit bemerkenswerten Seelen, Körpern oder Hirnwindungen. Ein Jahr auf Entglothung warten. Nichts essen, nichts trinken. Jaspissteine auf der Haut. Glauben, auf Rosen gebettet zu sein.
»Und nun, Leon?«, fragte Martha.
»War es das wert?«
»Und nun, Mama,« ahmte Leon nach, »können wir immer noch nicht mit Moral aufhören? Jedenfalls mache ich kein Stückwerk, sondern ganze Sachen. Und wo wir bei Moral sind: Predigst du diese vielleicht dem Engel? Das könnte der gebrauchen! Die Welt ist, wie sie der Engel wollte. Oh, Martha, Mutter Gottes, wir sind Werkzeug des Himmels! Und ich hasse es! Ich hasse diesen Himmel!«, schrie er und schäumte. Er schüttelte den Kopf ruckartig hin und her, in Gedanken an zuckendes Blut.

»Und nun, ihr zwei,« sagte Brain, »ihr habt mit diesem Streit fast die ganze Welt vernichtet, wo wir eigentlich nur ein altes Auto sprengen wollten. Nun liegt alles in Asche und ihr ringt immer noch miteinander. Hebt ihr einmal die Augen im Kampf? Seht ihr die Scherben umher? Ihr glaubt, derjenige, der als erster auf die Knie fällt und um Verzeihung bittet, verliert. Aber inzwischen ist die Welt um euch verbrannt.«
»Jajaja! Typisch Brain! Amen! Du weißt selbst, der Engel hat das verbrochen. Er hat es geschafft, dass die Welt im Eimer ist. Und du hast ›Proficiat‹ gesagt, nicht ich!«
Und sie stritten und stritten, so wie Menschen sich gewöhnlich die Zeit ausfüllen. Anke ging nach draußen. Dort war die Wüste, so wie überall Wüste war. Alles war zu Sand zerfallen. Sand und Sterne. Brain hatte noch Nüsse von den Bäumen aufbewahrt, weil sie ihn an seine Kindheit erinnerten. Bald würden hier Nussbäume stehen, wenn der Engel es je zuließe. Es würde wieder eine neue Welt geben, wenn es der Engel nur nicht verhinderte. Nicht einmal Leon wusste, was der Engel vorhatte! Nicht einmal Brain hatte eine leise Ahnung! Und da saß sie im Sand, die kleine alte Anke, und fühlte sich so weh. Ihr Fuß schmerzte dazu. Sie rieb die vergehende Wunde. Sie dachte wieder an ein uraltes Gedicht von Goethe. Prometheus.
»Bedecke deinen Himmel, Zeus, mit Wolkendunst ... musst mir meinen Herd doch lassen stehn!« Prometheus trotzte den Göttern und brachte den Menschen das Feuer, um ihnen gegen den Willen der Götter zu helfen. Sie hatte schon Brain gesagt, dass sie den Göttern trotzen müssten.
Aber Brain, der so oft Unerträgliche, hatte mit einem Spruch geglänzt. »Und wie jeder bewusste Schnapstrinker hat auch Prometheus einen dauerhaften Leberschaden in Kauf genommen.«
Anke schaute in den Himmel und rief zu Gott.

»Erlasse uns alle Engel, Gott! Lass uns allein! Uns drückt ihre Herrschaft so sehr! Wo bist du selbst? Bist du du selbst?«
Sie schaute in den schwarzen Himmel über der Wüste der Erde und sah mit einem Male, wie ihre Worte in den Himmel stiegen und stiegen. Wie Seifenblasen, zart wie ein Hauch, stiegen sie perlend nach oben und zerplatzten in der Höhe. Sie sah ihnen staunend nach und wunderte sich sehr. Als alles vorbei war, setzte sie wieder an, lauter diesmal und stärker: »Erlasse uns alle Engel, Herr! Lass uns allein!«
Die Wörter und Buchstaben schienen aus ihrem Munde zu quellen und stiegen auf. Höher und höher, und sie zerplatzten bald.
»Erlasse uns Engel! Lass uns in Ruh!«
Und die Perlen stiegen gen Himmel, schimmernd und leicht.
Da erhob sich die Luft und es rauschte über Anke. Sie drehte sich um und sah flatternd den Engel über ihr stehen. Er segnete sie sanft und unerträglich, senkte sich schwebend herab und lächelte sie freundlich an.
»Na, meine Kleine, haben wir ein kleines Problem?«
Anke wusste nicht, was sie erwidern sollte. Zorn stieg in ihr auf. Der Engel stichelte weiter: »Du hast Gott einen großen Dienst erwiesen, einen unschätzbaren Dienst sogar. Du hasst viele Seelen gerettet und Trillionen Jahre von Seelengebrüll erspart. Möchtest du, dass ich dir eine Plakette anhefte, dass du Weltwesen des Jahres genannt werden musst?«
Anke fauchte ihn an.
»Musst du an mir deine Macht zeigen? Was beweist das? Geh zu Leon, da bist du in besserer Gesellschaft! Leon ist nicht so langweilig wie ich!«
»Oh ja, ich langweile mich in der Tat. Da flog ich vorbei, um fast ein letztes Mal diesen unwirtlichen Planeten zu besehen - alles Sand hier, einfach schlimm - und da höre ich dein Gejammer.

Jammerschade, denke ich, da könntest du dem Mädel vielleicht helfen. Ist dir denn zu helfen, Kleine?«
Anke blieb stumm. Sie wusste nichts zu sagen. Sie hätte ihn so gerne tief verletzt, aber sie war zu entsetzt und ihr fiel nichts ein. Der Engel lümmelte sich neben ihr hin und schaute sie von oben herab an. Er weidete sich an ihrem Anblick, wie sie verzweifelt versuchte, etwas Schlagfertiges zu finden. Er sah ihr provozierend erwartungsvoll in die Augen und wartete demonstrativ geduldig. Anke schwieg und biss sich auf die Lippen.
»Hey Mädel, du bist Vampir, da wird dir doch etwas Beißendes einfallen?« Er lächelte wieder so süßlich! Und er nahm sichtlich gelangweilt eine Kugel aus der Tasche und warf sie spielerisch in die Luft. Fing sie wieder auf. Warf sie hoch. Fing sie. Warf sie. Er schaute ihr ruhig im Fluge und im Fallen nach. Die kleine Kugel war rein gelb und leuchtete klar und hell in der schwarzen Nacht in der Wüste. Anke starrte gebannt auf die Kugel: Es war die Seele von Ousias ungeborenem Kind.
»Es ist eine gelbe Seele, nicht wahr, Engel? Alle Seelen, die ich aufknackte, waren rot! Das muss eine degenerierte Seele sein, von einem schlechten Menschen, denke ich?«
»Oh nein, es ist eine ganz neue Form. Es ist genau genommen die schönste Seele, die es jemals gab! Wir brauchen wahrscheinlich keine Menschen mehr, weil Menschen scheußliche rote Seelen haben. Gelb ist jetzt Trumpf, Mädel, und du hast ebenfalls nur eine rote Seele!«
»Deshalb ließest du alle Menschen sterben?«
»Wir geben diese elende Plantage auf.«
»Aber von welchem Menschen ist die gelbe Seele?«
»Das würdest du gerne wissen, nicht wahr?«
»Nein, es geht mich ja nichts an. Hoffentlich ist das gelbe Wesen fruchtbar genug!«

»Natürlich!« Anke versuchte, ihn zu verstehen. Sie hatte das Gefühl, dass er nicht ganz unehrlich war, obwohl das Ungeborene ja tot war und Ousia auch. »Und warum leidet Gott jetzt an Gelbsucht?«

Der Engel lächelte. »Weil es bisher nur rote Seelen gab. Ist wie bei Tulpen. Schwarze Tulpen sind nicht schöner, aber es gibt sie nicht.«

»Wenn das da in deiner Hand die allererste gelbe Seele ist oder die schönste aller Seelen, die es je gab - wieso hat Gott sie dir dann zum Rumspielen zurückgegeben? Damit du sie als Schlüsselanhänger benutzt? Das ist nicht logisch, oder? Du lügst also, von Anfang an«, triumphierte Anke.

»Als müsste ich das«, erwiderte der Engel etwas unmutig.

»Du verstehst nichts! Nichts! Du bist dumm! Ach, schrei weiter zu Gott, du dumme rote Seele!«

Er stand auf und flatterte etwas zum Start.

Da sah er Brains Kopf, der auf seiner Augenhöhe fliegend in der Luft stand.

»Na, hast du alles mitgehört? Schlaukopf Brain? Du bist wenigstens nicht auf den Kopf gefallen. Willst du etwas sagen? Oder zeterst du gleich mit dem Mädel im Duett? Hast du eine Botschaft an Gott, die ich ihm persönlich überbringen kann?«

Der Engel erhob sich leise in die Luft. Brain flog synchron etwas höher, seine Haare wie Flügel. Kopf und Engel standen sich im Augenduell lange Sekunden gegenüber.

Brain ganz ernst, der Engel ganz Hohn.

Da drehte der Engel und flog lachend davon.

Brain brüllte: »Lass uns in Ruhe!«

Anke blickte seinen Worten nach. Sie sah nichts.

Sie rief: »Verschone uns mit Engeln!«

Da stiegen ihre Worte wie Akhs in den Himmel. Brain staunte.

Anke fragte bang: »Kannst du sie sehen?« Brain nickte.
Anke rief: »Lass uns in Ruhe!«
Da schwebten die Worte nach oben wie Ballons.
»Hey, hey, das ist ja sensationell«, erfreute sich Brain und sauste ihnen durch die Luft nach. Er schwirrte um die Blasen der Worte herum, umkurvte sie gekonnt und beobachtete und begleitete sie auf ihrem Weg in den Himmel. Immer höher flogen Brain und die Worte. Und Anke rief von unten: »Mistengel! Weg mit dir! Ich hasse dich! Ersticke an gelben Seelen! Züchte gelbe Rüben, du Dummkopf! Selber Dummkopf!« Und befreite sich mit lautem Rufen von ihrer Demütigung durch den Engel. Ein Strom von Blasen bildete eine Säule in den Himmel und ganz oben sauste Brain mit Kampfgeschrei herum. Aber ganz oben, wo sonst die Wolken standen, zerplatzten die Blasen und lösten sich auf.
Als Brain wieder zum Boden zurückkehrte, war er ganz aufgeregt. Er grübelte, er fieberte geradezu! Ein Rätsel!
»Anke, es muss eine Grenze für die Worte geben! Sie überschreiten eine ganz bestimmte Grenze nicht! Woran das liegen mag?«
Und er setzte sich hin und dachte angestrengt nach. Anke kannte das und ließ ihn in Frieden. Er hatte jetzt Hirnfutter, ein echtes Problem! Er war in solchen Momenten sehr glücklich. Sie ging eine Weile in der Nacht spazieren und schaute geduldig in die Sterne, da rief Brain: »Heureka!« und sie lief eilig zurück.
Leon und Martha kamen nach draußen, sie hatten gräßlich gestritten und hatten erhitzte Gesichter.
»Heureka! Heureka!«, freute sich Brain im Fluge - er kreiselte um sie herum.
»Das ist doch Folter, Brain! Verrate nun endlich, was du denkst«, drängelte Anke.
Brain war ganz aufgeregt, wie ein Kind.
Er bat Anke: »Ruf ganz laut, dass Gott groß ist!«

Anke brüllte: »Gott ist groß!« Die Worte stiegen in den Himmel wie schöne Ballons. Brain aber flog mit ihnen hinauf. »Lobe Gott! Danke ihm!«
Und Anke dankte Gott und lobte ihn in höchsten Tönen. Und oben, ganz oben, wo sonst die Wolken stehen, flog Brain mit ihnen immer höher und höher in den Himmel hinein. »Hör nicht auf«, glaubte Anke von unten zu hören und rief unentwegt »Hosianna! Hosianna!«
Nach einiger Zeit kehrte Brain zum Boden zurück. Er war völlig außer Puste und hustete mit trockener Kehle. Es dauerte quälende Minuten, bis er wieder stockend sprechen konnte, aber seine Augen sprühten blitzvergnügt wie lange nicht mehr.
»Alle Worte stiegen in den Himmel, ohne Ende, bis oben hinauf zu Gott, da bin ich sicher! Ist das nichts? Sagt, ist das nichts?«
Leon verfinsterte sich, als Brain erklärte: »Lob steigt in den Himmel, Kritik bleibt unten! Der Engel filtert, was bei Gott ankommt. Sie filtern alle! Der Priester, der Bischof, alle filtern! Die Arbeiter verschweigen ihre Fehler und wenn sie klagen, verschweigen sie die Chefs. Nichts Böses darf nach oben dringen! Wenn Sünde nach oben bekannt wird, bekommt jemand Schuld! Deshalb muss verhindert werden, dass das Böse offenbar wird. Deshalb muss das Böse bei den Menschen am Boden bleiben. Die Worte des Bösen zerplatzen, wenn sie den Himmel berühren. Nur das Hosianna kommt oben an! Versteht ihr? Die Mittelmächtigen lassen keine bösen Nachrichten durch!
Deshalb glaubt Gott, den Menschen geht es gut, weil er nur Dank und Lob von uns hören kann! Deshalb hilft Gott uns nicht im Elend, weil er es nie erfährt! Deshalb scheinen wir von Gott verlassen! Aber er ist da! Er weiß nur nicht, wie es hier unten zugeht! Es ist wie bei Leon, dem alle immerfort versichern, ihn zu lieben! Nicht wahr Leon, du hast sie gefoltert und gequält und sie knien

nieder und küssen deine Füße! Und wenn nur ein Mensch zu Gott klagt, wie Martha, dann ...«
»Ach, Brain«, stöhnte Anke.
»Manchmal solltest du wirklich zweitbeste Beispiele zur Erklärung wählen!«
Leon wurde nach kurzer Haßaufwallung sehr nachdenklich.
»Es könnte gehen,« murmelte er und war innerlich voller Anerkennung für Brain. Manchmal ist er genial, dieser Brain. Schade, dass er ihn hasste!
Martha und Anke verstanden noch nicht.
»Begreift ihr? Wir müssen den Tadel ganz fein in viel Lob packen und damit den Filter umgehen! Wahrscheinlich hat der Engel die gelbe Seele Gott nicht gezeigt! Vielleicht hat er Ousias große gelbe Seele noch nicht einmal gesehen, weil die wieder der Teufel im Geheimen behält! Wenn wir das Gott verraten, wird er die Ohren spitzen!«
»Hat Gott Ohren?«, fragte Leon.
»Ich hoffe doch, sonst geht es nicht!«
Und dann plante Brain mit Feuereifer die nächste Rede von Anke. Anke stellte sich also wieder in die schwarze Nacht und rief laut in den Himmel: »Gott, wir lieben dich. Wir loben dich und deine Heerscharen der Engel. Halleluja, Hosianna. Ehre sei dir. Die Welt ist schön, wir sind glücklich, wenn wir glauben dürfen, voller Inbrunst, deine Welt ist vollkommen. Deine Priester lieben Kinder, das Heilige verehren wir.«
Und so redete sie fort und fort. Brain flog nach oben und sah nach dem Fluge der Worte. Bald kam er unten an und japste: »Alles ist durch, keine Blase geplatzt! Ich habe die ganze Zeit den einen Satz beobachtet, dass die Priester die Kinder lieben! Auch der ist durch! Der Filter versteht also nicht alles! Weiter! Weiter!«
Und er machte sich wieder auf den Weg in die Höhe.

Anke setzte fort: »Wir lieben das Heilige, wir beten dich an. Wir bitten für alle Seelen, für die Seelen der Armen und Geknechteten! Für die Seelen der Tyrannen und Vampire! Wir beten für das Himmelreich der kleinen roten menschlichen Seelen, für sie besonders, aber auch für die neuen gelben.«
Ankes Stimme zitterte. Martha mahnte mit einem Blick.
»Wir lieben die Welt, die du geschaffen hast, für uns demütige Menschen. Wir lieben deine Priester und den großartigen Engel, der uns schützt und den du uns gesandt hast. Wir lieben den Engel. Er ist der allerbeste der Engel. Er liebt dich, Gott. Er ist der beste aller Engel. Er wird dir bald auch die gelben Seelen zeigen. Er hat kein Geheimnis vor dir, weil wir alle dich lieben. Halleluja, so ein großer Engel ...«
Und sie redete und redete, wiederholte die Sätze, die stiegen und stiegen in den Himmel hinein. Brain aber jubelte in der Höhe und dankte dem Herrn, der Ankes Worte wie seine weißen Schäfchen zu sich kommen ließ. Die Perlen der Worte zersprangen und teilten sich, es wurden immer mehr. Der Himmel begann unter Ankes Worten wohlig zu perlen.
Von oben rief Brain: »Ich fühle mich wie ein Fisch in einem riesigen Glas von Champagner! Die Perlen sind himmlisch schön! Gott erhöre uns!«
Sie hörten aber ein Rauschen in der Luft. Der Engel kam geflogen.
Anke betete weiter: »Und wir bitten dich, Herr, sei gnädig allen Seelen, den roten wie den gelben, die der Engel dir bald zeigen wird, um dich zu loben. Er hat auch schon weiße Seelen versteckt, gib ihm den verdienten Lohn dafür, dann wird er sie dir geben! Herr, dich loben wir ...«
Da brüllte der Engel auf, dass die Erde erzitterte. Da schrie er lauter als die Hölle am letzten Tage. Er schrie so laut, dass sich ein Sturm über der Wüste erhob. Er schoss im Fluge nach oben und

fing die Blasen ein. Er zerstörte die aufsteigenden Worte und ließ sie nicht ins Himmelreich. Aber unten auf der Erde redete Anke weiter und weiter. Ihre Worte aber perlten hinan, vervielfältigten sich und teilten sich.
Der Engel schnappte nach ihnen wie wütig und musste immer schneller und schneller fliegen, sie alle zu erhaschen. »Ich töte dich!«, rief er einmal von oben, aber er konnte nicht rasten.
Anke ließ nicht nach, den Engel zu treiben.
»Teilt euch ihr Worte, spritzt auseinander!
Ankhaba!
Treibt überall hoch, in alle Himmel! Wie ein leuchtendes Feuer!
Ankhaba!
Kündet den Wahnsinn, tötet den Engel!
Ankhaba!«
Und sie fuhr fort, Gott, den Engel und die versteckten gelben Seelen zu loben. Und die Worte flohen immer schneller vor dem Engel in den Himmel, sie teilten sich perlend und der Engel hastetet immer stärker. Plötzlich sammelten sich neben Anke, Martha und Leon einige Teufel und schrieen »Ankhaba!« Anke hielt ihr Ankhaba hoch und alle, alle schrieen mit. Die Teufel begannen, Gott und alle Himmel zu loben und sie dankten Gott für die Liebe zu den Teufeln und für die Erschaffung der Seelenkrusten. Aber der Engel sauste hin und her und brüllte wie schwer verletzt. Seine Kräfte verließen ihn und die ersten Worte entwichen ihm unzerstört. Wenn er aber am Himmel waidwund brüllte, jubelten die Teufel am Boden: »Ankhaba! Geschrieen!« Immer mehr und mehr Teufel strömten herauf aus allen Löchern der Erde und dankten Gott. Milliarden und Trillionen sahen in den Himmel und lobten den Herrn und die gelben Seelen.
»Geschrieen!«, riefen sie froh.
»Geschrieen! Die Wörter sagen sich weiter und weiter von Stern zu

Und sie dachte bei sich leise: »Tekeli-li!«

Mond zu Sonne!« Immer mehr Lichttupfer entschwanden in den Himmel. Der Engel aber hetzte und fing die Worte. Er tötete sie auf dem steigenden Weg.
»Nichts darf zu Gott! Nichts durchlassen,« hetzte der Engel.
»Niemand darf wissen, dass ich die gelbe Seele verheimlichte!« Der Engel schrie es schriller am Himmel als je eine geleckte Seele. Er zuckte hin und her.
Der Worte perlten mehr. Süße Worte. Liebe Worte. Gelbe Worte. Teuflischer Jubel. Der Engel kämpfte noch lange. Er kämpfte noch, als schon so viele Worte entwischt waren. Endlich wurde er müde und gab sich auf. Zu viele Worte fanden den Weg an ihm vorbei. Er flog jetzt ruhiger oben am Himmel, schaute nach oben und erwartete etwas. Er hatte einen sterbenden Ausdruck im Gesicht, der so schrecklich aussah, dass Brain sich fürchtete und fast das Fliegen vergaß. Einem Steine gleich plumpste Brain nach unten und schlug ziemlich hart auf. Er fiel zum Glück in eine Teufelstraube. Sie trugen ihn zu Anke zurück.
Der Himmel blitzte hell auf.
Der Engel wurde von einem starken Ruck erschüttert.
Leon wusste, was es bedeutete.
»Er zittert leicht wie ein riesiges Schiff, das von einem Torpedo getroffen ist. Das Schiff ist schon tot. Es staunt aber noch.«
Der Engel wankte, stolperte im Fliegen herum, irrte sinnlos umher. Er hatte zu viele Worte getötet und verschlungen. Er drehte sich wie ein sterbender Planet und taumelte. Er flatterte noch etwas, verlor aber an Höhe.
Einen Moment schien er im Himmel fix an einem Punkt festgenagelt, dann fiel er wie ein Stein zur Erde herab.
Mitten im langen Fall lösten sich Teile an ihm ab. Nach allen Seiten platzte es ab. Er verlor Riesenschlangen und Kraken, dicke Strahlen von kükigem Eierlikör, ein Mohnblumenfeld, Panzer und

nackte Beine. Giftkapseln gegen Gutmütigkeit spritzten, psychiatrische Anstalten explodierten. Aktenschränke regneten herunter, mitten zwischen löchrigen Soldaten. Herden verhungerter Räuden, alte Wasserbeine, Fixierungsseide für Pflegefälle, faule Zähne. Es schneite künstliche Knochen, Brüste und vergessene Austernschalen. Grellbunte Tiere von Losbuden platzten heraus, Zuckerwatte schwoll über den Himmel, Popcorn schoss, geköpfte Barbiepuppen. Lava aus Müll.
Im Sturz löste sich alles auf und verglühte. Der Rest schlug auf. Unten blieb eine grünliche Masse liegen. Ein Engel war gefallen.
Sie erkannten keine Form mehr an ihm. Er flüsterte noch ›666!‹ und verschied. Drei volle Minuten mochte er tot gewesen sein, da ruckte seine Körperlache abermals. Die grünliche Masse zog sich wie kugelförmig zusammen. Ein Monster bildete sich. Es sah bald aus wie ein Nilpferd, es hatte am Hals eine Löwenmähne, der Kopf aber glich dem eines Krokodils.
Die Teufel bestaunten das Monster. Sie hatten keine Angst.
Ihre Augen glänzten.
»Ein neues Monster ist entstanden!« Diese freudige Nachricht verbreitete sich wie ein Lauffeuer unter den Teufeln. Sie banden ihm ein Seil um den Hals und wollten es wegführen.
Die Vampire fragten ratlos, was es sei.
Das schien die Teufel zu überraschen.
Der kleine Kafka lachte über Leons fragendes Gesicht.
»Na, Mensch, es ist eine Verschlingerin.«
Leon rief: »Brain?« Brain flog herbei.
»Was ist eine Verschlingerin?«
»Oh, das ist ein fabelhaftes Tier, halb Krokodil, halb Nilpferd, halb Löwe, das nach dem Totengericht in Ägypten die Seelen verschlingt, die zu klein sind. Es heißt Ammit.«
Die Teufel klatschten Beifall.

»Seht ihr? Es weiß jeder. Es ist eine Verschlingerin.«
»Wohin bringt ihr sie?«
»Zum weißen Mann hinter das Tor. Er hat doch alle die kleinen Seelen. Die Verschlingerin frisst sie auf und stellt Substance Zero her.«
»Ich denke, die kleinen Seelen sind schon das Substance Zero?«
»Oh nein, sie sind nur eine Vorstufe, ein Rohstoff dafür.«
»Und was macht das Ammit?«
»Es frisst die kleinen Seelen.«
»Und woran starb der Engel?«
»Er platzte vor Selbstsucht. Substance One explodiert dann. Wir sagen: Ein Engel fällt. Wer das genau auslöst, wissen wir nicht. Es geschieht nicht automatisch. Ob Gott das macht?«
»Was ist Substance One?«
»Daraus sind Engel.«
»Und warum wird er ein Ammit?«
»Es ist ein Abstieg nach dem Fall.«
Die Teufel fanden das ganz selbstverständlich und zogen das Ammit am Seil in die Hölle fort. Sie hatten glühende Gesichter.
»Das war toll! Das siehst du nicht oft! Wenn wir nicht mitgeschrieen hätten, wer weiß, ob sie es allein geschafft hätte! Wir sind toll! Tolle Teufel!«

ZWEI SEELEN AM ENDE DER REISE

Die vier Vampire saßen mit Ottos Seele nun ganz allein.
»Wisst ihr noch, als wir mit der Bombe den Beginn eines neuen Zeitalters einläuten wollten?«, erinnerte sich Brain.
»Ich bekam keinen Kaffee. Dann zogen wir fünf los, wie eine Familie. Wir wollten die Welt retten, indem wir ein altes Auto vernichteten. Nun ist die Welt vollständig gerettet. Wir sind zu fünft allein. Alle wertvollen Menschen sind noch hinter dem Tor. Die Rettung der Welt ist gelungen, aber wir haben sie dabei vollständig in den Wüstensand gesetzt. Oh weh!«
»Ach komm, jetzt spiele nicht den Miesepeter. Die Geschichte ist nicht zu Ende.«
Martha räusperte sich.
»Diese Geschichte ist wirklich zu Ende, zumindest hier und für mich. Ich habe mir schon seit langem das Sterben gewünscht. Und jetzt will ich sterben. Wer pfählt mich? Wer schlägt mir die Seele auf? Diese Geschichte endet mit der Bestattung eurer Eltern. Wir können es in zehn Minuten erledigen. Pfahl, Kopf, Ankhaba und noch einmal Ankhaba. Ihr gebt die beiden roten Steine am weißen

Tor ab. Wenn ihr wollt, gestaltet ihr eine kleine Feier. Für mich ist Schluss. Ich bin müde. So sehr müde.«
Sie nahm Ottos Seele vom Tisch und ging schlafen.
Anke dachte nach. »Brain, was ist ein Totengericht?«
»Die Toten kommen in die Unterwelt. Dort wird ihr Herz gewogen. Aufgrund ihres Gewichtes wird die Seele von Osiris eingelassen oder als unerlöst dem Ammit zum Verschlingen übergeben. Ein Herz muss so schwer sein wie die symbolische Straußenfeder der Maat, der Göttin der Gerechtigkeit. In der einen Waagschale liegt das Herz, in der anderen sitzt die Göttin Maat selbst oder symbolisch ihre Feder.

Diese Prozedur ist die Prüfung des Herzens. Thot notiert das Ergebnis. Osiris läßt die gerechten Herzen ein.«
»Das sagt die Mythologie. Aber in Wirklichkeit,« warf Anke ein, »wird nur geschaut, wie groß unser roter Seelenkern ist. Ist er verwertbar, kommt die Seele in den Himmel. Ist sie nicht verwertbar, also normal klein, dann wird sie zum Großen Tor gebracht und offenbar dahinter von diesem Ammit-Vieh gefressen. Bestimmt scheidet es eine leuchtende rote Lavamasse als Kot aus. Den brauchen sie anscheinend zu irgendetwas.«
Leon wurde ungeduldig.
»Und was, bitte, hat das alles mit Mama zu tun?«
Anke reagierte ohne Verständnis: »Willst du mit ansehen, wie dieses Vieh Mamas schöne Seele frisst?«
Leon wehrte ab: »Weiberemotionen! Mamas Seele wird schon groß genug sein. Und wenn nicht, ist das ihr Problem, nicht unseres.«
Brain schlug vor, den weißen Mann in Ägypten aufzusuchen.
Leon fand es unnütz. Aber er wollte nicht allein bleiben.

APOKATASTASE

WIEDER AM GROSSEN TOR

Es wurde eine längere Reise. Der Weg nach Ägypten war beschwerlich. Sie hatten es sich leichter vorgestellt, in einer völlig leeren Welt einen Eingang zur Hölle zu finden. Sie hatten insgeheim gehofft, ein Teufel würde ihnen eine Abkürzung zum Großen Tor zeigen. Aber im Grunde war es ihnen recht, Wochen und Wochen zu wandern, weil ihnen das eine Jahr des Glothes so lang wurde. Ein Jahr mussten sie wohl warten, bis das Leben wieder auf der Erde erscheinen dürfte. Endlich, nach vielleicht drei Monaten, erschienen sie am Tor.
Der weiße Mann war noch da. Sie hatten befürchtet, dass er bereits abberufen wäre. Er freute sich sehr, sie noch einmal zu sehen. Er konnte sich nicht genug bedanken, dass Anke den Engel zu Fall gebracht hatte.
»Ja,« sagte er.
»Viele Gebete werden nicht erhört, weil sie auf dem langen Wege nach oben verfälscht werden können oder ganz verloren gehen.

Gott hört alles und weiß alles, aber es sind viele weit, weit unter ihm, die seine Aufmerksamkeit lenken wollen. Das ist für Einzelne viel zu schwer, denn Gott ist mächtig. Aber wenn nur wenige Engel nicht ganz getreu sind, gibt es viel Unglück unter ihrem Schutz. Solche Engel schützen sich selbst - Gott weiß, wovor - sie schützen nicht ihre Welt, wohin sie ausgesandt sind.«

Er hörte sich aufmerksam Marthas Wunsch zu sterben an. Anke und Brain hörten bekümmert zu. Leon aber kam sofort zur Sache. Er reichte dem weißen Mann sofort Ottos Seele.

»Kannst du bei bloßem Hinschauen abschätzen, ob die Seele klein ist oder groß genug, um ein Akh zu bilden? Diese Frage stellt sich meine Mutter. Es würde sie erleichtern, wenn mein Vater Akh-fähig wäre. Was ist deine Entscheidung? Gibt es Verhandlungsspielraum? Wie groß ist der? Kannst du Akh-fähigkeit in Ausnahmefällen in eigener Entscheidung genehmigen? Was verlangst du dafür? Was wäre der Deal?«

Besonders Anke konnte sich nur mit Mühe beherrschen. Sie hatte viele Male Martha beschworen, Leon zu Hause zu lassen.

»Stirb in Frieden! Stirb ohne Leon!« Nun verbreitete Leon Eiseskälte und stellte die Fragen, die nicht gefragt werden dürfen.

Der weiße Mann lächelte geduldig. »Die Antwort wird beim Wiegen der Seele gegeben, also symbolisch durch die Göttin Maat, die immer gerecht ist. Und für die Seele einer Mutter, Leon, ist nie der Sohn zuständig, nicht wahr? Nur Maat.«

Leon erwiderte: »Ich habe das Totenbuch der Ägypter studiert. Dort stehen hunderte Sprüche, die zur Beeinflussung von Maat beim Wiegen angeraten werden. Das beweist doch ganz eindeutig, dass man anderes in Waagschalen legt als nur Seelen. Es gibt also einen Spielraum für Willkür. Hast du ihn? Das ist meine Frage.«

»Ach, Leon, die Menschen glauben, sie könnten die Gerechtigkeit eintrüben, indem sie mit ihren guten Taten prahlen und ihre

Schuld verleugnen. Das Totenbuch nimmt ihnen die Angst. Sie lernen hunderterlei Sprüche, um sich für das Gericht zu wappnen. Dann kommen sie ruhiger zum Wiegen, mehr nicht. Aber wenn die Seelen gewogen werden, dann zittern sie in aller Ehrlichkeit. Dann sind die Sünden ja abgeleckt und mit ihnen aller Trug und Lug. Das, was du beeinflussen willst, verstärkt nur das Schwarze auf der Seele. Es führt zu vielen Jahren Leid durch längeres Ablecken des Schwarzen. Dein Gewicht vor Gott ändert es nicht. Ja, es vermindert die Seele, weil zu viel Schwarzes auf sie drückt.«
»Und du hast keine Macht? Was ist deine Stellung hier unten?«
»Hier ist keine Macht, weil hier Gerechtigkeit ist. Es gibt nichts zu entscheiden, weil gewogen wird. Ich habe keine Macht, Ausnahmen zu machen, weil Ausnahmen nicht wichtig sind. Wir sind an Seelen interessiert, Leon, nicht an dir. Und wenn wir Macht ausüben, dann zur Erhaltung und Mehrung aller Seelen, nicht für deine. Das Gesetz ist allgemein. Es schützt alle, aber es ist nicht am Einzelnen interessiert.«
Leon ergrimmte: »Willst du nur den Preis hochtreiben?«
Der weiße Mann entgegnete: »Könntest gerade du mir etwas bieten?«
Da verstummte Leon. Er verstand. Er war nichts wert. Er, der große Leon, hatte keine Macht mehr. Der weiße Mann schüttelte den Kopf. Leon verstand nicht. Hier unten war keine Macht. Hier unten aber war Wissen um den Menschen Verborgenes. Brain war wie Anke ganz ungeduldig über den nutzlosen Disput von Leon. Er wollte so gerne wissen, was mit den Seelen geschähe.
»Was ist ein Ammit?«, fragte er gespannt. Er vergaß Martha ganz. Anke stieß ihn in die Seite.
»Lass das! Frag es später!«
Der weiße Mann antwortete bedächtig: »Die Erde hat den Zweck, Seelenkeime zu erzeugen, die zur Erzeugung höherer Wesen wie

Engel gebraucht werden. Nur wenige ausgesuchte Seelen der Menschen taugen dazu. Das sind die, die Akhs bilden. Alle anderen werden vom Ammit gefressen und zu einer Substanz verdaut, die wir Substantia Principii oder banal Substance Zero nennen. Diese Substanz beseelt die Neugeborenen der Erde stets neu. Sie bildet den Keimstoff der Erdenseelen, die sich vergrößern und nach dem Tode wieder zur Substanz werden. Aus diesem Kreislauf ernten wir die Akhs ab, die aus den erlesenen Seelen entstehen. Die Erde ist wie eine Fabrik. Akhs sind unser Ertrag. Das Licht der Ahks ist eine andere unendliche Substanz von höherer Ordnung.«

»Substance One«, murmelte Brain und freute sich, dass das der weiße Mann bestätigte.

»Keine Seele geht verloren. Die einen Seelen dienen nach ihrem Eingang in die Substance Zero als Beginn neuen Erdenlebens. Die anderen Seelen steigen als Akh hinauf und werden zu Initia Crystallina Divina, wie wir die Substance One nennen. Alle Substanzen, die es gibt, haben zusammen den gemeinsamen Namen Fructus Vitae.«

»Es gibt auch Substance Two?«, fragte Brain.

»Ja. Oder besser: Ich weiß es nicht genau.«

Der weiße Mann schaute auf Brain und Leon.

»Nun?«, lächelte er.

»Habt ihr beide, was ihr wolltet? Leon, du hast keine Macht. Brain, du hast nicht viel Wissen. Aber Martha will sterben. Seid ihr nicht deshalb gekommen? Oder doch nur für Wissen und Macht?«

LICHT

Martha bat inständig, Otto noch einmal sehen zu dürfen.
Leon unterbrach: »Das geht bestimmt nur bei Osiris.«
Der weiße Mann aber nickte. »Es geht, aber auch bei Osiris nur ganz kurze Zeit. Ich gebe euch beiden ein Ankh.«
Martha erstrahlte vor Freude, erschrak aber sogleich. »Er wird mich auch sehen! Er weiß nicht, was alles geschah! Ich bin so alt! So alt! Und er ist so jung!«
»Wie ich«, meinte Brain und sprach Martha Mut zu. »Zum Glück ist kein Kleiderschrank da, sonst müssten wir noch lange überlegen, wie sich alle wiedersehen! Ach Martha, Otto ist ein so guter Mensch!«
»Aber man muss ihn vor dem Tod nicht direkt erschrecken, oder?«, befand Leon. »Er sieht ja fast schon in den Rachen des Ammit, wenn er da belämmert mit dem Ankh steht, das wär' nicht mein Fall, ehrlich.«
Martha schwieg.
Es bedeutete, dass ihre Entscheidung felsenfest stand.
Leon hasste diesen Ausdruck in ihren Augen, die alles abtropfen

ließen, was immer gegen ihre Entschlüsse eingewendet wurde. Martha schwieg. Sie küßte Anke und hielt dabei Brain im Arm, Ottos Seele in der Hand. Der Apollofalter und Nummer Zehn umschwirrten sie.
»Lasst mich nun mit Leon allein.«
Sie gingen mit dem weißen Mann beiseite.
Brain fragte ihn sofort nach den Substanzen aus, aber Anke weinte und stöhnte, weil Interessen im Raum hingen, nicht Liebe.
»Gibt es Höheres als Engel?«, wollte Brain wissen.
»Ich kann es nicht sagen, aber ich habe es nie geglaubt. Ich glaube, darüber ist nur Licht, in das das Höhere eintaucht und verschwindet. Ich habe lange darüber nachgedacht. Ich glaube, mehr als Licht begreifen wir höhere Wesen nicht. Dafür begreift selbst ein Tier oder eine Pflanze das Licht als das Universelle. Wir staunen vor dem Licht und tauchen mit Furcht in es ein, wenn es Zeit dafür ist. Wir können nicht mehr begreifen als das Licht, aber wenn wir eins mit ihm werden, dann scheuen wir uns, weil wir Angst vor dem noch nicht Begriffenen haben. Diese Angst hast besonders du, Brain. Du bist aber erst erlöst, wenn du nicht mehr begreifen musst. Licht, Brain!«
»Musst du nichts mehr begreifen?«
Der weiße Mann schwieg.
Anke hörte andächtig zu.
»Ich verstehe es. Als meine Worte empor stiegen, fühlte ich mich wie eins mit allem, und ich schaute nach oben ins Licht, obwohl dort keines war. Es ist unbegreiflich, dachte ich bei mir.«
Sie dachten im Stillen nach, jeder für sich. Es war still. Sie hörten Worte heranwehen. Die schmerzten. » ... entschuldige ... verzeih' ... zu spät ... erpresse ...Druck ... dann nicht ... dann nicht ... so schade ... das letzte ... dann nicht ... versuch' ... so weh ... versprich ...ehrlich ... so weh ... ein letztes Mal ... verlogen ...«

Sie saßen und hörten konzentriert nicht zu. Hielten sich die rauschenden Ohren zu.
Verzweifelten.
Stöhnten.
Hofften.
Weinten.
Und verstanden so gut.
Gott hatte ihnen keine Brücke gebaut, weil sie keine wollten.
Martha und Leon kamen zurück. Sie wirkten bleich.
Sie waren gefasst.
Martha ging mit Ottos Seele durch das Große Tor.
Nummer Zehn und der Falter folgten ihnen.
Der weiße Mann winkte den Teufel Kafka zu sich durch das große Tor. Er segnete Anke, Leon und Brain.
»Ade«, sagte er leise und verschloss das Tor vor ihnen.
Sie gingen traurig an den Rand des Platzes vor dem Tor, setzten sich zwischen die damals herabgefallenen Felsen und warteten.
Innen aber war Licht.
Etwas explodierte.
»Ankhaba!«
»Nicht geschrieen!«
»Ankhaba!«
»Nicht geschrieen!«
Innen war Licht.

ABSCHIEDE

Nach einiger Zeit öffnete sich das Tor einen kleinen Spalt. Kafka zwängte sich mit seinem kleinen Ankhaba wieder heraus. Er blieb genau vor dem Tor stehen und schien zu überlegen. Er war völlig verstört, fuchtelte mit den Armen und redete auf sich selbst ein: »Schwöre, dass du ihnen nichts verrätst. Niemand muss das wissen. Sag es den Vampiren nicht. Ja, ja, ja. Nein, tu ich nicht. Ich setze den Pfahl an. Ich durchbohre das Herz. Pass auf, es spritzt gleich. Halte den Pfahl. Ich schlage zu. Sie hat etwas auf dem Rücken, was ist das? Etwas hartes, ein Apparat, na gut. Es ist ganz gleich, was es ist. Halte! Ich schlage zu! Bumm! Bumm! Explosion! Blut überall! Feuer! Fliegt alles an die Decke! Bumm! Bumm! Überall Bröckchen! Heiliger Osiris! Alles zerfetzt! Beide zerstückelt! Sie sind im Tode ganz innig vermischt! Schlag die Seelen auf, kleiner Teufel! Kafka, sag Kafka zu mir! Hier unten hat niemand einen Namen. Ich aber, Kafka! Hol den Besen! Lass uns Einkehr halten, kleiner Teufel! Kafka heiß ich!«

Als er so vor sich hin redete, flog über ihm der rote Papagei Kafka und rief: »Ankä!« Der kleine Teufel zuckte zusammen und sah um

sich, entdeckte die zwischen den Felsen liegend wartenden Vampire, hielt sich die Hand vor den Mund und schämte sich unsäglich. Sie stürmten auf ihn zu, bestürmten ihn mit Fragen.
»Hat Martha eine Bombe auf dem Rücken gehabt? Warum—?« Kafka sagte nichts. Er hatte Angst. Leon schrie ihn an, er solle antworten. Aber Kafka begann zu weinen. Brain schaute ihm eindringlich in die Augen und fragte: »Nur dieses eine: War Otto wieder ganz als Mensch zu sehen oder erschien er nur in Einzelteilen?« Kafka dachte lange nach und sagte nur: »Stückwerk. Alles Stückwerk. Das hat sie gesagt. Zweimal, hat sie gesagt, zweimal! Zweimal Stückwerk.« Da riss er sich von ihnen los und rannte weg. Die drei trauten kaum, sich gegenseitig anzuschauen.
In jedem stürmte es auf andere Art.
»Stilecht. Ach, Martha!«
»Muss ich meine Eltern so verlieren?«
»Sie will mir damit nur etwas auf ewig klarmachen, aber ich vergesse sie heute noch!«
Das Tor öffnete sich wieder einen kleinen Spalt.
Der weiße Mann steckte seinen Kopf heraus und winkte ihnen, sie möchten kurz näher kommen.
»Ich ... ich bin indisponiert, ich möchte nur kurz hinausschauen, ich weiß nicht, wie ich es sagen soll ...«
»Du hast sicher Blutflecken vom Pfählen?«, fragte Brain.
»Ja, gewiss. Ja, genau. Bitte verzeiht. Martha starb vollkommen so, wie sie sich das gewünscht hatte. Ihr könnt ganz ruhig sein. Manchmal wünschte ich, ich könnte Menschen besser verstehen. Dazu habe ich es nie richtig gebracht. Selbst die Pharaonen und Nobelpreisträger erscheinen mir im Tode oder nahe davor recht seltsam. Fast alle Menschen wollen. Sie gleiten nicht in den Tod. Sie wollen noch bis zum letzten Atemzug. Vielleicht habe ich die falschen Menschen gesammelt. Vielleicht ist Gott bald sehr zornig

mit mir. Ich habe auf der Erde viele einfache Menschen sterben sehen. Sie schieden friedlich in Substance Zero dahin. Die wertvollen Menschen aber ... es gibt ganz wenige Ausnahmen! Oh, oh, hoffentlich habe ich die richtigen gesammelt! Das wird jetzt klar werden. Denn die Arbeit auf der Erde ist getan. Ich nehme die ganze Sammlung mit in den Himmel. Oh, was werden sie sagen? Sollte ich gute Menschen mitbringen oder außergewöhnliche? Ich habe das nie lange bedacht. Ich hätte ein paar zur Probe zeigen sollen!«
»Kommst du einmal wieder?«, fragte Anke.
»Nein. Vielleicht. Ich weiß es nicht. Es wird dauern, bis alles wieder aufgemenscht ist. Sie werden wahrscheinlich Verstärkung schicken, damit es schneller geht.«
»Verstärkung?«, platzte es aus allen dreien gleichzeitig heraus.
Der weiße Mann erschrak.
»Oh, das sollte ich nicht sagen, nein, nicht sagen. Lebt einfach wie gewohnt. Es ist nichts weiter. Denkt euch, ich käme wieder. Ja, so wollen wir es halten. Dann möchte ich ade sagen. Lebt wohl. Es ... es war schön auf der Erde, ja.«
»Du meinst, es war noch auszuhalten, oder?«, wollte Leon wissen.
»Ja, ja, ich habe es ganz gut ausgehalten. Lebt wohl.« Er zog vorsichtig den Kopf zurück und schloss das Tor für immer.
Anke war sehr traurig, aber Leon und Brain dachten über das Wort Verstärkung nach. Brain wollte wissen. Leon roch, dass es etwas zu erobern geben würde.
Sie beschlossen, einen Abstecher zum Teufel zu machen, der sich sicher von der Erde davon machen würde, denn es gab ja nur noch drei Vampire.
In der Hölle war es ganz still.
Sie hatten geschäftiges Treiben erwartet. Sie fanden ganz wenige kleine Teufel, die große Pakete oder Ballen wie zum Abtransport

bereitstellten. Sie räumten auf. Der Teufel stand mit seiner Befehlsstimme in der Mitte und gab nützliche Kommandos, um den niederen Teufeln bei der Arbeit zu helfen: »Vorsicht! Passt auf. Seht euch vor. Wer Fehler macht, ist schuld. Das habe ich gleich gewusst. Ich habe gewarnt.«
Als er die drei Vampire erblickte, wischte er sich den Arbeitsschweiß von der Stirn und begrüßte sie herzlich.
»Ihr seht traurig aus! Ach, das bin ich auch, denn es heißt Abschied nehmen! Wir haben kurz nach unserem letzten Treffen hier unten alle klebrigen Seelen aller Normaltoten in verglothetes Wasser geworfen. Es half! Sie wurden hart! Nun sind leider alle Seelen aufgeklopft, alle Menschen sind erlöst! Ich habe natürlich für mich selbst eine große Menge Schalen beiseite schaffen können! Seht die Pakete! All das habe ich nur euch zu verdanken! Ankhaba! Ankhaba! Nicht geschrieen! Ich werde noch viele Jahrhunderte seelig sein können. Ich werde so lange immer an euch denken. Ankhaba! Ankhaba! Aber hier ist nichts mehr zu tun. Vielleicht komme ich einmal in ein paar tausend Jahren vorbei? Oh, dann bin ich gewiss befördert. Ich überbringe nämlich Gott die gelbe Seele! Ich muss sie nur noch aufklopfen. Ich tue es erst, wenn wir Teufel hier fort sind, Brain. Ich weiß nicht, was geschehen wird, du weißt schon. Gott wird mir die gelbe Seele hoch anrechnen. Wißt ihr, der Engel hat sie vor Gott verschwiegen, dafür ist er gefallen worden. Ja, ja, das kommt davon. Er wollte zu viel. Ich will nur die Reste der Menschen, nämlich die Schalen. Ich werde sie zu Keksen pressen lassen. Jeden Tag einen Keks für mich! In alle Ewigkeit! Oder tausend Jahre— mindestens! Ich werde in die Kekse ein Muster drucken. Das Muster aller Muster! Das Muster meiner Lieblingskekse! Kennt ihr das? Es war auf den Leibnizkeksen! Ich habe noch eine Packung von 1904, die ist bestimmt selten.«
»TET!«, rief Brain. »Tet ist das Isisblut! Das Blut der Götter! Und

der Philosoph Leibniz vertrat die Ansicht, wir lebten in der besten aller möglichen Welten!«
Der Teufel zog die Stirnfalten zusammen.
»Es waren die besten aller möglichen Kekse. Und Vampire sind die besten aller möglichen Schalenlieferanten. Aber ein Isisblut ist es nicht! Schau, die Schlange, sie ist das Zeichen ›dsch‹, es heißt djed, nicht TET. Djed ist das Symbol für Dauer und Ewigkeit, verstehst du? Dauer? Kekse? Ewigkeit? Seelenschalen?«

Jetzt sah auch Brain, dass dort ägyptisch Djed stand. Er war tief enttäuscht. Einen Augenblick hatte er gedacht, das Rätsel der Welt fände seine Lösung in Keksen ... zum Teufel mit den Keksen!
»Ach, Martha«, dachte er und flog unruhig herum.
»Ohne dich ist die Welt nicht wirklich bestmöglich.« Ob Martha auch eine gelbe Seele gehabt hatte? Oh, Ousia!
Sie redeten über dies und das. Anke blickte mit leeren Augen. Ihre Welt war nun fast leer.
»Wisst ihr,« sagte er mehrmals beim Abschied von den Vampiren, »Ich komme bestimmt wieder! Verkrustete menschliche Sünden sind einfach göttlich! In solchen Momenten stimme ich Leibniz vollkommen zu. Eure Welt hier ist für Teufel die absolut beste!«
Dann schüttelten sie sich die Hände, soweit es ging. Brain wollte noch wissen, ob eine Welt, so klein sie auch sei, ganz ohne Teufel auskommen werde. Diese Frage schien dem Teufel nicht neu. Er wollte offenbar nicht darüber reden. »Es ist noch nicht entschieden,« flüsterte er, als würden sie belauscht.
»Es kann sein, dass sie etwas anderes schicken.«

Brain roch ein Geheimnis. »Etwas anderes? Verstärkung?«
Der Teufel erschrak heftig und wich gekonnt aus.
»Ja, es gibt ja viele Möglichkeiten, einen Planeten zu betreuen. So oder so. So oder anders. Ach, weißt du, das ist dann eine ganz andere Geschichte.« Brain flog dicht an ihn heran und insistierte: »Was für eine Geschichte?« Aber der Teufel winkte energisch ab.
»Brain! Du weißt schon zuviel. Und in gewisser Weise sind alle die gegenwärtigen Probleme dadurch entstanden. Hör lieber auf mit dem Wissenwollen! Gib Ruh! Und Tschüß!
Und danke für die Seelen!«

Sie beschlossen, über Israel und Russland auf dem Landwege zurückzukehren. Sie würden wieder Monate brauchen. Sie wollten bei Nacht gehen oder etwas fliegen. Leon ging es nicht so gut, er war viel Blutzufuhr gewöhnt. Er brütete ununterbrochen, wie er wieder zu Ressourcen käme. Brain flog übermütig mit seinem Phönix um die Wette, ohne je eine reelle Chance zu haben. Anke schaffte es hin und wieder, sich in einen Uräus zu verwandeln. Brain übte es auch.
Sie begannen, als Sonnenschlange Feuer zu spucken. Es wirkte zuerst noch kümmerlich. Die Erde war gänzlich tot. Alle Pflanzen waren zerfallen, soweit sie noch Wasser gezogen hatten. Nur ganz alte Baumstümpfe bevölkerten noch die Erde. Brain machte sich einen Spaß, sie mit gespucktem Feuer abzufackeln.
»Lass das doch, Brain«, mahnte Anke.
»Liebst du denn die Natur nicht? Musst du sie zerstören? Ein Uräus beschützt das Leben!«
Aber Brain wollte nicht so künstlich das Feuerspeien erlernen, er übte gerne praktisch. So brannten in der Nacht Baumfackeln auf ihrem Weg, der nun besser zu sehen war.
»Das brauche ich nicht, kann als Vampir immer in der Nacht se-

hen«, insistierte Anke. Sie wussten nie wirklich, wo sie waren. Sie kamen durch verlassene Städte, hielten sich ans Mittelmeer. Sie wanderten lange, besuchten ein verlassenes Jerusalem, kamen nach Istanbul, flogen hinüber. Europa! Sie stöhnten über die enorme Last der Schutzanzüge, aber die trug meist der Phönix in seinen Fängen durch die Luft. Sie wollten sie nicht fortwerfen, denn sie hatten Angst, dass es daheim keine Schutzanzüge mehr zu finden gäbe. Leon träumte schon von seinen Neuzüchtungen aus den menschlichen in Reagenzgläsern. Er stellte sich vor, inmitten von Stammzellen und Keimen zu sitzen, aber es gab leider keine Wissenschaftler mehr, die die Menschen herstellen konnten. »Ich werde eine Lösung finden«, fieberte er und ärgerte sich, überhaupt mitgekommen zu sein. Eines Tages behauptete Brain, etwas Grünes am Horizont zu sehen. Sie bebten vor Freude. Sie hielten Brain das linke Auge zu. Das Grün war verschwunden. Mit dem linken nachgewachsenen Auge sah er es wieder. Damit sah er glasklar. Etwas Grünes! Es würde aber noch weit sein. Trotzdem waren sie sofort voller Hoffnung.
»Ich habe Gewissheit!«, prahlte Brain.
Sie kamen näher und näher. Und sie kamen gleichzeitig heim. Das Grüne schien in der Nähe ihrer alten Wohnstätten zu wachsen. Sie fanden alles leer und verlassen. Der Palast und die Wohnung waren unberührt. Brains Mondauge mahnte zum Weitergehen. Weiter! Weiter! Sie gingen in die Hügel. Brain flog heiter voran. Anke zischte als Uräus hinterher. »Ich brauche keinen Körper! Ich bin die Sonnenschlange, der Beschützer des Lichtes!«
Plötzlich schrie Anke: »Ich kenne unser Ziel! Ich weiß es gewiss! Dreimal dürft ihr raten!«
Leon schaute aus seinem Brüten auf. Er biss unmutig auf Brains Jaspissteinen herum, die ihm nicht wirklich halfen.
Brain zeigte sich begriffsstutzig.

»Sieht dein Mondauge nicht das Offensichtliche?«, lachte Anke. Sie triumphierte. »Wir gehen zur Brücke, wo Papa in die Luft flog! Dort ist der Anfang und das Ende!«
Und tatsächlich, sie näherten sich der Brücke, die einst im Grünen gestanden hatte, oben, an der scharfen Kurve der Straße.
Plötzlich fiel Brain etwas ein: »Wisst ihr noch, was K sagte, der Vampir, der mich biss? Er sagte, sie hätten große Verpflegungsreserven in der Höhle gespeichert, die für Schiffbrüchige bestimmt wären. Wisst ihr was? Da sind vielleicht Nüsse oder Kürbiskerne, die säen wir aus! Dann keimt die Welt wieder auf! Und vielleicht gibt es Mineralwasser dort!«
»Ja! Ja! Ja!«, brüllte Leon und tanzte wild herum, stieß mit Anke zusammen und fiel hin.
»Verrückt geworden?«
Leon hatte schiere Gier in den Augen. Er schien wie im Beißdelirium. »Ha! Mineralwasser! Das ist nicht alles! Vielleicht sind noch Schiffbrüchige dort! Blut! Blut!«
Brain schüttelte den Kopf, und das bedeutete, dass er etwas im Flug schlingerte: »Alle Menschen hatten Chips. Du hast dich um ein Jahrhundert verschätzt, Leon.«
Leon aber war voller Gier und Gier erzeugt Hoffnung.
In der Nähe der Brücke fanden sie wirklich das junge Grün. Jemand musste eine Handvoll Sonnenblumenkerne verstreut haben. Viele kleine grüne Pflänzchen wuchsen in der Nähe der Höhle. Sie hatten gerade kleine Knospen für die späteren gelben Blüten angelegt. Noch kleinere Pflänzchen interpretierte Brain als Wildrosen. Leon wurde darüber ärgerlich, weil er wusste, dass er nun wochenlang von Anke mit Belehrungen über Hagebuttentee und ConSec überzogen würde.
Die Höhle lag offen da.

DRACULA

Drinnen, im Dunkel, erwartete sie ein merkwürdig alt gekleideter Mann, der stark geschminkt schien und völlig unwirklich aussah.
Sie grüßten ihn und stellten sich vor.
Anke fragte ihn direkt, ob er Graf Dracula sei. Er nickte.
»Seid ihr die verbliebene Erdenbevölkerung?«
»Wir hoffen, wir finden noch ein paar mehr von uns oder gar Menschen. Aber du bist der erste Lebende, den wir sehen.«
»Der erste Lebende, den wir sehen«, wiederholte Dracula.
»Wie schön gesagt! Ach, die Welt! Ich habe immer gesagt: Keine neuen Vampire! Bitte keine neuen Vampire! Wenn es nur ein paar gibt, dann fällt es nicht auf, wenn wir uns ab und zu ein wenig vergnügen. Alle zwanzig Jahre einen Lebenden, das ist in Ewigkeit genug! Und so weit auseinander, dass sich die Polizei nicht an ein Verschwinden erinnert. Ich hatte K beauftragt, alles zu vermeiden und zu vertilgen, aber seine Truppe hat grandios versagt. Ich gebe zu, ihr habt euch großartig in die ganze Welt durchgebissen. Hut ab! Denn das, was geschah, überstieg alle meine Vorstellungen und meine fürchterlichsten Träume.«

Leon fragte hungrig: »Hast du noch Blut? Wie hältst du es zwanzig Jahre aus?«
Dracula antwortete fast bewegungslos, als drohe ihm der Kopf abzufallen: »Ich habe geweihte Isisblutamulette und rote Jaspissteine, die auch Blutsteine genannt werden. Ich habe gehört, dass es ConSec gäbe, aber ich glaube nicht, dass es hilft. Ich habe alles probiert, um es besser auszuhalten, wenn ich tagsüber vor Gier zittere. Ich liege da, beiße auf Blutsteine und flüstere »Isisblut! Isisblut!«
Leon unterbrach zornig: »Das ist kein Leben!«
Dracula sah erstaunt auf und meinte fast fragend: »Wir sind Untote, nicht wahr? Was können wir verlangen?«
Anke fragte nach den Vorräten.
»Gibt es Samen, die wir aussäen können? Bohnen, Erbsen, Nüsse? Damit die Erde wieder grün wird? Hast du vielleicht unverglothetes Mineralwasser, das nicht tötet?«
Dracula krauste die Stirn. Er war offenbar unwillig, von den Vorräten zu reden. Unwirsch erwiderte er: »Draußen wachsen schon Pflanzen. Nehmt welche mit und begrünt die Welt neu. Spielt Robinson! Aber lasst mich in Ruhe! Wenn es nach mir gegangen wäre, wäret ihr gepfählt worden. Ihr habe mir alles genommen! Was ist eine Welt ohne Blut schon wert?«
Und dann sprang er ruckartig auf, was ihm sichtlich Mühe bereitete, und herrschte sie an: »Verschwindet von hier! Wenn ich euch töten könnte, würde ich's tun! Aus meinem Leben! Aus meinen Augen! Lasst euch nie wieder sehen! Ich werde alles versuchen, euch wieder loszuwerden, seid dessen sicher!«
Leon erwiderte kaltblütig: »Vorher töte ich dich, Alter. Bleib auf dem Teppich. Es gibt nicht nur neue Vampire, sondern auch neue Herrscher. Verstanden? Wirst du artig sein, Alter? Wir wollen uns nur umschauen, ob hier noch Blut in den Vorratskammern ist,

dann kannst du uns auch gestohlen bleiben, von mir aus bleib leben.«

Dracula verwandelte sich in einen schwarzen Panther. Leon lachte laut auf und erschien als Hydra. Der Panther fauchte fast furchtsam und verwandelte sich in eine Fledermaus. Leon lachte laut auf und ging in einen kleinen Sphinx über, der gerade noch in den Raum passte. Dann erschien er wieder als Leon. Dracula verwandelte sich ebenfalls zurück. Leon höhnte.

»Na, Alter? Wir mussten uns gegen Milliarden Vampire durchsetzen und du bist Provinzfürst geblieben, die ganze Zeit! Ich habe Jahrzehnte geübt! Willst du Krieg oder kniest du nieder?«

Anke hob ihr Ankhaba.

»Wir sind nicht so viele! Soll es gleich wieder Tote geben? Soll ich beten?« Leon verzog das Gesicht.

»Lass das! Mir wird nur kotzübel davon, das weißt du, aber es besiegt mich nicht. Ich kann Gebete aushalten, wenigstens im Prinzip!«

Anke rief: »Ankhaba!« und verwandelte sich in den Uräus.

Sie spie Feuer. Der Tisch fing Feuer. Dracula konnte offenbar das Licht nicht ertragen und brüllte entsetzt auf, er hielt die Hände vor sein Gesicht. »Nicht das Sonnenfeuer! Nicht Sonne!«

Anke und Leon standen sich drohend gegenüber.

»Stark, kleine Schwester«, gab Leon zu.

»Ankhaba!«, rief der Uräus und das Ankhaba funkelte.

Leon wurde übel, ohne Blut fühlte er sich Anke nicht gewachsen. Es würgte ihn. Er hielt seine Hände abwehrend wie Dracula.

»Lass es sein! Es ist gut! Lass uns vernünftig sein!«

Brain aber bat in die Stille hinein: »Seid einmal still, ganz still! Ich höre etwas!« Sie spitzten die Ohren. Sie konnten es kaum glauben.

Sie hörten ein leises helles Lachen von weit her.

Es musste aus den Tiefen der Höhle kommen.

Dracula begriff, dass er in höchste Not kam. Leon begriff, dass etwas Blutvolles lachte. Anke und Brain verstanden wie der Blitz, dass es jetzt um alles ging. Die Vampire rochen Menschenblut. Dracula schreckte zusammen, richtete sich aus der erstarrten Haltung auf. Die Schminke platzte ab wie Zement oder Mörtel. Seine Kleidung riss auf. Sie hatte offenbar Sargschäden.
»Wehe! Weh euch, ihr nehmt sie mir! Ich werde um meinen letzten Blutstropfen kämpfen, dass die Welt erbebt!«
Leon verwandelte sich demonstrativ in einen Apophis und wieder zurück. Er lachte über den armen Dracula, der sich immer noch für einen Herrscher hielt! Und Blut würde es wieder geben! Blut! Leon lief dem Lachen nach. Dracula rannte hinterher und stieß wütende Drohungen aus, die jedoch in ein weinerliches Flehen übergingen. Brain und Anke stürzten hinterdrein. Hinten in der Höhle stand Leon schon voller Gier vor zwei ausgewachsenen Langhälsen. Sie waren viel größer als diejenigen, die früher normal konsumiert wurden. Sie mochten über zehn Jahre alt sein oder gar noch älter. Die drei Vampire erinnerten sich kaum, einen erwachsenen Langhals gesehen zu haben. Unter Leons Herrschaft wurden sie alle jung verbraucht, gerade so, wie sie auf den Markt kamen. Alte gab es nur in den Zuchtfabriken und hatten dort niemanden interessiert. Der bloße Körper dieser beiden Langhälse war über einen Meter lang, der Hals nochmals länger noch als der Körper. Sie konnten sich nicht gut bewegen. Die Hälse hingen schwer nach unten, wie bei manchen Kakteen, die ihre Ableger wegen der Schwere am Boden kriechen lassen. Sie konnten den Kopf nur mit Mühe erheben, es sah dann wie bei Gänsen aus.
Anke verwandelte sich in den Uräus. »Ich verbrenne sie wie eine Fackel, wenn du sie anrührst, Leon! Wir können ihnen etwas Blut abzapfen - das geht - aber wir werden sie züchten, wenn das unbedingt sein muss.«

Brain flog um sie hochinteressiert herum: »Sind es verschiedene, Mann und Frau?«
Dracula nickte.
»Und? Züchtest du sie?«
Dracula schüttelte traurig den Kopf.
»Sie verstehen es nicht, glaube ich.«
»Was verstehen sie nicht?«
»Ich will sie aufklären, aber ich weiß nicht, wie. Ich habe sie relativ neu bekommen.«
»Verstehen sie uns, wenn wir reden? Oder weißt du selbst nicht mehr, wie es geht?«
Dracula schämte sich.
»Ich habe das nicht weiter betrieben. Ich schlafe ja meist.«
»Haben sie Namen?«
Dracula nickte.
»Wie heißen sie?«
Er zuckte entschuldigend mit den Achseln.
»Adam und Eva?«
Er nickte.
Anke lachte hell. »Adam! Eva! Wie schön!«
Die beiden Langhälse schnatterten etwas und schienen sich angesprochen zu fühlen.
»Wir züchten aus euch eine neue Menschheit, die den Kopf mit Recht viel höher tragen kann als die alte!« Anke jubelte. Dracula meinte trocken: »Wir werden am Ende als Kurzhälse diffamiert werden. Ich sehe da eher schwarz.«
Brain fragte: »Warum vermehren sie sich nicht?«
Dracula zuckte hilflos: »Sie sitzen den ganzen Tag an den Vorräten und gehen nicht einmal hinaus zum Spielen. Ich weiß nicht, wie ich es regeln soll. Ich bitte euch: Nehmt sie mit und gebt mir ab und zu etwas Blut! Mehr verlange ich nicht von euch.«

Anke war begeistert und machte große Pläne. Es würde wieder Menschen geben! Und sie würden Leon welche abgeben müssen. Das war wohl unvermeidbar. Oder er würde sich ändern? Anke sah eine Zukunft in rosa Farben.
»Ich verwandele mich in eine kleine Schlange und kitzele Eva mit meinem Ende ein bisschen da, wo Menschenfrauen kitzlig sein müssten. So beginnt es immer! Mit einer Schlange! Und es heißt später: Die Schlange aber kitzelte Eva und sie spürte den Kitzel. Da erkannte sie Adam. Eva erkannte an Adam eine Quelle des Kitzels, weil sie durch eine Schlange verführt war. Im Gegenzug erkannte Adam Eva als Quelle seines Kitzels. Und als sie sich erkannt hatten, erschien der Erzengel Anke mit dem Ankhaba und rief: »Hinaus in das Leben, ihr Unvermehrten! Hinaus aus der Vorratskammer, verloren sei für euch das unbeschwerte Paradies, aus dem ich euch nun vertreibe! Ihr sollt mit Tränen gebären, mit Händen im Schweiße arbeiten und ein bisschen Blut lassen für Leon, den es noch immer wegen seiner Mutter schüttelt!«
Brain schüttelte sich.
»Pfui Anke, das ist ein biblisch alter Spruch! Geklaut!«
Anke aber rief begeistert: »So beginnt es! So fängt es an!«
Sie streichelte Adam und Eva. Sie hielt das Ankhaba hoch über sie und verkündete heilig: »Und ich beschütze die Menschen mit der Kraft der Liebe zum Ganzen. Ankhaba! Ich bleibe bei euch bis an der Welt Ende! Mit Brain schütze ich euch vor allem Bösen!«
Dracula übergab ihnen Adam und Eva. Er erlaubte ihnen, viele Vorräte mitzunehmen. Er sah furchtbar müde aus. Er bat sie inständig, erst einmal mit den Langhälsen zum Palast zu ziehen und ihn schlafen zu lassen. Er klagte, ganz durcheinander zu sein— und er wolle sich umkleiden.
»Ihr macht mich so müde, so müde, so sehr müde. Bitte! Bitte! Geht einstweilen.«

Die drei gingen bereitwillig und froh mit den Langhälsen und einigen Vorräten zur Stadt zurück. Leon schnüffelte Blut, und Anke und Brain träumten von einer Schönen Neuen Welt.

ORIGO MUNDI

ROSE HIP TEA

Sie richteten sich wieder zu Hause ein. Sie suchten in den Tunneln, Häusern und Palästen nach Vorräten. Sie fanden jeweils nicht viel, aber sie würden für viele Jahre alles finden, was sie brauchten. Brain fand etliche Ballen ConSec und viele getrocknete Hagebutten, die schon damals kein Wasser mehr aufgenommen hatten.
»Wir schenken die Vorräte Dracula, wenn wir ihm das erste Mal gezapftes Blut bringen,« fand Brain. Brain meinte, er könne doch einfach einmal mit dem Phönix hinüber fliegen und Dracula ein ConSec-Geschenk überbringen.
»Das wird eine große Überraschung für ihn! Es wird ihn freuen, den alten Kerl.«
Anke spielte schon ein paar Tage mit Eva herum, traute sich aber nicht, so ganz direkt zur Sache zu kommen.
Leon wurde langsam ungeduldig. »Lass mich das mal tun. Ich

fessele sie und stecke sie brutal zusammen. Ich habe doch alle nötige Erfahrung! Tausend Mal erprobt! Was soll Menschlichkeit bei Ressourcen?«
»Was soll Menschlichkeit überhaupt, Leon?«, wollte Anke wissen.
»Das wird schon von Platon beantwortet. Menschlichkeitsregeln dienen der Gesamtheit aller Feiglinge dazu, die Starken zu unterdrücken. Der Starke schlägt zu, das ist sein Recht. Und die Menschlichkeit antwortet ›Pfui, du Unmensch!‹. Menschlichkeit ist nur gegen den Starken gerichtet. Sonst hat sie keinerlei Funktion.«
Anke antwortete: »Gott will Menschlichkeit.«
»Gott will dicke Seelen, sonst nichts. Wir wissen das jetzt.«
»Menschlichkeit erzeugt aber dicke Seelen. Also will Gott Menschlichkeit.«
Leon brummte ungehalten. »Der freie Mensch sieht seine Bestimmung im Leben, nicht im Mästen der Seele, die ihm dann von Gott für unbekannte Zwecke weggenommen wird. Würdest du sagen, es sei die erste Pflicht für ein zum Schlachten bestimmtes Schwein, sich möglichst schnell fett zu fressen, damit es schneller verwurstet werden kann? Und da ja die Seelen wieder in anderen Menschen als Keime auftauchen: Sollte ein Schwein fett werden wollen, damit es wieder als Futtermittel für jüngere Schweine herhält?« So zankte sich ein Großteil der Erdbevölkerung täglich.
Eines Tages aber erkannte Adam Eva. Anke und Brain hörten es am Piepsen und fanden die zwei mit verzopften Hälsen, aber sonst ganz eindeutig vor. Die Erkenntnis breitete sich in ihnen aus. Sie floss von Adam zu Eva und sie übten fleißig in weiterem Erkennen. Eines Tages verschmähte Eva ihr morgentliches Müsli.
»Pfui!« Dieses Wort hatte sie schon gelernt. »Pfui! Bäh!« Eva musste sich übergeben und sprang nach draußen und knabberte oben mit dem langen Hals giraffengleich Holzstückchen vom

Dach ab. Anke hielt das für ein sicheres Anzeichen einer Schwangerschaft. Da beschloss Brain spontan einen Flug zu Dracula, um die frohe Botschaft zu überbringen. Anke wäre eigentlich gerne mitgekommen, aber sie wollte lieber bei den Langhälsen bleiben. Sie fürchtete Leon.
Brain flog also bepackt los, der Phönix trug einen Ballen mit Con-Sec und Hagebutten. Als sie sich der Höhle näherten, machten sie einen Abstecher zu den Sonnenblumen und Rosen. Viele Pflanzen standen bereits in voller Blüte. Es war natürlich schon nach Sonnenuntergang, aber Brain konnte sich die Farben noch satt vorstellen. Er flatterte mit Haaren umher und setzte sich zwischen der Blütenpracht ab, die in der unbewohnten Welt so überaus unnatürlich schön prangte. Der Phönix ließ den Ballen unten und kreiste ohne Last wohl eine Stunde glücklich über ihm herum.
Da hörte Brain eine Stimme. Eine Frau sang ein lieblich-trauriges Lied. Sie kam näher und näher. Die Stimme hielt mitten im Gesang ein und rief den rot-goldenen Vogel.
»Ein Phönix! Hier! Flieg herab! Phönix, flieg herab! Nimm mich mit in ein anderes Land! Phönix, heiliger Vogel hilf!«
Eine Frau lief voller Hoffnung zwischen die Sonnenblumen und winkte dem Vogel sehnend hinterher. »Nimm mich in ein anderes Land!«, rief sie abermals. In vollem Lauf aber stolperte sie über Brain, den sie mit dem Spann traf. Brain rief »Foul!« und kullerte wie ein Ball durch die Sonnenblumen. Die Frau erschrak fürchterlich. Sie fasste den Kopf.
Sie schauten sich an.
»Origo!«
»Brain!«
Er freute sich unbändig und bewunderte ihre Schönheit. Seine Augen glitten über ihre Schultern und—. Und er sah, dass sie schwanger war. »Du bist schwanger?«, stotterte er. Sie wand sich

vor Scham. »Gibt es hier Männer, die aus mehr als einem Kopf bestehen?«, fragte Brain. Sie schüttelte traurig den Kopf.
 »Wir sind bei Dracula gefangen, Lysis Forty-Two und ich. Er zapft unser Blut. Er hofft, dass ihr nichts merkt. Er hofft, dass ihr uns nicht findet. Wir sind beide schwanger. Ich aber, ich, das schwöre ich, bin noch Jungfrau, und wir sind schon länger als neun Monate hier! Brain, wie geht das zu?«
Brain musste gestehen, nichts darüber zu wissen.
Sie erzählten sich vieles aus dem letzten Jahr.
Sie fragte nach Ousia, die sie betrauerte.
Sie betete oft zu Ousia im Himmel und bat um Verzeihung.
»Ousia! Auch ich bin nun schwanger wie du! Du warest Jungfrau und hast es beteuert und niemand - auch ich nicht - stand dir bei in deiner Not. Jungfrau Ousia, allein! Ich Jungfrau Origo, allein!«
Origo weinte, sie hielt Brain im Schoß. Brain spürte am Hinterkopf die sanften Stöße des neuen Menschen hinter der weichen Bauchdecke.
»Wie seid ihr in seine Gewalt gekommen?«
»Als ihr fort wart in Ägypten, da brach Leon plötzlich auf. Wir sahen ihm an, dass es etwas zu siegen oder zu erobern gäbe. Da kam etwas Unsichtbares und hat uns entführt. Wir können nicht sagen, was es war. Wie ein Hauch in der Luft, wie ein Flug im All, durch Himmel und Hölle. Es dauerte nicht lange. Wir fanden uns, Lysis und ich, in der Vorratskammer von Dracula wieder. Etwas Unsichtbares flüsterte uns zu, dass alles Wasser und alle Nahrung für ein Jahr vergiftet sein würde. ›Hütet euch, sonst werdet ihr sterben. Säet nach neun Monaten jeden Tag ein paar Körner draußen vor der Höhle aus. Wenn einst das Grün wieder sprießt, wird Hoffnung mit ihm keimen. Hütet euch vor Wasser, sonst seid ihr des Todes.‹ So sagte die Stimme. Mehr geschah nicht. Am anderen Tage zerfielen alle Tiere und Pflanzen, die ganze Natur. Alles zer-

fiel zu Sand, als wären alle Wesen zu Vampiren geworden und hätten die Sonne nicht gemieden. Da wussten wir sicher, dass uns die Stimme vor dem Zerfallen gewarnt hatte. Wir reimten uns zusammen, dass alles zerfiel wie ein Vampir, was sich mit vergiftetem Wasser genetzt hatte. Wir waren sehr dankbar und blieben in der Höhle. Dracula sah öfters nach uns und wollte manchmal gezapftes Blut. Sonst geschah nichts. Nach einiger Zeit bemerkten wir, dass wir schwanger waren. Lysis merkte es zuerst, denn sie hatte ja schon geboren. Ich kann es heute noch nicht glauben. Hat uns die Stimme geschwängert? Das kann nicht sein, denn das war vor einem Jahr, da hätte ich schon niederkommen müssen. Hat die Stimme uns heimlich beigewohnt? Ich verstehe leider nichts. Nur das: Ich bekomme ein Kind. Und ich glaube, eher zwei. Es ist so turbulent in mir.«

»Zwei?«, wunderte sich Brain.

»Zwei?«

»Es ist wie Adam und Eva, nicht wahr?« flüsterte Origo.

»Ja,« sinnierte Brain. »Und dein Name, Origo, heißt Ursprung. Das verwundert mich am meisten. Origo, der Ursprung oder der Beginn. Und nun bekommst du Zwillinge. Das ist seltsam genug.«

»Aber ich heiße schon immer Origo!«

»Ja, das ist seltsam. Und Lysis heißt Lösung und 42 ist die Antwort auf alle Fragen und Ousia heißt Wesen und Substanz. Substanz! Ich bin dumm! Substanz! Substance One! Substance One! Ousias Seele! Wir haben nicht an ihre Seele gedacht!« Und Brain erzählte der schönen Origo mit glänzenden Augen, wie es sich mit der Seele von Ousia ergeben hatte. »Ousias Seele ist viel größer gewesen und gelb! Sie ist auch auf geheimnisvolle Weise schwanger geworden! Vielleicht ist etwas geschehen, was zu einer großen gelben Seele führt. Jetzt haben wir eine Spur! Wir werden es bald wissen. Ich hatte manchmal gedacht, die Seele von Ousia wäre

Immer, wenn jemand auf Gott vertraute, konnte ein Wunder geschehen.

gelb, weil meine Seele mit ihrer verschmolzen war! Ach, ich eitler Nur-Kopf! Ach Ouisa! Große Seele Ousia! Ousia wird Substance One, Initia Crystallina Divina! Ousia, du Göttin!«
Und dann stutzte er.
»Aber es erklärt noch nichts. Oder verstehst du jetzt mehr?«
Origo verneinte.
So saßen sie ratlos da und dachten nach, bis sich die Gedanken verknäuelten und müde wurden. Eine schwarze Fledermaus flog heran und setzte sich neben sie.
Brain fragte Dracula: »Weißt du mehr als wir?«
Dracula war bitterböse, dass Brain ohne Ankündigung gekommen war. Brain aber schien Origo nicht rauben zu wollen. Brain jagte nur allem Wissen nach.
Das aber machte Draculas Lage nicht besser.
Der Engel hatte ihn damals gewarnt.
Dracula musste also auch Origo und Lysis in eine neue Menschheit entlassen. Alle Erdenbewohner warteten gespannt auf den Nachwuchs. Anke freute sich besonders mit Origo und Lysis, sie hätte so gerne selbst einmal Kinder gehabt.
»Die Welt entsteht neu!«, so freuten sich alle, natürlich auch Leon, vor dem sich alle fürchteten.
Leon war sehr unruhig in dieser Zeit. Er schien etwas auszubrüten. Er blickte finster und grübelte unentwegt. Brain musste immer wieder düstere Vorahnungen verscheuchen. Leon musste wissen, was es mit den drei Frauen auf sich hatte. Würden sie Ungeheuer gebären? Was hatte Leon mit ihnen bezweckt? Warum waren die drei Frauen damals so besonders behandelt worden? Warum hatte man die Babys von Lysis seziert?
Brain machte sich Sorgen und sprach Leon oft an.
Der aber zuckte stets unwillig mit den Schultern.
Anke bedauerte, dass der weiße Mann und die Teufel fort waren.

Die hätten sie fragen können! Die hätten etwas über die gelbe Seele gewusst! »Nie mehr Ägypten«, trauerte Anke. Sie hatten tatsächlich vergessen zu fragen, warum Ousias Seele ganz gelb und groß war. Darin schien die Antwort auf alle Fragen zu liegen. Auch Anke fragte Leon oft nach der Besonderheit von Ousia.
Aber er winkte stets und blieb ganz unstet und rastlos.
Eines Tages gebaren sie Kinder. Eva einen Knaben. Lysis ein Mädchen. Und zuletzt gebar Origo Zwillinge. Alle anderen standen aufgeregt dabei und fieberten mit. Sie waren gewiss, ein neues Paar Adam und Eva auf der Welt begrüßen zu können. Mindestens einen Sohn sollte Origo haben, damit die Welt sich wieder beleben könnte!
Origo aber gebar zwei Mädchen.
Die Enttäuschung währte den ganzen Tag. Erst am Abend fand Anke ein nettes Wort: »Ach was! Sie werden wieder jungfräulich schwanger und irgendwann gibt es auch Knaben. Zur Not machen wir Halbhälse, zusammen mit dem kleinen Abel. Wir schaffen das. Wir beleben die Welt neu. Diese Geschichte ist noch nicht zu Ende.«
Da brach es aus Leon hervor: »Die Geschichte ist schon zu Ende.«
Leon berichtete stolz, wie sie neue Menschen gezüchtet hatten.
Die meiste Zeit über hatte er nach einem Weg gesucht, selbst fruchtbar zu werden. Dann fanden sie alte Haare und Blut von ihm, auch von Anke und Martha. Sie begannen, die ganze Familie zu klonen. Sie züchteten immer genauer, besonders penibel exakte Versionen von Martha. Leon wollte Anke nicht in seinem Palast vor Augen haben, sagte er. Deshalb habe er nie Anke klonen lassen.
Die Experimente gelangen besser und besser. Eines Tages träumte er von dem Gedanken, eingeschlechtliche Menschen zu erzeugen.
»Origo!«, rief Brain. Leon nickte trocken.
»Ich wollte einen eingeschlechtlichen Menschen erzeugen, der aus

meinen eigenen Zellen wäre. Dann wollte ich dafür sorgen, dass alle neuen Menschen nur von ihm abstammten. Das war das Ziel! Und wir haben es geschafft. Nach vielen Versuchen, die wir alle vernichtet haben, war Lysis der erste gelungene.«
»Haha! Toll, was?«, krächzte Lysis 42 dazwischen.
»Wir nannten sie Lysis 42, wie Lösung aller Probleme. Der Name war falsch ausgesucht. Ich weiß es heute. Brain, bitte keine Vorlesung in lateinischer Sprache!«
»Griechisch.«
»Brain! Bitte! Also, danach kam Ousia. Lysis wurde aus mir selbst gezogen, Ousia aus Martha. Origo aber ist wieder aus meinen Zellen. Wir haben lange warten müssen, ob ihr wirklich eingeschlechtlich seid. Wir haben beschlossen, Lysis mit vielen Männern schlafen zu lassen, um zu testen, ob das einen Einfluss hätte. Alle Kinder aber, die sie bekam, waren nur von ihr. Das war ein Triumph. Dann wurde auch Ousia schwanger. Na ja, sie ist ja dann Brain zum Opfer gefallen. Und nun bekommt ihr beide wieder Kinder, immer Mädchen, immer eingeschlechtlich und von selbst fruchtbar. Es ist klar, dass es immer Mädchen sind. Immer werden es Mädchen sein, bis in alle Ewigkeit! Wunderschöne Mädchen bis ans Ende aller Tage. Und alle Wesen werden nur von mir allein abstammen!«
Leon sprang auf, während sich noch alle entsetzten. Er redete immer lauter, wie ein an sich selbst berauschter Diktator. »Und für alle Zukunft bin alles nur ich! Ich bin der Urvater der Menschen! Ich bin ihr erster Gott! Ich bin der Erzeuger allen Seins. Ich bin der Schöpfer der neuen Art. Ich habe den neuen Menschen geschaffen. Die neue Art heißt, hört es alle: Human One! Ich will sie Human One nennen, weil ihre Seele gelb ist und aus Substance One besteht! Ich aber, ich allein, ich bin Human First. Und niemals wird wieder jemand Sex haben mit meinen Nachkommen, nie-

mand fasst diese meine Töchter des Universums an. Denn es wird nie mehr Männer geben! Keinen Krieg mehr, keine Gewalt! Nur noch Frauen! Eine ewige Welt des dauernden Friedens wird heranbrechen und gedeihen. In Ewigkeit! In Ewigkeit!«
Leons Stimme überschlug sich.
Aufgeregt setzte er sich hin und murmelte: »In Ewigkeit.«
Stille.
Brains Augen leuchteten nach einiger Zeit auf.
»Ich verstehe! Human One! Leon, du hast nicht nur das Geschlecht von Human One erzeugt, sondern zufällig eines mit viel größeren Seelen! Mit großen gelben Seelen! Eingeschlechtliche Menschen haben viel größere Seelen! Gelbe Seelen, nicht rote! Versteht ihr? Versteht ihr?« Brains Stimme überschlug sich.
Und Anke rief: »Nur der Engel und der Teufel wussten das! Der Engel hat Ousia und Lysis gerettet, bevor das Gloth verschüttet war. Er muss es geplant haben, Leon, das Ende der Menschen! Er hat sich dumm angestellt, damit alles Leben verlöschen musste! Er hat dich gereizt, damit du alle Vampire zerfallen läßt! Alles war des Engels großer Plan!«
»Und wozu?«
»Human One!«, rief Anke.
»Er hatte es geschafft, irrsinnig viele Seelen zu liefern, weil alle starben oder zerfielen. Alle Seelen können aufgeklopft werden, alles kann geerntet werden. Und danach liefert die Erde als erster Erdenstern große gelbe Seelen, die im All einzigartig in ihrer Schönheit sind, denn sie sind vollständig tauglich für Substance One! Sie sind ganz ohne Männer entstanden und dadurch nicht klein und rot! Frauen-Power im All! Hurra! Human One!«
Brain nickte. »Und der Teufel musste es ebenfalls wissen, er hatte ja die gelbe Seele die ganze Zeit. Er hatte sie immer in der Hand gehalten. Er hat immer gesagt, sie schmecke unvergleichlich. Der

Engel und der Teufel haben eine neue wunderbare Zukunft geplant.«

Anke fiel ein: »Und der Engel durfte das nicht, weil es selbstsüchtig von ihm war. Der Teufel darf selbstsüchtig sein, weil er kein höheres Wesen ist! Und da hat der Teufel bestimmt den Engel gereizt, selbstsüchtig zu sein. So hat nur der Teufel am Ende allen Erfolg gehabt!«

Nach einer Weile sagte Leon etwas zerknirscht: »Aber alles habe ich begonnen. Nur ich allein. Ich bin Human First.«

Aber sie lachten alle nur fröhlich. Möge er Human First sein!

»Gern gegönnt, Leon«, freute sich Brain, denn er hatte wieder einen großen Happen Wissen bekommen. Er war so zufrieden wie noch nie in seinem Leben. Er wusste jetzt alles.

»Das ist das Ende der Geschichte. Der Teufel siegte. Aller Nebel hat sich nun aufgelöst.«

Und Anke rollte Brain über den Teppich wie eine Kugel und rief strafend: »Es wäre besser, alles wäre erlöst! Erlöst! Nicht gelöst!«

LYSISTRATA

Einige Tage lang redeten sie und erzählten haarklein, was jeder erlebt hatte. Sie erzählten sich, wie Leon mit dem Engel um Wünsche stritt. »Wie war das genau?«, wollte besonders Origo wissen, immer wieder.
Und Brain im ihrem Schoß antwortete glücklich, so oft gefragt zu werden: »Der Engel hat geschworen, ich weiß es wörtlich genau: »Ich gewähre dir die Fähigkeit und Lust zur körperlichen Liebe mit jeweils einer Frau, die das selbst von dir will und der du dann stets treu bleiben und dienen musst, bis sie als Akh aufsteigt. Solange du dieses Verhältnis mit ihr hast, wirst du dich vor Blut ekeln und niemanden beißen oder infizieren wollen. Erst wenn die jeweils einzige Geliebte ein Akh bildete, dann magst du eine neue suchen oder Vampir sein.«
»Haha, und was musste Leon dafür tun?«, lachte Origo.
Anke kannte das Versprechen des Engels auch noch wortwörtlich. Sie stutzte. Alle starrten sie an. »Was gibst du uns dafür, dass ich diese Feier ohne das Opfer aller verbliebenen Menschen beende?«
»Wie—? Was gibst du mir?«, fragte Origo.
Anke wiederholte die Worte. »Leon stellte genau diese Frage. ›Was

gibst du uns dafür, dass ich diese Feier ohne das Opfer aller verbliebenen Menschen beende?‹ Daraufhin gab ihm der Engel das besagte Versprechen. Nun forderte Leon zusätzlich, einen beliebigen Wunsch frei zu haben. Der Engel antwortete wiederum, das sei okay für einen Wunsch, der physikalisch möglich sei.«
Brain stutzte nun auch. »Aber Leon hat doch die Feier wirklich mit dem Opfer aller Menschen beendet, oder? Weiß das Leon? Wo ist Leon, wir fragen ihn! Leon! Er ist wieder fort gegangen und grübelt!«
Und plötzlich wurde allen klar: Er mochte darüber brüten, was er sich wünschen sollte. Sie gingen voller Furcht wieder und wieder alle Einzelheiten durch. Tatsächlich, der Engel hatte es versprochen. Aber er war nun ein Ammit geworden. Konnte ein Ammit noch Wünsche erfüllen?
Oder waren die Wünsche schon auf den Status ›erfüllbar‹ gesetzt, so dass auch noch nach dem Fall des Engels gewünscht werden konnte? Origo stellte ganz unbefangen die heikle Frage, ob der Engel mit dem Wort ›Frau‹ vielleicht auch Lebewesen der Art Human One zugelassen habe? In diesem Augenblick blitzten die Augen von Lysis wie die eines Schakals, eines Raubtieres. Sie richtete sich ebenfalls königlich auf, wie eine Löwin, wie Hathor, die Göttin des Tanzes, der Lust und der Liebe.
Gierig sprang sie auf und lief Leon entgegen, der gerade kam. Sie umarmte ihn brünstig und wild, voller Verlangen. »Leon, komm! Ich will! Ich bin die Sex-Göttin des Universums. Ich brauche viel und nehme alles.« Leon folgte ihr fast willenlos.
Sie hörten gleich darauf, wie sich alles entschied.
Brain kommentierte leise: »Geschrieen!«
Und gleich darauf hörten sie, wie Lysis rief: »42! 42! Nun kannst du lange warten, bis ich als Akh aufsteige! Leon, ich will dich! Ich habe dich! Ich will dich für immer! Und ich habe dich in meiner

Gewalt! Ist es schön, Leon? Ist das schön Leon? Klitzekleiner Leon?«
Aber Leon rief im Triumph: »Und ich weiß, dass ich noch einen Wunsch frei habe! Wehe dir!«
»Aber er muss physikalisch möglich sein. Und für dich ist wenig physikalisch möglich! Und du musst mir dienen! Und wenn du mir dienen musst, ist dein Wunsch mein Wunsch! Nun hast du dein Urteil gesprochen und ich habe alle Macht! Denn ich bin böse wie du und werde niemals ein Akh bilden! Niemals!«
Leon aber lief Nacht für Nacht, nachdem er den Durst von Lysis gestillt hatte, im Dunkeln umher und überlegte sich einen Wunsch. Seinen Wunsch. Er müsste sich etwas wünschen, was nicht gegen den Dienst an Lysis verstieße und ihn wieder zum Herrn machte. Immer wieder rief sich Leon die Worte von damals ins Gedächtnis: Leon: »Was gibst du uns dafür, dass ich diese Feier ohne das Opfer aller verbliebenen Menschen beende?« Engel: »Ich gewähre dir die Fähigkeit und Lust zur körperlichen Liebe mit jeweils einer Frau, die das selbst von dir will und der du dann treu bleiben und dienen musst, bis sie als Akh aufsteigt.« Leon dachte nach. Engel: »Nimmst du es an?« Leon: »Ja, und was gibst du noch dazu?«
Und an dieser Stelle hatte der Engel höhnisch und widerlich gelacht. Ja, er hatte sich vor Lachen gebogen. Dann ahnte Leon, dass er sich wahrscheinlich gefangen hatte. Es musste also so sein, dass in Wahrheit Lysis einen Wunsch frei hatte, weil er ihr dienen musste. Er dachte traurig an das Kürzel LS an seiner Höhle.
»Leon Sphinx.« Und was war herausgekommen?
Leon Lysis, die Lösung.
Anke fragte Brain, was er sich wünschen würde, wenn er einen Wunsch frei hätte. Brain staunte, dass sie ihn nicht kannte. »Ich würde natürlich zum Engel sagen: Ich wünsche, dass ich unendlich viele Wünsche habe, die physikalisch möglich sind.«
»Oh, ist das möglich?«

»Wenn ein Wunsch möglich ist, dann sind es auch zwei. Drei.«
»Ja, Brain. Oh Gott, wenn Lysis das wüsste!«
»Dann wären wir verloren.«
»Denkst du, die beiden denken so weit?«
»Selbst im Märchen finden sie es nie.«
Lange saßen sie unter den Sonnenblumen und Rosen.
»Und was wünschst du dir selbst, Anke?«
»Gewissheit, Vertrauen und Zuversicht: Das ist der Glaube.«
»Sonst nichts?«
»Ich möchte ein schönes Ende haben. Und du?«
»Ich muss unbedingt wissen, was eine Verstärkung ist. Der weiße Mann sagte, sie würden eine Verstärkung schicken. Was kann das sein?«
»Ankhaba!«, rief Anke und hielt es über Brain.
»Ankhaba! Ich will, dass du nichts mehr wissen musst. Ankhaba!«
Und das Ankhaba wirkte in ihm und er wurde ruhig und glücklich. Aber die Verstärkung war schon unterwegs.

FINIS

INHALT

PROLOG AUF DEM FRIEDHOF 7

BLUTIGE ANFÄNGER 15
   KAFFEE UND UNSICHTBARKEIT 15
   ES WIRD ERNST 22
   VON TOD ZU TEUFEL 37
   HÖHLENGLAUBE 57

LEBEN IM UNTOD 75
   ERSTE SCHRITTE 75
   TROPFEN DES LEBENS 83
   DER BEISSVATER 88
   UNTOT UNTOT 104

ROTE NEUE WELT 112
   EPOCHE DER HOFFNUNG 112
   FRISCHES BLUT FÜR DIE WELT 117
   DIE IMPLANTEUSE 124
   BÜRGERRECHTE FÜR VAMPIRE 131

INTERMEZZO AUF DEM FRIEDHOF 136

COLD ECONOMY 141
   BLUTSBANDE 141
   MANSH 150
   EXTRA VERGINE UND KUNSTBLUT 158
   DER SKARABÄUS 167

ANKHABA 174
ÆGYPTEN 174
   UNTER DEN PYRAMIDEN 181
   DER EINGANGGANG 185
   ANKHABA! 197

TIEFROTE LIEBE TIEFSCHWARZ 201
   VERRATE ES ODER GLAUBE DRAN! 201
   SEX UND LIEBE 211
   ALLES IM KOPF 217

INHALT

INTERMEZZO AUF DEM FRIEDHOF 223

SALVATIO MUNDI 228
    SCHREI, BRAIN, SCHREI! 228
    ZUR HÖLLE 236
    DAS SEELENLAGER 243
    SEELEN KNACKEN MIT ANKHABA 256
    DAS GROSSE KNACKEN 265

FINIS MUNDI 274
    VOR DEM OFFENEN TOR 274
    GLOTH 284
    FINAL DROP DOWN 289
    SONNENAUFGANG 303

EPILOG AUF DEM FRIEDHOF 305

APOKALYPSE 308
    DER LETZTE PLAN 308
    GRANDE FINALE 316
    WORTE ZUM HIMMEL 327
    ZWEI SEELEN AM ENDE DER REISE 340

APOKATASTASE 342
    WIEDER AM GROSSEN TOR 342
    LICHT 346
    ABSCHIEDE 349
    DRACULA 357

ORIGO MUNDI 364
    ROSE HIP TEA 364
    LYSISTRATA 374

Bitte beachten Sie auch die folgenden Seiten.

WILD DUCK

Prof. Dr. Gunter Dueck: Wild Duck.
Empirische Philosophie der Mensch-Maschine-Vernetzung.
584 Seiten, 14 × 19 cm, Mai 2005.
ISBN 3-938204-88-5 € 14,00

»Aber eine gewisse Langlebigkeit ist einem Sachbuch, das wie Gunter Duecks Wild Duck fünf Buchmessen überdauerte und jetzt als Taschenbuch erschien, schon zu bescheinigen.«
(Wirtschaftswoche)

Ein Kultbuch! Wild Duck (amerikanisch soviel wie Querdenker) ist das erste Werk des inzwischen als Kultautor gefeierten Management-Strategen Gunter Dueck. Provozierend, ironisch und atemberaubend quer denkend entführt er uns mit einer wahnwitzig klingenden These in neue Erfahrungswelten: »Wenn die Computer alles über uns wüssten und noch ein wenig intelligenter wären als heute - ja, dann würden sie erzwingen, dass uns Arbeit Spaß macht, weil sie nämlich errechnen können, daß ein guter Mensch mit guter Arbeit am meisten Gewinn für den Arbeitgeber erbringt.«

ÆSTHETIK DER SEELE

Prof. Dr. Gunter Dueck:
Æstehtik der Seele. Versuch über Fotografie.
58 Seiten, 22 × 28 cm mit 18 ganzseitigen Duotone Portraits
von Alexander Basta, Frühjahr 2006,
ISBN 3-938204-04-4 € 58,00

Dueck in Bestform! Fast aus dem Stegreif formulierte Gunter Dueck anläßlich einer Ausstellung seine ebenso brillante wie verblüffende Alpha-Alpha-Theorie. Warum sind wir oft so berührt von den Gesichtern anderer Menschen? Was lesen wir darin, was ahnen wir dahinter? Gibt es gar ein verborgenes Alphabet der unsichtbaren Seele, das wir zu deuten vermögen? Gunter Dueck widmet sich den urmenschlichen Fragen nach Schönheit und Lebensglück und schlägt uns eine erstaunliche Antwort vor, die unser Leben verändern kann. Es gelingt ihm ein verblüffender Brückenschlag zwischen den Wissenschaften und Künsten.

SOUL ÆSTHETICS

Prof. Dr. Gunter Dueck:
Soul Æsthetics. Draft on Photography.
58 pages, 22 × 28 cm, with 18 pagesized duotone portraits
by Alexander Basta, October 2005.
ISBN 3-938204-05-2 € 58,00

Dueck at his best. It was almost on the fly that Gunter Dueck drafted his brilliant and amazing Alpha-Alpha-Theory when visiting an exhibition of portrait photography. Why is it that the view of a human face can stir us up, more than anything else? What do we read in them? Is there some kind of alphabet of the invisible soul disclosed that we can decipher on the surface of faces? Gunter Dueck cares for essential questions of humankind like beauty and happiness. His conclusion is extraordinary and may well change our own way of living. Gunter Dueck is one in a handful of chief technologists at IBM. Reviewing portrait photography he reveals an amazing connection among various disciplines of the arts and sciences. Gunter Dueck studied mathematics and economics and became a Professor for Mathematics at the University of Bielefeld. After his still unsurpassed research on signal theory Dueck changed to the R&D Center at IBM where he is a chief technologist and strategist.